「沖縄」に生きる思想

岡本恵徳批評集

岡本恵徳
OKAMOTO, KEITOKU

未來社

「沖縄」に生きる思想　岡本恵徳批評集　目次

I　占領を生きる思想（一九五六〜一九七二）　9

II　施政権返還後の状況と言葉（一九七三〜一九九四）　99

凡例

1 本書は岡本恵徳の単行本未収録の文章をまとめたものである。
2 収録文は原則として初出のままとした。ただし明らかな誤字・脱字は訂正した。
3 表記、送りがなは原則として原文のままとしたが、同じ文章のなかで表記や送りがなの不統一がみられる場合は片方に統一した。
4 漢字・かなづかいは原則として新漢字・新かなづかいとした。
5 新聞記事などで見出しが複数ついているものは、編者が一つを選んでタイトルとした。
6 新聞記事などで熟語が漢字・かな交じりになっている場合は漢字とした（例：うっ屈→鬱屈）。
7 新聞記事などで新聞社の付したリード文などは省略した。

「沖縄」に生きる思想　岡本恵徳批評集

装幀——ＨＯＬＯＮ

I 占領を生きる思想

1956–1972

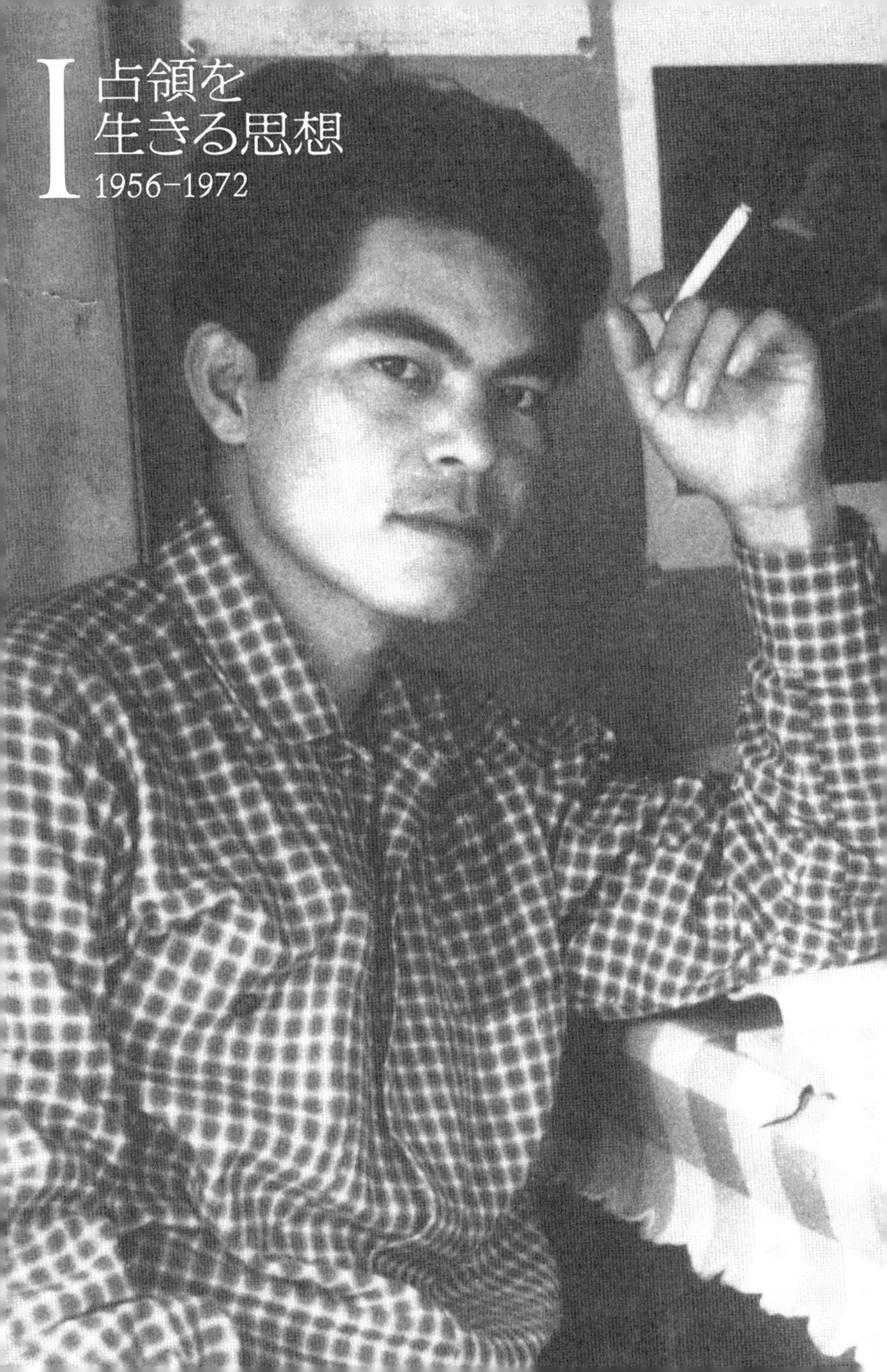

「琉大文学への疑問」に答える

「琉大文学への疑問」（「車輪」創刊号）有難く拝見しました。論旨のよく理解できかねるところや、よく判らない言葉等があるが、僕としては出来るだけ、君の疑問やあるいは批判に答え度いと思う。僕達はこれまで新しい文学のありかたについていろいろ考え、その立場で批判したり、あるいはされたり等、僕達の文学活動をすすめてきたのであるが、この僕達の立場をはっきりさせるためにも、また、僕達の文学についての観方やあるいは考え方を発展させるためにも、あらゆる立場の人のあらゆる面からの批判を積極的にうけいれなければならないと考えている。

このことは僕達自らをきびしく鍛えあげることにもなるから、君の疑問や批判についても、僕達は僕達なりに、僕達の文学上の問題としてこれを取り上げたい。従ってその意味で、君の疑問や批判について答えるだけでなく、そこに提示されている文学上の多くの問題について僕なりに考えて行きたいと思う。

だから、あるいは君の批判や疑問に、直接には関連しない部分も出てくるのではないかとも思うが、その点了承していただきたい。

君の批判の一つは、文学における人間の取り扱いかた、とでもいうか、そういった本質的な面での考えかたの相違であり、他の一つは民族の文学的遺産のうけつぎについての批判になっているが、ここでは便宜上、第二の民族の文学的遺産のうけつぎについての批判から問題にしていきたい。

君はここで「琉大文学」のミスとして、「古代琉球の文学に関する研究エッセイが何一つ無い事」をあげている。

確かにそれは君の云うとおりであって、僕達自身、それを認めているし、それが必要であることも日頃痛感しているのである。

しかしそのことから、「それは『琉大文学』発行目的に反するからか又はその方面を知らないからであろうか、自然それはそうなる事ではあるが沖縄の学徒として実に悲しいのである」（傍点引用者）という結論がどうして導き出されるのかよくわからない。

よくわからないといえば、この「自然、そうなる」というのも、何故僕達の場合はそうなるのかよく判らないし、また「その方面を知らないからであろうか」というのだが、それが、民族の文学的遺産の重要性について僕達が知っていない、とでもいうのか、それとも古代の琉球の文学の内容について僕達が良く知っていないというのか、よくわからないのだ。

多分、「琉大文学」の行きかたからすれば、民族の文学的遺産のようなものは否定されるか、でなくても軽視され顧みられなくなるのではないか、と考えているようだが、（邪推かも知れないが、そうとしか考えられない）昨年七月に発行した「琉大文学」第九号で、「沖縄における民族文化の伝統と継承」というタイトルで特集しているように、決してそういうことはない。僕達の中には「琉歌」に興味を持つて研究し始めているのもいるし、僕自身、昨年の春から「おもろ」に関心を持ってボツボツ勉強し始めている。

もちろん君の云う通り僕達が「民族文化を云々したところでまだまだその真ずいはつかんで居ない」のはたしかで、したがってそれを研究エッセイにしたりすることは出来ないし、それだけではなく、民族文化の真ずいがそう簡単につかめるとは夢にも考えていない。だから民族文化の伝統と継承の問題を九号で特集はしたものの、それを再検討する余裕は今の所ないので、それについての研究論文を発表しないのであって、それがないからといって、僕達が民族の文学的遺産を問題としていないと考えることは、僕達としても迷惑だし、君自身の早計さを示すことにもなるだろう。

君は続いて、「新川明氏と九年母との短歌応酬の際、短歌を否定することは、琉球文化を否定することであると照屋寛善先生が言って居たが、とかく琉大文学の諸兄は古いものは封建的でありなんらの意義をも持って居ないとして否定するくせがある。」と云われるが、これもはなはだ迷惑ないいがかりである。恐らく新川明氏も内心迷惑をかんじられているのではないか、と想像する。

新川明氏もこの部分についてはお答えすることと思うから、ここで詳しく述べることは避けるが、これは明らかに新川氏の論についての君の誤解からくるものと思う。

新川明氏のあの「短歌否定論」が、どうして「古いものは封建的なものでありなんらの意義を持って居ない」として否定されているということになるのか、よくわからない。

あの中で新川氏が問題にしているのは、発想の問題であり、形式の問題であり、そして音律の問題である。それだけでなく氏は短歌的抒情と呼ばれるものを問題にしているのであるが、これは短歌だけのものでなく、日本人の発想の形式として詩のジャンルの中でも充分に問題視されている性質のものであって、君が論断するように単純なものでは決してないと思う。是非、君にも再び読みかえしてみることをおすすめしたい。これは短歌会の方々はもちろん、僕達としても、もっとじっくり考えなければならない重要な問題だから。

あの論は新川明氏個人の論文であって「琉大文学」とは直接なんの関係もないものであるが、このような明らかな誤解は黙視できないので、あえて触れたわけである。

いずれにせよ、これまで述べてきたように、僕達は民族の文学的遺産を軽視したり、あるいは無視したりするものでは決してない。むしろ、それを問題にするところに、新しい文学創造の場をうちたてようとしているものである。

しかしここでことわっておくが、僕達は「短歌を否定することは琉球文化を否定することである」と云ったり、あるいは「民族文化を民族の代弁者であると、強く認識している僕」のような、判ったようでよくわからない立場で、民族的文化遺産を尊重しようとは思わない。

僕達は、悪しきはあくまでも克服しなければならないと考えるし、これからも克服するために、けんめいに努力していくだろう。なぜなら、民族文化の批判的なうけつぎこそ、新しい文化創造のもっとも大きな、しかももっとも重要な契機となるものであると考えるからだ。

だから「照屋先生の門下に入つて、琉球文化を研究して目にもの見せてくれる積りである。」という君の決心は、大そう立派な心がけであると思うし、また、同じように琉球文化を勉強したいと考えている僕達としても大いに目にものを見せてほしいと思っている。そのことによっておたがい、あるいは励みにならないとも限らないからである。

以上、古代琉球の文学にかんする「琉大文学」のありかたへの君の批判に、簡単に述べたが、このあたりで、第一の批判、すなわち、文学において人間をどうとらえるか、という点からの君の批判についてお答えしたい。

君はまず、「神の支配から解放され、自己の尊敬を自覚すると共に、自己の中に道徳律を求め、赤裸々な姿を暴露する眼を持ち、追求し批判し、それだけでは解決出来ない大きな問題に到達したのが、いわゆる近代の人間である」と規定する。一応これは、中世的な考えかたから人間の自我を解放して近代的な自我の確立をした、という意味で、君の意見に賛成するものである。

そして君はこの論の上にたって、そのような近代にいたって初めて「人間そのものが、人間として捉えられなければならない必然の結果」そこから「本当の文学が生み出された」と考えるのであるが、この君の考え方については、僕も否定はしないが全面的に賛成もしない。君のこの「本当の文学」の「本当」というのが良くわからないからである。もしそれが、近代的な人間像の造型がなかったならばそれは本当の文学とはいえない。という意味であるならば、僕はその意見に反対する。何故なら、イリアードやオデッセイのような英雄叙事詩も、文学であったし、現在でも充分文学でありうるからだ。

それはともかく、君のこの考えかたのうえで特に注意しなければならないことは、近代の文学が、人間を人間としてとらえた。ということは一応正しいとしても、そこでは一般に、人間は孤立的な個人としてとらえられている。ということである。

君のいうように、近代の文学が人間を人間としてとらえた。ということは「極めて重要な事」であるが、それとともに、近代の文学においては、一般に人間が個人を中心としてとらえられ、孤立的な個人として描かれている。ということもまた忘れてはならないことである。

次に君は論を、「ところが『琉大文学』の諸兄は此の事実(引用者註――近代文学において初めて人間が人間としてとらえられたと云う事実)を単に、野間宏的に人間を孤立した個人として、考えるやり方であり、ブルヂョア文学であると、近代文学を、なおざりにしている様である」とすすめるのであるが、この部分も良くわからない。論旨自体もあいまいだし、そもそも「野間宏的」ということばも良くわからない。

であるから、結局君のいおうと思っていることを想像し解釈して、更にそれに答えなければならないわけだが、ここで「野間宏的」というのは多分、野間宏氏が考えていることと同様に、という意味だろうと思う。

そしてこの部分はおそらく、僕たち「琉大文学」の連中が野間宏氏と同様に近代文学を、人間を孤立した個人としてとらえておりブルヂョア文学であるとして、なおざりにしている。というのであろう（この解釈はまちがいないものと思う。他に解釈のしようがないからでもある）。

ここで君が、何を根拠に野間宏氏をもちだしたのかわからないが、野間宏氏が近代文学をなおざりにしているとは聞いたこともないし、読んだこともない。

僕の場合について言わせてもらえば、先にも述べたように近代文学では一般に人間は孤立的な個人、抽象的な個人として描かれていると考えるのであるが、だからといってブルヂョア文学であるとして近代文学をなおざりにしたようなことはないし、これからも恐らくしないだろう。

誰でも知っているように、野間宏氏は社会主義リアリズム文学理論を彼の文学観としている作家である。そして社会主義リアリズムでは、（僕もあまりよく知らないが）人間を抽象的な個人、孤立化した個人として描くことを排し、人間を社会的人間として描くことを要求するのである。その意味で若し君が、野間宏氏が近代文学をなおざりにしていると考えるならば、それは正しくないといえると思う。何故ならレーニンの云うような「すでに通過した段階を、言わばもう一度、だが今度はより高い基礎のうえで、経過する発展（「否定の否定」）、直線的にではなくて螺旋状に進行する発展――中略――以上あげたものは、世間なみのものよりもはるかに内容の充実した、かの発展論としての弁証法の若干の特徴である」の発展的な考えかたが弁証法の特徴であるならば、そのようなマルクス・レーニン主義に基づいた野間宏氏の文学観において、近代文学が静的に捉えられなおざりにされるようなことは、恐らくあり得ないだろう。

野間宏氏自身、「もちろんエンゲルスも示すようにバルザックもまた決して人間を抽象的個人としてとらえるところにふみとどまってはいないのであるが、実際に労働によって自然を変革する社会的人間が人間を奪いさられて、疎外された人間を回復する未来を十分に示すことのできなかったとき、社会的人間をとりだすということは十分できなかった」(典型について)と云われる。

今引用した部分だけでもはっきりわかると思うが、あえて蛇足をつけ加えると、エンゲルスがその書翰の中でバルザックをとりあげ、「わたしはバルザックを過去、現在、未来のあらゆるゾラよりずっと偉大な、レアリズムの芸術家だと考えています。」と賞讃しているわけだが、野間宏氏はそれについての彼自身の考えを以上引用したように述べているのである。

これでもみられるように、彼はバルザックを否定したりなおざりにしているのではなく、むしろバルザックを発展的な段階から、ふりかえって評価しているとみたほうが、より妥当であろう。

もちろん僕はここで、野間宏氏のバルザックについての考えかたについて、バルザックと近代文学一般とをそっくりそのままおきかえて考えようとは思わない。

しかし、その事を一つの例として考えたとき、野間宏氏は野間宏氏なりに、近代文学を問題にしていることがはっきりわかるし、そのことだけでも、野間宏氏が近代文学をなおざりにはしていない、ということができる。

だから君が続いていっているような「彼等には、ブルヂョアという名前が出てくれば、又その匂いがすれば、もうタブーであるらしい。」という考えかたは、全然見当はずれの批判だといわれてもしかたがないだろう。

例えばレーニンは「ソヴィエート機関とは勤労者がその大衆的な結合の重みによって資本主義を圧しつぶすように結合しているという意味である。彼等はそれを圧しつぶした。しかし圧しつぶした資本主義によっては腹がくちくなりはしない。資本主義が残した全文化を摂取し、それによって社会主義を建設しなければならない。すべての科学、技術、すべての知識、芸術を摂取しなければならない」（レーニン「文学論」一六〇頁傍点――引用者）といっているのである。

これはきわめて当然すぎるほど当然のことであって、あえてレーニンの言葉を借りるまでもないが君の言葉ではまるで社会主義リアリズムの立場では、一切のブルヂョア文化が否定される。と誤解しているようであるから、あえて、レーニンの言葉を引用したわけである。

今、社会主義リアリズムということをいったが、この社会主義リアリズムという創作方法も、僕の知るかぎりでは近代文学のリアリズムをうけつぎそれを革命的ロマンチシズムとの有機的なむすびつきの中で新しく発展させたものであって、近代文学のリアリズムという創作方法とは全然別の地点に成立したものではないことになっている。

とすればこのような社会主義リアリズムの立場で、ブルヂョア文学として近代文学をなおざりにすることは、それこそナンセンスだということになってくる。

ここでこれ以上、近代文学云々にとやかくこだわる必要はないであろうから君の次の論旨にすすみたい。

君は、次に僕達の文学活動の意義を積極的に評価してくれているが、これについては僕達も正直なところ有難いと思っている。僕達はこれまで文学活動をおしすすめてきたのであるが、その活動のはたした役割については僕達なりに一つの自負は持っている。しかしそれはあくまでも一つの自負にすぎないのであるから、第三者の立場からその成果を指摘してもらうと、やはり有難いと思うのである。

君は更に、「無論、諸兄の封建的な一種自己閉鎖的な文学に対する真摯な対抗、及びその破壊後の新文学に対する努力は、大いに認めて然るべき物である。が此々で彼等は、重大な認識不足をしているのではないかと思う。ルソーの人間追求の原型とも云うべきヒューマン、ネイチャー等を代表とする近代文学は、此れブルヂョア文学であると喝破する事は、成程、文学史的に、正しいかも知れない。だからと云って現代の我等にとって無益で有り、むしろ有害で有るとして、此れを全く無視する事は余りにも自己の城を固守し過ぎるのではないだろうか。」と疑問をだしている。

僕達の文学活動についての評価としてはありがたいと思うがそのあとのルソー云々からは、よくわからない。

それでルソー云々、ネイチャー云々はいちおう別にして、それを近代文学一般におきかえて答えてみたいと思う。

べつにそうしてもさしつかえないようだし、それでも充分意味は通じると思うからである。

さっきもいったように、僕達は近代文学をまったく無視することはない。くりかえしになるからこれ以上説明することは避けるが、だからといって、近代文学のすべてを無条件にうけいれようとは思っていない。

近代文学の到達できなかった点は、現在の僕達の文学を発展させるためには、あくまでも追求し明らかにしなければならないし、そしてまた、近代文学の到達しえた面を、正しく評価しなければならないと考えている。

そのことによって始めて、僕達は文学の発展が期待できるのではないだろうか。

人間にしてもあるいは文学にしても、あくまで発展的にとらえなければならないが、そのことがまた、あらゆるものを発展させる最大の原因となると思う。

君は次にマルクスの文を引用してそれを根拠に、僕達の近代文学にたいする態度は正しくないと思うといっているが、そのことについて少々考えてみたい。すこし長くなると思うが、問題のところを引用してみよう。

「成程、マルクスの『私達の出発点たる前提は決して得手勝手な物でもなければ独断でもない。それは現実的な諸個人、彼等の行動で有り、並びに、彼等の前に所与として見られるばかりでなく、彼等自身の行動によって、産み出される所の彼等の物質的な諸条件である。従って此れからの諸前提は純粋に経験的な仕方で確認され得るものである。凡そ一切の人間史の第一次的な前提は云うまでもなく生きた人間としての諸個人の生活である。従って確認されるべき第一次的な事態は、これ等の個人の肉体的組織と、此れに依って与えられた、残余の自然に対する彼等の関係とである。一切の歴史叙述は、此等の自然的基礎と、歴史の進行途上に於て人間の行動が、此等の自然的基礎を変更すると云う、事実とから出発しなければならない。人間は意識に依り、宗教に依り、其の他勝手な物に依って、動物から区別され得る。だが人間自身は彼等が生活手段を生産し始めるや否や、自分を動物から区別し始める。この生産たるや、人間の肉体的組織によって、制約されている一行為である。人間は、彼等の生活手段を生産する事に依って、間接に彼等の物質的生活自体を産する』(ドイツイデオロギー)に依る人間の考え方に依れば全く近代文学なんぞ生活と関係無い机上の空論であろう。然し人間としての文学と云う事を考える時、簡単に片付けられる問題ではない事に気付くであろう」

　ということになっている。ここで君がマルクスのこの文をどう理解しているかよくわからないから何ともいえないが、もし君が、マルクスは人間をまったくそのように規定して考えており、従ってそのようなことを別に問題にしていない近代文学は机上の空論にちかいと考えている。と考えたとすれば、これは正しくないと僕は思う。

　君が引用しているマルクスの文の中でもくりかえし使われているように、そしてこの引用された文の後で、マルクスが人間の意識のいろいろな形を問題にしていることからもわかるように、この部分は、マルクスが人間の意識を考えるための前提として書いてあるのであって、決して、マルクスはそれだけでもって人間を規定しているのではないのである。だから、この前提だけを取りだし、それを近代文学で描かれている人間を考えるための基準としたり、あるいはまた、近代文学そのものをなんらかの形で評価するための尺度とすることは、どんな人達でもしようとはしないであろうし、またしようとしたところで、できるものではないと思う。

　もちろん君がそう考えているとは思わないが、あるいはそのような誤った考えかたをしている人間がいないとも限らないので、念の為に以上簡単にふれたわけである。

　では君はそれについてどう考えているかを具体的に考えてみなければならないわけだが、これも想像するよりほかしようがないようだ。そこで僕の精いっぱいの想像では、人間を考えるのにはマルクスが以上述べてあるような前提だけでは不充分で、そこには人間の性格や、あるいは能力というようなものをも考えなくてはならないと考えているのではないかということになってくる。

　そしてそのことから人間の性格や資質をもとにした近代文学の人間のとらえかたも、それなりに重要な意義をもっており、したがって生活ということを基本的な前提としていないからといって否定されるべきではない。と君は考えているのではないかと思う。

そういうことも一応考えられよう。しかしここで君に考えてもらいたいことはいわゆる哲学的思惟といわれるものと、作者の主題を具体的な個人個人のなかに形象化する文学の独特なはたらきを考える考えかたとは、明らかに質的な差があるということだ。

さっき君が引用したマルクスの文章は、人間の個人個人の性格や能力などの差をいちおう取りのぞいて人間そのものの意識の形態を考えるうえでの前提としたものであって、文学の場合は、今いったような特殊な性格をもつものであるから、マルクスの論のこの部分をとりあげて、そのことだけで文学をうんぬんできないということは、あまりにも明らかである。といえると思う。

くりかえしになるようだが、だから、これまで君が考えているようなことは誰もしなかっただろうと思うし、またしようとしてもできなかっただろう。

以上、君の疑問のおもな部分に答えたと思うが、その他に問題がないこともない。例えば君が「両者（引用者註――芸術至上主義と社会主義リアリズムの立場）の間に花道が有り、そしてそれはそれらを越然（引用者註――超然の誤植ではないかと思う）とした存在を示すものが有るのが、闘争中の彼等には見えないのである」という場合、おそらくこの花道というのは、君があとで「人間の奥をほじくり然も生活を意識した、従って現代的な、しかも古典的意義をも持つ雄大な文学」と述べているような文学のことを考えているのではないかと思う。

しかし、それは作品の評価の問題であって文学的立場や、方法の問題ではないのであるから、君のいうような理想的な作品をつくりあげる文学的立場や方法というものが、とくべつにあると考えるのはどうだろうか。

もっと詳しく述べたいのだが、紙数の都合もあるのでこれ以上触れるのはさけたい。原則的な面での答えにしかならず、問題をかえって小さくしたような結果になったかも知れないが以上で君への答えをきりあげたい。というのは君の疑問のほとんどが原則的な面での疑問であり、批判であったためであるからでもある。しかしながら、今度のそれだけにとどまらず、こんごも、多くの批判をよせていただきたい。今度の場合は、それが直接ぼくたちの文学活動にたいする批判にならず、ぼくたちのよりどころとしている文学的立場にたいする批判におわったたため、このようなかたちでしか答えることができなくて、残念に思っている。

しかし君の批判は、それなりにぼくたちのこれまでの活動についての反省の契機をあたえてくれたものであり、その意味で感謝するものである。

△　△

ここで稿を改めて仲村渠君の提起した疑問と批判をもとにして、僕達のこれまでの活動をふりかえって見度い。

僕達の文学活動は、仲村渠君が評価するような独自な活動であったし、そして独自の役割をになっていた。

それだけでなくこれまでのこの活動は、原則的な意味で正しかったと考えるし、今でも正しいと考えるのであるが、この原則的な点で正しかったということは、僕達の活動自体が正しかったことを意味するのではむろんないだろう。

ところが僕達は、この原則論の上での正しさでもって、文学活動の上での多くのあやまりをカバーし、公然とこれを問題にすることを避けてきたのではなかったろうか。

もちろん僕達の間では二、三の問題についてたびたび話し合われてきた。だが僕達はそれを文学上の問題として公然ととりあげることをしなかった。

それだけでなく、誌上でとりあげることがあっても、それはきわめて遠慮がちにしかされなかった。

そのため、多くの問題が、正しくとりあげられて解決のための努力がなされることなく、ウヤムヤのうちに葬りさられるという結果にしかならなかったのではなかろうか。

僕達は今、僕達の文学活動の正しい発展のために、そして正しいと信ずるこの歩みのためにこれまでに犯した幾つもの誤りをとりあげて、真剣に考えなければならないと思う。

いや、もはやそうしなければならない時期にたちいたっているといってよいだろう。僕がそのことについて筆をとることは適当かどうか問題だが、仲村渠君の疑問に答える立場に立たされている僕としては、君に答える為にも、どうしてもこのことについてふれなければならなかった。

何故なら、君の疑問が正当な論理的なウラヅケを欠いていることを指摘して、一応その面で答えたのだが、僕達は君の批判がいかに印象批評であり、正当性を欠いていたにしても、君にあのような印象をあたえる部分があったことは否定できないし、したがってそれだけにぼくたちの内部の問題になるべき点をぼくたちはだまってみすごすべきではないからである。もし僕達が内部の問題を真剣に考えることをしないで、君の批判の正しくないことを指摘するのであれば、これは、いままでに僕達の悪い傾向として幾度も指摘されてきた〝排他主義〟的な誤りをふたたびおかすことになるだろう。

だから、できるだけ「歯に衣をきせない」という態度で僕達の内部の問題を考えたい。

〝排他主義〟という言葉をつかったが、僕達の批評活動は六号の「船越義彰試論」「塵境論」をはじめとして活撥になってきたとはいうものの、そこには排他主義的ないろあいがきわめてこゆかった。それはこれまでの沖縄における批評活動が不毛であったことにたいする反動でもあっただろうが、批評というものが、作者の作品創造をただしくのばすという本質的な機能をもつものである以上、そのような批評のありかたがただしくないことはいうまでもない。

ではこれらの評論のなかのなにが、そのような排他主義的ないろあいをこゆくしたのであろうか。おそらくその理由は、これらの評論のほとんどすべてが、作品の肯定的な面を積極的に評価することなく、否定的な面のみを強調したことにあるだろう。

もちろん中には、積極的に評価することのできない作品がないこともない。さらに、僕達の立場をはっきり印象的にうちだすためにはそれが必要であったかもしれない。

しかしそれにはあまりにもせっかちでありすぎたようだ。だいいち積極的に評価すべき否定的な面のない作品を、批評の対象とすべきではないし、また自分達の立場を印象的にうちだすために、そのような作品をとりあげるべきではないのだから、もちろん、それは論者のみの責任ではない。

何故なら当時の「琉大文学」のすべての人が、そうすることを必要と考えていたものであり、そのすすめによって書かれたのであるからだ。したがってそういう評論が掲載されたということ自体、当時の「琉大文学」のありかたをあきらかにものがたっているが、この性急さは、とうぜん排除されなければならないだろう。

多くの場合、この性急さが、僕達の批評活動の〝排他主義〟的ないろあいをつよめているからでもある。

仲村渠君のいう近代文学の否定云々も多くは、そのような「琉大文学」の排他主義的ないろあいに結びついて、でたものと思われる。それともうひとつ、排他主義的ないろあいをこゆくした他の原因は僕達の評論が、あいてを説得するという態度をいちじるしく欠いていたということにもあろう。「琉大文学」第九号の美術批評が、画家達の反撥をかったという事実は、これはどうしても無視できないことである。

こうした文章のかきかたによって無意味な反撥をおこさせることはなんといっても、その批評自体のおおきなマイナスでしかありえない。このことについては、第一〇号の「われわれの内部の問題(三)」で北谷太郎君が自己批判を加えているから、これ以上ふれるのはさけるが、しかしそういった批評のしかたも、あいてに鋭い刺激をあたえる。という点で、大きな効果をもたらした事実も、無視するわけにはいかないが、その両者を考えあわせてみても、マイナスの面が大きかったということは、よく考えなければならない問題だと思われる。

その他に、僕達の考えなければならないことに、公式主義的なかんがえかたがある。

とくに第九号の座談会での発言にそれがあらわれているようだ。極端に云えば僕自身をはじめ、新川君や川瀬君の発言にしても、具体的な知識のウラヅケを欠いた観念的な公式のくりごとにすぎない。したがって、問題があれ以上発展することは、ありえなかった。

そしてそこでもいえることだが、作品にしてもＱＱにしても、座談会にしても評論にしても、そのおおくは「原則的な正しさ」ということのうえにアグラをかいてすわっているような状態ではないかとおもう。

これらの文学活動のうえで、「原則的なたゞしさ」ということは、たいして意味はない（極端にいって）。

問題は、そのただしい原則を沖縄の現実のなかで、いかに発展させるか、ということにかかっているはずである。

原則的なただしさ、を問題にするならば、あえてぼくたちがそれにかかずらわされるまでもないだろう。

たとえば、「琉大文学」の読者対象を、労働者や農民にむけるべきであるという意見は、これは正しいし、そうでなければならないとおもう。

しかしながら「琉大文学」のなかで、そのための努力がどのくらいつづけられてきたか、また現在つづけられているか、という文学の上での実際的な活動になると、ほとんどそれが意識もされていないというのが、いつわりのない事実である。創作の面に眼をむけると、ここでもそれとにた現象があきらかにみられる。

つまり、作品のうえでの人物の造型がほとんどなされていないということ。これが否定できない事実だということである。

作品の基本的な要素が人物の造型にあるというとき、人物の造型化がうすいことは、致命的な欠陥である。にもかかわらず、そのようなことにかんして、真剣な考慮がはらわれていないということは、大きな問題だといってよいだろう。

仲村渠君が「彼等は極言すれば人間の深みに触れる魂も何もないあやつり人形としての人間をこしらえ上げ、唯生活に対決せられる表情を展開せしめてこれを彼等の文学としているのである」というとき、君は文学の上での立場からその論をみちびきだしているようであるが、そのことをべつにすれば、つまり僕達の作品が彼にそのような印象をあたえたものとすれば、いまのべたような、人物の造型がほとんどなされていないということがその大きな原因とかんがえられてくる。

それと同時に、作者のイマーヂネーションのたりなさも原因となっているとかんがえてよいだろう。

現在、それが原因としてあるということだけなら、それはたいして問題にはならない。というのは、これからさき、それらの原因が、根本的に除かれることがあきらかに予想されるからである。ここでそれらのことが問題にされるのは、そうしたことが、ほとんど解決されなければならない重要な問題として意識されていないということなのである。

作品はまず読まれ、そして読者になんらかのかたちで正しい意識、現実のただしい認識をあたえるのでなければならないはずである。その作品のなかに、いかにただしい世界観や思想が含まれていようと、あるいは本質的な問題が、テーマとして追求されていようと、それが読まれないかぎり、それ自体、読者にはなんの影響もあたえないであろうことは、あまりにもあきらかである。

しかし、このようなあまりにもあきらかなことが充分に意識されていないということは、それ自体、「琉大文学」のよわさであって、かならず問題にされなければならないことと思う。

これは作品だけにかぎらず、評論にもいえることである。

僕達はできるかぎり、いわゆる専門用語とよばれるものをつかうことはさけなければならないし、また多くの人に読んでもらうためには、その表現はできるだけ平易でなくてはならないはずである。これもまた原則として誰の口にものぼったものだ。しかしこれまでの批評活動といわれるものが、その点について、どれだけの考慮をはらったか、というとそれは疑問だとしかいえない。ここにも原則の上にアグラをかいている「琉大文学」の状態をあきらかにみてとることができよう。

文学活動が実践そのものであるかぎり、ぼくたちは現在このような状態をつとめて排除しなければならないと思う。

仲村渠君の批評をもとにして、思いつくままに筆を走らせてきたが、書きなおすよゆうもたないし、あるいはかえってそれが、ぼくたちの間での相互批判をしやすくするとも考えられるので、このまま発表することにしたい。
（一）で手紙の形式で仲村渠君へ答え、そのまま（二）の内部の問題とを強引に結びつけたのは、ただしくないかも知れないが、（一）をかきあげたのち、すすめをうけて（二）を書くハメになったので、このような奇妙なかたちの文章になってしまった。
その点、ふかくおわびしたい。

一九五六、二

（『琉大文学』第二巻第一号〔通巻一一号〕、一九五六年三月）

沖縄より

「文学は男子一生の業とするに足りず」とは、言い古されてきた言葉だ。だが沖縄というあらゆる矛盾の集約された土地に帰って、更に十年の時の流れが人間の心を、潮がひたすようにしらずしらずに侵していく一種の風化作用を実感する今になって、二葉亭の言葉は、新しい意味を持って思いかえされてくる。論理的なものではなく、漠然とした実感なのだ。だから、ある意味で、かつて明治の民権運動の中で、人民の教化を志した政治小説家たち、あるいはまた、あの激しい革命の中で、「魂の教師」である事を疑わなかった中国の作家たちの素晴らしい楽天性を羨望をもって眺めるのである。

ぼくが上京する前は、沖縄は土地闘争の最も激化した時期であった。その闘争から離脱するような一種の後めたさもあったが、上京して学問を身につける（まさしく学を身につけるという心境であった）ことが、沖縄の未来へ自己を結びつけることになる、と信じて疑わなかった。表現するものがいくらでも自己の内にある、とそう思った。東京の十年の生活、その中で何度も自己を失った。いわば一種の頽廃であった。東京という広漠とした日常の堆積の中に、埋もれていく自己を、埋もれることによってようやく平衡を保つ自己を見出したとき、帰るべき島を想い描いた。その島には、「生」があるる筈であった。すくなくともある筈だと思いこんだ。人間の生活についてまわる、ごく些細な、一瞬一瞬の時の重なりが、ごく些細な一瞬一瞬であるだけに重く耐えがたいものであること、そしてその些細な時が、ぎっしりつまっていながら、しかし網の目のような人間の魂の中に、しのび込んで来たとき、どうにも防ぎようのない力を持つことを、知らないわけではなかった。沖縄に帰ったとき、うず高く盛りあがった砂山が跡かたもなく消え去っていたことを知ったときの驚きがあった。あの激しくいきづいていた「生」は、日常の重い粘膜の内にひそんでしまっていた。そこにあるものは、べとつくような粘液に覆われて、固く身体を曲げてちぢこまった、爬虫類のような生活であった。忙しくはねあがる者がいないわけではない。しかしその羽はむなしく空を撃つばかりでそこには何の飛翔もないのだ。飛翔できぬ焦立ちが、更に激しい羽ばたきとなって空を撃つ。疲労が次に襲う。彼らは、一層怒りに燃えて、その鋭いくちばしを、土をはってちぢこまる者にむける。鋭いつま先で引き裂こうとする。だが厚い粘膜は、彼らのつま先を傷つけるだけなのだ。かつてあったいきいきとした「生」は、もうそこにはみられない。なまなましい傷を太陽にさらしながら、それ故に生きていた世界は、去ってしまったようだ。傷あとをかさぶたで覆って自己を護っていく。痛みはないわけではないのに、じっと耐えていく以外にすべはないのかも知れぬ。だが、歌声だけは高い。しかし、その歌声はかげりを帯びてしめっている。しめった土の臭いにひたされている。その歌声が、日本全土にわたったときにはおびただしいエコーとなってかえってくる。その瞬間には土の臭いが消えてしまうようだ。土をはいまわっている姿のどこからその歌声がでてくるのかわからない。わからないということは、あるいは十年の時の流れの風化作用が、沖縄の土地を侵したのではなく、ぼくの心をおかして変質させているのかも知れぬ、と思う。焦点のないレンズが、あるいはぼくの瞳孔にへばりついてしまったのかも知れぬ。十年という長い年月の中にふくれあがって焦点を失ったレンズが。

だが、それにもかかわらず、更に大きな力は容赦なく、土にうごめく者の、かさぶたに覆われた傷口を切り開こうと試みているのだ。ベトナムの死臭が南の風に乗って激しく鼻をつく度毎に、一層激しく襲いかかってくるのだ。そんなとき、ぱっくりあいた古い傷あとの新しい傷口を、逃げ場を失った者は自分の舌でなめながら生き続けるのだ。

だから、そんなときぼくは二葉亭を思い起し、中国の作家達を羨望の眼で見開いている。

「文学は魂の教師」と呟きながら――。

（『クロノス』一二号、一九六六年五月）

「ああ、ひめゆりの学徒」を読んで

私にとってよくわからないもののひとつに、沖縄戦での「ひめゆり」や「鉄血勤皇隊」などおさない学徒たちの「殉国」の意識があったし、それはいまもある。沖縄戦のさなかに幼時をすごし、戦後の新しい論理に基づく価値基準でもって自己を形成してきた私（たち）にとって、その「殉国」の美しさは無償の献身の美しさとして感知しえても、それを支えている意識や心情は理解しにくいものとなっているのだ。本書をひもとくことで、いくらかそのわからなさが解きほぐされるかも知れぬという期待があったが、読みおえた今でも依然わからなさはそのまま残っている。

本書は、かつて昭和二十六年「沖縄の悲劇」と題して出版したものの改版である。初めて「沖縄の悲劇」を手にしたときひどく感動した記憶が、いまも残っている。いまあらためて本書を手にして読みかえしてみても、感動はいささかもおとろえない。が、最初のときにかすかに感じたわからなさはいまあらためて読み返してみると、いよいよ増すのである。そしてそれは、とくに学生の手記の部分にあるのだ。

戦争、じかにみずからが向きあったその惨劇、その殺戮のただなかに身を置いた彼女たちの（明るさ）それがわからないのである。じかに身を置いた死でさえも（明るい）のだ。そしてそこには、戦いということにいささかの疑いも批判も、それに参加を余儀なくされている自己への不安も、ついに見出すことができない。

それは、彼女たちの看護婦として生命の救護にあたるという職務がそうさせているということで説明のつくことかも知れない。さらにそのことは、郷土防衛と国家防衛の意識が完全に癒着し、国家と郷土を一体のものととらえた人々、自己防衛としてついに戦争そのものを相対化しえなかったために、戦争責任の意識を欠落させてしまった沖縄の戦後に生きた人々の意識と、軌を一にするかも知れない。だが、それにしても、これらの手記にみられる無償の献身の美しさと明るさはやはり気になるものである。

ところで、本書の圧巻は、なんといっても著者の手になる「浄魂を抱いて」という戦後の章である。みずから生徒を死に追いやったとする著者の自責と慟哭は美しい。「生きるも死ぬも、ただ偶然であり、ぎょうこうであった」ということばのうちに秘められる無限の悲しみは、あまりに美しすぎる。文体のリズムまで支配しているかにみえる著者の倫理的な美しさは、死んだ生徒の魂を「浄魂」ととらえる視点にまであらわれている。

あまりに美しい。だがそのあまりの美しさに、私はかすかないらだちを感ずる。今まさにベトナム戦への加担者として生きている私(たち)が、それを余儀なくさせている沖縄の状況にたちむかうとき、このような美しさは、私(たち)からある種の凶暴な怒りを奪いさるのだ。はかなく、もろいこの種の美しさは、その美しさの故に私(たち)を魅きつけ、心を奪いさる。そしておそらく殺戮者は、そのような美しさを喜びむかえるにちがいないのだ。だから、私は、このような美しさを心から拒否したいとねがっているのである。

(『沖縄タイムス』一九六九年二月二十七日)

〈現代をどう生きるか〉「わからないこと」からの出発

「生きる」ということが、みずからの生をみずから「生き」ていくのであって、他者の生を生きることがかなわぬとするならば「現代」どのように「生きる」かという問いかけには、おのれがどのように「現代」を考え、すでに生涯の半ばを費やしてしまったにちがいないおのれの過去の帰結を、現在のうちにどのように見出していくかを考えることによって答えるほかに、なんのすべもないように思われる。

その結果、導き出されたものが、「当に為さねばならぬ」ものとして定立せしめえないとしても逆に「当に為すべきもの」としてあったとしても、さだかではない記憶の底から、多くの悔恨と郷愁にまみれた過去の一駒々々をまさぐり出した結果に拠るのであれば、あるときはあえかな誇りでもって、あるときは身も世もあらぬ羞恥でもって、そのようなものを「生き」ていくよりほかにすべはない。とすれば、わたしは、やはり、わたしのもやのようにかかっている過去、そしていま、わたしをこのようにあらしめているものを、かろうじて書きとどめることから始めねばならない。

それにしても、薄明のなかの陰のように佇んでいる過去の記憶を、あからさまにひきずりだすことは、かなりの勇気とある種の驕慢を要するようだ。だから、ここでは、わたしではなく「彼」の記憶をまさぐるなかで「彼」の生きてきたあとをみようと考える。

一九五五年七月十八日、早朝、彼は伊佐浜の一号線沿いのくさむらにたっていた。夜を徹して血ばしった眼に、青々とした稲穂がすきけずられていくのが痛かった。部落の家は崩された。教員のM・H氏が彼の眼前で逮捕され、彼はただひたすら逃げた。彼の中を何かが澱《おり》のように沈んでいった。

一九五六年八月、教員一年目の彼は、K・M・Tなど大学在学中の友人たちの退学処分を知った。土地闘争のさなかであった。ただちに救援の動きはあったのだが、彼には何も為しえなかった。彼の内側から、何かが喪われ、それにかわってなにかがべったりはりつくのを彼は感じていた。

そして彼は「おきなわ」からおちのびた。

一九六〇年六月十五日。薄暗い舗道の敷き石のうえにたたずんでいた。すぐ傍の国会議事堂の構内には、多くの学生がいた。研究者、大学院学生協議会のグループに、グリーンの服を着た巨きな力がなだれ込み、彼はそこでもひたすら逃げるだけであった。恐怖にかられていた。そして、その逃げたあとに、樺美智子の死があった。彼の内側によどんでいた澱に重なるように、さらになにかが沈んでいった。

一九六四年十月、作家である中野重治の除名を、彼は息をつめて聞いていた。東京都の教員であった彼は、彼の内側に、何の拠るところもなくなっていることを知った。もしあるとすれば、それは「おきなわ」にあるのかもしれない。彼はしだいにそう思うようになっていた。

一九六六年三月、彼は、いちど脱け出したはずの「おきなわ」、以前古くさく息ぐるしく思った故郷に帰った。そこは以前とすっかりかわっているようにも、相も変わらずもとのままにも思われた。故郷に帰りはしたものの、いちど喪ったものは、とりかえしのつかぬものに思えた。べったりはりついたままになっているものは、ひきはがすことができず、澱はいまなおよどんでいるようであった。

彼は途方にくれていた。何にしてもわかりかねることが多かった。ああもあろうかと迷い、こうもあろうかとためらう。友人のKやMなどが退学処分の痛手に耐して労組の仕事にうちこんでいる姿を美しいとみる。また、みずからの痛手から、政治の運動に鋭い批判の眼をそらさずにいるTやもうひとりのKに共感を寄せる、じみちに、おのれをみつめつづけるAや互いに信頼を寄せる。そしてようやく、彼はおのれの（わからないこと）から歩み出さねばならないと思うようになった。

それは、すわりごこちのきわめてよくない場所ではあるのだが、たとえそこがそうだとしても、それはついにおのれを変えなかった彼の、ひらきなおることのできるただひとつの場所かもしれぬのであり、あるいは現場にいあわせながら、いつも、おのれの血を流すことをしなかった彼の、おのれを恃みとする論理がかろうじていきつく場所なのかもしれない。

だから、彼は「おれにはわからん」と言い続けたり、「こうでもあるし、ああでもありうる」とぼっそり呟やくことで逃げを打つのだが、たとえそれが彼の逃げの一手であったとしても、彼にとっては、その「わからないこと」から歩きだすことが、残された多くない道のひとつだと考えているのだ。

彼の「わからないこと」は、たとえば東京の冷たく狭い下宿の片隅で、おのれの口から思わずもれた「おきなわ民謡」の一節に、はげしく身をゆすぶられ、血を騒がせた記憶に、そのままつながってもいる。そのときの胸騒ぎが、なんであったか。彼が喪いつづけてきたものがなんであるのか、それらの「わからないこと」を含めて、多くの「わからないこと」どもを、どうにかしてわかりたい、と考えることから、歩み出さねば、また何かを絶えず喪い続けることになるのではないか、とおそれているのだ。

「わからないこと」からの出発を可能にしようとするとき、ただひとつよりどころとすべきものは「おまえの敵はおまえだ」ということの確認でなくてはならない、と彼は思っている。思想が、白熱の激情のうちにではなく冷徹な持続のうちになくてはならぬとするならば、あるいはまた、精神の深みへうちおろす苛烈な衝撃に耐えねばならぬつよさとともに、未来を洞察するための現実からのこまやかな語りかけに応える柔軟さをあわせもたなければならないとするならば、それは、おのれのうちにあるもろもろの「わからないこと」どもを、あるいはまた「おまえの敵」の正体を明らかにすることを通して、それを構築することが可能となるだろう、と彼は考えたのである。

かれはまた、たとえばあの《ひめゆり部隊》のひたむきな純粋さを、そのこととして肯定しながら、同時にそれを根底的に否定しなければならないと考える。あるいは、酷烈な状況に抗がうための政治的な行為が、ごくまれにある種の犯罪めいた臭いをたてることがあって、彼はその隠微な臭いの醜悪を嫌悪するのだが、同時にその抗がいに加担することを決意する。それは背理にちがいないのであるが、そのような背理をかろうじて生きのびようと思うとき、「おまえの敵」の正体を明らかにすることを通して、あるいは、もろもろの「わからないこと」などを明らかにすることによって、おのれの思想をかたちづくることが、背理の亀裂に身をさらしながら、あやうくその深みに陥ることを避けるてだてともなるだろうと考えるのだ。

それにしても、彼のそのこころみが、徒労に思われるほど、「わからないこと」はあまりに多く、そのかくされた根は広がりすぎている。

小林秀雄であったか、「ひとは観念で自ら死することはない」といった。たとえば、深夜、彼がおのれの鏡にむかって「おまえの思想は、おまえの死に耐える力となりうるか」と問いかけるとき、彼の「わからない」という呟やきは、際限なくその葉と根を広げる。そして長い沈黙ののち、「われわれの《おきなわ》に、そのような観念の絶対性の確立する基盤はついになかった。酷薄な風土と苛烈な歴史は、すべてのものに耐え続ける習性を植えつけたが、それは同時に、観念の迷妄にたぶらかされぬ鋭い感覚を養った。その現実性こそわれわれのまさに肯定すべきものである」と、ときには切りぬけようとするのだが、「わからないこと」はそのことばそのものにまつわりついて、歴史と風土とそして彼に迫る現実の状況のもろもろにわたって、つたのようにからまり、枝を伸ばしていく。彼にとって「わからないこと」はそのようなものとして、彼を泥沼にひきずりこみかねないのである。

しかし、このように「わからないこと」をおのれのうちから、ある場合には状況のなかからつむぎだすことが、徒労のようにみえようとも、あるいはひどく困難なことだとしても、それをすること、そのことを通して現在のなかにまぎれこんでいる過去をひき剝がし現在のなかに息をひそめている未来をたぐりだしていくこころみを続けることが、彼のなしうる「現代」を「生きる」ことであろうと考えているのだ。ときに、おのれのうちにひそむ「お前の敵」の正体をあばくことで多くの人のそれぞれの「敵」のありかを照らすことができたとき、彼はそれらの多くの人の中に加わっているおのれを見いだすにちがいないし、連帯があるとすればそのよろこびをそのとき彼は味わうことになるだろう。

ところで、わたしは、不在の彼を借りて、あまりにも饒舌におのれを語りすぎたようだ。沈黙が、この世界の巨大なものを強烈に語りかけている例や、ことばが、実態を離れて扇情的になり、かえって虚像をつくり出す例もあるのだから、なおのことそう思う。すでに、わたしのこの饒舌は、それがことばの饒舌であるから、虚像を宙に結んでしまったかも知れぬのである。

だからわたしは、ことばにこだわりたい。そしてそのことばで、いささかでも「わからないこと」から出発し「わからないこと」の内容をおのれに対しても、あるいは多くの人に対しても問いかけていきたい、と考えている。

さいきん、ことばでもって《思想》を語るとき、たとえばバイオリンのトレモロではなく、ベースの、曲の底にこもる響きに気を留めなければならぬことを、親しい友によって気づかされることがあった。バイオリンの、人を陶酔に誘いかけるトレモロではなく、メロディーの底に息をひそめて、みえかくれにそのあとを追いつづけるベースのその響きを、できうれば、おのれのものにしたい、とわたしはそうねがっているのである。

（『沖縄タイムス』一九六九年八月二十八日、二十九日）

戦争体験の記録

ふつう、ごくあたりまえにいって、過去の記憶ほど事実関係においてふたしかなものはない。（過去は幻想的に醇化される）というのは、ぼくたちの日常の体験でしばしば起こりうることである。とりわけその体験が心情的なものにかかる場合、意識的あるいは無意識的な美化や歪曲は、起こりがちである。ときには他人によって語られたことが、あたかも自分の体験であったかのように記憶されてしまうことさえあるのだ。

とすれば、個人的な体験が記憶によって語られることは、それがどのような内容をもつものであれ、その語られる事柄が事実として正確であるかどうかは保証の限りではなくなる。保証できるのは語り手である当の本人だけで、ことがらの確かさは、そこでは信じうるか信じえないか、いわば（信仰）の問題となるのであろう。

ところで、このごろ、沖縄戦の体験記が出版ジャーナリズムの世界で話題になっているわけだが、人間の体験が記憶をもって語られる限りそのような不たしかさをともなうものだとするならば、それらの体験の記録に盛りこまれた多くの（事実）も、客観的な保証を欠いたものになりやすいことはいなめない。

だから、事実の確かさを基本的に考えるならば、記憶によってつづられた多くの戦争体験の記録は、厳密な科学的検証をへたものでないかぎり、当然（資料）としての価値をもちえないことは言うまでもない。

むろん、だからと言って、戦争体験の記録が、何の意味をもたないというのではない。むしろ、沖縄戦の体験の記録はもっと多く書かれてよい。だが、それが必要なのは、各の体験者の体験した事実のあれこれを問題にすることではないのだ。

おおかた、ある特定の人間の体験が、その人間と直接かかわりを持たぬ人間にとって意味があるとすれば、それは体験の事実においてよりも、その体験の投げかける問題が個人の枠組を越えて生きているからだといえよう。

いま、沖縄戦の体験の記録が多く読まれているとすれば、それは沖縄戦の体験が、ぼくたちのいまに、まっすぐに突きささるものを持ちえているからだといえる。とするならば、ぼくたちがそれらの記録についてみるのは、ぼくたちのいまに突きささるものが何なのかを明らかにすることだといっていい。

ごくあたりまえのことかもしれぬが、戦後二十余年、個人的な戦争体験の事実のあれこれを（事実）（史実）として絶対化することを避けるためにも、このことは確認してよいと思うのである。

（『沖縄タイムス』〈唐獅子〉欄、一九六九年七月十一日）

想像力

戦争体験を戦後世代、戦争の体験の記憶をもたぬ多くの人たちが、どのように受け継ぐことが可能なのか、ということは、戦後二十五年を経た現在では、より切実な問題となってきている。戦争体験を、〝戦中派〟のいわば〝感傷的な回顧趣味〟と呼ぶ人たちにとっては、そのことは取りあげるに足らぬことかも知れぬのだが、沖縄タイムス紙上の「現代をどう生きるか」の連載企画の中で、いれい・たかし氏が鋭く指摘したように、慶良間島の集団自殺事件が、他の島々でも起こりえたし、また、そのような条件があたえられれば、再び起こりうることかもしれぬものであるとするならば、このことは、尚更に切実な関心の対象となるものだろうと考える。

ところで、戦争体験を思想的な問題としてではなく、（むろん思想的問題であることは当然ではあるのだが、ここではそれを取りあげない。）個人的な体験にかかわるものだとした場合、そのような個人的な体験を世代をこえて受け継ぐことは可能なのであろうか、という疑問が出てくることは否めない。戦争を「カッコイイ」ものとして受け取る世代が現にあるのだとすれば、その人たちが戦争の悲惨をどのように受け取るか、そのことは十分に問題となるのであろう。教え子を戦場に送り出しみずから生きのこった人たちの沈黙は、いってみれば、そのような自己の体験を伝えることに絶望したからではないかとも思えるのだ。

このように、個人的な体験としての戦争体験を、戦争を体験しなかった人たちに伝えることがきわめて困難だとするならば、それを受け継ぐためのあらゆるこころみが戦争を知らぬ世代のうちに必要となるだろうし、戦争を切実な体験としてもちえた世代にとっては、個人的な体験を、単なる個人的なものにとどめぬ思想的営為が必要となるだろう。そしておそらくこの沖縄に、沖縄の思想と呼ばれうるものができるとするならば、それは、以上のように両世代のさまざまな営為のうちにそれを可能とする契機がひそんでいるのではないか、と思う。

そしてその際に、切実に要求されるのは、戦争の悲惨をまさに悲惨としていきいきととらえうる想像力ではあるまいか。ベトナムの民衆の生きた現実を、それとして感得しうる想像力がまさに〝反戦復帰〟の内容を充たす力となるのであろうように。そしてそれは、沖縄の現在のうちに苦吟する民衆の生活を、感得する想像力を要求する立場に立つことを意味する。そして本土の多くの人々に対するぼくたちの要求でもそれはある、と言っていいのではないだろうか。

（『沖縄タイムス』〈唐獅子〉欄、一九六九年八月一日）

「戦争責任の追及」ということ

本紙連載の「現代をどう生きるか」のなかで、論者の多くが問題としたもののひとつに、戦争責任の追及ということがあり、そのことが沖縄の戦後の歴史や復帰運動のありかたに、深くかかわっているという認識が、共通に見られた。

ところで、最近、二、三体験したことだが、これらの論者が想定したであろう人たち、厳密に追及していけばその対象に含まれるだろうと思われる人たちが、これらの論文にふれていながら、自分も追及の対象とは感じていない。あるいは自分は免罪されていると信じている、そういう事実のあることがわかった。それは、まさに一種の鈍感さとでも言うべきものであろうが、そのことは逆に、多くの論が、責任追及の掛け声だけに終わり、なんらの具体的な見通しを持たないことにも、原因があるかも知れない、と思ったことである。

いったいに、戦争責任の追及、ということは、すぐれて思想的な課題ではあるのだが、それとともに個人的な倫理の問題であり、それが「追及」ということになれば、現在的な政治運動の実践的な課題と、骨がらみにからみつくという性格のものである。そのような複雑で多様なものを具体化することは、きわめて困難であろうということは、容易に察しがつくというものである。

それはかりではない、戦争責任と言ったところでその内容をどのように具体的に規定するか、となると気の遠くなるような問題の根の深さに、いやでも気が付かざるをえなくなる。たとえばかつて、汚職で悪名をたてた某氏の胸像をたてることを決議した議会が、ほぼ同じ時期にB52撤去を全会一致で決議するということがあった。これを理解するかということも、ことは単純ではない。B52撤去要求の背後には、戦争を否定する論理が働いているにちがいないが、その戦争否定の論理がどれほどの強さをもつかということの評価は、日常生活に機能している理論の性格や強さを、どうとらえ評価するかということと、密接にかかわっているにちがいないのだ。そういう根の深さと広がりのなかで、またそれらの混沌のなかで、戦争責任の内容を具体的に明らかにすることはきわめて困難であるといえるだろう。

そればかりでなく「追及」とは具体的にどうすることか、個人的・倫理的な償いをすればよいかなど、これも容易なことではおさまりがつかない問題をはらんでいる。だから、今のところ「戦争責任の追及」が掛け声だけに終わるのもやむをえまいが、しかしそれにしても、前記のような「鈍感さ」

に出合うと、ひとごとではなくふいとためいきのでてくるのをとどめえないというのが、いつわりのないところである。

（『沖縄タイムス』〈唐獅子〉欄、一九六九年九月二十八日）

《水平軸の発想》その二

「ひめゆり」や「健児隊」の死を賭した行為を支えていたものが何であったか、ということは、以前から、わからないことのひとつとして、言ったり書いたりしたことであった。

大田昌秀氏などの著書を読むと、「皇民化教育の徹底」と、彼らが日本国民としてみずからを馴致していった過程がよくわかるし、そこに、沖縄の悲劇の一端をぼくたちとしてもみるのだが、戦後に自己を意識するようになったぼくにとっては、そのあたりは、どうしても実感としてぴったりこないものがある。

あの時代の不自由な状況、抑圧された息苦しい日常ということも度々強調され、戦後の自由な教育と対比してそれが説かれることもあるのだが、少年にとっては、いつの時代でも自由は奪われ、日常は息苦しく陰うつなものであって、少年の意識では、自由や抑圧ということでは、あの時代とこの時代と、どれほどの相違もないのではないかという気がするのだ。

むろん、時代の客観的な条件の違いは無視はできないのだが、多くの少年にとって、そういう客観的な状況の洞察がどれほど可能であるかという点では、どれほど相違もないのだから、自由や抑圧の意識において、その間にへだたりはそうないと考えられる。

そういう少年たちが、戦後解放感を味わったとすれば、それは戦後のアナーキーな日常の中でかつての強迫をともなった規制が取り払われたことからくる一時的な解放感であって、社会が一応の安定を同復し、ひとつの秩序感覚が育てられ、それによる強力な規制が日常的に行なわれるようになった現在では、少年にとって、現実は再び不自由と抑圧そのものとなっているとみえるのだ。

つまり、あの時代の少年や少女の意識では《皇民化》の理念よりも、むしろその理念を背景とした強烈な規制と、それを社会全体が明白に支持しているという事実の方が、より脅威の対象となったのではないか、ということなのだ。

ところで、それでは何故彼らが《国のため》に生を賭したかということになるのだが、それはほかならぬ《沖縄》が戦場であったということにかかっているのではないか、というのがぼくのひそかな想定である。家・家族―ムラ―同胞―郷里―という同心円に広がる意識、その同心円の外延として《国・国民》を想定していく〈水平軸の発想〉による国家意識が、国を守ることと郷里や家を護ることをそのまま結びつけたのではあるまいか、そしてそこに彼らの生を賭した行為の根幹がありはしないか、というのがぼくの想定なのだ。これには多くの異論があるかも知れぬし、またなくてはかなわぬことだと思うが、その異論が提起されるのを、期待したいと思うのである。

(『沖縄タイムス』〈唐獅子〉欄、一九六九年十一月八日)

「責任の追及」ということ

この数日来、新聞の紙面をにぎわせた赤松元大尉来島のニュースほど、いろいろな問題をぼくたちになげかけているものはない。赤松元大尉の来島そのものもさることながら、それをむかえるぼくたち沖縄の人間のさまざまな反応のありかたにも、多くの問題があるように思った。

このような反応のあれこれについては、新聞のニュースで知るだけだが、赤松元大尉の来島を阻止しようとする動きのある一方、〝罪を憎んで人を憎まず〟式の寛容さがあること、あるいは〝過去を水に流す〟式の受け入れかたがとくに当事者である渡嘉敷島の人たちの間にあることなどを知って、むしろその方に、多くの問題があるような気がしたものである。この種の寛容さは、かりに再び第二の赤松大尉があらわれたとき、やはりその罪をゆるすことになるにちがいない。とすれば、第二の赤松大尉の出現を許さないという決意は、この種の寛容さでもって風化させられてしまうであろうという予感がするのだ。

だから、というわけでもないが、赤松元大尉が離島の際に〝自決命令を下したことはない〟と発言してのち、事実の究明が先決であるかのように言う論調がでてくるのを見ると、ある種の気がかりを覚えるのである。それはなにも事実の究明が不要だということではない。またこの種の事実の究明が絶望的なくらいに不可能だということになるのでもない。(事実の究明というのは、命令の伝達がどういうかたちでなされたかにあるのではない。文書で行なわれることも口頭で行なわれることも、あるいはやくざまがいに、顔色でもって、あるいはある種の身ぶりでもっても命令は下せるのだから、そういうかたちで事実の究明を図ったところで、極限状況のなかでの明白な事実がとらえられようと

は思わないのだ）

それよりも、事実の究明ということでもって、逆に赤松元大尉の責任を追及する主体側の問題が欠落してしまわないか、という気がかりがあるのだ。今度の件について、かなり多くのすぐれた論説があらわれたが、それらの論説のなかに、追及の主体の問題を視野の外においた論述がみられるのだから、さっきの気がかりは、いっそう強くなってくる。

なぜそういう責任の追及が、沖縄に住むぼくたち自身の間に行なわれる追及の鋭さとして現われぬのか。なぜ寛容に彼をむかえ入れようとするのか。それらを支えている意識は多分根はひとつなのではないかという気がする。誤解をおそれずにあえて極端な言いかたをすれば赤松元大尉という実在の人物はどうでもいいので、むしろ、それによって生じたさまざまな反応の方を、ぼくたちとしては、もっとリアルにみていくことが、切実に必要なのではないか、と思ったりするのである。

（『沖縄タイムス』〈唐獅子〉欄、一九七〇年四月五日）

「六月十五日」

六月十五日を、東京でむかえることになった。十年目の六月十五日である。

十年前のこの日、当時東京大学の学生であった樺美智子さんが、国会議事堂の構内で死んだ。夕方、ほとんど暗闇に近い。まわりの人の顔もさだかではなかった。その日の昼間、新成人のデモ隊に、かしの木に釘を打ちこんだ棒を振りまわしてなぐりこんだという事件があり、国会を取り巻く数十万のデモ隊の雰囲気も、おだやかではなかった。

連日のデモでいささかくたびれた足をひきずって国会議事堂の正門を通りすぎ、霞ガ関の地下鉄入口の近くの舗道に、ぼんやり立っていた。正門の扉は閉ざされ、その内側には装甲車が並んでおり、それに対峙して全学連の学生が立ち並んでいた。

デモ隊の中に、いらだちがあった。連日のデモにもかかわらず、事態はすこしも好転したようには見えなかった。岸首相は、〝みんなが安保に反対しているというけれども、後楽園のナイターは満員ではないか〟と放言して怒りをかっていた。

六月にはいって、家庭教師のアルバイトをつづけて休み、デモに参加していたぼくの場合は、事態がすこしも動きだすような気配のみえないことに、ある種のいらだちとむなしさを感じていた。アルバイトではほとんど生活しなければならなかったぼくにとって、半月も休み、賃金を貰えなくなるのは大きな痛手であったから、デモの結果がまるっきり手応えのないということに、個人的な憤懣も手伝って、いっそう焦躁を感じていたのである。

何時ごろだったろうか。なにもすることなくつっ立っていた。ときどき思い出したようにシュプレヒコールをくりかえすだけのぼくたちのちかくに戦闘服に身を固めた機動隊が襲いかかってきた。デモ隊はたちまちのうちにおい散らされ、散を乱して逃げのびるだけであった。恐怖にかられてぼくもただひたすらににげた。どこをどうにげまわったかわからない。気がついたときは日比谷公園の近くまできていた。まわりがどうなっているかわからなかった。国会議事堂に再び引きかえす勇気もなく、ぼんやり下宿に帰った。

そしてその時、樺美智子の死を知らされた。何ともいえない滅入った気持ちであった。それをひとつのきっかけに、ぼくの中で、何かが回りだしたように思う。そして、一度回りだしたものが、いまでもぼくを支配しているようだ。

それから十年たった。やがてその日が来る。その日、再び国会の前に立ってみたい。そして、ぼくの中でその日をきっかけにまわりだしたものがなんであったかを、たしかめようと思っている。

（『沖縄タイムス』〈唐獅子〉欄、一九七〇年六月十四日）

終わりの弁

このコラムに書きだして、ようやく一年たった。ふりかえってみて、われながらよく書いてきたものだと思う。はじめ、文学関係について書くという約束であったが、ほとんどそれはできなかった。あまりに、個人的な関心にのみとらわれてしまったようだ。

というよりも、ぼくの場合は、そうするより他にしようがなかったといえる。この一年というのは、あまりに大きな、沖縄の歴史の進路にかかわるような事件が重なった。そのことが「文学」についてふれる余裕を持てなくしたということがある。この年に起きた事件は、そのことごとくがぼくにとって、個人が状況にどのようにかかわるか、あるいはどのようにかかわりうるかということを、絶えず問いかけるようなものであった。さらに言えば、ぼく自身が、なんらかのかたちでそれにこたえようとつとめないかぎり、何も語ることができないような、そういう問いかけをしてくるたぐいの事件であったのである。

ふりかえって、そういう問いにこたえることができるようになったとは思えない。いよいよこたえづらくなるような、考えあぐねるようなことの多いこのごろであるだけに、書きちらしたことどもをふりかえると、内心、顔のあからむ思いがするのである。

六月十五日、午後四時ごろ、国会議事堂前に行ってみた。線香と花束を手にした五、六人の学生にすれちがっただけで、あたりに人影はなく、前の日から降り続いた雨がけぶっているだけであった。二、三十メートルの間をおいて二、三人の機動隊員が立っている。地下鉄の入り口にも改札口にも五、六人、遠く日比谷口には、二三百人ほどの隊列があった。ひっそりと静まりかえった国会の回りを、ゆっくりひとまわりする。思いなしか、時おりふりかかるしずくが手に冷たく、水気をふくんだ靴が重い。

できることといえば、うさんくさげな警備隊員の目を意識しながら、樺美智子の死んだ南通用門前で頭を下げることだけである。駆けだしたくなる衝動をこらえながら、傘をさしてゆっくり歩く自分が、ひどく滑稽に思われてくる。数年前から、心ひそかに決めて、やってきたことが、遠い舞台の笑えない喜劇を眺めているようにも感じられた。

この十年というのは、何であったろう。そしてこの一年、唐獅子に書き出してこのかたというのも何であったか。それらがはっきりするのではないかと思って国会の前に立ったのだが相変わらずはっきりしない。はっきりしないものを読んでいただいた方に申しわけない気もするし、心残りもあるのだがやむをえない。長い間読んで下さったお礼とおわびを申しあげるだけである。

なんだか、国会の前の雨の中の静けさだけがぼくのなかに残っているようである。

（『沖縄タイムス』〈唐獅子〉欄、一九七〇年六月二十八日）

小さな広告からの思考

知人から、六月十三日付けの沖縄タイムスを見せてもらったとき、ひどく気になる広告がそこに載せられていた。それは、紙面の最下段の片隅「お詫び」とゴジックの活字で題された広告である。多忙な読者は気がつきにくいだろうと思われるような、五行くらいの小さな広告であった。

お詫び

30日昼具志川市字上江洲で次女、Aが不慮の災難に合い、住民各位にご迷惑をお掛けしました。Aも6月9日に無事、元気で退院家族一同胸をなでおろしています。紙上より深くお詫び申しあげます。

尚入院中、お見舞下さった方々に心からお礼申しあげます。

（傍点・池沢）

以上が全文で、そのあと住所と両親の名前と親戚一同の文字が並んでいた。

わたしは、その広告を読んで、ほっとすると同時に、なにかふにおちない思いで、九日と十日両日の新聞をさがしてみた。見おとしがあるのかも知れないと思ったが、どこにもAさんの退院はニュースとなっていなかった。あらためて広告をよみかえし、胸をつかれるような思いがした。

Aさんの不慮の災難というのは、ここであらためてふれるまでもない。連日紙面をにぎわし、県民の抗議集会が開かれるほどの政治問題となった米兵による傷害事件である。

わたしは、事件の経緯や、その後の動きは、新聞やラジオのニュースで知るだけであった。問題が問題であるだけに、ニュースが個人を離れて政治的な問題として追及され、報じられるようになった。わたし自身の関心も、それにつれて、全体の動きにひきずられ、Aさんの個人のその後の回復状況などについて思いを寄せることもすくなくなっていた。そのとき、たまたまこの広告にふれて、胸をつかれる思いがしたのである。

事件は、たしかに、Aさんという個人の災難ではあったが、問題は個人にとどまるものではなかった。だからニュースが個人を離れ、沖縄に住むだれもが受けかねない問題として、その意味で全住民にかかわる政治的問題として追及され報じられる。それはよい。いやむしろそうでなくてはならない。だが、Aさんやその両親などの心の痛みを離れては、抗議も、抗議の意思を伝えることも、むなしくなりはしないか、という気がする。

だから、Aさんの退院がニュースとして報じられず、両親が自分の費用で「お詫び」の広告を、なぜださなければならなかったかを考えると、くやしい気がするのだ。笑顔でなくてもよい、とにかく元気な姿で退院する大きな写真を、そして安堵の気持ちを持ったにちがいない両親の気持ちをニュースとして知らせてほしかったと思う。これはニュースにならないのだろうか。ニュースにしようとしないのであったなら、いったいあの抗議のニュースは本当に住民の抗議のこころを正しく伝えたといえるだろうか、という思いがする。

元気に回復したことがニュースになったとしても、おそらく両親は、この広告を出したかもしれない。文面をみると、そういう義理がたい人柄の方のようにみうけられるから、そう思う。

それにしても、この義理がたさはひどく気になる。だれに対する「お詫び」なのであろうか。「御迷惑」をうけたのは当のAさんと両親ではなかったか。どうして「お詫び」しなければならないのだろうか。

わたしは、このほかに、沖縄の人間の義理がたさの典型的なあらわれかたをみるように思う。そして、わたしたちは、倫理的であろうとするとき、この言葉にそって自分自身を見さだめようとすることが多いように思う。

両親の気持ちがわからぬのではない。だが、やっぱりこの「お詫び」の気持ちはどんなに美しいものだとしても、否定しなければならないのではないかという気がする。

それと同時に、両親の言葉を、そのまますんなり受け取ってこだわらない感性が通用するのだとするならば、むしろそのことに、わたしはこだわりたいと考えている。

(『沖縄タイムス』一九七〇年七月五日)

「沖縄に生きる」思想――「渡嘉敷島集団自決事件」の意味するもの

今年(一九七〇年)三月二十七日、渡嘉敷村の沖縄戦戦没者慰霊祭に参列するため、赤松嘉次氏が沖縄を訪問した。太平洋戦争中、渡嘉敷島の守備隊長であった赤松氏は、この島で戦没した兵士と村民の霊を慰めるため、戦後二十五年を経て初めて来訪したものである。

赤松氏は、戦後、おそらく戦争の悪夢を払うことができずひっそりと、すくなくとも沖縄の人たちの前には姿をあらわさずにすごし、今度渡嘉敷村に招かれて来島したのだが、彼をむかえたのは、沖縄の原水協などの平和団体数百人の抗議であった。抗議声明をつきつけられて沈黙した赤松氏は記者会見の席上でも言葉すくなに、戦争中の行為についての弁明をこころみただけですぐに姿をかくし、一緒に来島した慰族団の人たちとも別れて単独行動をし、予定された宿舎にも姿を見せなかった。

翌日、那覇から渡嘉敷島に渡る船にも姿を見せなかった。乗船を阻止されると考え、慰族団とは別に渡嘉敷島に渡ろうとしたのだが、渡嘉敷島で上陸を阻止しようとした人たちのために、結局、慰霊祭に参列することをあきらめて帰ったということである。

この事件について大江健三郎氏も雑誌『世界』の六月号でとりあげているが、大江氏もいうように、一九六九年の佐藤・ニクソンによる「日米共同声明」と、その路線での「沖縄返還」がタイム・テーブルにのせられ、安保条約の自動延長と東南アジアに対する進出が既定のものとしておしすすめられようとするこの年に、赤松氏が慰霊祭に参列するという理由で公然と沖縄の人たちの前に姿をあらわしたのは、きわめて象徴的なできごとであるといえる。それは、七〇年代にむけての日本政府の基本的な姿勢を象徴的に示しているが、同時に、この年に赤松氏を慰霊祭に招いたという事実に現れているように、「日米共同声明」に基づく「沖縄返還」にのっていこうとする沖縄側のひとつの態勢が象徴的にあらわしている事件であった。

というのは、太平洋戦争中に露呈された「沖縄」と「本土」とのある種の矛盾は、現在なお濃厚に残っていて、それが「沖縄」側にとって「本土政府」に対する不信感となってあらわれている。したがって「本土政府」としては、そのような不信を解消するためにはなんらかのかたちで手を打たなければならないのだが、激戦の中であらわれた矛盾と不信はなかなか解消されるものではない。とりわけ渡嘉敷島でくりひろげられた悲惨は、あたかも沖縄戦における戦争体験の原像として印象づけられているのだから、そこにあらわれた矛盾を解消するために、「過去のできごとは水に流そう」（渡嘉敷村長談話）というかたちででも処理しないことには、「一体化」政策は容易に実現できないということになる。いずれにしても「本土」と「沖縄」の体制側にとっては、赤松氏を慰霊祭に参列させ、彼に形の上でも謝罪させることによって、そこにみられるあらゆる矛盾を隠蔽しようとはかったと判断できる。「本土政府」が意図的にそれを図って工作したかどうかわからない。また赤松氏個人がどのような意図を持って沖縄に渡ったのか明らかではないが、だが、そこにどのような意図や工作があったにしろ、なかったにしろ赤松氏の沖縄への渡航は、そういう体制の意志を見事に象徴しており、一九七〇年という太平洋戦争後の歴史の屈折点を、その本質においてあらわすものであった。

ところで、この赤松氏の沖縄訪問が、なぜこのように、いわばひとつの時代的な象徴となるほどの意味を持つかということであるが、そのことをいうためには、渡嘉敷島での戦争中の赤松氏と村人たちのかかわり、その結果生じた惨劇についてふれなければならない。この事件については、すでに多くの記録によって紹介されており、沖縄における太平洋戦争の記録では、ほとんどふれてないものはないほど伝えられているのだから、ここで改めて取りあげるまでもないが、赤松氏の来島の意味を考えるには避けることができないので、事件の経過についてはごく簡単に触れるだけにとどめたい。

渡嘉敷島は、沖縄本島の中心である那覇市の西方約三十キロの海上にある慶良間諸島の中で最も大きな島である。慶良間諸島は、この渡嘉敷島のほかに、座間味、阿嘉、慶留間などの各島からなり、行政上では渡嘉敷村・座間味村の二つにわかれている。その中で最も大きいとはいえ、渡嘉敷は周囲二十キロ、面積も九平方キロに足りないもので農産物に乏しい島である。

太平洋戦争当時、この渡嘉敷島に駐留していた日本軍は、赤松大尉（当時二十六才・二十五才とも）

を守備隊長として、船舶特攻隊員一三〇人を中心とする約三百人の軍人と、島内から徴収した防衛隊員、朝鮮人軍夫でもって構成されていた。船舶特攻隊である赤松隊の主な任務は、舟艇に爆弾二個を備え、米国の軍艦に体当り攻撃をかけるといういわゆる人間魚雷であった。だから、それは渡嘉敷島を守備するというより、沖縄本島を攻撃すると予想される米国の艦船に横合いから攻撃して損害をあたえるという任務を持つものであったといえる。

昭和二十年三月二十五日、米軍は慶良間諸島に上陸の態勢をとりながら攻撃を開始、翌二十六日上陸。渡嘉敷島の赤松隊長は、残っている全舟艇の破壊を命令して、地上での迎撃作戦に転じた。そして全軍及び全住民に西山の高地に集結するよう命令がだされ、住民は、日本軍の保護下にはいるものと信じて集結。しかし軍陣地内に入ることは許されず、周辺の岩かげに待避した。二十八日、米軍は迫撃砲を中心に西山を包囲接近する。そのなかで、日本軍は長期戦の体制をとるので、住民は、「戦闘員の煩累を絶」ち、食糧確保のために自決するよう命令が出される。その結果、防衛隊員の所持していた手榴弾等によって住民約四百名が集団で自決するという悲劇が生じたのである。この集団自決の前後の模様は記録によると次のようである。

防衛隊員が各自二個ずつ持っている手榴弾のまわりに住民は集まり、身よりのものがひとかたまりになって、一発に二・三十人が折り重なって倒れた。手榴弾の不発などで死にそこなったものは、棒で頭をたたき合ったり、カミソリで頸を切り、あるいは斧や鍬・鎌などを用いて親子が殺し合いみずから死んでいくというような惨劇がくりひろげられた。そこで約四百人の住民が死亡。死にそこなった人たちが日本軍陣地に近づくと、赤松隊長は壕の入口にたちふさがり、陣地附近から立ち去るよう命令し、壕に近づけなかったという。

米軍は三月三十一日、渡嘉敷島から撤退したが、赤松隊はそのまま持久戦の体制をとり、生き残った住民から食糧を徴収、家畜の捕獲と殺も禁止し命令にそむくものは銃殺することとした。その後五月にはいって米軍は渡嘉敷島に再度上陸、その間に占拠した伊江島の住民約二千名を移した。赤松隊長以下隊員はずっと壕中にひそみ、米軍と接触したという理由で、あるいはスパイの容疑で住民を銃殺したり斬首したりするという事件があいついだ。八月、壕中にあった赤松隊は食糧不足で飢餓的な状況のもとで米軍に投降、捕虜となった。

以上、簡単に渡嘉敷島の集団自決事件の経過を記したが、このような状況は渡嘉敷島にかぎらず、沖縄本島内でも程度の差はあれ、あちらこちらにみられたものである。米軍の攻撃のなかであらわれた沖縄の住民と日本軍との間の対立や矛盾、その結果としての惨劇が集約されたかたちでこの渡嘉敷島の集団自決にあらわれているのであり、その意味では、この事件は沖縄戦そのままの縮図であったといえる。現在、この事件が、沖縄における戦争体験の原像として受けとられるゆえんである。

この集団自決事件の前後の模様は、もっぱら沖縄の住民の手による記録(渡嘉敷村役所編「慶良間戦記」、沖縄タイムス編「鉄の暴風」、上地一史「沖縄戦史」、山川泰邦「秘録沖縄戦史」など)で伝えられるものにもとづいて述べたものであるが、このことについて異った記録や発言がないわけではない。防衛庁戦史室編「沖縄方面陸軍作戦」や、当事者である赤松氏の発言は、沖縄側の記録とは異ったものとなっており、とりわけ、自決が赤松隊長の命令によるものであるかどうかについては対立した意見をしめしている。今度赤松氏の来島の際、赤松氏は「命令を下したことはない」と言い切っており、沖縄では、その事実究明を求める発言が出てきている。たしかに、自決が赤松隊長の命令によるものであるか、それとも住民の側が「崇高な犠牲的精神によりみずからの生命を絶つ」(沖縄方面陸軍作戦)たのかということは事実関係をたしかめるのに重要な問題となる。が事実として命令があったかどうかは、この事件を考えるのに本質的な問題ではないように思われる。

赤松隊長が直接命令を下さなかったとしても、事実として、赤松隊長以下隊員は終始壕の中にひそんで生きのびることを図り、住民を米軍の砲撃の前にさらしたのであるし、また住民の食糧を徴収して飢餓状況に追い込むということがあったのだ。そこには、住民を差別し、住民がどのような状況に追いこまれようと、何の痛痒も感じない赤松隊長以下隊員の意識があらわれているといえるのであって、そのような意識のありかたからすれば、命令が下されたと同じような状況がそこにあったと考えても誤りではないと言えるだろう。とすれば、沖縄の側の手による記録が、自決命令が下されたと判断して記録し、このことについて読者も、なんの疑いももたなかったのは、ごく当然なことであった。戦争中の沖縄本島で戦火をくぐりぬけた人たちにも、似たような体験すなわち直接に命令は受けなくとも命令された場合とほぼ同質の状況が展開されるというような体験があったのだから、一層、この事件をその記録のまま受け取ったとしてもおかしくなかったのである。

このように、かりに命令が下されなかったとしても、命令のあった場合と同質の状況がみられたとするならば、事実として、命令が下されたかどうかは、ことの本質の上にはかかわりをもたないのであり、事実のせんさくはほとんど無意味なこととなる。それよりむしろ、なぜこのような惨劇が生じたかという原因、あるいはこのような惨劇のしめすものを問うことが重要なこととなるだろう。

ところで、この渡嘉敷島の集団自決事件がとりわけ注目されるのは、先に述べたように、沖縄戦における惨劇をそれが集約的に現わしているからであるが、なかでも、日本軍と沖縄県民とのかかわり、もっと広げていえば「本土」と「沖縄」の間の矛盾(として沖縄側が受けとってきたもの)が集中的にあらわれているからであるといえる。むろん、そこにあらわれているのは「帝国軍人」と一般住民との矛盾であり、いわば国家の暴力機構としての軍隊と人民との矛盾にほかならないという点で一般的な性格をもつものであるが、この場合は、そのうえにさらに明治以後の政府の対沖縄政策とそれによって惹起された沖縄の対本土意識のありかたが覆いかぶさって、現在に尾を引く問題を孕んでいる。その意味で、この渡嘉敷島の事件の提示するものは、過去の、太平洋戦争下に起きたさまざまな悲惨なできごとのうちのひとつとして片付けられないものを持っており、七〇年代のアメリカの対アジャ政策のかたがわりをかって出ようとする日本のあたらしい政策の根元にあるものとしての沖縄問題の本質を考える際に、再び問い直されるべきものを含んでいるといえよう。

この渡嘉敷島の事件は、二つの面からとらえることができる。そのひとつは、日本の国家政策の沖縄に対する統治の仕方の面であり、他のひとつは、沖縄県民の権力に対する意識のありかたにかかわる面である。この両者は、いわばたての両面であってその両者の相互のかかわりかたが、結果として自決としてあらわれたのであるが、便宜上ここでは日本政府の対沖縄政策の方から取りあげたい。

沖縄に対する日本政府の直接の統治は、明治十二年の廃藩置県から始まる。それまで、薩摩の支配のもとにあった沖縄は、みかけのうえで「日支両属」のかたちをとり、日本とは別の独立した国家の形態をとってきた。島津(薩摩藩)の支配も、直接統治のかたちではなく、首里王府を通しての間接支配であった。薩摩の対中国政策から言っても、沖縄は独自の特質をもったものとして、文化にしろ風俗習慣にしろ、その多くは許容されていたと言える。

ところが明治政権が確立され、近代のいわゆるネイションとしての体制が整えられるにつれて、沖縄も日本国の構成部分としてくみこまれ、これまで保持してきた独自なものを奪われるにいたった。

これは、沖縄に限らず日本の各地方が本質的に同じようなあつかいをうけたにちがいない。強力な中央集権体制、あらゆる面での過度な、権力の中央集中と同質化、国民の天皇を頂点とする階級的な、いわゆるヒエラルキーへの組みこみがおこなわれるということは、あらゆる階層、地方を問わずに行なわれ、その独自なものが奪われていったのであろうが、沖縄においては、その独自な性格をより強く持っていただけでなく、中央集権体制へのくみこみがおくれたために、性急で強引な転換が行なわれたのである。

そういう明治の廃藩置県以後の転換は、いわゆる「近代化」を軸に展開された。そこでは、すべて中央的なものを進歩的で肯定的なものとし、沖縄的なものはおくれたもの否定すべきものであるとする評価の軸が設定され、沖縄がすべての沖縄的なものを自己否定的にとらえることで中央と同質化することが要求される一方、沖縄の独自なものに固執することは一種の異端なものとして排斥する偏見を醸成した。

これは、一種の分断によって統治する政策であり、生活の習慣や、文化の質の相違などを強調することで分断し、分断された相互の間に不信と偏見をそだてることで統治を思いのままにしようとするものである。生活様式や文化の質の相違が現実にみられることを、それと強調し、沖縄の後進性やエキゾチシズムをかきたてることで他の地方の人たちに沖縄についての一種の偏見と不当な優越感をうえつける一方、そのことによって沖縄においては劣等感と異端者としての卑屈を抱かせるのである。そしてそういう沖縄の独自なものをみずから克服しなければならないものとして意識させること、統治者に対すべき批判を、他の地方の人たちの持つにいたった偏見そのものにそらすよう操作したといえる。

このような明治以後の、政府の沖縄統治の政策はかなりな程度成功をおさめた。日本国内で異端であり続けることに耐えることのできない沖縄の人たちは、独自なものを否定し、中央と同質であることあるいは同質化を志向することによって、日本国民であることの存在証明を獲得しようと図ったのである。そのうえ、沖縄が異端であるとされることによってこうむる実際的な被害も歴然としていたので、同質化の志向はいよいよ強力なものとなった。そのような同質化によって獲得されるものは、その具体性において明確ではなかったが、「中央」にみられる「進歩」と「近代」についての幻想が、沖縄の停滞と後進性との対比においてよりあざやかになり、そういう停滞からの脱出の唯一の道を中央との同質化の方向に求めさせる結果となった。

明治以後の政府の対沖縄政策は、このようなかたちであらわれたのであるが、これはたとえば昭和十五年の「方言論争」の中で露骨にあらわれている。「方言論争」というのは、沖縄県当局が沖縄の発展を阻害している最も大きなものとして方言の使用があると考えて方言の使用を禁じ、「標準語」の使用を奨励したのに対し、日本民芸協会の柳宗悦氏らが批判を加えたことを契機に起ったものである。県当局の標準語奨励の基本的なモティフは、沖縄の後進県からの脱却であり、沖縄の方言や生活習俗が沖縄を旧態依然としたものにしていること、したがってそれらを否定しない限り沖縄の発展は期待できないということであった。そういう県当局のモティフに対しては県民のある程度の支持もあった。貧困と停滞からの脱出を希求する県民の一部は、県当局の指し示すコースに従うことで後進県から抜けだそうと考えたのである。

それに対して、柳宗悦氏ら日本民芸協会の人たちは、標準語の奨励が必ずしも方言の撲滅を必要としないこと、いわば沖縄の発展によって地方的な特質が圧殺されることに対する抗議として彼らの論理を展開した。そしてこの論は、明治以後、強引に中央との同質化をおしすすめ沖縄の独自的なものを否定していく政策に反発していた県民の支持をえたものであった。

こういう日本民芸協会の県当局に対する批判は、日本の、ファッショ化と国家総動員体制への傾斜という方向を否定し、地方の独自性と文化の民衆性を強調したところに聴くべきものがあったが、そういう彼らの主張を支える論理的な基盤の提示が具体性を欠き、沖縄の貧困と後進性という現実からの脱却の方途を示すことができなかったために、県民に〝持てるものの趣味的なもの〟だというような受け取りかたをされ、充分な説得力を持ちえなかった。そして結局、論争は明確な結論をえないまま、大勢としてはファッシズムの嵐の中にまきこまれ、沖縄は戦場と化し去ったのである。

「方言論争」にたち入りすぎたけれども、この「方言論争」にあらわれているように、政府の沖縄に対する政策は、あくまで地方の独自なものを否定し、中央への同質化を強調することにおいて従属を要求するものであり、県民の側も、その政策に対応するかたちで「近代」と「進歩」を幻想して、結果として「大日本帝国」の「皇民」となるようみずからを馴致していった。それが渡嘉敷島の自決事件で「崇高な犠牲的精神によりみずからの生命を絶つ」惨劇をまねくひとつの原因になったといえる。そしてさらに赤松隊長の意識に即していうならば、「帝国軍人」としての意識と、明治以後つちかわれてきた偏見（異質な生活や文化に対する蔑視）とが増幅されたところに、彼の行動を決定する素因があったといえよう。

こういう明治以後の政策と、それに対応する意識、沖縄県民の無批判な体制順応性について、大宅壮一氏が「動物的忠誠心」と評して物議をかもしたことが、かつてあった。そのときの議論は、大宅壮一氏の批判が一面沖縄の人間の性格をついているとしそれを積極的に自己批判の方向で問題を切開しょうとするものと、その批判の一面の妥当性は認めながら、同時にそのような順応性をつくりだしてきた明治以後の政策を免罪するものであるとして、当の大宅氏自身が戦争中の自己の行動についての自省を媒介としないで県民のみを批判するのは不当であるという見解の対立として展開された。しかしその論議は、両者とも、「動物的」と大宅の言う「忠誠心」の内実と、そのよってくる基盤を明確に提示しえないまま、倫理的な自己批判あるいは大宅氏批判に終始し、みのりのある結論を出すことをえずに終った。そこでは、集団自決にあらわれているような意識を、はたして「忠誠心」といえるのであるか、というようなことも、「忠誠心」であるとすればそれは何によって生じたのであるか、ということの追求も、リアルに行なうことはなかったのである。

ところで、このことについて、渡嘉敷島の集団自決事件を通して独自な視点でほり下げようとこころみたものに、石田郁夫氏の「沖縄 この現実」がある。石田氏はその著書の中で集団自決事件の原因を次のように考えている。

「一発の手榴弾に、親族一統が折り重なるイメージは、私をおびやかす。一家心中ならぬ、その門中の心中は、どのような序列で手榴弾への距離をさだめたのだろうか。錯乱のなかでも、いや錯乱のなかでこそ、家族と門中の秩序はひきしめられた。(略)沖縄本島から、さらにへだてられたこの孤島の、屈折した『忠誠心』と、共同体の生理が、この悲劇を生み出したと、私は考える」。

この石田氏の発言は、これまでの戦争体験論がいわば国家権力による抑圧に対する告発という視座のみにおいて展開され、その抑圧を相対化する視点を持ちえなかった沖縄の人たちの中に、悲劇を現実のものとした原因を探り出そうとこころみるひとつのあたらしい視座を提示したものとして意味をもっているといえるだろう。だがこの集団自決の原因をそのようなものとして、「共同体生理」というように一般化してしまうと問題はやはり未解決のまま残される。

というのは他でもない。「共同体生理」はそのようなものとしてのみ機能するものではない。たとえば、石田氏がイメージとして描いてみせた「一発の手榴弾に、親族一統が折り重なる」という状況には、そのように死をえらんでいった人々の意識の中にふみこんで考えるならば、〝たとえ自分がひとりだけ生き残ったとしても、全ての人間が死んでいくならば、自分だけが本当に生き残ることができるであろうか。全ての人が「死」という苛酷に耐え得ないとき、おのれのみが生きながらえることはできない〟という意識が働いていなかったとはいえない。あるいはまた、〝更に苛酷で絶望的な状況しか残されていないのであれば、老人や幼児を、そのような状況にたちあわせるにしのびない。むしろ共に死をえらぶことがよいのだ〟とする価値判断が働いていたとも言える。そしてそのように考えることが可能だとするならばこの事件の真の原因は「忠誠心」に求めることはできないし、まして「動物的愛国心」などとは言えないだろう。

むろん、死に赴くときの意識がたとえどのようなものであれ、それによって悲惨がいささかも解消されるものではないし、「忠誠心」とは別に、このような意識のありかたに対する批判は当然ありうることである。しかし、それに対する批判が「個人の生命は、たとえどのような場合であろうと尊重されなければならない」という論理に基づくものであって、その論理が究極には、〝たとえ誰がどのような死に出あうとしても自分だけは生きなければならない〟という考え方に行きつくものだとするならば、このような「共同体生理」に対する批判の根拠は、逆に、〝全ての人が死に絶え、おのれのみ生き残ったとしても、そこに真の「生」がありえようとは思われない〟と「共同体生理」によって痛烈に問い返されるのである。

石田氏が、集団自決事件の原因を、自決していった人たちの内側に探ろうとこころみたとき、それは問題を解くのに有効なひとつの方法であったが、それを「共同体生理」と「屈折した忠誠心」というように概括したとき、問題はふりだしにもどったといえるだろう。

とするならば、われわれは再びふりだしにもどったところから問題を説かなければならない。ということは、いまなお生き続けているマルクスの命題、共同体的体質において個人としての存在をどのように止揚しうるかという命題に立ち戻ることから出発しなければならないことを意味する。

そして、このマルクスの提示した問題に立ち戻ることが、これまでよくあったような、単なる「原則論」のリフレインにとどまるならば、俊敏に「共同体的生理」の機能する方向を見ぬいて、その方向にそって貫徹される体制的支配を阻止することすら、できなくなるだろうと思う。

われわれが沖縄にあって、赤松氏の来沖の意味を考え、渡嘉敷島の集団自決事件の示しているものをほり下げることで、歴史と社会の中で具体的に生きる思想の拠点を考えようとするゆえんであるのだし、そのことは、沖縄以外の他の地域で、それぞれの思想を構築しようとこころみることと無縁であるとは言えないだろうと考えるものである。

付記

この一文は、木耳社刊叢書『わが沖縄』第六巻「沖縄の思想」に収録する予定のものの一部を整理し、あらためて書き直したものである。したがって部分的な相違もあるが、大筋の論理としてはかなり重複するものである。記して諸賢の了承をえたいと思う。

(『労働運動研究』一九七〇年七月号)

「差別」の問題を通して考える沖縄――副読本『にんげん』をめぐる問題

（一）

七二年の沖縄の「施政権返還」が、佐藤・ニクソンの共同声明の発表された当時にすでに予測され指摘されていたように、「安保条約」の内容を実質的に補完する意図のもとで設定されたものであることは、日・米両政府の極秘裏に進められている返還交渉の内容が、部分的・断片的ではあるにしろ明らかになるに従って、疑いようのない事実として現実化されている。

そして、そのことが沖縄に限らず、広く全日本的な切実な課題として解決を迫るものであること、それをどのようにとらえどのような歴史的展望のもとで解決を図るかということが、すくなくとも一九七〇年代の日本のありかたに、きわめて重要な影響をあたえるものであることなどについては、すでにくり返しいわれてきたことで、いまさらここで私がくり返すまでもないことである。「沖縄問題」について、これまで何らかのかたちでかかわりを持ってきた人たちはいうまでもなく、そうでない人たちにとっても、このことは避けることのできないものとして大きな問いかけを行なっていると思われる。また、その問いに対するそれなりの答は、さまざまな現実の行為のなかで、ある人は政治的に、またある人は思想的に、それを提示してきた。その点では「沖縄問題」は、ジャーナリスティックにもてはやされすぎているという気配もないわけではない。

しかし、問題が七〇年代の日本のありかたに本質的にかかわってくるものである以上、おそらく、このことを避けることはできないのだし、またこの「沖縄問題」の内包するさまざまな要素が、逆に現在の日本のかかえている矛盾、あるいは疾患の所在とその根拠を明らかにする契機をつくりだしているといえるのだから、この問題を根源的なところで対象化することはいままさに切実な課題であるというべきだろう。私はそのことを「差別」問題を通して考えてみたい。そして、これは、大阪の全国解放教育研究会の編纂した副読本『にんげん』をめぐって昨年起きた同研究会・大阪府教育委員会と在大阪沖縄県人会との間の対立・論争に最も鮮やかに本質があらわれていると考えるから、そのことを対象に考えてみたい。

（二）

全国解放教育研究会が「部落」解放の副読本『にんげん』を作成し、日本における「差別」の問題を正しく教育のなかにとり入れ位置づけようとしたそのなかに、「沖縄の問いかけるもの」と題して「沖縄問題」をとりあげたことをきっかけに起きたこの対立と論争には、沖縄問題にかぎらず、広く日本の教育上の問題をはらんでいるようにみえる。おそらくそれは、現実的に外化されたところの制度や社会的に実体化されたものよりも、それを支えている人間の内部に潜んでいる意識の潜在的な部分や感性の領域にその根拠をもつものであるから、それらの領域に根拠をもつところの問題をどのように教育上の問題として位置づけ正しく解決するか、という切実な課題を、とりわけ教師に問いかけるものであるといえよう。

ところで、この問題は、さきにふれたように、全国解放教育研究会の編纂する副読本『にんげん』（中学生用）に「沖縄」をとりあげたことに、在大阪沖縄県人会が反発したことに端を発している。在大阪沖縄県人会の反発は、主として「部落問題」と「沖縄問題」とは性格が異なるのであるから、それを同じ読本に採用し同じように扱うのは不当である、ということであった。問題はそれだけに留まらず、副読本『にんげん』から、「沖縄の問いかけるもの」の削除を要求し、府教委に対してはその削除が行なわれるまで使用をやめるよう要求するにいたった。それとともに、在大阪沖縄県人会は、沖縄の屋良琉球政府主席を始め、沖縄選出の国会議員で組織する沖縄議員クラブの議員を動かし、その削除を強く要求した。この段階に入ると、沖縄の内部でもさまざまな反響を呼び、論議をまきおこしたのである。

論議の対象となった「沖縄の問いかけるもの」という文章は、夏休みに沖縄を訪ねたT君という中学生に対する教師の手紙という形式をとったもので、そのなかでは「沖縄のことに無知であり、無関心でありすぎる」ことについての反省、そのような「反省」がありながらなお沖縄に対する関心が単なる同情以上に出ていないことに示されるような、沖縄の現実に対する「本土」の人間の責任が自覚されていないこと、同時にそれは「本土」の人間の意識的・無意識的な「差別」に他ならないことなどを、多くの実例を引きながら指摘した文章であった。その意味では、「本土」の人びとの書いた「沖縄」についての多くの文章のなかで、「本土」の人間のみずからの問題として「沖縄問題」を根底的にとらえかえそうとする発想につらぬかれた数少ない文章のひとつであったし、文体も緊密に張りつめた、執筆者の現実の社会的・政治的状況にかかわるたしかな姿勢をうかがわせるものであった、とわたしは考えている。

それにもかかわらず、在大阪沖縄県人会の人たちに、それが反発をよんだということが、「差別」の問題のかかえる複雑な性格を示しているといえるだろう。在大阪沖縄県人会の人びとの「差別」に対するとらえ方と、全国解放教育研究会の「差別」についての考え方の相違が、このような対立・論争を呼び起こしたのである。

全国解放教育研究会の立場は、「部落差別」と「沖縄差別」は、歴史的・社会的な現われかたの相違ではあっても、本質的なところでは同一の「差別」に他ならないという視座に立つのに対し、在大阪沖縄県人会の立場は、「部落差別」と「沖縄差別」の間には質的な相違があって「沖縄」を「部落」と同列に扱うのは困るということであり、また、沖縄は戦前には差別をうけてきたが現在は差別されていないことを強調したものであった。

このような敏感にすぎるとも思われる大阪沖縄県人会の「差別」に対する反応は、それが「寝ている子を起こす」ようなものだとする大正区沖縄県人会長の発言（本年一月十三日付『沖縄タイムス』）や「降りかかってくる火の粉」を「払う」という大阪沖縄県人会連合会の訴えの言葉のなかにもみられるが、〝寝た子を起こす〟〝降りかかってくる火の粉〟という表現にこめられているように、太平洋戦争前の「本土」における「被差別」の歴史的な体験が、このような鋭敏にすぎる反応をひき起こしたといってよい。

こういう「本土」における「被差別」の体験は、とりわけ大阪を中心とする関西地方に多く、そこではたとえば下宿人を求める広告のなかで「朝鮮人と琉球人はお断り」と書きこむようなかたちでの「差別」が日常的に行なわれていたといわれている。とするならば、在大阪沖縄県人会の人たち、とりわけ戦前に関西に転住し、陰に陽に「被差別」の体験を持った人たちが、この問題がかつてあった「差別」を再びよみがえらせるかもしれぬという不安と危惧の念でもって、敏感に反応するのも、決して根拠がないわけではない。沖縄の戦後の歴史的な状況が、「本土」の人たちの意識的・無意識的な、沖縄を日本と切り離して、「一億の人民のために百万の沖縄の人たちが犠牲になるのもやむをえない」とする発想に支えられた政治政策によってつくりだされてきたものであり、それこそ意識的・無意識的いのである。

な差別に他ならぬのであるから、そういう不安や危惧をいわれのないものと否定し去ることはできないのである。

（三）

しかし、それであるからこそ、逆にこの大阪沖縄県人会の意識は、それとして対象化されなければならないということができよう。「この読本の持つイメージで判断されれば、『オール沖縄県も亦未解放部落の一種なり』という印象を、否応なく植え付けられる恐れが多分にある」「結局副読本に、収録併記掲載された沖縄県は、その実体を離れ、全く別の形の黒い虚像即ち、心情的被差別者として、人びとに蔑まれながら、一人歩きをすることは必定である」（昭和四十六年二月「沖縄県人は訴える」大阪沖縄県人会連合会会長）という「訴え」の言葉には、沖縄問題を部落問題と極力切り離して考えようとする発想が明瞭にうかがえるし、それは同時に、被差別者の相互の間に差別をつくりだすことになるのだから、このような意識をこそ検証の対象とされなければならないのである。

すくなくとも、「沖縄問題」は、太平洋戦争後、米国の植民地的支配のもとにあって、日本から切り離されるなかで自らの力で一切の差別と収奪から脱却しようとする運動の展開として一般化してきたものであった。そこでは「民主主義」の理念にもとづいて、あらゆる差別と抑圧が住民によって告発され徐々に排除されるという歴史的な体験が生きていたといってよい。そして、そのなかでは、明治のいわゆる「琉球処分」以来の、政府の沖縄に対する差別的な政策が明確に意識されるということも必然であった。副読本『にんげん』の「沖縄の問いかけるもの」で正確に指摘されている通り、日本の戦後は沖縄を切り捨てるなかで現実化されたものであり、一般的には沖縄はそういうものとして意識されることはなく、その意味では、沖縄を分離して米国の軍事支配にゆだねたこと自体が、沖縄に対する「差別」に他ならないことなどが明確に意識されてくるのも、いわば自然のなりゆきであった。とするならば、沖縄問題の解決を主張し、沖縄に対する差別の拒否をとなえる立場にたつかぎり、さきにふれたような「部落」に対する差別的な発想は出てくるはずもない。にもかかわらず、このような反発が出てきたことには、直接に米国の軍事支配のもとであらゆる差別と抑圧に抗してきた沖縄現地に住む人びとと、遠く離れて大阪でその生活を送り、直接には日常生活のなかで具体的な「差別感」のようなものとしてむきだしの性格を見せずに現実化される「差別」にこだわらざるをえない大阪沖縄県人会の人たちとの認識あるいは「差別」に対する感性の相違をみることができるだろう。事実、今度の事件についての大阪沖縄県人会の行為に対する沖縄の現地からの批判に対して、大阪沖縄県人会の間では、この問題で、「現実に困るのは本土に住んでいる県人だけだ。遠い沖縄にいる人にはとやかくいう権利はない」という反発があったと伝えられているのである。

そして、「部落」に対する「逆差別」の発言をし、そのことについて沖縄現地からの批判に対しては、このように〃困るのは自分たちであって沖縄に住む人は関係ない〃として反発を示す人たちが、一方では、米国の軍事支配、むきだしの「差別」には鋭敏に反応し、また、たとえば明治以後の沖縄に対するさまざまな「差別」を告発した『醜い日本人』（大田昌秀著・サイマル出版会刊）については、〃これこそ私がいいたかったことだ〃として数十冊買い求めて知友に配布する、というような矛盾した行為を示しているのである。

こういう「差別」に対する矛盾した行為や反応を示すことは、あるいは戦後二十数年もの間、米国の軍事支配の「差別」と「抑圧」に抗してたたかってきたとする沖縄のわれわれにも、あるいはまぎれもなく存在するかもしれない。つまり、「差別」がその本質を「むきだし」に示してわれわれに襲いかかってきたとき、われわれはそれに対して敏感に反応し、それを拒絶するためにたたかいをすすめていくかもしれぬが、その「差別」が本質を隠蔽し、日常生活を支配する細かな具体的なあれこれのなかに隠微に入りこんできたとき、われわれも、大阪沖縄県人会の人たちと同じように、「逆差別」を行なうかもしれぬ、ということなのである。大阪沖縄県人会の人たちと同じように「降りかかってくる火の粉を払う」という論理でもって、「差別」を支え続けることから自由になりえているか、戦後の差別と抑圧に抗し続けてきた歴史の体験は、われわれにそれを可能にしているか、ということは、沖縄に住むわれわれが、戦後の歴史の体験をふりかえるとき、手ばなしてはならぬ視点のひとつだというべきであろう。

（四）

さきにもふれたことであるが、大阪沖縄県人会が副読本『にんげん』に「沖縄の問いかけるもの」の掲載に反発したのは、「沖縄」に対する「差別」と「部落差別」には質的な相違があるということであった。本年二月に発表された大阪沖縄県人会連合会会長名のパンフレット『沖縄県人は訴える』によれば、その相違は「心情的差別」と「制度的差別」であるとしている。「部落差別とは、歴史的身分差別の残影が、今なお社会的現実として、色こく存在する所謂『心情的差別』であ」り、それは「結婚」「就職」などに「支障」をあたえるというかたちで現実化しているという。それに対し「沖縄差別といわれるものは、敗戦の結果、平和条約第三条によって、本土と分断され、その結果生じた所謂『制度的差別』である」としている。かつては「異民族視されて、心情的差別をうけた歴史をもつが現在」

では「沖縄に対し心情的に格別な差別は認められない」として、「結婚問題で難渋」したり就職問題に支障を来たすことはないという事実を挙げているのである。そして「結局副読本に収録併記掲載された沖縄県は、その実体を離れ、全く別の形の黒い虚像即ち、心情的被差別者として、人びとに蔑まれながら、一人歩きすることは必定である」と結論している。

このような大阪沖縄県人会連合会のもつ論理の歪みや、根拠の曖昧をつくことも、その論理にあらわれている「部落と沖縄は違う」という「逆差別」的な感性を批判することも容易である。とくに「差別」が、階級社会が自らを存続するために保持する分割支配の現実化されたもので、現代ではそれは社会構造そのものにその根拠をもつ、という視点を完全に欠落していることは重視されなければならない論理の欠陥であるといえるだろう。だが、おそらくそのことを指摘するだけではそういう感性や論理をもつ人たちを納得させることは困難だと思われる。大阪沖縄県人会の人たちがそうしたように「では、降りかかってくる火の粉は払うな、というのか、襲いかかる実害を、どのようにして防げというのか。」という一種の〝居直り〟の論理でもって反問するにちがいないのである。

この〝居直り〟は、七〇年反安保闘争で学生の反乱に対して各地に見られた〝自警団〟組織の論理とも基本的に共通する性格を持っていると思われるが、この人たちにとって、問題の本質がどうであれ、あるいは論理や理念がどうであれ、問題は現実の日常生活に具体的にあらわれてくるところの、そしてその本質をむきだしにするのではなく、身の廻りのあれこれの細かな事実を隠微に支配しているもの、あるいは実害に他ならないのだというべきであろう。

「差別」は、その本質をむきだしにして現われるものではない。沖縄にあって、米国がその対アジア戦略目標を現実化するために行なった「差別」や「抑圧」の植民地的支配はむしろ例外的なものであって、国内での差別は、むしろその本質を隠蔽して現実化するのである。

たとえば能力別学級編成などにみられるように、現代における差別は、その社会構造にあるという本質が隠蔽せられ、それがあたかも〝個人的な能力の差〟という〝自然的性格〟にもとづくものであるかのような見せかけでもって現実化されるのである。あたかも、階級的支配が、個々の人間による個々の具体的な事象を通してその本質を貫徹していくように、「差別」もまたさまざまな具体的なかかわりのなかで、その本質を現実化していくにちがいない。そしてその個別的な現実性にこそ、「差別」の本質は存在するというべきだろう。

とするならば、われわれは、「差別」をその本質において明確にしなければならぬことはいうまでもないが、それとともに、個別的・具体的な事象、日常生活の末端を支配しているそれらを通して、そこに貫徹される「差別」をそのものとして抉り出していかなければならないだろう。おそらく、「差別」の一切をその本質に還元して説明することだけでは、問題を解決することは困難だろうと考えるのである。

戦後教育の理念として、その大きな柱のひとつとされたものに、「民主主義」ということがあげられる。これは「理念」として「差別」を否定するものであったが、それが理念の強調に留まり、児童・生徒の日常を支配する感性の領域において個別的・具体性をもってどれほど定着したか、という痛切な自己批判が要求されていることと、これは基本的に通ずるものがあるといえるだろう。むきだしの米軍支配に対する差別と抑圧に抗する自らが、逆の差別を行なっていないか、ということを意識しないかぎり、七二年施政権返還以後のむきだしでない「差別」と「抑圧」の支配に抗する契機を自らの手にすることはできないと考えるのである。

その意味で、大阪沖縄県人会の人たちの今度の行為は、われわれにとっても他人事ではない意味をもっている。七二年返還以後の支配は、その本質をむきだしにあらわしてくることはなく、個別的・具体的に日常生活の末端でもってそれを貫徹するにちがいないからである。大阪沖縄県人会の二の舞をしてはならぬ、差別をその個別的・具体性において、その日常生活の末端を支配しているところで否定していく新たな試みを自らに課していくことが、いわば戦後の沖縄の歴史をその内実において担うことになるだろうと思うのだ。まさに他人事ではないのである。

(『教育評論』通巻二六一号、一九七一年六月)

「やさしい沖縄人」ということ

(一)

「沖縄の人はやさしい」という批評は、本土の人たちの口からよくきく言葉である。新聞の読者欄の投書でも、同様な批評を幾度となく読んだことがあるように記憶している。

しかし、逆に、本当のところで「沖縄の人はやさしいか」という問い返しや、あるいはまた「沖縄の人の〝やさしさ〟とは何であるか」という問を、沖縄の人のみずからのなかで問い返している例に、少数の例を除いてはぼくはまだふれたことがない。少数の例外的なものとして大城立裕氏の小説「やさしい人」があるけれども、それについては後で触れることにしたい。

いずれにしても、そのような問い返しをなさぬまま、「やさしい沖縄人」という批評の中に自足しているかのように思われてならないのである。

かりに自分を典型的な沖縄人のひとりと見たててそのうちに生きている「やさしさ」を考えるとき、その「やさしさ」は、いってみれば、ある場合にはどのような残虐をも容認しかねない「やさしさ」であり、おおねのところでは血の通わぬ「やさしさ」ではないか、という気がしないわけではない。「血の通わぬ」と言い切ってしまうと、しかしそれは言葉の言いすぎから来るあやまちを犯すことになろうけれども、「やさしさ」ということを、その字義の通りの「やさしさ」に自足して、その裏側にひそむ冷酷を容認するか、あるいは黙過する限り、そのやさしさが「血の通わぬ」ものに陥ることを、どれだけ自ら覚ることをえているであろうか、という気がする。

対他のかかわりにおいて、他の存在とのあらゆる関りかたを全的に肯定することのみが「やさしさ」ではないことは改めてことわるまでもない。他の存在とのかかわりのなかでのきびしい拒絶が、むしろ「やさしさ」の本質を示すこともあり得るであろう。そしてこういう「やさしさ」が沖縄の人間のなかに存在することも、むろん否定はできない。

政治的な状況で例をとっていえば、施政権返還に関する「沖縄協定」についての沖縄の拒絶は、あえていうならば、沖縄の政治的・社会的な過酷な状況を、他の地域に、あるいは本土に波及させることを拒否するものであり、沖縄の自らの担っている過酷を、他のいずれかに肩代わりさせることを沖縄の自らが容認しないという意志の表明であったといえるであろう。

沖縄の状況を容認することは、ひるがえっていえば、他のいずれかがその状況に陥ったときそのものの担わされる状況を全的に容認し、それを担わされた者の抗議の声を圧殺する側に加担することを意味しよう。沖縄が、沖縄の担わされている状況を峻拒することは、同時に、沖縄以外の誰もがそういう犠牲（もしその言葉が言えるとすれば）を担うことを沖縄は許さないのだとする意志の表明であるのだから、その意味では、本質的なところでの「やさしさ」を生きていることになるといえなくもない。

　かつて「本土の沖縄化に反対する」という革新政党のスローガンに対して、中野重治氏がひとつの異議を呈出したことがあった。中野氏のこの発言は、そのスローガンの中に潜んでいる、沖縄を差別し沖縄と同じ様な状況に陥るのは御免だとする本土側のエゴイズムを鋭くえぐりだしたもので、中野氏らしい倫理感と潔癖さにあふれた美しい文章であった。

　この文章に接したとき、直ちにその旨の紹介を新聞のコラムで行なったが、この中野氏の発言は中野氏のことばとして美しいが、それは沖縄に生きているぼくたちに当てはまるものではないとして、紹介以上のことを付け加えることをしなかった。そして、ぼくの予想していたように、沖縄の人々がその中野氏の発言に同調しなかったことを、ぼくなりに沖縄の人間の本質的な「やさしさ」のよき現われであるかも知れぬと考えたことがある。

　誰であったか正確には記憶していないが、このことについて、最近、沖縄の知識人の中央追随のひとつの現われとしてこの例をあげたことがあったように思う。すなわち、中央で「本土の沖縄化に反対」という発言があれば、それに無批判に追随し、中野重治氏の如き著名な作家がそのスローガンを批判すればそれに追随するという、主体性の欠落した知識人の一例としてこれをとりあげ批判する文章であったと記憶している。しかし、中野氏の発言に関する限り、それは当を得ていないと思う。

　さきに中野氏の発言として美しいと述べたが、それは本土に生きる知識人の言葉として美しいのであり、沖縄に住むぼくたちにとっては、それとは逆に「本土の沖縄化に反対」することこそ、正しいのである。

本土に住む人間が「本土の沖縄化に反対」するとき、無意識のうちに露呈されるエゴイズムをみることができるとするならば、沖縄に住む人間が、「本土の沖縄化に反対」することは、みずからの担っている過酷な状況を拒否するとともに、そのことを通してみずから以外の本土の誰かが、みずからの担っていると同様の過酷を担わされることに反対することを意味するのであって、したがって沖縄に住むぼくたちにとっては、「本土の沖縄化に反対することに反対」するわけにはいかないのだ。そのようなまぎれもない認識があって始めて、本土の知識人としての中野重治氏の発言は美しいのであり、沖縄のぼくたちにとっては「本土の沖縄化に反対」し続けなければならなかったし、反対し続けてきたはずである。

そして、そのようなものとして明確にみずからの言葉の持つ意味をとらえなおすことを通して行なう、たとえば「本土の沖縄化に反対」する営みこそが、先に述べた過酷を他に波及させ肩代わりを求めることを拒絶する「やさしさ」を生きることになるわけであろう。沖縄の人間にとっても、そのような「やさしさ」として「やさしさ」を生きることは可能であろうし、また現実に生きてきた側面もあると考える。だが、そのような「やさしさ」だけが「沖縄人のやさしさ」ではない。このような「やさしさ」と表裏してあるもうひとつの「やさしさ」について、ぼくたちはみずからきびしく問い直さなければなるまいと考えている。

それはたとえば、七一年十一月十日のゼネストの当日、警備にあたっていた山川警部の死に対する復帰協の反応にみられるある種の「やさしさ」である。事件を報じた十一日の新聞ニュースによれば、復帰協では、山川警部の死に際して、遺族に対する救援活動が展開されなければならぬということが語られたという。

その時のこの発言は、一人の人間の死という事柄の衝撃が大きかったことからくる発言であって、その後復帰協での救援活動が具体化されたというニュースをきかないから、一時の思いつきにとどまるものであったかも知れない。

しかし、このなかに現われる一種の「やさしさ」は、一時的なものとして、あるいは特定の個人にのみ帰せられるものではなく、きわめて広い範囲で情緒としては存在したといわなければならない。

一人の人間の死が、一般にはこのときほど重いものとして受けとめられ語られる状況が他になかったということ等が、このあたりの事情を説きあかしているように思われる。当時警察官であった故人が、いかに「よき父親」であり、「よき家庭人」であったかが語られ、そのような人間を死に追いやったことに対する怒りの声が、広くきかれたことも確かである。

いうまでもなく、一人の人間の死が、何ものにもかえがたい重みを持つものとして、受けとめられることは、それとして意味を持つものであろう。それがたとえどのような死であれ、一回限りの生をしか生きることのできぬ人間にとって、自らの決意によって選びとった死でない限り、その生の途絶が他にかけがえることのできないものとなろうことは、改めていうまでもない。おそらくみずからの死を生きることを得ない人間にとって、他者の死を語ることが、まさしく傲慢になること以上に出ないのは、そのことを意味しているであろう。

ところで、しかしながらひとりの人間の死の重さに耐え、その死をいたむことと、先にふれた「遺族に対して救援しなければならない」とするような一種の「やさしさ」とは何のかかわりもない。これは、山川警部の一警察官、あるいは警備隊員としての職責上における「死」と、「家庭にあってよき父でありよき夫であった」山川氏個人の人格とは、何のかかわりもないことと同断である。

たとえ山川氏個人の人格が高潔であろうとどうであろうと、その死は一個の警察官の死として冷厳に直視されるべきであって、その職責上での死が、品性や人格によって評価に相違があってはならぬことは、論理の必然であるというべきであろう。しかしいうまでもないことではあるが、このことが直ちに、一警察官の死がやむをえないものとして肯定されることは意味しない。一警察官としての山川警部の死をどのように評価するかということは、別の論理に属することであって、ここで問題として言えることは、職責上での死と、個人的な人格・品性の問題とは直接なんらのかかわりを持ち得ないにもかかわらず、その死が、個人的な品性や人格の高潔によって評価され、そのことによって死自体におのずから別種の意味が付加されることにあるのである。

いわば、そのような発想のもとでは、職責上の問題としてそれ自体として対象化されなければならず、その位相で評価されなければならない死が、死一般に還流され、人格や品性の問題と癒着してとらえられることによって、職責上の問題が一切解消されることになるであろう。

このような発想のもとでは、たとえば政治的・社会的に当然引きうけなければならぬ公的責任を、その個人的な人格や品性の位相に還流させることで免罪することを容易に生ずるというべきであろう。公的責任を担うべき個人がそのとるべき責任者としての位置を離れ、私人として一個の人格や品性を問われる位相に身を移したとき、その個人の公的な責任の一切が免罪されることになりかねない。戦争責任の追及が、公職追放によって免罪符を獲得されたかの如くにとらえられ、それ以上の追及がなされないことも、そのまぎれもない現われであるということになろう。

ところで「死」というもののもつ意味は、いわばそれが、公的な職責上の死を意味するものであれ、同時にそれは一個人としての生命の消滅を意味するのであるから、公的な職責上の死と、一個人としての死との位相の相違が明確ではなくなり、職責上の問題が、個人的な人格や品性の問題に癒着する傾きを示すことはありがちである。したがって、その死が個人的な人格や品性の問題としてとらえられ、評価されることになるのは避けがたいともいえるであろう。

しかし、このことは、死自体の持つ重みがそのような癒着を露顕させるものと考えるよりも、そのような癒着の発想が、一個人の死という衝撃的な事件によって顕在化されたものであると考えた方がより正確だと思う。論理が個人的な人格や品性とひとつながりのものとしてとらえられ、論理や思想それ自体の内容よりも、それを保持する個人の人格や品性によって、その面から評価される傾きを示すことと共通する発想であるとみえるからである。

そして、沖縄人の「やさしさ」というとき、そのような一個人の人間的なありかたと、社会的なありかたとの間に存在するある種の位相の相違が明確にされず曖昧なままに把握されるところから生ずる部分があって、それがたとえば遺族への救援をという声として現われてきたといえるだろう。そしてそのようなある種の「やさしさ」が公的な責任を免罪する心情の基盤となっているのだとすれば、そのような「やさしさ」は否定されなければならないということになろう。

かつて丸山眞男氏が、日本のナショナリズムの基盤をなすものとして、「無責任」の体系をとりだしたことがあり、そのことを通して戦争責任の問題を追求する論理を提示したことがあった。この丸山氏の分析の鋭さについては、すでに定まった評価が下されているけれども、沖縄に住むわたしたちにとっても、その指摘はやはり鋭く突きさされるものを持つといってよい。そして、かりに、これまで述べてきたように、沖縄人の「やさしさ」が、このような公的な責任を免罪する発想の感性的基盤をなしているものであるとするならば、ぼくたちはあらためて、このような「やさしさ」を厳しくみずからのなかで問い続けなければならぬと思うのである。

（二）

ところで、このような沖縄の人間のもつ「やさしさ」を文学作品の上で表現しようと試みたものに昨年（昭和四十六年）五月号の『文学界』に発表された大城立裕氏の「やさしい人」がある。

これは、東洋石油の石油基地として埋め立て工事の行なわれた部落を背景に、その部落の人達の反対運動を軸として、それに部落の駐在としてかかわっていく照喜納弘を主人公に描いた作品である。工業団地を建設しようとする工場側とそれに反対する部落の人達の対立が、奇妙に先鋭化されずその衝突が激しくならない状況にみられるある種の「やさしさ」、あるいはまた駐在巡査として双方の板ばさみになりながら、その双方の立場を奇妙に了解する巡査照喜納弘の「やさしさ」、それらを、沖縄のなかにおける闘争にみられる奇妙な、曖昧で過激にならない闘争の原因として大城氏は描きあげようとしているかのようである。

これはたとえば、大城氏が好んでとりあげる、全軍労闘争の中で、ピケットを張る労組員が金網の中の米軍人とお茶のやりとりをしているような闘争のありかたを、大城氏なりに沖縄人の「やさしさ」のあらわれとしてとらえていることと共通する。大城氏は、おそらくそのような闘争のなかに現われるものを沖縄の人間の「やさしさ」としてとらえ、その主題を追求する作品としてこれを書いたといえよう。

大城氏は、この作品で沖縄の人間のもつ「やさしさ」の依ってくるところを明確にしえているわけではない。闘争の場における対立が曖昧で鋭く過激でないのと同様に、その「やさしさ」の起因するものも曖昧である。しかし、この作品のなかで、「祝女殿内」のおばぁさんや、その孫の良一が重要な意味を担って登場してきたり、孫の良一と、彼が仲間に加わった「過激派学生」との潜在的な信仰にもとづく違和感を決定的なものとして描いていることなど、あるいは反対闘争の実力行使を決定的に変質させる海神祭の行事などの表現に大城氏が力を注いでいるところから、大城氏が、巡査「照喜納弘」を始め部落の人達の共同体的な感性を潜在的に根底から規定するものとして土着的な信仰のありかたを考え、それが、「やさしさ」のよってくるところとみているであろうことは、充分に推察し得ることである。

たしかに、沖縄の人のもつ「やさしさ」を明確にとらえ表現することは、きわめて困難なことであろう。にもかかわらず大城氏が、このような主題に取り組んでいる努力は充分に評価しなければならない。しかし、おそらく、大城氏のように沖縄の人間のもつ「やさしさ」の起因するところを沖縄の人間を潜在的に規定している土着信仰に求めていく限り、作品は曖昧なままに終わらざるをえないのである。

大城氏のこの視点は転倒されなければならない。むしろ日常の現実の生活のなかで、「やさしさ」を示す沖縄の人達があり、そういう沖縄の人達の意識が、大城氏のいわゆる土着の信仰形態と内容を支えてきたのだし、また現に支えているのであって、その逆ではありえないこと、更にいうならば、日常の生活の次元で、「やさしさ」を保持する沖縄の人達が、それにふさわしい神をつくりだしその信仰の内容と形態をつくりあげてきたのであり、そして、同様な「やさしさ」を保持する沖縄の人間がそれにふさわしいものとしてその信仰の内容と形態を支えてきたし支えているのである。

とすれば、そのような信仰を保持していること自体が、沖縄の人達の意識のありかたを逆に現わしているのであって、その信仰と「やさしさ」がかかわっているのだとすれば、信仰それ自体が、「やさしさ」の現われ以外ではなく、まさしく「やさしさ」のよってくるところを「信仰」に求めるのは倒立した視点ということができよう。

とすれば、大城氏は闘争の中の「やさしさ」を「土着の信仰」と結びつける必要は全くなく、逆に現実的な闘争の場における沖縄の人間の「やさしさ」とその現われを、それ自体として徹底的に追求し表現すべきであったということができるし、このことはまた、ぼくたちにとっても、現実的な生活の場に機能する「やさしさ」をそれとして問い直さなければならないことを示している。

先に「やさしさ」のひとつのあらわれとして、公的な次元における責任の問題が、個人的な人格の高潔や品位の高さに解消される事例を想定して、その場合には公的な責任の追及がそれゆえに行なわれず、「責任」の解消が図られることがありうるし、したがって「やさしさ」が公的責任の免罪をなす感性的な基盤になりうることを指摘した。

しかしながら、ここで注意されなければならないのは、そのような個人的な人格の高潔や品位の高さなどが、高度な抽象的な理念としての倫理性にもとづくものではないことである。

倫理として、人間のあるべきモラリティの問題としていうならば、何をもって高潔とし品位の高さとするかということは、それが価値評価を含むものである限り、高度な抽象的な理念を内にはらむものといわなければならない。

しかしながら、先に例示したことに見られるように、この価値的な評価の基準は、それが「よき父」であるか「よき家庭人である」などのように、高度な抽象性を持つところの理念ではなく、日常生活の次元で機能する論理にもとづくものでしかないのである。

とすればこのような、日常的な現実のなかでの対他的なかかわりにおいて機能する評価を契機とするところの「やさしさ」も、いってみれば日常的な対他的かかわりをその基本的な性格として持っているといえるであろう。

そのような視点においてぼくたちは、「やさしさ」をそのものとして肯定し自足することなく、その「やさしさ」をあらたにとらえ直すことをもって、あらたな思想的な課題としなければならないといえるだろう。そのとき「やさしい沖縄人」は本質的な意味での「やさしさ」を持つことになるだろうと考えるのである。


（『沖縄経験』第三号、一九七二年五月）

「日本国家」を相対化するということ

戦後二十数年もの間、米国の軍事占領支配のもとにあって、日本国家の直接的な統治とはかかわりのないかたちで生きてきたぼくたちは、この五月十五日をもって、再び「日本国民」のひとりに数えられ、「日本国家」に帰属する存在となったのであるが、そのことが実感としてまだ自分のものになっていない、というのが、偽りのないところである。

ぼくたちは、戦後十数年もの間、米国の軍事占領支配下にあって、その苛酷な抑圧と収奪から脱出することを希求し、そのために「日本復帰」を熱願してきた。したがって、本来ならば、沖縄に住むすべての人が、この施政権の返還による「日本国家」への復帰を歓びむかえるということになりそうなものであるが、どこにも、そのような気配はみられない。

緑のレッテルのようなドル紙幣から、豪華な包装紙の切れはしのような円紙幣へと通貨が交換され、物価は円で数えられるようになったけれども、「復帰」というのは、結局、通貨が変化した、ということだけにすぎないような印象である。

ベトナムへの発進基地としての沖縄は相変わらずもとのままであり、米軍の巨大輸送機は以前と同様に、嘉手納の住宅街に尻を向けて傍若無人の態でエンジン調整の爆音をひびかせている。

日本政府の施策も、かつて明治の「琉球処分」の際に、不平士族を慰撫する為に採られた「旧慣温存」の政策をそのまま踏襲するかのように、きわだった変化を未だ見せていないのであるから「世替わり」の実感は、切実なものとはなっていないといえそうである。

その意味では、いまのところ、五月十五日を契機として行なわれた「日本国家」への帰属や「日本国民」になったことの意味を、ことさらに追求しなければならないような、そういう変化は、具体的・現実的には現われていないかのようにみえるのである。

しかし、実は、そのような問いつめかたを切実にしかも根気よく行なわなければならないような状況が、すでに足元にしのびよってきている。

あれほど騒がれた「自衛隊」の移駐は、五十人前後の小編成でひっそりと乗り込んできている。唯でさえ「世替わり」のめまぐるしい騒ぎに対応しきれずにいる沖縄の人々にとっては、五十人前後の小編成の「自衛隊」がさみだれてきに移駐してくるのに、根気よく対応し続けることは困難である。そのうち「世替わり」の騒ぎが、波のひくように去ってのち、気がついたときには、すでに「自衛隊」

六千余の移駐は完了していた、というようなことになりかねないということがある。

基地が強化される一方での軍雇用員に対する合理化攻勢は相変わらず続いており、ドル切り換えの過程で、敏速に機能を発揮するための試みをものの見事に証明してみせた警察の強化もみられる。「旧慣温存」の巧妙な施策の一方、物価騰貴などの「世替わり」の騒がしさをつくりだすことで、沖縄に住む人々の間に大きな亀裂を醸成しようとする老獪な政策は、今後の沖縄に加えられるところの「同族支配」の性格を如実に示しているといえよう。「旧慣温存」が、それを享受する人々に対する懐柔にほかならず、それにあずからぬ人々との間に亀裂をつくりだすものであるとするならば、物価の騰貴も、また商人と消費者の間にくさびを打ち込む意図に貫ぬかれているといえよう。あえて言うならば、選挙も結果的にはそのような施策を補完するはめに陥っているのである。

そのような、一方にアメを与え、一方にムチをふるうことで、人々の間に亀裂をつくりだして、対立する民衆のあいだに生ずる緊張を利用することで支配を貫徹するという、分断支配に対して、沖縄に生きるぼくたちが自らを護るためには、明治の「琉球処分」以後の歴史を確かなものとして受けとめながら、戦後二十数年もの間、米国の軍事占領支配のもとであがない得たものを、不断に強めていくことが重要なことであろう。

ところで、沖縄に生きるぼくたちが、戦後二十数年もの間に、土地の収奪やその他もろもろの犠牲とひきかえにあがないえたものとして、たとえば人権感覚や、歴史を担う主体としての意識など重要なものがあげられるけれども、そのうちのひとつ、日本を相対化する視点を獲得したことがここでクローズ・アップされてくる。

むろん、そういう犠牲とひきかえにあがないえたそれらのものが、確かな身に付いたものとなっている、というにはあやういものもある。〝人権感覚〟が、たとえば自己の権利に加えられる侵害に対しては強固に働くのに対して、自己の他者に対する権利の侵害や差別について、鈍感に無自覚であったりする場合が多いように、である。

その意味では、戦争と戦後の歴史のなかで、状況の苛酷にあらがううちに獲得した、平和への希求や人権の感覚は不断に強めることで持続されなければならない（これらは、不断に強めることによってしか持続されないのであろうから）のは言うまでもない。しかしそのなかでは「日本を相対化する視点」は、おそらく明治の「琉球処分」以後の歴史の記憶と、戦争・戦後の体験があいまって、沖縄の文化の特異な性格と結びつくなかで、比較的に身に付いたものとなっているように思われるのである。

こういう「日本を相対化する視点」というのは、明治の〈琉球処分〉以後、強く沖縄の人達を捉えてきた「沖縄人意識」と無縁ではないので、かつて太平洋戦争以前においては「日本国民」として同質化しようとする志向のもとで否定的にとらえられたそれが、戦争と戦後の歴史的な体験のもとで、むしろ積極的に自からの持つ特質を肯定しようという発想に支えられて顕在化してきている。

その意味で、問題は、かつて否定的に捉えることで自からの持つ特質を抹消し、日本国民として積極的に同質化しようと努力してきた沖縄の人々の意識が、戦争と戦後の独自の体験のもとで、逆に積極的に自らを肯定しようとするに至ったその契機のありようにかかわっているといえよう。そして、その契機を明らかにすることで、沖縄の持つ日本を相対化する視点を確かなものにしていくことが、つまりは、沖縄の戦後の体験を思想的に深化することにほかならない、ともいえるであろう。

この五月十五日に行なわれた沖縄に対する支配の、米国から日本政府への転換を、「異民族支配から同民族支配への転換」とする捉えかたがあって、そのような捉え方に対して、主として「革新」的な人たちからの異議が呈せられるという状況がある。「本土」と「沖縄」を対置して捉える捉え方に対する疑問であり、批判ということであろう。つまり、沖縄が戦後二十数年にわたって米国の軍事占領支配下にゆだねられ、差別されてきたのは、主として日本政府の政策によるのであり、従ってそのような差別政策を、意識的・無意識的に容認してきた「本土」の側に問題があるという見解である。沖縄の問題は本土の問題である、という発言は、まさしくそのような論理に根ざしているといえる。

たしかに、沖縄の問題は本土の問題でもあり、有形・無形の「本土」の人達の加担があって沖縄は差別的抑圧を受け続けてきたというのは事実であろう。そして、数年前からしきりに行なわれた沖縄からの「本土」への告発は、差別的抑圧に加担していることに鈍感に無自覚である「本土」の人達に対する告発に他ならなかった。そのようなかたちで示される「沖縄」と「本土」を対置すべきではなく、共通に担うところの階級的な支配構造の問題としてとらえなければならないという論理は、現実的に根拠があるし、原理として正当性を持つということはいえよう。

しかし、そのような原理としての正当性と現実的な根拠の有無だけで律することのできないところに、歴史と戦争・戦後の体験につちかわれた沖縄の人たちの独特な意識があった。そのような意識は、多く感性や情念に籠絡されるもので、容易に論理化することはできないのであるが、思想が根源において現に生きている人間の感性や情念と緊密にかかわっているのだとすれば、そのような沖縄の人たちの体験につちかわれてきた独自な意識のありようは思想として自らのもつものを確かなものとする場合に無視することはできないと考える。

よく、日本の現体制は、権力の中央集中にその特質があり、それは文化の中央集中に支えられているというように指摘されることがある。そして、そういう中央集権的特質は、支配体制についていわれるだけでなく、所謂「反体制」の側にもみられるという。おそらくこれらには日本の近代国家としての機能的性格が要請したという側面があって、それと同じような機能性の重視が、たとえば反体制における「民主的中央集中」という組織原理を支えているといえるかも知れない。

しかし、そのような機能性の重視からくる中央集中は、「個別に進んでならんで撃つ」というダイナミックスを失わせる原因にもなりかねないけれどもそれだけではなく、そのことによって直接的な実効性の追求を中心的な課題としてとらえることを主要目的とすることになり、変革にかかわる個人の意識のありようが軽視されるという結果になりかねない。機能性を組織原理の中心に据えるところから生ずる、人間を機能的な側面からのみ捉えようとする組織の頽廃も、おそらくそのことと無縁ではないだろうという気もするのである。

沖縄にいきるぼく（たち）が、歴史と戦争・戦後の体験によってあがない得た「日本国家を相対化する」視点を深めなくてはならないと考えるのは、近代の民族的な統一国家として成立した「日本」の体制的構造（その逆立した反映としての反体制的組織の構造も含めた）の基本的な特質が、中央集権制に示されていて、それは文化の同質性と近代的な合理主義の持つ機能性の重視によって支えられていると考えるからであり、そのような日本近代の支配の構造が、沖縄支配に典型的にその特質を現わしていると考えるからである。おそらく、そのような支配の構造を転倒するには、その本質的な性格を根源に撃つことが肝要であると考えられるのであるから、そのためにも、沖縄に生きる人々において、体質化された思想としての「国家を相対化する」こころみが持続されなければならないということであろう。

そして、これまで「日本国家」からはみだしたところで生きてきた沖縄の人々が、あらためて「日本国民」のひとりに数えられるに至ったこの時点で、はみだした存在として獲得したところの「日本国家」に帰属することや、「日本国民」となることの意味を問うことも、このこととかかわっているといえるであろう。

さきに、沖縄の人間が「日本国民」になる、という言葉を用いたのであるが、「日本国家」のなかで、「日本国民」になるという体験を持つのは、沖縄に生きた人々を除けば存在しない、といってよいのかも知れない。

このような体験については、以前にとりあげたことがあって（木耳社刊「沖縄の思想」）くり返すことになるけれども、主として太平洋戦争後に、自己の生きる世界というものを意識するようになったぼく（たち）の場合には、「日本国民」であること、自分自身が「日本国家」に帰属する存在であることは、決して自明ではなかった。すでにその時には、沖縄は米国の軍事占領支配下にあり、「日本国家」からはみだした存在であったのである。

何よりも「沖縄」は「沖縄」であり、それ以外の何ものでもないというのが実感であった。おそらく、日本の他の地域に生きる人たちにとって、日本国民であることは自然であるのかも知れないが、沖縄のぼくたちにとっては、それは自然ではなかったのである。奇妙なことに、そこでは「日本人」であることと、日本国民であることとは、必ずしも一致するものではなかった。あるいは一致しなければならないというように意識されるものではなかった。

おそらく、明治以来のたとえば伊波普猷氏などの努力によって、沖縄人は日本人であることが明らかにされ、それらの影響を受けた大人によって教えられたことによって、ぼくたちが日本人であることに疑問を持つことはなかったのかも知れない。沖縄人であり同時に日本人でもあるけれども、日本国民であるとは意識されない、という錯綜したものがあったのである。

　しかし、次第に視野が広がるにつれて、米軍政による苛酷な収奪が実感されるようになると、そのような支配に対するあらがいの気持が出てくる。ぼく個人についていえば、それは学生運動にかかわるかたちで米軍による土地接収に対する抵抗運動に参加することになって、その過程で、沖縄の状況を解決する存在として、国家としての日本が強烈に意識される、ということになる。

　抵抗運動に直接にかかわったかどうかという体験の相違は個人的にあったとしても、このような、米国の支配のもとで、苛酷な状況を体験することによって、日本国家を意識するという事情は一般的にあったといえるであろう。いずれにしても、国家としての日本は、沖縄の人々を現実の収奪のもとから救済する存在として想定されるのが一般であった。

　にもかかわらず、国家としての日本は沖縄の人々にその冷ややかな横顔をみせるだけで、沖縄の人たちにとって何らの力になるものではなかった。そのことが、明治以後の差別と収奪の記憶や、沖縄戦での日本軍の残虐な行為による被虐の体験と結びついて国家としての日本に対する決定的な異和感をつくりだしたといえよう。

　このような、不信と異和感を抱きながら、にもかかわらず沖縄のかかえている問題の解決は、結局日本国家の力をまつしかないということが、却って「本土」に対する意識を内向せしめたといえるかも知れない。

　くりかえし指摘されてきたことであるが、明治の「琉球処分」によって、沖縄が近代の統一国家としての日本に組み入れられてのち、沖縄の人たちは、天皇をヒエラルキーの頂点とするところの社会構造と、同一の言語体系・均質の文化を担うところの「日本国民」として正当に遇されるために、さまざまな努力を重ねてきた。しかし、特異な歴史と文化を保持する沖縄は、その特異性のゆえに日本国民として正当な待遇を受けることはなかった。朝鮮の人たちや未解放部落の人たちと同じように、差別され抑圧されたのである。そこに、戦前の沖縄の人たちの持つ独特な意識の屈折が現われることになった。

沖縄の人たちは、日本国民としての待遇を受けるために、自らのもつ独自なものを、自己否定的に抹消し、均質の文化や言語を獲得することで差別を免がれようとした。ときには、差別的な支配に対する反撥もあったが、いずれにしても、近代的な統一国家としての日本に帰属する以上、沖縄が近代への過程をたどることは不可避であったし、更にまた近代化の過程をたどることは、歴史と社会の進歩と考えられたから、積極的に〝進歩〟に身を寄せること、すなわち沖縄のもつ停滞的後進的な状況から脱出するために沖縄的な特質の自己否定を試みることになった。

こういう沖縄の人々の独自の対応の仕方は、むろん、沖縄の人たちのもつ意識のありように大きくかかわることであるが、同時に、富国強兵政策のなかでもっぱら政治を機能的に駆使してきた日本の政治のありようと、異質の存在を排除することによって、国家としての秩序を保とうとする国家・国民のありようにも起因するものであったといえるだろう。朝鮮や「満州」に神社宗教を押しつけるという統治のありかたは、その一例にほかならない。このような、沖縄人の意識のありようは、近代日本の歴史の過程で、日本国民としての正統性をあかしだてる努力として現われるばかりでなく、沖縄戦における忠良なる臣民としての自己犠牲を払う結果を招くこととなった。

ところで、戦後におけるぼく（たち）にとっては、そのような差別の体験や、あるいは忠良なる臣民としての日本国民とならなければならぬとする意識は無縁であったといえる。さきにふれたように、戦後世代にとっては、「日本国民」としてみずからを意識することは乏しく、「国家」は救済願望の対象として幻想的に設定されたからである。まずなによりも「沖縄人」であり、「日本国民」としての自覚は、意識的に獲得しなければ持つことのないものであったのである。

そのような戦前・戦中の差別の体験を持たないぼく（たち）が、日本国家を相対化しなければならぬという意識を抱くのは、戦後の体験に基づくことが大きい。救済願望の対象として求めたところの「日本国家」が、沖縄の苛酷な状況を何ら顧みることがない、ということが、不信を抱かせ、ひいては被差別の意識を生みだすことになる。戦前の差別の体験を持たないにしても、現実に人命までないがしろにする米軍の差別支配を直接的に受けているなかで、更に日本国家から差別されているという事実が、戦前の被差別の体験を現実のものとして追体験しうる状況をつくりだした。

そしてそれらの被差別の意識が、たとえば渡嘉敷島における集団自決や、久米島における鹿山正兵曹長による虐殺事件など、沖縄戦における日本軍による被害体験によって異常に増幅されたことで決定的となる。

むろん、沖縄の問題をわがことのように考え、その解決のために誠実な努力を重ねている人たちが少なくないことは確かであるけれども、「大の虫を生かす」論理で、沖縄の犠牲をやむをえないとする人や、鹿山兵曹長の責任追求に対する居直り的な発言にみられるような差別的な対応を示す人が数多くあって、そのような体質に支えられて「日本国家」の沖縄に対する支配が行なわれたことは明らかであるから、差別支配を体質として持つところの「日本国家」を、被差別の体験でもって揚棄しなければならず、そのためにも、「日本国家」の構造を明らかにとらえかえすことで相対化しなければならない、という意識がつくりだされることになる。

また他方には、沖縄は「日本国家」からはみだしたところで、沖縄に対する「日本」の対応のありかたを、米国の施策との関連を中心とした国際的な動きの中で見ることを可能とするような事情もあった。朝鮮戦争や、台湾海峡、更にはベトナム問題というような、国際的な動きが、直接的に沖縄にかかわっており、それが沖縄の人たちの日常の生活の上にもじかに影響するものであったから、沖縄に関する日本政府の施策を絶対化し固定的に捉えるのではなく、いわば多構造の国家間の諸関連のもとでそれを捉えるとらえかたを身に付けることになった。日本国家といえども、そこでは、主として米国とのかかわりでその施策を行なうところの相対的な存在でしかないように受けとめられたのである。

このような、差別的支配によってひきおこされるところの不信、国際的なかかわりでの日本国家の相対的な性格の把握、あるいは、米国という異質の文化を担うところの人々との日常的な接触などが、「日本国家」を相対的にとらえさせる大きな原因となったといえるであろう。

ところで、しかし、それにも増して「日本国家」を相対的に捉える視点をつくりあげたのは、沖縄が米国の軍事占領支配のもとで、曲りなりにも自らの手で自らの歴史を担ったという体験によることが大きいと思われる。

戦争によって完璧に破壊され、あらゆるものを喪失したところから出発した沖縄は、米国の日本から極力切り離そうとする政策も加わって、まず「沖縄」として出発しなければならなかった。そしてその中で、徐々に、米国の支配に抗しながら、自らの手で運命を切り開いてきたのである。いずれは「祖国へ復帰」するのだという可能性への期待が、そのような努力を支えてきたし、事実として何らの力を示すことはなかったにしても「日本国家」の存在が陰に陽にそのような歴史を切り開くのに大きな要因として働いたことも確かであろう。

しかし、現実的・具体的には、つぎつぎと継起するあらゆる難題について、沖縄の人たちは自らの手でそれらの解決を図らなければならず、そのことが、沖縄は沖縄であること以外にはない、という意識を強めることとなった。「日本国民」であることよりもさきに、「沖縄人」であり「沖縄人」として生きることが、最もふさわしい生き方であろうこと、あるいはそれしか生きるより他にない、という事情が、沖縄人意識をより強固にしたといえよう。

以上、述べてきたような、さまざまな戦後体験の相乗作用が、いわば「日本国家」を相対化する視点をつくりだす、大きな要因となるのであるが、それを決定的にしたのが、「佐藤・ニクソン共同声明」による沖縄返還についての協定であり、それにもとづく日米両国の対沖縄政策であったといえるだろう。

それはG・N・P世界第二位の経済大国に成長した日本が、新たな転換を行なうための礎石として、あるいは跳躍の踏台として、再び沖縄を差別的支配のもとにくみ込むことを意味するものであった。沖縄の人々が拒否してきた戦略基地としての沖縄の性格は却って強化され、沖縄の人々が自らの手で獲得したものの多くは、逆に奪い去られようとしているのであり、また現実に奪われたのである。このような「沖縄協定」に基づく日本の沖縄支配のありかたが、くりかえして述べてきたような、「日本国家」を相対化する視点をつくりあげるのに力があったといえよう。

さきにふれたように、「日本国家」を相対化するということは、同一の言語体系と均質の文化を担う同一民族による国家としての日本が、みずからを絶対化し、異質の存在を排除することでその秩序を保持していくという支配の構造を持つものであること、そしてそれを根底において転倒することによって、沖縄に対する差別の支配を拒否しなければならないという発想に貫ぬかれているわけであるが、同時にそれは、かつて沖縄の人々が差別の支配のもとでもったような、自らの担う沖縄としての特質の自己否定を余儀なくされた歴史を再び歩むことを拒絶し、沖縄が沖縄であることを確かにふまえた上での本来持ち得る自由性を獲得しようという決意を示すものであるといえよう。

とはいえ、しかし、このことを現実化することは困難なことである。何故ならば、そのような相対化の視点を、戦後の歴史のなかでようやく持ちえた沖縄のぼくたち自身のうちに、離島の人たちへの差別、精神障害者や基地の周辺に生きる売春婦（この言葉自体がすでに差別のニュアンスを含んでいるが）に対する差別、あるいは進学と就職という進路の相違による生徒への差別など、差別支配を生みだす社会の構造と、それを支える日本的体質に感応するものを、すでに持っているからである。

それらの自からの内にあるものを揚棄しないかぎり、おそらく「日本国民」となったところのぼくたち自身が、あらたな、たとえば公害病の患者に対するような差別的支配の再生産に加担する結果に陥りかねないということになろう。

もっとも、そのような自からの内にある差別的支配の構造とそれを支える日本的体質（たとえば、丸山眞男氏の指摘する無責任の体系を支える人間的な関係など）は、個人的な倫理の問題として個人の内部において揚棄される側面もあるけれども、しかしそれのみによって根源的に解決するということはおそらく不可能なことであろう。

「日本国家」を相対化する視点が、更に思想として深化されなければならないゆえんである。そのためにも、さまざまな発想と、それに基づく論理が、大胆に自由に構想されることが要請されなければならないという気がする。

さきに、「日本国家」の支配構造の特質は、沖縄に住むぼく（たち）からみるならば、人間を専ら機能において捉えるとらえかたと、均質の文化を絶対的な前提とするところの中央集権体制にある、ということを述べておいた。そしてそれは、体制的な支配の構造にみられるだけにとどまらず、反体制的な組織においても、そのような機能性を最優先するところの中央集権の組織原理としてみられるということも述べておいた。

もしかりに、そのようなとらえかたに、現実的な根拠があるとするならば、そのような中央集権を拒否することを通して行なう支配構造の変革、あるいは中央集中にかかわる組織原理の確立の試みも、ある程度の意味を持つのかも知れないと考えたりするのである。現在、各地で行なわれる住民運動や、あるいは、各々の地域に結びついたところの公害闘争などは、その意味でも注目に価するといえるだろう。

沖縄に生きるぼく（たち）が、沖縄の特質を担った存在として、その自由性を獲得していく試みも、その点では積極的な意味を持ちうると考えるし、そのことをふまえたところの、「国家」としての日本を相対化する契機を、思想として確立することが、いま課せられているあらたな課題となっているといえるかも知れない。


（『世界』一九七二年八月号）

Ⅱ 施政権返還後の状況と言葉
1973−1994

沖縄〝施政権返還〟その後

（一）

この頃、那覇の繁華街を出歩くとき、稀に、そこが何となくよそよそしい表情を浮かべて、どこか見知らぬ街に初めて訪れたときのような感じを受けることがある。その感じは、最近そこに立ち寄る機会が少なくなったという個人的な事情によるのかも知れないが、そればかりではなく、那覇の街が、眼に見えぬ奥の方から巨きな変貌を見せ始めたことに原因があるのではないか、という気がする。

おそらく、那覇の街は、そこに住んでいる人々の意志にかかわることなく、えたいの知れない巨きな力に動かされて徐々に変貌しているのであり、その変貌の行方が、国際大通りのあの華やかさのなかにその素顔をかいま見せているのではないか、ということである。

それは、増築されたデパートや、本土資本の急激な進出、これも多くは本土の資本によるスーパーマーケットの増加、ショウウィンドウの中の飾りつけのあからさまの東京風の装い、等々の眼に見えた変貌の激しさにかきたてられた感想かも知れないと思ったりもするが、そのみかけの変貌がかつてあった那覇の街の手ざわり、匂いを急速に喪わせていると同時に、それ自体が、おそらく那覇の街の眼にみえぬ地層に起きている変化の、それとはなしの現われではないか、という気がしきりとするのである。

ときには、那覇の街が、十数年前の「東京」、安保改定阻止の闘争が熄んで、急速に「白けきった平穏な街」に変わった時期の「東京」を想い起こさせることがある。

言うまでもなく、施政権返還をめぐる沖縄の闘いと、六〇年安保の闘いとはその性格に異なるものがあり、東京は東京、那覇は那覇で、その間にも越えがたい隔たりのあるのは事実なのだが、にもかかわらず街の変貌の与える気配には、どこか共通するものがあるように思えるのだ。

この頃の街の変貌は、これまでの眼にみえたところでの変貌と、どこかで決定的に違っているという気がする。そしておそらく、それは「街」それ自体の問題である、というよりも、そこに生きている人間の問題であり、その意味では「思想」の問題にかかわっているといえるように思う。これまでの十数年の変貌が、同じものの形の上での変わりようであるのに対して、最近の変貌は、那覇の街が、これまでとは異なった〝何もの〟かに変わっている、あるいは変わろうとしているかのようにみえるのである。

そして、そのかわりようは、那覇の街の変貌に留まるのではなくて、沖縄全体の変貌のそのまぎれもない象徴であるかのように見えてくるのだ。

那覇の街が、かつての那覇の匂いを喪っていき、巨きな力に動かされてえたいのしれぬ代物にかわっていくように、沖縄が沖縄それ自体として持っていた、現実の手応え、確かな手ざわりを喪ってしまって、どこか眼にみえぬ空洞をかかえたものに変質して行く、そのあらわれに、今、那覇の街を歩くとき、さまざまなところでぶつかる、ということなのである。

似たようなことは、人と人とのかかわりにおいても、現われてきているように思われる。人々は、何か確かな手応えのあるもの、手に触れて、それとわかる手ざわり、それらのものを喪って、そして喪われようとするそれが、ようやくかけがえのないものであることに気づき始めながらも、喪われようとするそれを取り戻すすべをもたず、だからその手懸りを求めようとして右往左往しているというのが、いまの那覇であり、沖縄であるといってもよさそうな気配なのだ。

政治の状況にもそれは現われている。昨年一月の那覇市長選挙が低調をきわめたというニュースに、さまざまな論評が加えられたが、その低調の性格は、政治の状況に、すでに確かなもの、人々の求める手ざわりのようなものの喪われたことにあるのだし、そして選挙にかかわる多くの人たちにそれに応えようとするものが切実に感じとられなかったことにある、と思われる。

政治不信と称された意識のありようは、政治の状況に空漠としたものを感じ、それのもたらすものが、人々の求める確かな手応えとかかわらないところにあるということで、それの手ざわりを政治的に求めることを諦めた人々が、日常の身のまわりのこまごまとしたあれやこれや、人と人とのかかわりの中に、確かなもの、手ざわりのあるものを見出したこと、あるいは見出そうと試み始めたところに見出せるのかも知れぬ。

いわゆる「マイ・ホーム」主義と称されるありかたが一般化してきたのもその一つの現われであろうし、例えば、最近の「フォーク・ソング」にみられる、かつての呼びかけのかかわりに「日常生活」に取材した「呟き」も、おそらくはその現われの一つなのであろう。

沖縄の政治の状況が、つい一、二年ほど前の、きわだった熱気を孕んだ状況と対比して、そこに生きる人々の現実の手応えとかかわりのないところでくりひろげられるようになったことが、この頃の脱政治の意識を大きく規定しているようにみえるのである。

そして、それは政治の状況にみられるだけではなく、沖縄がかつて持っていたような、沖縄そのものとしてまぎれもなく存在するという実感を徐々に喪いつつあるということに、おそらく照応するものであり、そういう喪失感に応える何ものも、沖縄の人々が今のところつくり出しえていないということに一つの根拠がある、という気がする。

人々は、自己の意識の底の方に、そのような喪失感を抱いて、そしてそれの充たされることのないままに、日常の身のまわりに眼をむけ始めるか、そうでなければ、仲間内の小さな集団の中に、手応えと手ざわりのあるかかわりを幻想的につくりあげて、それに情熱を傾けているのではないか、という気がする。身うちだけに通用し、それからはみだした人々とはかかわりのないところでつくりあげられる論理はあっても、沖縄の今を生きる多くの人たちにとっては、現実に手応えのある、確かな手ざわりを与える状況をつくりだす力とは、それはまだなっていないというのが、いつわりのないところなのだ。

昨年末の衆議院議員選挙の投票率が、最初から予想されていたように高くなかったことも、このような状況と無縁ではない。当選を期待する候補者たちやその支持者の懸命の努力や、投票者の醒めきった現実的計算で、かろうじて七〇%前後の投票率を確保はしたものの、投票という行為とそれのもたらす結果について、何の幻想も抱かれなかった。

米国の支配下にあった一九六八年の、初めて実施された主席公選の際みられたような興奮や熱気を予想するものは、最初からいなかったし、それは事実として選挙の結果にも現われたのである。当時の主席公選の際の状況には、確かな手応えを感じさせるものがあったのだが、それが今は、すでに喪われてしまっている。

そして、そのような変貌は、今後ますます進行していくに違いない。先にくり返し述べたように、状況にあえてかかわっていくことに失望し、手ざわりの確かなもの、現実に手応えのあるものを、やむをえず身近な日常生活でのかかわりや、あるいは自己の内部に求めて閉じこもってしまう人々のありかたは、一層強められていくだろう。「民芸ブーム」「ディスカバー・ジャパン」などと、巨大な資本に先取りされた、疑似的な手応えに、埋没してしまう状況が一層拍車をかけて現われるに違いない。

擬制的なアイデンティティをかもし出す有力な道具として使用される「特別国体」が施政権返還の一年目の今年の五月に行なわれるが、その「国体」に「若夏」という沖縄特有の語感を持つ名称を付し、沖縄の土着の心情で粉飾することでもってみずから積極的に擬制のアイデンティティのなかにのめりこむ心情が広範にあり、そしてそのような心情を利用することで、体制的な支配が一層強く貫ぬかれるという傾向は、今後一層強まるであろう。

一九七五年に、沖縄で開かれる「国際海洋博覧会」にむけての、さまざまな工作がすでに始められており、政府予算の支出も一九七三年度から急激に増加している。このことが沖縄の経済構造を急激に変化させていて、物価の高騰を招き経済生活を破壊するという事実も、既にあらゆる方面で指摘され、「海洋博」開催についての疑問も出されている。先に述べた那覇の街の急激な変貌は、まさしくそのような日本政府の経済攻勢に見合って進んでいるのであり、直接に沖縄が自らを治めるという政治のあり方が喪われたのちの状況の空白につけこんで、根底において沖縄を本土の大資本のくびきの中に従属させることで住民のエネルギーを霧消させようとする試みの、現実的なあらわれであるといえるだろう。

このような、沖縄に対する、政治・経済・文化というあらゆる面からの激しい攻勢に対して、それをどのように捉えるか、ということ、そして、政治的な状況の空白のなかで、個と日常生活のうちにわずかに手ざわりを感じさせるもの、手応えのあるものを求めようとする人々が、どのような展望のもとで、どのように自らの力を結集させうるか、ということが、今沖縄に住むぼくたちにとって、切実な課題となっているのである。

（二）

ところで沖縄の現実の状況を以上のように捉えることに対して、それをきわめてペシミスチックな見解として批判的にみる立場も、もとより存在するに違いない。石川市においても遂にアルミ工場の設置計画を破産させた公害に対する反対闘争や、自衛隊配備に対する反対闘争も、現実に展開され、それがある程度の成果を挙げている、ということが、このような批判に現実的な根拠を与えるものであることは確かである。

また、沖縄のこのような変貌も沖縄だけのものではなく、今となっては、日本全体の変貌とのかかわりのなかで生じたものとして捉えなければならぬとする見解が、他方には存在することも確かであろう。脱政治の傾向や、日常の卑近なものへの親近が、沖縄以外のどの土地にも同様にみられることなどは、その見解の成立するひとつの有力な根拠となるにちがいない。

だがしかし、ぼくたちが沖縄の人間であり、この沖縄に生きている以上、ぼくたちにとっての「思想」は、ぼくたちの生きることの核となっているもの、それを確かなものとして手もとに引き据えることから始めなければならぬとする立場は、今もって存在する根拠を失っていないと考える。

反自衛隊闘争にしても、それが他ならぬ沖縄において展開しうるある程度の現実性を持っていることが、かつての沖縄戦での殺戮の体験と密接なかかわりを持つものとして語られているのはそのことをさし示している。もっとも、それがそのようなものとして充分に捉え直され、自衛隊配備に反対する力となりえているとは言い難いだろう。厭戦の気分は、厭戦の気分として濃厚に存在しながら、それ以上のものになりえていないというのがおそらく現実の状況なのだ。

そして、そのような戦争の体験も、それらの体験にもとづくところの厭戦の感情も、このままで推移するならば、いずれは風化し、何の稔りももたらすことなく記憶から消え去るだろうという気がする。戦後二十数年を経て、戦争を知らない世代が人口の大半を占め始めている現状では、本土でみられたようなすでにそのような時期が訪れるのは、それほど遠い時期のことではない。

似たようなことは、戦後の体験についても言えることである。急激な状況の変質は時と共に加速度をつけて深まるに違いない。二十数年もの米国の軍事占領支配下におかれた被抑圧の体験、日本という国家の体制の外にはみだしたところで、そこでみずからの生を、みずからのみで生きのびてきた戦後の歴史も、いつとはなしに、河のように流れて、忘却の彼方に押しやられてしまうに違いない。戦後の歴史のなかで、ようやく握りかけたさまざまな可能性への試みも、それとともに押し流されることになるかも知れないのである。

先に、くり返しふれたところの状況の変質、那覇の街の変貌こそ、その不吉なきざしのようにみえるのだし、そのような沖縄の変質と変貌に、まだまともに立ちむかえる論理を創り出せていないところに、今の沖縄の「思想」の状況がある。

いうまでもなく、このような思想を現実に確かなものとするのは容易なことではない。だが、そのための試みを積み重ねぬ限り、沖縄においては「思想」はついに生きることはないに違いないのだ。たとえば、先にふれた反自衛隊の基礎となる「厭戦」の感情にしても、それを支えてきた沖縄の人たちの意識の底に潜むものを明確に捉えない限り、それらの戦争の体験を持つ世代の減少と共に、ついに後の世代の人たちにひきつがれることはないだろうからである。

ところで、それでは戦後二十数年もの歴史の中で、そのような「思想」を構築する契機は存在したか、といえば、それは明らかに存在したし、今なお存在すると考える。それはとりわけこの数年に集中的に現われたところの、自ら生きているこの「沖縄」を明確に対象化し、いわば生きている人間の原拠から捉え直そうとする試みがそれであったといえよう。

それは、現実的な成果としては、あるいは限られたものしかもたらさなかったのかも知れないが、文学・絵画・思想、その他さまざまの分野において続出したそれこそ、沖縄に生きる人々にとって、夏目漱石のいわゆる「外発的」ではない文化、自らの存在の根底を確かなものにしながら、ひとつの論理が持つところの自己の意識との間にひそむ亀裂、あるいは、ひとつの論理に立ちむかったときに避けがたく感じとられる欠落感、それらを埋めた十全なものとしての、思想を創出しようとするものであった。

それらの思想の試みは、生きている沖縄の人間をこの何十年もの間疎外し続けてきた「国家」を転倒する思想の原拠として沖縄を捉えようとする試みや、あるいは沖縄の辺境や社会の下層に生きている民衆の学識の底にあるものを取り出すことで、個人と人間の社会的なありかたのかかわりを根源において捉え直そうとする試みとしても現われてきたものである。

しかし、那覇の街、ひいては沖縄の変貌と変質のとめどのない進行は、そのような思想の営み――それは根源的な問いであるだけにゆっくりと行なわれるものである――をすさまじい勢いではじき飛ばしていくようにみえる。沖縄の人々が、沖縄に固執することは、時代の趨勢に背を向けたものとする風潮を生みだすだけでなく、東京風の生活の一般化が東京風の習俗をもたらし、そういう生活の面で沖縄的なものを封じこめることで、沖縄へのこだわりを一種の偏執として片づけかねない風潮として現われてくる。

明治の琉球処分以後の沖縄の歴史の悲劇が、自らの持つものを自らの手で葬ることにあったとするならば、同じような悲劇を再び繰り返しかねぬ状況が、またもや訪れてきている、といっても言い過ぎではないだろう。

とするならば、このような状況の変質をどのようにまきかえしていくか、は極めて切実な課題だといえよう。これは容易なことではない。八重山の農民が本土の資本に土地を売ることに対して、売ることをやめよと提言することは容易であるが、それに代わるべきものをさし示すことができぬ限り、その提言は無意味と化すのと同様に、日常の身近なところに手応えのあるものを求めようとする勢いに、ただ状況へのかかわりを要請しても、たいした効果は期待できないのである。

それればかりではない。これは先にふれたことにもかかわるけれども戦後二十数年の間の米国の軍事占領支配下にあったときと、施政権の返還されたのちの状況とは、きわめて異なった性格があって、それが住民の意識に大きく影響すると考えられるのである。

米国の支配下にあったときの、沖縄の住民の強権への抵抗の意識は、良くも悪くも、その多くは〝民族意識〟に拠っていたといえる。一九五〇年代の「土地」の強制収用に対する抵抗がいわゆる「島ぐるみ」闘争と称され、その後のいわゆる「祖国復帰運動」が「異民族支配からの脱却」というスローガンに象徴されたように、一九五〇年代から六〇年代にかけての沖縄の抵抗運動は、きわめて「民族主義」的な、「共同体意識」に基盤をおくところの、心情的な要素を色濃く現わしたものであった。

だからこそ、さまざまな内部批判や、他からの批判を受けながらも、住民運動として広範なエネルギーを一つの目標に結集しえたといえるのである。一九六八年頃から急速に盛りあがりをみせた「反戦・平和」を闘争の拠点に据えようとする動きや、「反復帰」の動きも、そのような「民族主義」的な住民闘争に質的な転換をもたらし、闘争のエネルギーを確保しつつそれに明確な思想的根拠をもたらすことによって、施政権の返還以後もなお持続する闘いを組みうる基盤をつくりあげようということにあったのである。いわゆる「反復帰論」が政治的スローガンとしてよりも、〝「復帰」思想〟に対する〝思想的な挑戦〟として語られ主張されたのは、そのことに由来する。「反戦・平和」を沖縄闘争の中心的な目標として設定しようとする人たちが、返還闘争のなかの階級的視点の欠如を強く指摘したり、あるいは「反復帰」を主張する人たちが「日本国家」の止揚を究極の目標としたことなどは、そのことを示しているといえる。

そして、そのような「民族主義」的な「復帰運動」と、それに対する反措定として提起されたさまざまな思想的動向の緊張のなかで、「沖縄」をそれ自体として新たに問い直そうとする動きは形づくられた。

多かれ少なかれ、自らの生きている内部に、沖縄そのもののうちに、確かなものを求めようとする沖縄の戦後の新しい動きは、このような、日本国家からはみだしたところで生き続けざるをえないという沖縄の状況と密接にかかわっていたのであり、したがってそれは、「復帰運動」に示されるような「民族主義」的な動向と無縁ではない。

一九七二年五月十五日の施政権返還は、沖縄の「民族主義」的な性格を色濃くにじませた闘争のありかたを、急速に終わらせた。異民族支配からの脱却が形の上であるにせよ現実のものとなって、同じ日本国家の支配のもとにおかれるようになったいまでは、かつての復帰運動にみられたような「共同」的な闘いは組みうべくもない。「反復帰」を主張する人たちが既に指摘し危惧していたような事態が、すでに現われたのである。

反自衛隊闘争にしても、反公害の闘争にしても、これまでの、沖縄に濃厚に残存する「共同体意識」に依拠したところの、「島ぐるみ」的な統一の組織では、闘いえなくなっている。

現実に組織されている反自衛隊闘争、自衛隊配備に反対する闘争が、主として県労協参加の労働組合員によってのみ担われているという事実、あるいは自衛隊配備に反対する県民大会が、ほとんど労組のみによって開かれるという事態が、そのことを如実に示している。

軍事基地と白い肌として現実に眼にみえるかたちで存在した抑圧者は後景に退き、眼にみえぬ巨きな力として、じわじわとしのびよる抑圧のありかたに変化した沖縄支配の構造に、住民は今有効な闘いを組むことができないでいるのである。

そして、これが、いまの沖縄の現実だとするならば、そのような状況の変質を明確に捉えることでもって、沖縄の今後の思想・文化、あらゆる面での反撃の論理と方法が求められなければならず、そして、それは復帰運動のような状況の変化によって無力と化すようなものではない確固とした思想として樹立されなければならない。これがいま、沖縄に住む人たちに課せられている切実な問題である。

（三）

このような、状況の変質に対応してとりわけあからさまに現われているのは、体制的であると、あるいは反体制的な諸党派・諸組織を問わず軌を一にして、いっせいに中央との系列化の方向をたどり始めたことがあげられる。

沖縄の土着政党を標榜していた「社会大衆党」の委員長が「国政の段階では地方政党は無力である」ことを唱えて、中央政党の民社党に加入する方向で党を離脱し、沖縄人民党の日本共産党への加入は既定の事実として広く知られている。新左翼の各組織が、施政権返還の以前において既に一県の支部として位置づけられ、現在では中央の組織決定によって、その理論や運動の基本的な方向は規定されていることなどはその一例である。

そのような状況のもとでは、かつて沖縄が持っていたような、あるいは沖縄において可能であったようなさまざまな思想的な試みは無力と化しているかにみえる。

沖縄が日本国から切り離されて独自な意味を持っていた先頃とは異なり、政治・経済・その他あらゆる面で同一の支配の構造に組み込まれてしまった以上、沖縄を含めたところの支配構造を総体として変革しえぬ限り、沖縄の支配構造の変革もありえない、という認識が、いわばそのような「地方政党無力論」を生みだし、中央への系列化に拍車をかけているのである。

政治が、統制的な権力による支配として機能している現実があり、そして権力を行使する機構として国家が存在する限り、部分的な打撃を重ねたところで、それがそのまま総体的な変革につながらないという政治力学に根拠をもつこれらの動向は、おそらく根強いものであって、したがって系列化の方向を押しとどめることはきわめて困難だろうと考える。

政府の、海洋博を契機としたところの、沖縄に対する経済的支配、すなわち経済構造を変質させることで社会構造を崩壊させ、かつて強固にあるとみえた民衆のエネルギーの結集を分断するという統治政策（土地を失った農民や、海洋博以後の労働者の流亡化の招来は、まさしくその一つの現われに他ならない）のもとでは、一層、そのような中央への系列化は促進されるであろう。

ところで、このような中央への系列化を促進させる他の一方の要因として、政治を、それにかかわる一人ひとりの人間のあり方のかかわり、いわば思想性とそれに伴う倫理性において捉えるのではなく、一つの機能として、したがって実効性においてのみ捉えようとする考え方がある。沖縄を支配する構造を変革するために組織される力を量において捉え、量の増加を目的とする考え方である。

このような政治を機能として、実効性において捉える考え方に立つならば、量の増加はまぎれもなく実効性の拡大をもたらすのだから、したがって部分よりは全体を志向し、部分は全体の部分として機能すべき役割を担うべきであるということになろう。

沖縄を支配するのは日本国家であり、その支配構造を変革しない限り沖縄の支配のありかたは変化しない。ところが日本の国家を総体として変革するためには沖縄は無力であって、全体として闘わねばならないのだから、沖縄はその一部としてその役割を果たすべきである。これが社会民主主義の論理を持つと、あるいは階級的対立抗争の現実化を企図するものとの区別なく共通に抱く考え方の基本的なパターンとなっているのであって、それらには、いずれも、政治を機能として実効性の側面において捉えようとする性格が濃く現われているといえるだろう。

たしかに、この考え方は、政治というものの持つ本質的な性格の一つに根拠を持つ考え方であろう。政治は、何よりも、一人ひとりの人間が共同して営む日常の生活において働く機能であり、機能である限り実効性を持たねばならぬのである。

しかしながら、政治がまさしくそのようなものであって、そのような本質においてのみ現実化されるのであれば、それはある種の戦慄をともなう力をもつものとして捉えられることは少ないだろう。人間が共同して営む日常の生活の次元に留まることなく、それを超えて一人ひとりの人間のありかたの根源にまで暴力的にふみこむところに、政治の他の戦慄的な性格があると考えられる。政治を、制度《システム》としてよりも、むしろその制度を支えるものとしての思想において捉えようとする立場が生ずるのは、そこに起因するものと考える。

日本の保守的な政治の老獪さは、そのような政治を日常の生活の次元で機能するものとして捉える意識のありようを巧みに利用して、もっぱら政治をそのような次元の問題に縮小してみせかけ、その次元の問題にすりかえることで支配を強化したところにあるにちがいない、というのが、沖縄でみた日本の政治のありようについての実感である。

このようにいえば、政治についての学問的な知識をもたぬ一人の人間の独断にすぎぬといわれるかも知れないが、施政権返還後の沖縄統治の現実のありようは、そのような日常生活次元における支配を通して、究極の人間支配にまで到達しようとする政策の典型的なあり方の現われであり、それはいまとりあげたような政治についての意識のありように沿ったものであろうと考えられる。その点では、社会民主主義から新左翼に至る諸組織にみられる中央への傾斜は、政治についての捉え方においては、保守党のそれと、大差のないことを示しているといってよいだろう。

これまで、かなり独断的に述べてきたように、政治が日常生活の次元において機能するとともに、それを超えて人間のありようにまでかかわる本来的な性格を持つものであるとするならば、そのような政治にかかわる一人ひとりの人間にとって、それへのかかわりは、日常の生活の次元を超えてその人間のありようにかかわるいわば〝思想〟的な営為として捉えかえすことが、とりわけ重要なことになるであろう。

政治にかかわる人間の営為を、そのように〝思想〟的な営為として考えるならば、沖縄における〝思想〟は、そのような人間が生きているそのありかたを離れてはありえないのだから、その生きている人間のありよう、その意識についての絶え間ない問いかけがなされなくてはならないだろう。

中央への系列を急ぐ人たちは、多くの沖縄の組織が日本のそれの部分と化しても、沖縄の独自な活動は可能であり、むしろその面では中央を領導する性格を持ちうるというのだが、政治を機能として実効性において捉える限り、その可能性は乏しいと考えられる。機能的に、実効性を重視する立場に立つ限り部分が全体を領導することは、かえって運動の停滞かマイナスの結果をもたらすばかりだからである。

その意味でも沖縄が、政治において持ちうるその特殊な意味があるとすれば、それは政治の機能や実効性においてよりも、むしろそれを超えたところの〝思想性〟をおいて他はないといってよい。

施政権返還以後の、日本国家の沖縄統治の政策が、旧来保守党政治の基本的な政治についての捉え方にのっとって行なわれており、生活・文化の画一化を通して人間の画一的なありかたをもたらそうとするものであるならば、逆に人間の独自なありようとその意識を槓桿としたところのそのような画一的支配に対する拒絶の試みは、一つの可能性を持ちうるだろうと思う。

明治以後の、日本国家の沖縄の統治政策も、これと同じ類型のものであった。そして沖縄戦で、戦禍の地と化すまで、沖縄はその統治にそのまま自らを添わせていった。だが、その歴史の過失は戦禍と戦後の米国の統治によって自ずから明らかになり、多くの代償とひきかえに沖縄の住民が沖縄の人間としての自由を獲得することを可能にしたのである。

そしてそれは、多くは米国の軍事占領支配に対する住民の抵抗によってもたらされたものであるが、そのような抵抗は、まさしく政治を日常の生活の次元で捉えたり、あるいは機能とみて実効性を持つものとして捉える発想を超えるものを持っていたのであり、その意味では人間のありようにかかわる〝思想〟的なものとして生きていたのである。〝イモとハダシの生活をえらぶのか〟という保守党のドウカツに対して、同じく機能性と実効性において選びとったならば、おそらくはあのような抵抗も、そしてあるいはその後の〝自由性〟もありえなかったに違いない。

施政権返還以後の那覇の街の変貌とそれに象徴される沖縄の変質は、日本国家の政治の発想の類型にもとづく、生活・文化の画一化を通した沖縄の画一的な支配の端的なあらわれであり、それは沖縄の内部における保守・革新を問わず、同じ類型の政治的発想によって積極的に受容されているかにみえる。

復帰運動の中で、民衆のエネルギーの核となった「共同体的性格」にしても、それを機能として実効性において捉えようとするならば、それは既に変革のための力とはなりえないし、施政権返還以後では、その無力も明らかになっている。そして、それにもかかわらず「共同体的性格」をそのようなものとして捉え、強いて政治的営為の基盤にしようとするならば、それは、かつて復帰運動の中にみられた民族的排外主義として機能するに留まるであろう。このような民族的排外主義は、「共同体的性格」の日常の生活の次元に機能する実効性の肥大した現象といえるからである。

沖縄に生きる人間のありようを捉えるとき、このような「共同体的性格」を濃厚におびた意識のありようを無視することはできない。しかし、そのような意識が存在するということだけであるならば、そして、その意識のありようを機能的に実効性の側面で捉えるならば、これは状況の変質した現在では無力であるばかりでなく、かえって有害であるといえよう。

とするならば、このような「共同体的性格」を含めて、沖縄の戦後の持ちえた〝自由性〟をさらに一人ひとりの人間の生きかたにかかわる〝自由性〟と〝共同性〟とのかかわりにおいて根底的に捉えなおすことで、生活の次元での画一的な支配を通して、人間の〝自由性〟を圧殺する権力的支配の構造にあらがう〝思想〟を追尋すること、そのためのあらゆる試みを始めなければならない状況に沖縄は立っていると考えるのである。

（『思想の科学』第一五号〔通巻二二三号〕、一九七三年三月）

市民運動論覚書

「市民運動論」というテーマを割り当てられたが、運動らしい運動をしていない人間にとって、これはいささかどころではない荷の重い仕事であり、どう書いてよいのやらまるっきり見当のつかない難題である。が、いまさら返上するわけにもいかず、愚にもつかぬ冗舌に終るかも知れぬが、此の頃思いついたことなどを書き記して、責を果たしたい。いささかの問題提起ともなればと思っている。

ところで、このようなテーマが持ちあがったのは、おそらく、この会が「市民会議」という名称であり、そのような性格の集団であるということに由来するであろう。そして、この会の今後の活動にかかわるものとして、今後のありかたを検討する契機としたいということにあるのだろうと考える。とすれば順序としても、この「松永闘争を支援する」集まりが、何故「市民会議」であったのか、あるいは、あるのか、が確認されなければならない。ぼくが、このことについてコメントをする任にあるのかどうかわからないが、一応そのことをぼくの知る限りにおいてまず確認したい。

この会の結成される時、名称と性格が検討され論議された。そして、さまざまな論議ののちに「市民会議」という名称と性格づけが行なわれたが、それには二、三の根拠があった。

その一つは、会の構成をあくまで「個人」におくということ、つまり既成のどの組織も組織として会に参加することを認めない、ということにあったと記憶している。これは組織の構成上の問題でもあったが、同時にこの会をあくまで個人の自由なかかわり、主体的な参与を要請したいという動機が働いていたと思う。そしてそのような動機は、戦後の復帰運動が、既成の組織（政党や労組等）の動員によるところが多く、そこでは個人の主体的な参与という面が稀薄であったという批判的な視点が強く働いていたに違いない。そのような批判的な動機が、どのような組織にも拠らない独自な新らしい運動体を構想させることになり、それが「市民会議」という性格と名称を与えることになったように思う。

第二に、この事件と裁判闘争の性格の問題がある。それは弾圧の対象がどの組織にも属さない単独者である（権力はことさらに事実を歪曲して宣伝したが）ということにある。このことは、松永君に対する支援が、既成の組織からの支援よりも、どの組織にも属さない個人からの支援を要請することになり、それがこの会の性格に影響を与えるということになるが、それとともに、どの組織にも属さぬ個人に対する弾圧というこの事件の性格が、同じような位相において闘争にかかわった多くの人に、他人事ではない共通の問題を持つものとして受けとめられたに違いない。つまりは「市民」に対する弾圧としてこの事件があり、そのようなものとして受けとめられた所に、この会の性格と名称の生ずる根拠があったと思われる。

言うまでもなく、この会の名称と性格のよってくる根拠は、以上のような点に留まるのではない。

そこにはさまざまな理解と、多様なかかわりがあり、たとえば松永個人に対する同情から、対権力の思想に拠ったかかわりまでの巾の広いかかわりがあって、そのようなさまざまの理解やかかわりのありかたを認め、それをゆたかに広げ深めていく「会」としてイメージするところに、この会を「市民会議」と規定する根拠があったと考えるのである。

以上、おぼろげな記憶を呼びおこしながら、会の成立する前後の「会」の名称と性格づけの根拠を述べてきたが、それに個人的な見解をつけ加えてみたい。それは、この事件と裁判闘争の性格が「市民的」なものであり、そこでは「市民的」なものが問われているということがあるのではないか、と考えるのである。

つまり一一・一〇ゼネストにおける松永君の行為は、いわば「心やさしき」市民の、心やさしい日常的な行為で、それが非日常的状況の中で暗転させられた。というところに事件の発生する契機がひそんでいたといえるに違いない。

日常的な次元で言うならば、炎の中から火だるまの人間をひきだし、炎を踏み消すというのは、まぎれもなく、「心やさしき」市民的な行為といってよい。そして、そのような市民的な行為が、一一・一〇ゼネストの暗闇の中で、非日常的な状況として閉じこめられ、民衆の行動のなかにおける非日常的な犯罪に転化せしめられたところに、この事件の一つの性格がある。

松永君にそくして言うならば、権力によって非日常的な状況として封じこめられようとした状況に、いわば日常の「健康」な感覚を持ちこんだのであり、この事が権力によって眼のかたきにされた理由があるのだし、強権の側にそくして言うならば、施政権返還前夜の一一・一〇ゼネストなどの民衆行動が日常化され、市民権を獲得することで「権力に対する反感」が定着することを許容しえなかったに相違ない。

言葉をかえて言うならば、あくまで、一一・一〇ゼネストを非日常の状況に封じこめることによって心やさしき日常の市民としての行為をいけにえとすること、そのことによって、これにかかわるあらゆる人間の行為を非日常の暗黒の祭壇への供物としようと図ったところに、いわば権力のひとつの狙いがあったに違いない。

そして、もしこのように民衆の運動が、民衆の日常の次元から切り離されて、いかにも非日常の、市民生活から隔絶されたものであるとする感性が定着するとすれば、それはまさしく権力の狙った効果の一つの現われに他ならないといいえよう。

あらゆる反権力の行為を民衆の日常から隔絶させ、逆に非日常の暗黒の中に封じこめることで民衆の日常に敵対する存在と化すところに、権力の常套の手段があるのだし、「かねて」から「権力」に対して「反感」を持っていたことを起訴の根拠とした起訴状の真の意図も、そのような文脈において明白にすることができよう。

とするならば、あらゆる民衆の運動を、非日常の暗黒の中に封じこめようとする力にあらがって、「反権力」の意志を日常化すること、権力の狙いを白日の陽光のもとにさらけ出すことこそ、「市民運動」を恒常化する論理の基盤となるのかも知れない。

同じく市民運動としての「反公害闘争」や「日照権確保」等の地域住民運動は、地域の日常的で直接的な利害にその基盤を持っていて、そしてそのような利害の直接性と日常性が、まさしくそれらの運動を「市民運動」として性格付けているといえるだろう。

しかし、この「松永闘争を支援する」運動は、そのような意味においての日常性や直接性を持っておらず、その点においては地域住民運動とは稍々その性格を異にする。この場合は日常的直接的な利害よりも、むしろ当事者の問題を自己のものとする強靱な想像力と主体的なかかわりを要求するに違いないのだ。

とは言え、権力によって非日常の暗黒の中に封じこめられようとする人間のあらゆる行為を白日のもとにひきずりだすこと、そしてそのことによって禁忌と化しつつある「反権力」の意志を日常化するという点において、その両者は共通の性格をもつものだといえよう。

いま、多くの場合ぼくたちは日常の生活のさまざまなものに隷属する「市民奴隷」と化しかねぬ状況のもとにある。その点では「日常」を拒否する「反市民」の論理を視野に収めることも必要かも知れぬ。だが、「市民」の健康的な感性を非日常的暗黒に封じこめようとしたこの事件においては、彼の「心のやさしさ」を護り続けねばならぬと思うのである。

(「松永闘争を支援する市民会議」代表)

(『沖縄・冬の砦』第一〇号「市民会議」結成一周年特集号、一九七三年十月二十六日)

反公害住民運動

一月二十九日の拙文に対して、二月十一日、新里恵二氏が再び批判を寄せている。これは、「〃金武湾を守る会〃の「反動性」という表題にみられるように、岡本批判にことよせた「守る会」攻撃である。したがってこの部分については、当然「守る会」からも反論は行なわれるし、行なわれるべきだと考えるので、ここでは、これまでの論点を整理して、私の見解を述べるにとどめたい。

第一点は、反対派に対する暴力問題、第二点は県庁職員に対する暴力、第三点は「独善性」(代表者を置かないこと)である。第二点については、私が前回述べたことに対する反論はない。第三点の、代表者を置かないことについて三菱側に口実を与えるというのは理由にならないし、「守る会」と県庁の立場は対等なものではないから、代表者を置かないことが交渉を拒否する理由にはならないと前回述べたことについての反論もない。

従って問題は第一点になるが、私の確かめたところでは、事件の前日と当日、守る会の数名のものが「暴行」を受け、当夜、会員が善後策を協議している所に、更に襲撃の為に「反対派」が集結しているというニュースがあって、集会後、襲撃に屈しないことを示すためにデモを行なった。そのデモに、逆に「反対派」が攻撃を加え乱闘になったというのが真相である。私が「事実は逆であった」と考える所以である。

ところで、十一日の新里氏の批判は、私の「この文は、氏への反論というよりも……」と述べた部分をとらえて、「論争を回避している」と批判している。この部分は正確に引用すれば、新里氏が「金武湾を守る会」に対して「革新をかぶった反動団体」と規定したこと等について、「氏がこのように決定的に否定する以上、更にまた何をかいわんや、という感を深くするばかりです。したがって、この文は、氏への反論というよりも……」と明記して、論点がかみ合わない以上論争にはならないと考えていることを示した部分である。その意味で、もともとこの論争は、論争として成りたつ基盤がないので、新里氏から「岡本氏との論争はここらで打ち切ろう」と宣告されるまでもないことだと私は考えている。

そこで、私は、この論争から離れて、論争の過程であらわになり、更に、二月五日のCTS反対の県民大会の実施過程でも問題になった事柄で、反ＣＴＳ住民運動の基本にかかわる問題について私の考えを述べたい。

それは「金武湾を守る会」が「代表制」をとらないことについてむけられたもので、「無責任」「有害」などの批判や非難までなされていることに関するものである。もともと、ある組織が、どのようにそのありかたを構想するかということは、専らその組織自体の決定することであって、他所から介入すべきものではない。かりに、それに批判があったとしても、その批判は、その組織が何故そのように決定したのかという事情についての洞察をなし、それをふまえて行なわなければならないだろう。その意味で、ここでは「代表制」のもつ問題を「反公害住民運動」のおかれている状況から考えてみたい。

「金武湾を守る会」などの「反公害住民運動」は「反公害」という目的と「住民運動」という性格からさまざまの特質をもつ。公害を阻止するという目的は、あくまで公害の原因を除去したり、拒否したりすることによって達成されるので、公害の発生源の存在を認めてしまえば手おくれであり、法的規制等が無力であることは、水島事故や四日市の石油タンク炎上事故などで証明されている。その意味で、これは妥協なき闘いであって、いわゆる「条件闘争」になりえぬ性格をもつ。「条件闘争」ならば、代表者による話し合いはありうるが、反公害の如く発生源を容認するか拒否するかが問われていて、その間に第三の道がありえない場合、代表制の有無は、その運動体を否定したり批判する論拠にはならない。労組の賃金闘争等と異なった性格をここにみることができよう。

次に、住民運動の地域性についてふれたい。反公害住民運動は、公害の発生源の近辺の地域に展開されるのが一般である。このような、地域に密着する運動は、地縁・血縁、あるいは伝統的なボス支配等の人間関係によってさまざまな拘束をうける。代表制をとる場合、それがこのような人間関係のもとでは、容易にボス支配に転じたり、人間関係を利用した内部からの切り崩しに抗しえない場合が多いことは、水俣をはじめ十数年来反公害住民運動にかかわってきた宇井純氏の体験からくる指摘である。(このことは、「公害原論」その他の宇井氏の著書を一読すれば判明する)その意味で「代表者を置かない」という組織原理は、東大全共闘をはじめ、世界の新左翼が数年来唱え続けてきた「陳腐な理論」というのは事態を無視した評であるといえよう。

更に、政党や労組等と異なり、法的な保護を組織として受けない住民運動では、弾圧や抑圧を特定の人物に集中しかねない代表制をとりにくいことがある。

また、例えば、労組や政党等の如く、「春闘」や「選挙」などというそれ自体の課題の為に「反公害」のみに運動を集約できない組織とは異なり、反公害という一点において長期の闘争を組まねばならないのが住民運動である。そして、それに参加する者は、農業、漁業等で日常生活を支え、それを超えて身ぜにを切って運動に参加するのがすべてであって、その組織そのものによって生活を支えるのはいない。つまり専従者はいないのである。

このような組織で代表制をとることは、勢い代表者である特定の人間に負担をかけ、結果として運動を停滞させることになろう。とすれば可能な限り、すべての会員が代表となりうるような責任分担制をとらざるをえなくなるので、代表を特定するところの代表制はもちえないのである(仮に代表制をとっても、運動の過程で実質的にそうなるのが普通である)。

以上、反公害住民運動のありかたについて述べたが、これはそのまま「金武湾を守る会」にも当てはまることである。他にも代表制をとることの困難な理由はあげられるが、余白がないので以上にとどめよう。

住民運動というのは、本来、同じ目的を持つ個人の参加する団体（金武湾を守る会もそうである）で、組織として会員に対する強制力をもたない。怠慢にすぎても処罰したりするすべを持たないのである。このような組織で頼りとするのは会員個々人の自発性・主体性であるが、それをつくりだすためにも、会員のすべてが代表者となるようなシステムは、有効な方法であるといえるだろう。

以上述べたような、制約と困難な条件のもとで、反ＣＴＳ運動を担い続けてきたのが金武湾を守る会であることを、沖縄における反ＣＴＳ闘争を構築する際には、最低限、ふまえなければならないというのが、私たちの考えである。


（ＣＴＳ阻止闘争を拡げる会会員）

（『琉球新報』一九七五年二月二十二日）

海洋博を考える――その文化的所見

これまで、「文化的所見」から「海洋博を考える」諸氏の見解が紙面を飾ってきた。そこでは、「海洋博」に対する反対の意見と、積極的に推進してきたもしくは肯定する意見と、今となっては反対できない、という意見に大きくわかれている。

むろん、それぞれの筆者によって、それらの意見には、多少のニュアンスの相違はあるけれども、簡単に整理してしまえば、基本的には、以上の三者に分類しうるといえよう。

しかし、ここで注目されるのは、海洋博についての手放しの礼賛は、どこにもみえないということであろう。それは言うまでもなく、海洋博開催の決定に至る過程、さらにはその準備の期間において、県民の生活や沖縄の自然の破壊など眼にみえる傷があまりにも多く、そのことが海洋博についての手放しの礼賛をためらわせる結果になっていると考えられる。

これまで、展開された見解で、明確に、海洋博に否定的な見解を述べたのは、照屋唯夫氏と中里友豪の両氏のみであり、他の多くは、今となっては反対しても仕方がない、という立場にたつか、でなければ、海洋博そのものには反対しないが、そのもたらす弊害の大きさを指摘するものであった。

そのなかでもただ一つ特異なのは、大城立裕氏の見解で、これは、海洋博開催に協力してきた立場から、その協力するに至った動機を弁明したものである。その意味では、この大城氏の見解は異質であってそれなりに興味があるが、そのことについては別にふれることとしたい。

これまで、海洋博の生活に対する破壊や、あるいは、自然破壊については、さまざまな面から取り上げられてきた。たとえば、物価の高騰による生活の困難、交通の問題、医療問題、あるいは農業の崩壊などが、多くの人によって論及されたのである。このような、海洋博の準備と、それの県民にあたえる、いわゆるデメリットについては、今度のこの所論においてもふれられている。

しかし、これらのことについては、従来、繰り返し取り上げられていて、こと新しいこともないので、今度の特集では、あえて、他の面からのアプローチが試みられたのであろう。すなわち「文化的所見」と副題がつけられているところに、今度の特集についての編集者のねらいはうかがえるのである。

が、このようなねらいは、十分には成功しなかったように思われる。「文化」ということについての見解が多岐に分かれていて、その内容が漠然としているのである。「少年の非行問題」＝「教育問題」

がそのまま「文化問題」に他ならぬとして、本部町周辺の教育環境の悪化を指摘する論がみられたのは、そのひとつの現れであろう。そして、ある意味では、そのような青少年の教育環境の問題は、まぎれもなく「文化」の問題であるといえるのだから、そのような論が行なわれてもやむをえない面がでてくるのである。

そうして、文化問題としての海洋博についての論及が、このような教育環境の悪化という形で行なわれるとするならば、これも、経済面における「メリット・デメリット」論議と同様な論理に陥るのは避けられないので、川口与志子氏の指摘にみられるような、「学校当局や教師はもち論、連絡協議会などの十分な取り組みを協議した上で」、青少年に対する悪影響を防ぐと共に、「青少年の海洋文化に接するチャンス」をつくりだすことによって、なんらかの「メリット」をえなければならない、という考え方が出てくるのである。

同様な考え方は、海洋博会場所在地の「本部町」で教師をしている吉川安一氏の場合にもみられる。吉川氏は本部における教育環境の悪化という「デメリット」をどのように最小限に留め、海洋博を教育の上でどのように生かすべきであるかを考えなければならない、と主張する。そして、具体的には「学校現場で、海洋博を生きた自主教材の一つとして、学校の教育課程に位置づけ」……ることによってせめてもの「メリット」をえなければならないと主張するのである。

川口氏や吉川氏のものは、「親として」あるいは、悪化した教育環境のもとで、日常的に生徒指導に忙殺されている教師の立場からの発言であり、その意味では、「海洋博」そのもののもつ、「文化」的な意味あいや、あるいは、「海洋博」の内容が沖縄の「文化」にもたらすものについてふれているわけではない。

そのように、海洋博そのものの意味を問うのではなく、その現実的な影響を中心に問題を設定するならば、この場合も、経済問題におけるそれと同じように、「メリット・デメリット」論議に焦点はおかれることになろう。具体的に海洋博の影響をもろにうけてそれにどのように対処すべきかという問題に頭を悩ましている人たちにとって、このような視点はどうしても避けられないのかも知れないという気がする。

次に、「海洋博」そのものの文化的な意味を考えようとする視点からの問題提起がある。この問題提起において、最も目につくのは、多分海洋博を「開発優先」あるいは「開発中心主義的な発想」というようなとらえかたであった。そして、このような「開発優先」主義的な発想のおちいりやすい問題点を指摘し、そこから海洋博のありかたを批判する立場も多くみられたのである。

「海」などの自然の崩壊をもたらすという批判や、「開発と自然との調和」を求めるもののほか、沖縄の独自な文化をおびやかすものとしてそれをとらえる考え方もみられたのである。

もっとも、このような海洋博についてのとらえ方は、肯定的な評価と裏表の関係にあるので、「開発優先主義」のもたらす、さまざまな「デメリット」を危惧しながら、そこに「海洋資源開発」と、そのための「海洋科学技術」を発展させる契機を求めようという期待も、ある意味では「自然と開発との調和」を期待した発言にほかならないといえよう。

これと同じ立場にたちながら、異色の発言を行なっているのもあり、開発中心主義ではなく、海洋を通しての国際交流という「歴史の事実、地理的状況をふまえた」可能性の方にテーマを求めようとしているのである。

以上は、文化問題として海洋博を考えるために、これまで展開された諸氏の論旨を、自分なりに整理してみたのであるが、これらをよんで一つの問題にぶつかった。その奇妙なとまどいを中心に次に自分なりに問題を考えてみたい。

今度の特集においてだけではなく、これまで、海洋博についての論議において、経済的な「メリット・デメリット」「自然破壊」等、さまざまの問題が提起されてきた。

そして眼についた限りで言うならば、「海洋博」に「学問的、文化的意義」があるのだ、とすることについては、少数の例を除いていえば一致しているようにみえる。そして、それを自明の前提として、その上で、「メリット・デメリット」が論じられたり、あるいは、その「学問的、文化的」な催しの性格の是非が問われる、ということであったように思われるのである。

そして、「学問的、文化的」意義があるというその「学問」や「文化」が、きわめて抽象的に、普遍的課題のような形で論じられる、ということが多かったのではないかという気がする。

新聞の投書欄でも、似たような論議が多くみられ、極端な形では、「海洋博」に反対することは、あたかも「文化」と「学問」の進歩を妨げる意見であるかのような論調さえみられたものである。たとえば、世界の資源の減少を指摘し、今後の資源開発は海洋にこそむけられるべきであるとして、「海洋博」はそのような科学技術の発展に役立つものであるのだから、それに反対することは誤っている、とする論理などは、その一つであろう。

そこには、「海洋博」の一要素にしかすぎぬものを、普遍的、絶対的なものに拡大し、そのことによって「海洋博」そのものを絶対化しようとする論理の詐術をみることができよう。

このような投書を読んだある人が「なんで沖縄の人間ばかしがこんなに難儀して、人類の未来を考えなければならんのだ」と感想を語っていたのだが、このような素朴なというべき感想の重さは、もっと注目されなければならないだろうという気がする。

ところで、しかしながら注意されなければならないのは、このような論理の詐術が、海洋博に反対する人達の間にも、大きな影響を与えているということである。

海洋博のもたらす、生活の破壊、あるいは自然の破壊等については、きわめて鋭い批判をもちながら、海洋博の「文化的」「学問的」意義を考えるならば、あながち、それ自体としては否定できない、という考え方にたつことである。そして、そのために、結果として、「海洋博」についての批判があいまいになる、ということがある。

かつて知人のひとりが「海洋博は文化問題ではない、経済問題なのだ」と断言するのをきいたことがある。これは、海洋博が、沖縄の経済振興・産業開発の起爆剤として設定されたのであって、あくまで経済政策の問題としてとらえなければならぬということであった。

これを敷衍して言うならば、それが経済政策ならば経済政策として問題にすべきであって、その政策が遂に沖縄の経済を窮地に追いこんでいるという批判に対して、これとは異質の展示物の内容をもってきて、文化的、学問的に意義があるから否定すべきではないとするのも、論理のすりかえ以外の何ものでもない、ということであろう。展示物の学問的、文化的意義を云々するならば、これは必ずしも「沖縄」でなくてもよいのであって、これが他ならぬ、「沖縄国際海洋博」であることは、文化的、学問的意義とは別の大きな意味があることは明らかであろう。海洋博開催について決定的な役割を担ったのが、日本の財界の大物達であったという事実を考えれば、このことは改めて言うまでもない。「海洋博」が何故この時期に他ならぬこの沖縄において開かれることになったかというような、明らかに政治的、経済的な政策として設定された「海洋博」の性格を問題にする意見に対して、たとえ経済的にはデメリットがあるにしても、これは「文化的、学問的」な催しであるから否定すべきではないというような推進論は、経済的、政治的問題と「文化、学問」の問題を混同してしまっているのである。政策として決定され実施された事柄については、政策の問題として問うべきであって、それ以外の「文化」などの異質の問題をからめて論ずるのは無用の混乱を招くばかりであるといえよう。

次に「文化」問題として「海洋博」を考える場合に、われわれが注意しなければならぬのは、先にも少しふれたように「文化」や「学問」を抽象的に観念的に捉えるという陥穽に陥ることであろう。むろん、学問や文化などは、普遍的な性格を持っているものでありこのことは、あらためて言うまでもない。またその普遍性は個別的具体において現象する、ということも、ことわるまでもないだろう。

とするならば、学問的、文化的意義というのも、それがどういう人達にとって、どのような意義があるのか、もっというならば、海洋博の学問的、文化的意義は沖縄の人達にとってどのように意味があるのか、がその具体性において明らかにされなければならないと考える。「文化、学問」というものが普遍的な性格を帯びるために、えてして、「人類の未来のために」、などのような抽象的な美辞でもって粉飾されやすいけれども、しかし、やはり他面では、それがだれにとっての「文化」であり「学問」であるかを絶えず問うことが必要ではないだろうか。

その意味で海洋博で示される「文化」や「学問」が、はたして我々沖縄の人間にとっての文化であり、学問であるといえるのか、という問をぬきにして、抽象的な美辞に陶酔することは避けなければならないだろう。そしてそのことは、同時に我々にとっての文化は何であるのか、ということを問うことになるのだが「海洋博」を「文化的」な面から考えるということは、いわばそのような問を問いかけることを意味するのではないか、と考えるのである。

最後に、事実関係の問題で、明らかにしなければならないことについてふれておきたい。それは、大城立裕氏が、一九七二年ごろには、海洋博に反対する意見はなかったということについてである。確かに、県当局や諸政党など、マスコミの表面にあらわれなかったかも知れない。が、軍産複合体問題研究会（軍産研）に参加した本部町や、中部の青年達を中心に「海洋博」開催の政治的な意図が問題とされ、研究が深められていた。そしてまた、その研究の成果は一つのパンフレットにまとめられ、各地でそれによる学習会が開かれるなど、地道な活動が展開されていたことはその一つの例である。

このような青年達の動きは、表面にめだってあらわれなかったから、このことについてふれなかったのかも知れないが、しかし、このような具体的な反対の動きが明らかに存在したにもかかわらず、「海洋博反対の動きはなかった」とするのは、やはり事実に反することであるので、この機会に研究会の人達にかわってとりあえずふれておきたい。

（『沖縄タイムス』一九七五年七月十八、十九日）

一一・一〇ゼネストへの軌跡

松永優が、殺人罪に問われる契機となった一一・一〇ゼネストが、ぼくたちにとって、また、「沖縄」にとって何であったか。その意味を問いかけたり、あるいは、その日の記憶をたぐり寄せようと試みる時、そのつど、いらだちとむなしさに襲われる。あの日のあの時刻がそうであったように、すべてが深い闇の中にとざされてしまって、そこに展開されたものが何であったか手応えがなく、すべては闇に封じ込められているかのようである。

だから、一一・一〇ゼネストの意味を問うために、まず、ぼくの中にあるその日の記憶からたどり始めたいと思う。何故、この日のゼネストに加わったのか、そして、その日に何をみたか、それが、松永裁判闘争にかかわる最大の契機となっている以上、そのことを確かめることから、すべては出発するのではないかという気がするからである。

一九七一年十一月十日、施政権返還協定に反対する県民の抗議行動が、ゼネスト規模で催され、午後四時頃から始まった示威行進の途中、デモ隊と警官とのトラブルによって、一人の警官が死亡した。これが、この事件のすべてであるが、ちょうどその死亡した時刻に、ぼくもデモ隊のひとりとして、夕闇に包まれた一号線に立っていた。たぶん、松永君が殺人犯として狙いをつけられた同じ路上に、彼から数百メートル離れたところに立っていた筈である。むろん、その時は、松永君のことは見も知りもしない他人でしかなかったのだが。

デモに加わろうにも、所属する組織をもたないぼくは、その日、官公労のデモ隊の最後尾にまぎれこんで、デモに加わった。そして、隊列が安謝橋付近にまでさしかかった時、急に前方からデモ隊がなだれをうって退いてきた。その後から、棍棒をふりあげたり打ちおろしたりしながら、機動隊が、異様な喊声をあげて突っこんできた。デモ隊は、ただにげまどうばかりであった。道の両側に逃げるもの、後方に人をつきとばしながら逃げるもの、ころぶもの、逃げおくれて警棒で腰のあたりをしたたかに打たれてその場にうずくまるもの、一瞬にして周囲は殺気だった空気につつまれ、阿鼻叫喚の巷となった。何が起きたのかよくわからないまま道路の傍に逃げこんだのだが、デモ隊の先頭の方はもっと騒然としている。何か異変が起きたらしい、ということが判ったので、好奇心も手伝って、道路沿いに先へ進んだ。あの家、路地、塀には黒山の人だかりがしてなかなか先へ進めない。一号線には数台の車があり、機動隊員が一かたまりずつあちこちに立っているばかりで、そこで何があったのかよくわからない。そのうち、機動隊が道の両側にいる群衆を規制し始めたので、様子を知ることを断念して帰途についた。警官が死亡したことを知ったのは、帰宅の途中の、テレビ店の店先である。それを知った時、正直に言って、それほど強い衝撃を受けたという記憶はない。むしろ、自分のまわりの混乱、殺気だった空気、その方が身近に感じられたのである。あの混乱の中では、一人や二人死者や重傷者が出るのも不思議ではないという気がした。というより、むしろ、死者がデモ隊の仲間ではないということに奇異な感じがしたし、また奇妙な安堵感のしたことを憶えている。ぼくの周辺ではそれほど、一方的にデモ隊はけちらされていたのである。

その夜、興奮して、寝つかれずにいたぼくの中では、警官の死亡よりも、その前にみた闇の中の不気味な白覆面の一団が強い印象となって残っていたように思う。広い一号線の上を、両手に火炎ビンを握って駆けぬけていった集団の、闇の中にそこだけが異様に白く浮きあがった白い覆面は、いまでも戦慄するイメージとして強く残っている。

ところで、何故一一・一〇ゼネストに参加したのか、またそのデモに加わる気になったのか、その時をふり返ってみると、それまでいくどとなく加わったデモとは、かなり違った意気込みがあったように思う。毎年のように繰り返された「四・二八沖縄デー」のデモ、あるいは「毒ガス撤去」「佐藤訪米阻止」など、いくどとなく県民大会が開かれ、そのつど、ぼくもデモに参加したのであるが、一一・

一〇「沖縄『返還』協定批准」に反対する二十四時間ゼネストの場合は、それまでのいずれの場合よりも昂揚した気分にみたされていたように思う。その前後の、沖縄の昂揚した状況は、個人的な記憶で言えば、一九五六年のいわゆる「島ぐるみ」闘争に肩を並べるものであったように思うのである。一九六八年の、B52墜落事故に端を発した「B52撤去」ゼネストが、当時の屋良主席や、県労協等のゼネスト回避の工作によって、挫折に終わっていただけに、ほとんど全島を麻痺状態に陥れたようなこのゼネストの成功に、デモの参加者はいずれも昂揚した気分に包まれていた。

周知のように一九六〇年に、沖縄において復帰協が結成されてのち、その運動は、時に迂余曲折しながらも、さまざまな要素を含みながら、「祖国復帰」を基軸として発展してきた。その運動は、沖縄の大衆運動は、さまざまな要素を含みながら、「祖国復帰」を最優先の政治課題として設定し、その実現を目標に進められたのである。経済問題も、あるいは米軍による人権侵害の事件さえも、「復帰」することで解決を図ることが可能であるかのような幻想を抱き、だからあらゆるものに優先して「復帰」をひたすら願望するという状況が続いていた。

このような沖縄の「復帰運動」を基軸とする大衆運動は、一九六七年の「教公二法」阻止闘争、一九六八年の「主席公選」などにみられるように、大きな盛りあがりをみせるようになった。

一方、一九六七年頃から、米国のベトナム戦での行きづまりや、ドルの相対的な下落、あるいは日本の経済大国への成長など、さまざまな要因によって、日米両国間で、沖縄の支配形態のありかたが問題となり始めた。一九六五年一月の佐藤首相とジョンソンの日米共同声明、同年八月の佐藤首相の沖縄訪問等によって、沖縄の支配形態が、米国から日本の国家支配へと移行する動きをみせ始めていたが、その間、ベトナムへの沖縄からの出撃、演習での毒ガス使用、輸送機からトレーラーが民家へ落下、ガソリンパイプの破裂、B52の嘉手納基地常駐化、米兵による交通事故など多くの事故が発生し、これらの米軍支配にともなうさまざまな問題に対し、住民側の抵抗も激しく、それが前記のような、教公二法阻止闘争や、主席公選実現の大衆運動となってあらわれたのであった。米軍基地で働く沖縄全軍労働組合でも、一九六八年四月に長年の闘争の成果として、団交権をかちとり、また事実上のストライキ（名目は年休闘争であるが）を実現するなど、米軍の基地機能を大きく揺がす要因をつくりだしてきた。

そうしたなかで、一九六九年二月、B52撤去を要求する県民大会が開かれたが、それらの要求は、沖縄からの基地撤去を窮極には要求するものに他ならなかった。沖縄全島を麻痺状態に追いこみかねない、ゼネストは、屋良主席や県労協幹部などの手で挫折させられたものの、沖縄の大衆運動は、そのままでは鎮静させることは不可能であった。このなかで、日本政府は、ようやく沖縄返還交渉方針を「核ぬき、本土なみ」にすることを決定（一九六九年五月）、同年秋の佐藤訪米による返還協定作成の段階に入ったのである。これに対し、沖縄側は、「安保廃棄・即時無条件全面返還」を要求し、この要求にそって運動を展開することになったものの、二・四ゼネスト挫折の後遺症は大きく、同年五月から始まった「全軍労」に対する支援も乏しく、それ自体孤立した闘争となっていた。

しかし、やがて十一月の佐藤訪米による返還交渉にむけての日本政府の方針が明らかにされるにつれて、それに対する住民側の反撥も次第に大きくなっていった。日本政府の対米交渉の基本方針は、沖縄の基地の自由使用を認める形で、日米安保条約の長期固定化を図るものであり、施政権返還は、いわば米国の基地機能を阻害するに至った住民の抵抗を抑圧するためのものであることが明らかになってきた。「核ぬき、本土なみ」という日本政府の説明にもかかわらず、同年八月から頻繁になった米原子力潜水艦の沖縄寄港の事実や、Ｂ52の水爆搭載パトロールの実施のニュース等によって、それがいかに欺瞞にみちたものであるかが明らかになってきたのである。そこから、「佐藤訪米阻止、返還協定粉砕」の動きが強まってきた。

本土においても、一九七〇年の安保条約改定期にむけての、反安保闘争が高まりをみせていた。新左翼運動の激化、反安保闘争の昂揚が沖縄の闘争にはねかえり、また沖縄での闘争が本土での反安保闘争を刺激するという、運動の相乗的な高まりがみられるようになって、それが十一月の佐藤訪米阻止闘争となった。この「本土」での新左翼運動の激化は、沖縄の闘争にも刺激を与え、運動を活気づける役割を示したが、他面、本土での各セクトの闘争形態を、そのまま沖縄にもちこみ、これが、一一・一〇ゼネストの警察官死亡事件の直接の契機となるほど、沖縄の闘争に多大な影響を与えることになったのである。

一九六九年十一月十三日の「佐藤訪米反対、軍事基地撤去、安保廃棄」の県民大会は、五十九組合のスト、年休行使などの実力行使、五万余人のデモ参加者を含めての闘争となり、十一月十七日には嘉手納での県民総決起集会、十五日から十日間の「平和をつくるキリスト者の会」の仲尾次牧師のハンガーストライキなど、さまざまな形で佐藤訪米と、それによる返還協定に抗議する住民の声を黙殺して、十一月十九日、佐藤・ニクソン会談が開かれ、「七二年返還」で合意したという共同声明が二十一日発表された。

これは「七二年返還・核ぬき・本土並み基地使用」を内容とするという政府の言明にもかかわらず、〝韓国の安全を日本の安全と不可分のものとする〟「韓国条項」の他「台湾条項」を声明文の中に含む、新しい安保体制を再編成する日米両政府の意向を忠実に反映したものであり、沖縄の基地を核とした、七〇年安保体制の基礎づけをなすものに他ならなかった。したがって、「基地撤去・即時無条件全面返還」という沖縄住民の意向に、真正面から対決するものであり、それだけに住民の怒りはますます激しくなった。

一九七〇年になると、米国のドル防衛政策と、日米新安保体制にもとづく、基地の合理化による再編成強化が急速に実施されるようになり、軍雇用員の解雇が相ついで起きた。これに対し、全軍労は第一波四十八時間ストを手はじめに、波状的にストライキを繰り返したが、問題解決に何らの進展をもみることができなかった。そればかりではない。軍雇用員がつぎつぎと一方的に解雇されていくのに対し、基地が存在するためのさまざまな被害は相もかわらず続出し、そのために、住民側の不満はますます高まって行った。

四月二十四日には、米兵と民間のタクシーが衝突事故をおこしたが、警察は、酒気を帯び無燈火で運転していた加害者である米兵を放免し、その処理に不満を示すタクシー運転手数百名が那覇警察署に押しかけ抗議するという事件が発生している。それは、これまで米兵に殺害されたり、タクシーを奪われたりし、多くの被害を受けながら、ついに何の保護も受けることのなかったタクシー運転手たちが、初めて抗議の行動を起こしたものであった。

五月には、下校中の女子高校生が米兵に襲われ暴行を受けるという事件が発生し、それに対して各地で抗議の集会が開かれた。九月には、酒気運転の米兵が主婦をれき殺するという事件が糸満で発生、その他、強盗・強姦事件が相ついで起きた。むろん、同様な事件は、これまでもいくども生じたのではあるが、七二年施政権返還を決定したのちには、それまで抑えていた怒りを住民側がむきだしに米兵にむけていったのである。交通事故や、強盗事件のあるたびに、住民が結束して、米兵と対立し、時には、米兵を袋だたきにするという事件もしばしば生じた。そして、十二月、先の糸満での主婦れき殺の犯人に対し、米国の軍事法廷で無罪の判決が下され、住民の怒りは抑えようもなく高まっていた。その怒りが、十二月二十日の米兵の交通事故に端を発した「コザ騒動」として爆発したといえよう。

このように、米軍と住民側の軋轢がぬきさしならない形で露呈され始めた七〇年には、東洋石油闘争、毒ガス撤去闘争、国政参加選挙の実施など、情況の流動化が激しくなり、十二月三十一日には、国頭射撃演習場に村民が突入、すわり込み闘争を展開し、米軍の演習を実力阻止するという事態にまでいたった。

翌、一九七一年に入ると、毒ガス撤去が始まり、さらに、「返還協定」にそって日本政府の政策がつぎつぎに打ちだされ、強引に住民の意志を無視して、着々と準備されていく。これに加えて、本土では、七〇年六月の「安保条約」の自動延長を空しくゆるしてしまったことへの怒りが、その実体として現実化しようとする「沖縄返還協定」へむけられ、「沖縄返還協定粉砕」あるいは「協定調印阻止」の集会・スト・デモが相ついで各地で行なわれ、五月三十日の全共闘系の集会では、二〇八一名もの逮捕者を出すという激しい闘争がくりひろげられた。そして、これらの「本土」での闘争の高まりは、沖縄の現地闘争にはねかえり、さまざまな闘争が行なわれるようになった。

これに加えて、八月には、いわゆる「ドル・ショック」があり、一ドル三六〇円のレートが一気に三二〇余円に暴落するという事態が発生した。これは営々として築きあげた沖縄の財産を、一気に奪い去るものであり、沖縄に住むすべての人に、異常な衝撃を与えるものであった。返還協定といい、ドル暴落といい、「踏んだり蹴ったりだ」というように、怒りが倍加された。いわば、火に油を注ぐものとなったのである。

こうして、沖縄に基地があるために生ずるさまざまな事態に対する怒り、長年要求してきた「復帰」に対する幻想の崩壊、ドル・ショックや、「返還協定」閣議承認後の根本発言（六月十五日、「沖縄を甘やかすな」と語った）などによる将来への危機感、などによってかきたてられた、怒りやいらだちが、十一月に予定された国会での「沖縄返還協定批准」を阻止するための、一一・一〇ゼネストへむけられていったのである。

一一・一〇ゼネストは、その意味でさまざまな要素をはらむものであった。基地とそれによる被害、ドル・ショックによる被害、「返還協定」に対する怒り、将来への危機感など、さまざまな個人的な心情をも含む広範囲な要素が、そこにはあった。そして、十一月国会で、批准を許してしまえば、すべては空しくなる、という暗い予感が、参加者の胸を閉ざしていた。そのことが、かつてない、一一・一〇ゼネストのいわば、あの高揚となったのである。

しかし、一一・一〇ゼネストの最中に起きた、一警察官の「死」は、それらを一気にくつがえすものとなった。それをきっかけに生じた混乱と動揺につけこんだ権力側の抑圧は、効を奏し、闘争は崩壊したのである。もし仮に、この「死」が、何ものかによって巧妙に仕組まれた謀略だとすれば、もっとも見事に成功した事例にあげられるような、そのような効果がその後の闘争の崩壊の過程に絵に描いたように現われたのであった。

「祖国復帰運動」を基軸として展開した沖縄闘争の歴史は、まぎれもなく、一一・一〇ゼネストに象徴的に現われている。その高揚と、その後の崩壊の過程は、そのまま、沖縄闘争を体現したものであったといえよう。その意味で、一一・一〇ゼネストは、いまでも、さらにいつまでも、沖縄闘争についての重たい問いをなげかけているといえるであろう。

（松永闘争を支援する市民会議・代表）

（松永闘争を支援する市民会議・松永優を守る会編『冬の砦　沖縄・松永裁判闘争』たいまつ社、一九七七年三月）

〈私にとっての琉球処分──琉球処分百年目第二部〉「同化」と「異化」をめぐって

「琉球処分百年」という言葉は、数年前ジャーナリズムを賑わせた「明治維新百年」という言葉と、その本質においてさしたる差はないはずだのに、何やら鬱陶しい響きを伝えてくる。「琉球処分」という言葉の響きそのものが、あるいはいけないのかも知れないが、それだけでなく、「琉球処分」という言葉のもたらすイメージが、重いリアリティを持ってきき手に迫るのであろう。「明治維新百年」の響きが、明るくいくらか軽くきこえるのに対し、「琉球処分百年」は、重く暗い。それは、「琉球処分」という言葉が、沖縄戦と戦後の歴史の記憶をひきずっているからに違いない。沖縄の「施政権返還」を指して「第二の琉球処分」という呼称が盛んに用いられたその記憶は、今更になまなましいものがあるのである。

明治の「琉球処分」について、どのように評価するかは、史家の間においてもまだ定まっていないようである。そのことは歴史学の研究の対象としての「琉球処分」についての実証的な研究がいまだに定説を生みだすまでに至っていないことを意味するに違いないのであるが、そればかりでなく、「琉球処分」という歴史事実が、現代に大きく影をおとしていて、研究者の現実にかかわる姿勢によって評価が動くという趣きを持っているからであろうと思う。そこにも「琉球処分」のもつ意味の、あるいは「琉球処分」のもたらしたものの、百年をへだてた現実を大きく規定していることが示されているに違いない。さらに言えば、今に生きる人々の、日々のなりわいの如何によって、「琉球処分」がさまざまのいろどりでよみがえってくることを意味しようし、だから、それぞれに、それぞれの想いをもってこの「百年」を迎え、送るのであろう。

ところで、この「百年」をどのように考えるか、という個人の想いを語るとすれば、「沖縄の近代化」ということの意味を一しきり考えるということになる。沖縄にとって、近代化は何であり、そしてそれが何をもたらしたか、ということである。このことについてはさまざまな側面から捉えることができるし、また、各々の側面について詳細に語ることができよう。が、文学、とりわけ近代文学に関して言うならば、かつて持ちえなかった新しい形式の文学（詩や小説）が導入され、近代の新しい世界観や人間観を表現しうる言語として、所謂「共通語」が必須となり、これによってかつて無かった文学表現が徐々に定着し、一般化したことをあげることができる。これはある意味では、沖縄の表現領域を開拓するものであったが、同時に、良かれ悪しかれ、沖縄として完結していた〈小宇宙〉を、その内部から解体し、変質させる大きな力となるものであった。

そして、その〈小宇宙〉の解体を促したのは、その近代文学を根源において支えた近代の価値理念であったことは言うまでもない。近代の価値理念を現実のものとしようとする意志、あるいはその欲求が、沖縄における近代文学を支え、さらにそのことが〈小宇宙〉としての沖縄を、沖縄の内部から解体する大きな力となったに違いないのである。

そしてその過程で生ずる矛盾として大きく浮かびあがったものが、所謂〈中央志向〉と〈土着志向〉のあつれきであったと考える。「同化」と「異化」などと言われる、沖縄のかかえるアンビバレンツは、琉球処分百年の歴史のなかで生じた矛盾の現れであったとみることができよう。沖縄の近代文学の基本的な主題が、そのアンビバレンツにあったことは、言うまでもないが、そのアンビバレンツを、同化の志向によって解決しようとしたところに、その特徴が見られるのである。(その詳細については、ここで述べる余裕がない。『沖縄県史』第六巻文化篇IIを参照していただきたい)

このことを、別の観方で言うとすれば、文化的に優位にあるものの、文化的に劣位にあるものを併呑、包摂する過程とみることもできよう。すなわち、近代化の過程において、早くにその過程に入り文化的に優位にあった日本に、沖縄が併呑、吸収される過程である。「琉球処分」が武力を伴って行なわれたかどうか、あるいは、沖縄の文化の基層が日本と同質のものであるかどうか、ということは、言うまでもなく、「琉球処分」の性格や近代化の特質を考えるのに重要な歴史の観点である。しかし、優位の文化の、劣位の文化を併呑し包摂する過程として捉えるならば、それはその過程の特質や難易度の問題になるであろう。

言葉を換えて更に言うならば、先にあげた〈中央志向〉と〈土着志向〉のアンビバレンツは、沖縄だけの特質ではなく、広く近代化の過程において、文化的に優位にある部分が、文化的に劣位にある部分を併呑、包摂する過程で生ずる一般的な現象とみることもできるのであって、これは日本国内に限らず広く、東南アジアの諸国、アフリカの諸国においても見られる現象であろうということである。そして、その併呑・包摂が、武力を伴うことによって矛盾を激発することもあり、基層文化が異質であることによって、併呑を困難にすることもあり得るに違いない。

したがって、問題は、そのようなアンビバレンツな志向の存在そのものではなく、そのアンビバレンツの「沖縄における」現われかたの独自なありようが問われなければならないということになる。

このことを追求するならば当然日本の近代化の過程のありようを追求することになろう。これは、広く東南アジア諸国のありようとの対比によって明らかにすることも可能となるし、更に日本の近代化の過程で最も重要な役割を果たした〈天皇制〉の問題にも絡んでくるに違いない。

これとは別に、もう一つ重要なことは、以上述べた、併呑・包摂の機軸となる、近代化の過程における文化の優位・劣位の性格があろう。何が優位であり、何が劣位であるか、ということである。文化の優位は政治的な力の優勢を伴うのであれば、武力併合か否かもそれに包括される。

そして、この場合の優位・劣位の問題が、もっぱら、物理的・物質的な側面における人間の欲望の充足の度合いと緊密に結びついていることが、その併呑・包摂を容易にしているということもあろう。近代の価値の原理が、まぎれもなく、そのような物理的・物質的欲望という人間の根源的な欲望に根ざしているゆえに、文化の併呑・包摂が一般的・普遍的な形として現象してくるに違いない。

日本にかぎらず近代の特質は、人間の持つ物理的・物質的な欲望の充足を前提としているようにみえる。かぎりなく豊かな生活、便利な生活を追求すること、それによって始めて精神的な飢餓をも充たすことが可能であるという論理である。

そして、そのような欲望をより充足させるものとして、近代の原理は機能し、そしてある程度実現させた。より豊富な品物、より便利な生活をもたらすものであったからこそ、近代は普遍的なものとして現実化したに違いない。そして、それだからこそ、より近代的なものは、より優位性を保持するものであり得たし、併呑される側の人々は、自らを劣位なものとして併呑されること自体に一定の価値を見出したに違いない。このような一定の価値を見出したからこそ、先にふれたアンビバレンツはより深刻なものになる。というより、もしそうでなければ、アンビバレンツなど、そもそも生じようはずがない。

そして、一度味わった欲望の充足状態を喪うまいとし、更に一旦充足した欲望は、更なる欲望を生みだすという、欲望の不可逆的な性格や肥大化が一層、それに拍車をかけたに違いない。富と便利さの偏在がそれに拍車をかけた。富と便利さは中央に偏在し、地方はおき忘れられていく。そして人々は富と便利さを求めて、中央に心ひかれていく。これは避けがたい問題である。むろん、日本の近代の国家のありかたや、政策の基本的な方向づけが、それを促進させたということは否めない。むしろ、それを促進させる為に、同一民族、同一言語、同一文化であることを強調したのは、今更、くり返して述べるまでもない。その結果が、高度の中央集権であり、富と便利さの偏在であり、文化の硬直した画一性であった。このことが、沖縄では同化思想の推進としてこれまで現れてきたし、沖縄の独自の文化を軽視する風潮を生みだしてきたのであろう。

施政権返還前後の、沖縄の文化の異質性の強調は、そういう文脈で理解されるべきであろう。「異質」だから価値があるという短絡は避けなければならない。沖縄の文化の「異質」性が尊ばれなければならぬのは、それが異質であることによって富と便利さの偏在、そしてそれを根拠とする文化の画一性、更には高度の中央集権を撃つ力を持つからに他ならない。「琉球処分百年」を、近代化の過程における「同化」と「異化」の葛藤としてみることができるとすれば、より独自性の強い文化を持つ沖縄が、中央集権と、文化の画一化と、富と便利さの偏在する社会の構造に吸収、併呑される過程と、その流れにあらがう動きの葛藤とみることができよう。つまり、「同化」と「異化」は、単に「潜在的な本土志向と表面的な本土忌避」を呼ぶような心情の現象的な傾向を指すのではない。もし、それが、このような心理のありようを示す言葉としてのみあるならば、それは個々人の心的傾向の問題であって、それがあろうとあるまいと、どちらにしてもどうということではない。極端に言えばどうでもよいことである。

問題は、同化と異化が、単なる心理的な傾向を示す言葉にとどまるのではなく、富や便利さの偏在や、それにもとづく文化の画一性、中央集権化を撃つ力となりうるかどうかにあるので、もしかりに沖縄の「独自性」や文化の「異質性」が、その活力を喪失してしまえば、「同化」と「異化」の論議すら存立する余地がなくなるに違いない。沖縄の文化の独自性の強調も、以上のような文脈において捉えることができるのであって、もしそれが単なる独自性の強調にのみ留まるのであれば、それは夜郎自大におちいることをまぬがれぬというべきであろう。

ところで、最近、大城立裕氏が、本土と沖縄の文化の質の相違にからめて、「本土へ出稼ぎ（集団就職）に行った少年たちが、そのかみあわなさのために挫折する、という今日の状況は痛ましい」（傍点原文）と述べ、更に、これらの少年たちを「救う手段として、まるごと同化の道を授けるか、生活の能力と『沖縄』の誇りにめざめさせるかであるが、どれもそれほど容易なことではない」（「国語科通信」一九七七、三六号、角川書店版）と述べている。

出稼ぎや集団就職の少年たちが本土の文化とみずからの持つ文化（広く生活習慣まで含むのであろうか）のかみあわなさのために挫折するというのは、一見俗耳に入りやすい言葉である。集団就職の少年たちの職場を離脱する例の多いのを指して、挫折とよび、その辛抱のなさを非難する声は多い。しかし果たしてそうなのかは、問題であろう。この少年たちは本来あるべき、自らの希望で、自分の資質にあった職業を、自分の意志で選んだというのではない。むしろそういう機会を奪われ、やむをえず強いられた道を歩んだ少年たちであるはずである。沖縄に生きる場所を与えることのできぬ状況が、彼等をして、その道を行くことをよぎなくさせたに違いない。とすれば、彼らは、もともと、自分の志をのばす場を奪われた存在であって、みずから選びとった道をゆく人々と異なる道を歩まされているのである。おそらく彼らの多くは、世間知らず、自己主張もそれほど行ないえない温和な少年少女たちであって、多くの友人たちの高校への進学を横目に、集団就職に応じたはずなのである。両親や教師や会社の説明と、いくばくかの世間知らずのロマンチシズムとで出かけるであろう。とすれば彼らが挫折と呼びうるほどの何かを持っていたとはいえまい。挫折するもしないもない。彼らはそこでようやく強いられた存在であることを自覚し、自己をとりもどし始めたといえないか。彼らの〈挫折〉は「文化のかみあわなさ」の故ではなく、富と便利さの偏在する現実の社会の構造に根拠があるのであって、その点に限っていえば、東北や北陸の「出稼ぎ」や「集団就職」の人たちと、特別に異なった位相において捉えることはできまい。これを「文化」の問題と捉える限り、結局は、「同化の道を授ける」というような、沖縄の「文化」を自ら否定すべきものとして捉えることになろう。そして〝この道は、いつかきた道〟であったはずである。

このごろ「沖縄にはすぐれた文化がある。このことに誇りと自信を持とう」という言葉もよくきかれる。すぐれた文化の存在が、個々人の生きる上での自信とどのように結びつくのか、また、どのように結びつけることが可能なのか。異なったレベルの問題を強引に結びつける論理の危うさに、深く思いをこらさなければならぬと思う。

「この島の真ん中に、巨大な工場の一つでもぶっ立ててみるがいい。百萬遍の説教にまさって、土地の言葉を一変してしまふに力があるであろう」。これは、昭和十五年の「方言論争」の際に、柳宗悦に対して投げかけた「方言撲滅論」者、杉山平助の発言である。この発言は、きわめて、さめたリアリストの言葉であり、「琉球処分百年」の歴史の本質的な一面をもののみごとに射ぬいた言葉であると思う。今、このすぐれてリアルな洞察が、あらゆる面で現実のものとなってきていることを否定することはできない。「百年」が「百年」にとどまりつづけることはないのである。

ことのついでに言えば、エスタブリッシュメントと言うか、このリヴァイアサンは、杉山以上にもっとさめたリアリストであり、場合によっては地方文化の尊重を、一つの手段とする、したたかな存在であることも、忘れてはならないと考えるのである。

(『沖縄タイムス』一九七八年三月十四日、十五日)

「琉大文学」のころ

今はそれほどでもなくなったが、かつて、ひどく疲れた夜など、何ものかに執拗に追跡される夢におびやかされてまんじりともせずに夜明けをむかえるということが多かった。追われて駈足で逃げるというのではなく、見えがくれに執拗にどこまでもあとをつけてくる、という夢である。これに類する夢を見ることは誰にもあるに違いないが、この場合あとをつけてくるのはきまって私服の米兵であり、その場所は、低いトタン屋根の軒並の続く細いまがりくねった路地で、ガーブ川沿いとおぼしきあたりである。

この種の夢というのは、心理学的に分析して、何かと説明がつけられる事柄であろうけれども、つけてくるのが私服の米兵であり、その場所も、きまってガーブ川沿いと思われる路地と特定されているのは、それが、学生の頃の体験と結びついて解釈されるからだという気がする。学生の頃、新川明や川満信一らと読書会を開いていたが、それが当時の非合法の組織と関わりを持っており、絶えずCIC（米国民政府の民間情報局）の眼を避けながら、転々と場所をかえてひらいていた、という体験が、そのような夢をみさせているのではないかという気がするのである。

似たようなことを川満信一がどこかで述べていたという記憶があるからこれは僕一人の体験ではないと思う。が別の例をいえば、同じ年に卒業した知人で、これは学生運動に直接的なかかわりを持ってはいなかったが、その知人が、ある時期、VOAの電波に絶えずおびやかされるといってひどく苦しんでいたことがある。今でもその後遺症をひきずっていて時々似たようなことで悩まされるということである。こういう例を出したのは、米軍の支配が過酷であったというようなことを述べるためではない。個と情況との問題をこれは象徴的に現わしているのではないか、と考えるからである。少なくとも、ここでは情況は個の外延として存在するのではない。情況は自らの内にあり、自ら存在を危うくするものとしてある。個と情況は外化されて対峙するものではなく、この内部を包括するものとして情況はある。また情況から自らを剝離し個を完結したものとして持することの不可能な状態がある。従って情況は解釈されるものとしては存在しないし、外的に継起する事象は、事象として把握されるよりも自らの関係性において意識される。ある時期の「琉大文学」のメンバーの発言が、時として倫理的に傾きすぎるとみえるとすればその原因を、ここに求めることができるといえようし、何故「琉大文学」のメンバーがそのような発想をもつにいたったか、といえば一九五四年から一九五七年にかけてのいわゆる「琉大文学」事件にその根拠があるといえるのである。

「琉大文学」事件というのは、一九五五年二月「琉大文学」第八号が反米的な表現の故に発売後の圧力によって大学当局の手で回収され、更に、一九五六年三月、同じく一一号が発売禁止と半年間の活動停止の処分をうけたにとどまらず、同年八月、「琉大文学」の編集責任者の嶺井政和、豊川善一、同じメンバーである喜舎場朝順の三人が退学処分に処せられ、同メンバーの具志和子が停学処分になったという事件である。

琉球大学学生が反米活動を理由に退学処分に処せられたのはこれが最初ではない。一九五三年には、原爆の被害を訴えた〝原爆の図〟の展示と経済クラブ発刊のクラブ誌「自由」の発刊が理由となって同年五月に四人の学生が退学処分になっている。また一九五九年以後も琉大は米軍の支配に抵抗する運動の一つの拠点としてさまざまな活動を展開してきたのである。

ところで、一九五四年から同五七年にかけての「琉大文学」について記せば、「琉大文学」は一九五三年に純文学のクラブ機関誌として発足しているが、それが一九五四年の第七号あたりから急速に政治的に先鋭化し、米軍支配に抗する文学と、文学理論としての社会主義リアリズム論を主張したのである。そしてそれは、先に述べたように、クラブのメンバーが「本土」から帰った人達と接触し、非合法組織に関わりをもつ読書会に参加したりしてマルキシズムの洗礼を受けたことを契機とするものであった。この頃の経緯については『新沖縄文学』第三五号「特集・戦後沖縄の文学」で詳細にふれられているのでそれにゆずるが、読書会で非合法に入手したマルキシズム関係の図書、合法的に書店から注文して手に入れた「新日本文学」や「近代文学」等の雑誌の影響をうけて、急速に左傾化したのである。

創立当時のメンバーは純文学を志向したとはいっても、太宰治や野間宏や椎名麟三などを読んでおり、更に一様に貧しく鬱屈していた。貧しく鬱屈しているのは琉大文学のメンバーだけでなく、沖縄のほとんどの人がそうであった。そしてそれから脱出を図ろうとして焦燥していたのである。それが一面では無頼派を自認したりという形で現われたりもしたのだが、それがマルキシズムとの接触によって一つの方向性をもち、文学における政治主義的な先鋭性として現われたといえる。「個の解放」と「社会的な抑圧や貧困からの解放」が不可分のものとして意識されたのである。

文学の上だけでなく、実践の面でも活動しなければならないとして、学生自治会の事務局長などの役員にメンバーの何人かを送り出したりした。

一九五三年に始まり在米軍の土地の強制接収、人民党事件やメーデー事件など米軍支配が酷烈になってくるなかで、それゆえに政治的な抵抗がいわば必然性をもつものと意識されたし、また一九五六年前後のいわゆる「島ぐるみ」と称された大衆運動のなかに身を置いたことが、政治的な状況を情況として内的なものに転換させるのに大きな役割を果たしたといえる。

この「琉大文学」の急速な左傾化とその後の動向については大城立裕など、前世代や、清田政信など琉大文学の後の世代からさまざまな批判をうけることになるが、米軍支配に直接身をさらしたこと、大衆運動の高揚の中に自らを置いたこと、等が前の世代や後の世代とを区別する特徴となっているように思う。本文の冒頭の夢物語はそれを示す象徴だといえるし、この世代の琉大文学のメンバーが共同体に固執したり「おきなわ」にこだわり続けることも、この時期の体験に根拠を持っているのである。

（『月刊青い海』第一〇巻第三号〔通巻九一号〕、青い海出版社、一九八〇年三月）

書評 仲宗根勇著『沖縄少数派』

つい先日、S氏との雑談の間に、現在活躍中の作家のことが話題にのぼった。昭和十年代最初の大江健三郎と、昭和二十年代最初の中上健次らとの間の世代、とくに昭和十五、六年生まれの世代に、目ぼしい作家がいないのではないか、ということである。あれこれ名前があがったものの結局、これという作家が出ないのは、この世代の六〇年反安保闘争でうけた傷が、思ったより大きく深い故なのかも知れない、ということに話はおちつき、雑談は終わった。

むろん、これは茶のみ話のようなもので、根拠のある話ではないのだが、にもかかわらず反安保闘争がここで出てきた裏には、「沖縄少数派」というきわめてユニークなタイトルの本書の著者仲宗根勇氏の思想の原点が、この六〇年反安保闘争のなかにあったことを片隅で思い起こしていたからである。

氏は、本書の「あとがき」で、収載した諸論文の根底にあるものにふれて、「一九六〇年六月十五日＝東京・国会議事堂周辺と、一九六五年八月十九日＝沖縄・東急ホテル前一号線軍用道路上。……このふたつの外傷体験の深さと重さが、わたしの〝原風景〟となって、交響曲の主題のように、幾度となく繰り返され、変奏され助奏されている」と述べている。

前者の体験というのは、六〇年反安保闘争のさなか、当時、東大法学部の学生であった氏が、国会議事堂周辺でであった体験である。アイゼンハウアー来日の当日、「訪日阻止を叫んで国会前にすわりこんだ」人々に対して「アイゼンハウアーの訪日は阻止されました。我々は勝利しました。卑怯なアイゼンハウアーは沖縄に逃げ去りました！」と叫んだ執行部の人の言葉に愕然としたという（「わが

〝日本体験〟」）。そこから、日本にとって沖縄とは何か、そして日本とは、国家とは、というような執拗な氏の問いかけが始まるのであるが、同時にそれが氏の沖縄再発見の契機でもあったにちがいない。

さらに、氏は一九六五年八月十九日の佐藤訪沖の際の体験について、当日、指導部の『統制』を物理的にはねのけて、ホテル前一号線＝軍用道路の広いアスファルト空間を占拠しはじめた」デモ隊に対して指導部が解散をよびかけ、指導部の去ったあと、残った人々が「警官隊の解散命令と実力排除という無残な弾圧」をうけたことにふれている（「沖縄戦後政治の構図」）。この体験は、戦後の復帰運動の主導をなした「革新」政党や諸組織、「復帰協」とそれを構成する人々、ひいては沖縄の民衆意識のうちにひそむ「国家幻想」についての批判的な眼を開いたようにみえる。

そしてその二つの体験が、本書の主題である復帰運動の思想的な弱点への厳しい批判と、それを通して沖縄の戦後思想の批判的な超克へと氏をむかわせているのである。「『国家』の冷徹な悪魔的論理との無窮動の思想的対峙と、運動論としての国家論の双方を欠落させてきた沖縄の主流的な復帰運動は、その当然の帰結として、日本国家への甘えの精神＝構造を定置したのと同じ程度に、大和日本の『革新』に対して、幻の救世主（メシア）願望を見出し、それに対する過大な期待をかけ続けてきた」（「沖縄戦後政治の構図」）と氏は指摘する。そこには六〇年反安保闘争で受けた傷を、一つの思想を形成する契機に転じた氏のありかたを見出すことは可能であろう。そこには未だ明確に形をあらわしてはいないものの、新しい氏なりの「国家論」を形成すべく進み出ようとする姿を見出すこともできよう。

いうまでもなく、鋭く剔抉の筆をふるう氏の立場は、氏の自認するように「沖縄少数派」の立場にあるにちがいないが、氏の「少数派」という自己規定は、「世に保守・革新という。いずれも九九％の民衆の半分に賭けているにすぎない。とり残された一％の民衆の存在に賭けること、永久異端者の思想を編む無限の作業」（一五六頁）を営もうとする決意と、時を隔ててはるかに呼応しているかにみえる。と同時に、情況の推移についての予見が確かであったとする自恃が、その自己規定を支えているにちがいない。

ともあれ、施政権返還十年目をむかえた今、氏の執拗に指弾し続けてきた『国家』の冷徹な悪魔的論理」の、あらわになっているだけに、氏の問いかけの持つ意味は、きわめて重く、いまあらためてとらえ返すべき課題としてあるといえよう。

（『琉球新報』一九八一年九月十九日）

教科書問題と沖縄戦を考える

教科書問題ということで、高校の日本史の教科書の沖縄戦に関する「日本軍による住民殺害」の記述が、文部省の検定によって全面削除されたことが明らかになり、大きな反響をひきおこしている。七月四日付の『沖縄タイムス』朝刊で、この問題がトップ記事で報じられたのをきっかけに、『琉球新報』も同問題をとりあげ、連日キャンペーンをはった。両新聞のこのような、同問題についての取り組みは、最近の日本のいわゆる右傾化の状況に対する危機感があり、そのことが、このような積極的な取り組みとなって現われたものと考えられる。そして、それがひきがねになって、「沖縄戦と継承」「平和への検証」という両新聞のすぐれた企画記事を登場させることになり、ある意味では、この文部省の教科書検定による「住民殺害記述の削除」が、逆に沖縄戦における戦争体験とその継承の問題、あるいは右傾化状況に対する危機意識に、火をつけてとらえなおさせる契機となるという皮肉な事態を招いたともいえるのである。

むろん、この問題がこれだけ大きく反響をよんだのは、中国、韓国、東南アジアについての記述の書きかえ、たとえば、東南アジアに対する「侵略」を「進出」と書きかえさせたこと等が、中国や韓国の人々の憤激をよび、政府や民衆から連日の抗議を招くという事態があって、大きく政治問題化したことが、もう一つ大きな原因となったことは否めない。問題が、沖縄戦に関する記述だけであったならば、果してこのように大きく問題とされることもなく黙殺されたかもしれない。むしろその可能性が大きかったと考えられるからである。中国はともかく、韓国政府があれだけ強硬な姿勢をくずさず、日本政府の処置について抗議し続けたことは、その背後に韓国政府の激しい怒りがあったからに他ならないし、そのことが、沖縄戦に関する削除問題に多大な影響を与えているとするならば、ここに、国境をこえた韓国民衆の沖縄の人間のたたかいに対する大きなはげましがあったとみることができる。

日本の軍事大国化への道が明らかになってきていて、韓国や東南アジアの民衆の大きな危惧があるのだとすれば、このような海を越えた民衆の、軍事大国化への警戒や、あらがいの結びつきは、貴重なものである。その意味では、教科書問題を契機に起きた、国境をへだてた民衆のおたがいの励ましあいが、このいのちどのように維持されるか、あるいは強化の方向にいくのか、それっきりで終るか、は大きな問題となるにちがいない。

むろん、このような結びつきが、一つの問題をめぐって直接的な連繫となって発展するということは考えられないであろう。しかし日本の軍事大国化に関しては、沖縄のあらがいが、たとえば韓国や東南アジアの民衆のあらがいと切実に結びついているということが、この問題を通して明らかに浮かびあがってきたことであるから、今度のその教訓は大切にされるべきことと思われる。

ところで、この問題をめぐって印象的なことに、『沖縄タイムス』『琉球新報』という地元の新聞二紙が、その健在ぶりを発揮したことがある。久しぶりに、地元紙がこれだけその機能を発揮したのをみて、頼もしく思ったことであった。マスコミも商業紙である以上、営業を考えなくてはならない以上、こういう取り組みが営業上どのような影響をもつか考えるのは当然であろう。その上でこのようなキャンペーンが張れたということは、未だ沖縄において沖縄戦の体験が全く風化し去ってはいなかったことを例証したともいえる。こういう新聞のありかたは、読者のありかたに支えられているわけであるが、同時に新聞のキャンペーンが、問題の所在を明らかにするだけでなく、読者を大きく励ます力を持っているのである。たとえば、今秋の中学や高校の文化祭の企画に沖縄戦をとりあげた事例が多いことは、まさにその一つの現われであろう。その意味で、マスコミのありかたについても、もっと切実に関心を抱くべきことを考えなければならないという気がする。

そして、それらをふまえて、今度の教科書問題を契機に出てきた諸問題をもっと思想的に深めていく必要があるだろう。たとえば、琉球新報紙上で、増尾由太郎氏が、沖縄の小学校の社会科の副読本で、日本軍の住民殺害の記述が全く出ていないことをとりあげて、内部における批判的視点の欠除を指摘していたことがある。この増尾の指摘はきわめて重要なことであるといえる。以前から、この小学校の社会科の副読本についての批判が、陰でささやかれていることを耳にしたことがある。しかし、沖縄の共同体体質によるのであろうか、表だってそのことが指摘されることはなかったのである。これを機会に、このような沖縄内部における問題を明らかにすることを通して、思想的に深化を図ることは重要な事柄であるだろう。

実は、この教科書問題が燃えあがった頃、筆者には一つの危惧があった。それは、教科書に殺害の記述の復活を要求することが、そのまま検定教科書を絶対化することにつながりはしないか、ということであった。残念なことに、沖縄の教壇実践の場では、多くの場合、「教科書で教える」よりも「教科書を教える」ことが多い。自主教材の編成の重要性が指摘され、沖教組、高教組の教育研究集会等ではその試みは数年来重ねられているものの、実践との結びつきは充分に行なわれているとはいえないのである。このような状況では教科書の絶対化はきわめて重要な意味をもってくる。その意味で、削除された記述の復活を要求することは正当であるとしても、その要求が、復活でよしとすることにとどまるならば、逆に問題は自らのくびをしめる行為につながりかねないのである。

しかし幸いにも、現在のところは事態はそうならず、検定制度のありかたや、軍事大国化への傾向についての批判という形で、展開している。こういう動きは大いに支持されるべきであると考えるけれども、さらにそれをこえて、検定教科書とは別に、自らの手で教科書をつくりだす動きを一層強める方向に行くことを期待したい。そしてその際、先述の増尾の指摘するような、沖縄の内部における相互のきびしい検証が必要であることは言うまでもない。

（『琉球弧の住民運動』第二一号、琉球弧の住民運動を拡げる会、一九八二年十一月）

警護の中の皇太子来沖

第十九回献血運動推進全国大会に出席のため、皇太子夫妻が沖縄を訪問したことをめぐって、さまざまな論議がかわされた。新聞紙面での表現を借りていえば、皇室に対する沖縄の複雑な心情がうかがえるものであったということであろう。

今度の皇太子の沖縄訪問について、県労協・沖教組・自治労・護憲反安保等では、皇太子来沖に反対する抗議声明を発表はしたのだが、反対のための具体的な行動はなかった。一九七五年の海洋博開催時の反対の動きにくらべると、今回の反対行動は低調であったということができよう。むろん、これには幾つかの理由があげられようけれども、この七、八年の間に、沖縄の体制内へのくりこみが急速に進み、反対のための行動をとることが困難になっているという状況を、そこにみることができるように思う。

ところで、今回の皇太子来沖にかかわることで、幾つか印象に残ることがある。その一つは、前記の反対運動の低調化を示すことにもつながるが、今回の場合、皇太子出迎えに自衛隊が正面きって登場したことである。小禄の自衛隊基地前に整列した自衛隊員を映し出したテレビの映像は、沖縄のさまがわりを如実に示していたように思う。また、自由法曹団に属する人たちの抗議声明にあったような、警察の過剰警備も印象に残ることの一つである。はたして、十五日の新聞では、過剰警備で被害をうけた人たちの声が幾つか寄せられていたのである。

このように、印象に残ることといえば幾つもあげられるけれども、そのなかで、とりわけ印象に残ったものといえば、七月十五日付の本紙で紹介されている西銘県知事の発言がある。見送り後の記者会見で、知事は『これで、六十二年沖縄国体に天皇陛下を迎える態勢がほぼ出来た』と、胸を張った」ということである。

今度の訪沖にかかわる、新聞の投書欄に散見する意見に、献血運動推進のための集会に出席することをとりあげて、沖縄訪問に政治的な意図はないとし、訪沖反対運動の側に政治的に利用しようとする意図があると批判する論調があったが、この知事の発言は、皇太子の意思を好意的（?）に解釈しようとする人たちの考えに反して、皇太子の沖縄訪問が、天皇の沖縄訪問の地ならしであるという県労協などの抗議声明のなかみを実証する形になっている。ここにも、天皇や皇太子の個人的な意図にかかわりなく、その行為は必ず政治的な意味を担わざるをえないという、天皇制のもう一つの性格がうきぼりにされているというべきであろう。従って、過剰警備をめぐっての論議で、それが「国事行為でないにもかかわらず」警備が過剰であったととらえ批判することは、あまり意味がないので、警備の人権蹂躙という実態についてもっと論議の焦点はあわされなければならないと考える。

もう一つ、印象に残ったことといえば、全国大会の席上での皇太子のあいさつのなかに、「ぬちどぅたから（命こそ宝）」という方言が琉歌の一節として引用されていたことである。皇太子が琉歌に関心を持ち、先の海洋博の際に琉歌を詠んだこと、そしてその歌が歌碑として残されていることは周知のことである。従って、あいさつのなかで方言が用いられることは別に不思議ではない。しかし、その引用した言葉がほかならぬ「命ど宝」であったということが、きわめて印象的なのである。

周知のようにこの言葉は、近年になって、沖縄戦史を研究する人たちが、沖縄戦をめぐる沖縄の民衆の思想を示すものとして意義づけようとした言葉である。いわゆる「玉砕」に対して「瓦全」、すなわち、瓦のようにとるにたらぬものとされようとも生命は全うされなければならぬ、という思想とならんで戦いの場に発生した民衆の、まず生命をこそ大切にしなければならぬとするこの思想こそ、反戦の思想の基盤としなければならないという主張として展開されてきたものであった。その意味では、この主張がどのように発展できるか、多くの人が注目してきたものであったと思う。

ところが、今回のあいさつは、そのようなせっかくの努力を無効にしかねない力を持つものであった。そして、このことは民衆の感性に根ざす言葉を思想の言葉として抽出するとき、必ず出会う問題の所在を示しているようにみえる。民衆の感性に根拠をもつ言葉は、そのままの形では思想の言葉となしえないことや、言葉の概念を一般化するという操作によって思想的な内容を無化しうるという、自明のことではあるけれども見のがしやすい問題をあらためてつきつけられたような思いであった。

皇太子来沖といえば、一九七五年七月の海洋博開会式当時のことを、どうしても思い浮かべることになる。戦後はじめて皇太子が訪れるというので、この問題は大きな波紋をなげかけたのである。皇太子来沖を歓迎する動きもあれば、反対の動きもあった。振り返ると実にさまざまな動きのあったことが思い浮かぶのである。

反対の動きについてみれば、皇太子来沖決定と同時に沖教組はいち早く反対の意思を表明したが、正式に機関決定として皇太子来沖反対を決定し上部団体に働きかけていくことをきめたのは沖縄の国公労であった。その後、原水爆禁止世界大会沖縄大会の大会宣言でこの問題が論議されたのをてはじめに、第七回働く婦人の沖縄県集会、闘う青年労働者と知識人の連帯集会、県職労、県労協青年協、自治労、全電通県支部青年会議、沖教組、中部地区労、全軍労、等々実に多くが組織として反対の意思を表明したり、集会等の宣言として反対を表明しているのである。

しかし、反対は表明したものの、県原水協理事会、県労協は反対行動を組むことを断念、県労協、沖教組主催で予定された反海洋博の県民大会が豪雨のため中止されるなど、県民規模での抗議運動は行なわれていない。結局、来沖の当日、自治労、国公労、県労協青年協、高教組、全電通などが職場集会を開いたほか、マスコミ労協が二時間の時限ストを行なっている。また、皇太子来沖の当日、沖縄解放同盟、全電通県支部、県労協青年協、沖縄文化研究会、県学連の十二団体がデモ申請し、実施しているのである。

こうしてみると、県民規模の抗議集会こそ開かれなかったものの、今回にくらべると、皇太子来沖に反対する動きは広範囲であり、かつかなりの盛り上がりをみせたといえる。むろん、この動きに対して、沖縄経営者協会、那覇商工会議所等県内七十七の企業団体を中心に皇太子歓迎の動きもあり、七月十四日には歓迎の日の丸パレードも行なわれている。

こういう皇太子来沖についての賛否両論は連日、新聞の紙面を賑わせ、読者からの投稿も、この問題に集中した。また、摩文仁の慰霊塔に赤ペンキの「皇太子来沖阻止」という落書きがされたり、沖教組定期大会の会場で平敷委員長が防共挺身隊員に殴打されたり、あるいは県警が精神障害者をリストアップし、県人権協会等の抗議で撤回するなど、さまざまな事件があいついだ。なかには釜ヶ崎共闘会議の船本洲治が、皇太子来沖阻止を叫んで、焼身自殺するという衝撃的な事件も起きたのである。

海洋博開催当時、これだけの反対運動があったのは、海洋博開催にともなって、社会的、経済的に急激な変化が生じ、矛盾が集中的に現れたこと、それにともない、海洋博そのものに対する反対の動きが生じたためであると考えられる。さらに、一九七〇年代のいわゆる全共闘運動が窒息状態に陥るとともに新左翼の運動が街頭での実力行動に転じ、海洋博をその攻撃対象に設定したこと、などもその理由に挙げられよう。が、なかでも、復帰三年目の沖縄では将来に対する明確な展望を持つことができなかったことが、最大の理由であったと考えられる。事実、皇太子来沖の直前に、全軍労や全港湾労が、雇用対策、生活確保の要求を掲げてストライキにはいっている。全港湾労の無期限ストは、海洋博工事に直接影響をあたえるなど、波紋は大きかったのである。

以上のような海洋博開催時の状況に比べると、今回の反対の動きが低調であることは、あまりにも明白である。これは言うまでもなく、当時と沖縄の状況が変わりすぎていることによるのであるが、その変わりかたの大きさには驚かざるをえないといえよう。

そしてこういう変貌は、皇太子来沖反対の運動のみに現れているのではない。一般的な思想状況としても、現れているようにみえるのである。

先ごろ、平良修氏らが、県内の慰霊碑の碑文を調査し、その軍国主義化の傾向を指摘したことがある。それに対して、少なからぬ批判が新聞の投書欄を賑わせていた。これらの批判を読んで、恐ろしいほどに画一化の風潮の進んでいることが印象に残っている。

その画一化というのは、慰霊塔に合祀された死者には、国を愛することに限らず、残される者への愛惜もあれば、絶望やその他さまざまの想いがあったはずだという、死せる者ひとりひとりの想いに心を寄せることが乏しくなっているということである。また碑文は死せる者ではなく、生き残った人の意思をしか表すことはないし、しかも生き残ったすべての人の意思がそこに表されるものでもないという、ひとりひとりの想いを大切にする気配がみられないこともある。そのうえ、一個人の意見を〝常識〟だと強弁することに少しも恐れを知らない風潮もある。

かつては、天皇ではなく母親を呼んで戦死したと聞かされたものであった。これが事実がどうかわからないが、しかしこの説には、死せる者ひとりひとりの想いに即してその死を大切に考えようとする姿勢がうかがえるように思う。今は、こういう姿勢がいつのまにかなくなり、死者の想いをも画一化してしまおうとしているように感じられる。そして、こういう画一的な風潮が、皇太子来沖反対運動の低調さとどこかで結びついているように思われてならないのである。

（『沖縄タイムス』一九八三年七月十八、十九日）

渡地《わたんぢ》

三月十日の夕方、何の気もなく、つけたテレビに、「日の丸」を握りしめて泣きじゃくる女子高生の姿が大写しに映っているのをみて衝撃を受けた。女子高生の両側から背広の男が手をのばして、握りしめたものを奪いとろうとしている。一瞬、何のことだろうと思ったが、次の瞬間高校の卒業式の日であったことを思いおこすと同時に、テレビのコメントで、ようやく事態がのみこめて、再び衝撃をうけた。

それと同時に、教師たちは何をしているのだろう、という疑問と、腹立ちでいたたまれぬ思いで、しばらく時のたつのを忘れた。

昨年からはじまった、卒業式での「日の丸」掲揚と「君が代」斉唱の問題だが、県教育庁の発表では、昨年に比べて今年は掲揚校が増え、九五％を越えたと自慢げである。父兄や教組等の批判や抗議にもかかわらず、教育庁が、これだけ強引にことを進めているのは、この「日の丸」「君が代」問題を突破口に、教師の管理を推し進める意図があるからだ、というのは、これまで多くの指摘するところである。今年から始まった新任教師の「初任者研修制度」もその一環として位置づけられている。というのも、首肯できる指摘でもある。

沖縄の近代化の過程で、学校教育の果たした役割をいまふりかえるべきときにきているという指摘も、くり返し強調されなければならないだろう。

いまさらくり返すまでもないことだが、沖縄戦で発揮された中学生や女学生たちの愛国心は、戦前の教師たちの、ひたすらな「皇民化」教育のもたらしたものであった。そしておそらく、ごく早い時期に行なわれた「皇民化」教育の実態は、いま、われわれが眼にしている事態と、そうへだたってはいないだろう。かつての「教育勅語」という性格のはっきりしたものが、いまは「指導要領」という、性格の曖昧なものに変っている、というそれだけの違いでしかないのだ。

性格が曖昧なだけに、かえって始末に困るということもあるかも知れないが、「再びかつての誤りをくり返さぬ」ことを、教師たちに望みたい。そして、そういう教師たちを、どのように支えていくかを、ねばりづよく考えねばならないだろう。

それにしても、〝教師たちの戦争責任〟の追求を怠ってきたことのツケの大きさがいまさらのように思いやられるこの頃だ。

（『琉球弧の住民運動』復刊第二号〔通巻二七号〕琉球弧の住民運動を拡げる会、一九八七年三月三十一日）

十六年目の節目

第一期の『琉球弧の住民運動』を創刊したのが一九七七年七月。終刊を迎えたのが一九八四年九月。さかのぼって、琉球弧の住民運動を拡げる会の結成が一九七四年九月。その時から数えると、丁度十六年になる。

個人的に言えば、市民・住民運動にかかわった最初は、一九七一年十一月十日の沖縄返還に反対するゼネスト、いわゆる一一・一〇ゼネストのデモの際、埼玉から染色の研究のために来島した松永優が山川巡査殺害の容疑で起訴をうけ、その冤罪をはらすために組織された松永裁判闘争を支援する市民会議に参加したのが最初だから、かれこれ二十年ということになる。

横道にそれるが、ここで松永裁判闘争についてふれておくと、第二審で松永優が無罪であることが確定したのち、国家賠償要求の裁判が始まり、一・二審とも賠償要求が認められたにもかかわらず、最高裁でやり直し判決があって、現在も裁判が続いている。今年の八月には那覇で証人尋問が行なわれたばかりである。因みに、住民運動関係の裁判で活躍している池宮城紀夫弁護士と知り合いになれたのは、この松永裁判がきっかけであった。おそらく、池宮城弁護士が、住民運動関係の裁判という、あまり金もうけに縁のない事件にかかわり合うようになったのも、この裁判がきっかけであったろう。この事件にかかわらなければ、今頃はもっと金持ちになっていたろうに、というのは、時々顔を合わせる時に出る冗談だが、住民側にとっていえば、このように有能で誠実な弁護人を住民側にひっぱりこんだ功績（?）は、松永裁判にあると、ちょっと自慢できる気もないわけではない。

こうして考えてみると、市民運動にかかわりを持って二十年近くになるのだが、ここのところ、すっかり実践的な活動から離れてしまった。個人的な都合が大きな理由としてあるのだが、第二期の『琉球弧の住民運動』発行を主張した者のひとりであるから、その点では全く慙愧にたえない思いだ。

第一期の創刊号に発刊の意図として、新崎代表は、①開発政策による地域破壊に反対して闘っている組織や個人、②日常生活のなかから公害を追放しようとしている組織や個人、③地元に根をおろした地域産業の創出や振興に努力しているグループや個人、④沖縄の文化や社会との現実的なかかわり合いのなかで伝統的文化（工芸など）の伝承発展に従事しているグループや個人、⑤地域社会のあり方を考えつつ僻地教育に従事している人びと、⑥行政の側にあって、地域住民を主体とする地域づくりを模索しているグループや個人、⑦琉球弧の外側から、ことのかかわりを主体的にもち続けようとしているグループや個人、⑧これらの動向に強い関心をいだいているすべての人びとを相互に結ぶパイプにしたい……と述べている。

考えてみると、ここで取りあげている事柄は創刊当時は言うまでもないことだが、現在でも重要な問題となっていることは、あえて記すまでもないことである。リゾート開発による自然破壊、海や河川の汚染、白保問題等々、問題はますます深刻となり、切実なものとなっている。

こうしてみると、この十数年もの時日が、沖縄にとって何であったのか、溜息の出る思いもあるのだが、一方ではそういう動きに抗うさまざまな動き、数多くの人たちが活発に動いている様子を眼にすると心強い思いもある。そうして『琉球弧の住民運動』がかつて意図していたようなそういうさまざまな組織や個人を結びつける働きをするものが、やはり必要であろうこと、拡げる会にかかわるべき新しいものの必要性は、少しも減っていないことに気がつく。

その意味では、第二期の『琉球弧の住民運動』は、その果たすべき役割の一部をも充分に果たしてないで終ることになるわけだ。その役割を果たしえないでしまった責任の大半を担っている編集責任者であるぼくが、こんなことを記すのもおかしな話だが、それでも、さまざまな市民・住民の動きを結びつける働きをするものの必要性がなくならない以上、そういう役割を果たすもののでてくることを期待したい。

この十数年間をふりかえって、個人的な感慨を記すとすれば、何といっても安里清信氏の存在の大きさということになる。安里氏については、これまで何度か記したが、もし安里氏が健在ならば、と思うことがしばしばであった。安里氏という個人の存在の有無によって、沖縄の状況がそれほど大きく変化したわけではないだろう。また、ひとりの人間によって運動が左右されるとすれば、それは運動自体の組織的な機能の弱点を現わすものであるとも言える。しかし、安里氏の場合は、そういうものとは少し違っていたように思う。何より、安里氏が摑みかけていた思想的立場が、沖縄の前途を考える際の、大きな手がかりを示唆していたように思うからである。

残念ながら、それは未だ明確な形をとらぬままになってしまったが、安里氏の示唆をうけとめて、何らかの形で深化させていくことを個人的なこれからの仕事にしたいと思う。今度の第二次『琉球弧の住民運動』の終刊は、ぼく個人としては大きな負債となって残るような感じである。その負債をどのような形で、何日までに返すか、いまのところはっきりしないのだが、負債は負債として受けとめて何らかの形で解消しなければならないだろう。それは多分、安里氏の思想を自分なりに深めていくなかでしか解消されないのではないか、というのが、いまの予感である。

（『琉球弧の住民運動』復刊第九号［通巻三四号］、琉球弧の住民運動を拡げる会、一九九〇年十二月二十日）

〝ボーダレス〟な状況のもとで

沖縄が「復帰」して二十年目にあたる年ということで、二十周年を記念する行事が盛んに行なわれている。民間企業ばかりでなく、NHKがいわゆる大河ドラマ「琉球の風」を企画するなど、今回の「沖縄ブーム」はかなりな広がりをみせているようだ。地元では「琉球王朝」のシンボルとも言える「首里城」の復元が完了するし、県の主催する行事ばかりでなく、企業の催すイベントも目白押しといったところである。

地元だけではなく、東京でも政府が沖縄の復帰にかかわった日米の要人を招いて、盛大な式典を開くという。考えてみるといわゆるバブル崩壊後の政治や経済の先ゆき不透明な状況のもとで、これほどの盛りあがりで沖縄がとりあげられるのは、異常なほどである。たかだか一県のことで、政府がこういう取り組みをみせるのは尋常なことではないと言えるだろう。

ところで、それでは何故このような行事が催されるか、と言えば、そこにはさまざまな理由があるだろうけれども、目につくこととして、一つには、日本と米国の経済摩擦に発するギクシャクした関係を修復する契機となることが期待されているということがあろう。沖縄返還が外交交渉によって平和裡に行なわれたこと、領土問題がこのような形でスムースに解決したことを、かつてないことだとして、日米両国の結びつきを改めて確認するのには絶好の材料に違いない。

そのこととあわせてもう一つ考えられるのは「クナシリ」「エトロフ」など北方四島の返還問題が現実的な課題として浮上している最中だということである。できれば北方四島を沖縄と同じようにスムースに解決したい。そのためには沖縄返還の過程をアピールすることが必要な課題であるという判断が働いている、と考えてもおかしくはないだろう。いずれにしても、日本にとって「領土問題」にかかわる重要な事柄であることが、今回の〝沖縄ブーム〟の背後にあるのであり、心情的な日本ナショナリズムがそれを支えている、といってよいだろう。

しかし、沖縄返還をめぐるこのような動向は今に始ったわけではない。戦後、沖縄の施政権が米国の手にあったときから、沖縄問題に関する論議は領土権の問題として、心情的なナショナリズムに支えられて展開したのであった。これは政府のみならず自民党から、社会・共産党に至るまで同じであった。これらの既成政治組織を否定する形で登場したいわゆる「新左翼」諸派も、「沖縄奪還」を主張する限りにおいて、同様であったと言ってよい。これは、沖縄の内部においても同じであった。一部に〝沖縄独立〟を主張する人々もいないではなかったが、これはきわめて少数であり、政治的にはむろん、社会的にもほとんど影響力を持ちえなかったのである。

しかしながら、圧倒的に主流をなしたこのような動向に対して、沖縄返還を契機として、日本の政治や社会や文化のありかたを根元的に捉え返そうとする動きも、一方にはみることができる。

その一つは、たとえば木下順二の戯曲『沖縄』に代表される見解であった。一九六三年に完成したこの戯曲は、時代を一九六〇年に、舞台を沖縄の離島に設定し、米軍の強制的な土地接収や、新たに始まった「本土資本」の進出にからませて、沖縄の歴史や文化、さらには戦争の悲劇など、沖縄のかかえるさまざまな問題を掘り下げた作品であるが、木下がここで展開したのは、単に沖縄の状況を状況として提示することではなかった。木下は、「近代日本の三つの原罪」として「部落・朝鮮・沖縄」問題を提起する藤島宇内の発言をうけて、日本近代の原罪の超克を「沖縄」と「本土」の「双方の自己変革と、その結果としての自立」の途に求めたのである。いわば、日本の近代をトータルに問い直す契機として、沖縄問題を位置づけたのであった。

これに対して、もっと長い歴史的尺度と広い展望のもとで沖縄問題を考えるという視点を提示したのが、吉本隆明の一九六九年『文藝』に発表された「異族の論理」である。

吉本のこの論は、当時の沖縄返還問題をめぐる論議が、ことごとく政治的にか、あるいは情況論的にか展開されていることに対する批判として書かれたものだが、そのなかで注目されたのは、その沖縄に関する吉本の見解であった。吉本はそのなかで、日本国家の成立を弥生式文化の成立期から古墳時代にかけての大和王権の成立に求める。そのうえで、そういう日本国家を相対化する視座として、それ以前の縄文文化とさらにその先数万年にわたる古層の存在を確認したうえで、弥生式文化以前の古層をいまなお保存する沖縄・琉球はそのことによって「日本」を相対化しうる立場にたつし、そこに存在理由もあるのだとしたのである。

吉本のその論は、その後独自の『南島論』として広がりをみせ深まっていくが、そこに展開されている吉本の理論は各方面にさまざまな影響力を持ったと言えるだろう。とりわけ、日本国家の中心的な歴史や文化を、弥生時代以降のものとし、それに対して縄文及びそれ以前の古層の存在を明示することを通して、国家中心の画一化された単一的な歴史や文化の捉え方を排するとともに、「日本」それ自体を複合的かつ重層的に捉え直す視座を展くことによって、吉本理論は、一九七〇年代以降のとくに若い研究者を含めた広範な人々に、大きな影響を与えたと言えるだろう。そして、そこに、沖縄返還問題のなかで展開された論議が、単なる沖縄問題にとどまらず、「国家としての日本」を問い直す契機として広がりを持ち始めた明証をみることができよう。

この時間的な視軸を設定することで、国家としての枠をはみだした「日本」そのものを捉え直す契機となった吉本理論と前後するかたちで展開された注目すべき論に、島尾敏雄の「ヤポネシア論」がある。

この「ヤポネシア論」は一九五〇年代に奄美に移り住み、二十年近くもの生活の中で感受したその地の生活や文化の中から紬ぎだした視座であった。島尾はそのなかで、奄美から沖縄の先島にかけての島嶼を「琉球弧」として捉え、そこに独自な歴史や文化の存在することを基礎に、単一化された国家としての日本の歴史や文化を相対化する論理を展開する。その上にたって、ポリネシアやミクロネシアなど南の島々とのつながりを持つ、開かれた「ネシア」としての日本を構想し「ヤポネシア」と命名したのである。島尾のこのような発想は、奄美に移り住んだ一九五〇年代半ばにはすでに発想されていたが、一九六〇年代末から七〇年代にかけて、沖縄返還論議が重なるなかで次第に深められていく。そして東北やアイヌの存在を視野にいれながら、「多様」で「複合」的な日本というかたちで、「日本」の歴史と「文化」の画一的で硬直した捉え方を相対化しようとしたのである。

この島尾のどちらかと言えば「文学的」な発想の持つ特質と意味を見事に論理化したのが谷川健一である。谷川は一九七〇年の冒頭、島尾の「ヤポネシア論」にふれながら、「日本にあってしかもインターナショナルな視点をとることが可能なのは、外国直輸入の思想を手段とすることによってではない。ナショナルなものの中にナショナリズムを破裂させる因子を発見することである。それはどうして可能か。日本列島に対する認識を同質均等の歴史空間である日本から、異質不均等の歴史空間であるヤポネシアへと転換させることによって、つまり『日本』をヤポネシア化することでそれは可能である」(「〈ヤポネシア〉とは何か」)としたのであった。

谷川のその後の民俗や南島文学についてのすぐれた仕事は、そういう島尾の「ヤポネシア論」理解の延長のうえに築かれていると言えようが、それにとどまらず、南のネシア群に開く視座を提起した「ヤポネシア論」は、南中国や東南アジア諸国と日本とのつながりについての関心を強めることとなり、そのことを基礎に人類学や、歴史学や社会学などさまざまな分野で、新たな知見がうみだされているのが現状である。

沖縄返還問題が論議された時期から二十年、その間の状況の変化はめまぐるしいものがある。米ソ二極構造の崩壊から〝ボーダレス〟時代と呼ばれるまでになっている。しかし、たとえば、ロシアや東欧諸国にみられるように〝民族主義〟は根強くはびこっている。とすれば、沖縄復帰二十周年をめぐるさまざまな動きの背後に、情念としてのナショナリズムがみえるとしても不思議はない。

しかし、沖縄返還をめぐる論議の中で展かれ、その後急速に深められた知見と、それによってもたらされたものは、もはや後もどりのきかぬところまできているようにみえる。〝ボーダレス〟の言われる新しい状況のもとで、それが今後どのように展かれていくのかが、いま問われていると言えるだろう。

（『週刊読書人』第一九三四号、一九九二年五月十八日）

この琉球に歌うかなしさ

山といふ山もあらなく川もなき　この琉球に歌うかなしさ

明治四十三年十一月の「琉球新報」に掲載された長浜芦琴の歌である。

この歌にはじめて接したのは一九七〇年（昭和四十五）の夏であった。国立国会図書館で、明治以降の沖縄の文学活動を調べるために沖縄の新聞をめくっていて衝撃を受けたことを記憶している。

明治期の沖縄の知識人たちが、沖縄の貧しさや後進県であることを嘆き、それから脱け出すこと、一日も早く他県と肩を並べるようになることを願っていたこと、その思いはほとんど焦燥に近いものであったことなどについて、知識がなかったわけではない。しかしそれが琉球で琉球を歌うことの〝かなしさ〟として詠まれているのをみて、その思いの切なさが伝わってくるようだったのだ。

今では、沖縄の青い海、白砂、陽光、それらが亜熱帯沖縄の自然を象徴するものとしてキャッチフレーズにまでなっている。そうしてそのことについて何の疑いもない。その自然は、長浜芦琴らの明治四十年代にあっても同じ美しさをたたえていたにちがいないのだが、長浜らの眼には、そうは写らなかった。むろん、そこに日本の伝統的な美意識、つもる雪、散る桜、夕映えの山脈などこそ歌に詠まれるべき自然だとする意識も強く働いていたにちがいない。だからそういう自然に恵まれぬ琉球を貧しいものと感じ、かなしんだのであったろう。

沖縄の自然をそのまま受け容れてそれをたのしんでいる現代の人間にとって、長浜らの感性は却って奇怪に思われるかもしれない。しかし事実は多くそうだったことを示している。現在ではごく当たり前に思える自然とのかかわりの中にも、歴史は厳しい刻印を残している。そのことをまさに実感させられる瞬間であった。そうして、こういうことが、この沖縄にはあまりに多すぎることも……。

（『週刊ほーむぷらざ』第三七三号、〈沖縄雑感〉欄、一九九四年六月二日）

なにゆえに

なにゆえにわが倭歌《やまとうた》に依り来しやとおき祖《おや》らの声つまづける
にっぽんのうたの滅びを念ずれば西の涯よりあかねさしきぬ

一九七一年の暮れに出版された新城貞夫歌集『朱夏』に収められた中の二首である。一九七一年といえば、翌年の「沖縄返還」を控えて、政治状況が激しい流動にさらされた時期である。政治で言えば前年の「国政参加選挙」から急速に「本土」への傾斜が進み、一方では急激な変化の中で伝統的なものの崩壊の懸念が拡がった。

この歌は、そういう急激な変化の中と、それによって生ずるさまざまな矛盾の中で、身をもむように詠み出されたものである。『朱夏』より先に『夏・暗い罠が……』の歌集を持つ新城は、おそらく倭歌＝短歌を唯一の自己表現の方法として、それを支えに生きていたにちがいないのだが、これらの歌で、彼はついに吃音に近づいている。自分自身を支える〝倭歌〟と、内なる〝とおき親の声〟にひき裂かれて絶句する。拠り所であるはずの〝にっぽんの歌（短歌）の滅び〟を「倭歌」で〝念ずる〟〝念じ〟ざるをえない矛盾。回避しようと思えば回避できたかもしれぬそれらと、それこそ〝愚直〟にむきあったのが、彼であり、彼らの世代だった。

喜納昌吉やりんけんバンド、そうして舞台を華やかに駆けぬける笑築過激団など、今はそういう吃音ははやらないかのようだ。洗練された〝ヤマトグチ〟の中にさりげなく〝ウチナーグチ〟や〝ウチナーヤマトグチ〟の二、三をしのびこませることが、気の利いた修辞法にさえなっているときく。

こういうことは悪いことではないのだが、ときには、そういう現在にいたりつく前に、吃音に陥った少なくない人々がいて、その吃音をくぐりぬけることで現在がもたらされたということを思い起こすのも悪くないと思う。

それと共に、「この琉球に歌うかなしさ」と詠んだ明治の沖縄と、「にっぽんの歌の滅びを念ずる」一九七〇年代の沖縄とのへだたりに、ある種の感慨を覚えざるをえないのだ。

（『週刊ほーむぷらざ』第三七四号、〈沖縄雑感〉欄、一九九四年六月九日）

ぼちぼち……

久しぶりに映画（邦画）を観た。この頃映画館に足を運ぶことが少なくなったし、観るとしても洋画が多いのだが、前評判につられて観たのである。映画は、昨年、各種の賞をうけた崔洋一監督の「月はどっちに出ている」である。

在日朝鮮・韓国青年のアイデンティティの行方を描いた作品は感銘ぶかいものであった。北と南に分断された祖国、そして在日としてさまざまな矛盾にさらされている青年たちの鬱屈した青春を描いた映画の内容については、いろいろと考えさせられたのだが、ここではふれない。朝鮮・韓国をめぐる政治状況をさめた眼で凝視し、事態を鋭く描きあげるだけでなく、日本人に対する風刺が生きていて面白かったとだけ記そう。

そういう印象の強く残る中で思わずニヤリと笑いを誘われたのは、多額の現金を段ボールの底にテープではりつけ、小包にするシーンであった。

かつて復帰前の沖縄で、東京あたりに「留学」した学生に対する学資の送金に制約があって（月額三十ドルであったか？）、親たちは子供に不自由な思いをさせまいと工夫をこらしていた。米製のインスタントコーヒーやガム、ポーク缶などは東京では貴重品だったから、親たちは機会ある毎に小包にして送った。受けとると、学生たちの多くは秋葉原のガード下の店（だったと思う）あたりで換金して、学資の足しにしたのである。ゆとりのある親は平和通り入口にたむろするおばさんたちから日本円を買って、小包にしのばせて送金したときく。あのシーンは、そういう時代や地域をこえた庶民のしたたかな生き方を思い起こさせるものとして秀逸だった。

したたか、と言えばヒロインのホステスが、「もうかりまっか」ときかれて「ぼちぼちでんなあ」とあっけらかんと答えるくり返しも秀逸だったように思う。楽観はしないけれど悲観もしないいたくましさが、この台詞によく現れているようであったのだ。

那覇の公設市場界隈を好んで通ることが多いのだが、その際、何処からか「ぼちぼちでんなあ」という声がきこえてくるような気になるのは、多分思いすごしなのだろうけれど……。

（『週刊ほーむぷらざ』第三七五号、〈沖縄雑感〉欄、一九九四年六月十六日）

歌は生きている

義理も踏みたがぬ仕情も尽くち　やすやすと登ぼら米ぬ坂や

比嘉春潮先生の米寿の宴が東京で催された際、出席者に配られた色紙に記された先生の自作である。たしか一九七〇年の夏、東京駅近くのホールでもらったと記憶しているが、場所は定かでない。いかにも春潮先生らしい人柄の表れた歌として印象に残っている。

印象に残っているというよりも、八十八の祝いがあちこちで開かれるようになると、どの宴でも、主人公として祝われるご当人が自分の米寿を祝って自作の歌を披露するが、その中に決まって〝米のいら坂〟を〝登る〟とか〝越える〟という類型の句を含むのに気がついて、春潮先生の歌を想い起こすことが多いのである。

類型と記したが、むろん詠んだご本人には類型の意識はないだろう。八十八年の年をふり返って「米の坂」と思い起こすのは実感であり、自分の内から出てきた自分の言葉として何の疑いもないに違いない。とすればこの句型は、歌の句の形として生きているのであって、かつてそれらを〝類型〟として退けたのは近代の賢しらではなかったか。〝類型〟とは歌が生きていることのまぎれもない証ではあるまいかなどと、数年前からしきりにそんなことを気にするようになっている。

敗戦直後の収容所の中で「屋嘉節」がつくられたのはよく知られている。伊江島の土地闘争の中で陳情口説がつくられ、一九七〇年代の金武湾闘争では「銭金に迷て誰がしちゃがＣＴＳ世間御万人苦しゃしみて」の歌が詠まれた。いつの時代にも、人々は深い思いのある時に歌をつくり、それは多分

〝類型〟に近かった。

今、昌吉や林賢、知名定男らの歌が、地域を越えて広く歌われている。その背後には戦前から戦後、そして今なお次々と歌い継がれる〝シマウタ〟の世界がある。が、その土壌は、米寿の祝宴に「米ぬいら坂」を自分の言葉として歌いあげる世界、〝類型〟をものともしないで歌いあげる人々の世界であるはずである。まさに歌は生きている、とそう思う。

（『週刊ほーむぷらざ』第三七六号、〈沖縄雑感〉欄、一九九四年六月二十三日）

どうしても……

何かの機会に耳にしたりしたことで、いつの間にか身体に染みついた言葉で、ふとした折に不意に口をついて出て、自分でも驚くということがある。時には歓びにつながる言葉もあるが、この頃では「あの時ああすれば……」という悔恨として、ある種の痛みを伴ってよみがえることが多くなってきたようだ。

その種の言葉の一つに「どうしてもとりかえしのつかないものを、どうしてもとりかえすために」というのがある。

これは木下順二の戯曲『沖縄』の大詰めの場面で、ヒロインの「秀」が、戦争中の自分の行為に深い罪責感を抱き、それから脱け出すためにスプリング・ボードのように繰り返す独白である。一九六三年であったか、たしか砂防会館ホールでの初演の際にふれたこの独白は、山本安英独特のエロキューションもあって、今でも耳に残って、ことある毎に口をついて出るようになった。

「どうしてもとりかえしのつかない」ことを「どうしてもとりかえす」というのは形容矛盾であろう。どうやっても「とりかえす」ことができぬという認識は〝断念〟に近いからである。しかし、にもかかわらず、というよりそうだからこそ「どうしてもとりかえ」したいと思うのも、これも人間の自然なのだろう。ここのところ、齢を重ねることは結局そういう思いを澱のように身体のうちに積らせていくということなのだろうか、との思いがつのるようだ。

ところで、最近そういう個人的な思いとは別のことで、この台詞を思い出すことがあった。先日の豪雨でやんばるの大国林道が土砂崩れで寸断された様子を、映像で眼にした時のことである。緑の中を黒々と延びた林道を赤土が埋め、折からの雨で赤い水が沢を流れ下っている様子に、思わず「とりかえしのつかないことを」と呟いてしまったのだった。

この呟きは、むろん「秀」の痛切さとは質もちがうし、また及びもつかぬ程度のものにはちがいない。それでもやはり「どうしてもとりかえ」さなければならないものの存在することを、改めて思い知らされたことであった。

(『週刊ほーむぷらざ』第三七七号、〈沖縄雑感〉欄、一九九四年六月三十日)

III 記憶の声・未来への眼
1995-2006

偶感（二）

低い稜線にさえぎられて、はっきりとは見えぬものの、その西向うの空は真っ赤に燃えあがっている。ときどき、火の粉とふきあげる灰黒の煙が渦まいている中を、大小いくつかの黒いかたまりが、風に流されて海の方へと行く。丘陵のふちは炎のほてりで照らしだされるかのようにくっきりとしているが、裾のあたりは、すでに夕闇につつまれて、もののかたちは定かではない。まわりの大人たちの顔は、闇の中に白く浮かんでいるが、いずれも声を呑んだまま、身じろぎもせず、西の空を眺めるだけだ。

少年の頃の記憶の一シーンである。戦争もたけなわの頃、宮古の平良の街が空襲で焼きつくされた日の夕刻の記憶にちがいない。その日の空襲で爆弾が投下される前後の模様は記憶にないのだが、おそらくは延々と燃え続けた火災の場面が、絵のように刻まれているる。そうしてその翌日、余燼のまだくすぶる中を、奇妙に高揚した気分で歩きまわった記憶が、瓦礫の崩れ散乱した光景と、鼻をつく焼き焦がれたものの臭いと共に蘇ってくる。

普段は滅多に思い出すこともないのだが、今度のいわゆる阪神大震災の映像、とりわけ被害の大きかったとされる長田地区の映像を眼にしたとき、一挙に蘇ったのは、少年の日の空襲の記憶であった。多分、これは僕だけの経験ではなかったろう。ある人は那覇で、あるいは東京で、兵庫県南部地震の映像を眺めながら、同じように少年の頃の記憶を思いうかべていたにちがいない。

それにしても、正直なところ、少年の頃の記憶がこれほどに鮮やかな肉体性をもって蘇るとは思い懸けない体験であった。記憶が、単純に意識の領域にのみ属する機能であると考えていたわけではない。しかしどこかで、肉体のなかに刻みこまれた記憶の喚起力を軽く考えている部分があったにちがいない。改めてそのことを考えさせられたことであった。

ここの所、はやりの風邪で体調をくずしていた故もあって、一月十七日の大災害を知るのはかなりおそくなってのことだ。いつもと違って、バスで出勤するのがおっくうで、車を出したのだが、そのカーラジオの安否情報で初めて異常事態の発生を知るしまつであった。といっても、とっさにわかったというわけではない。安否を確かめる氏名を読みあげるアナウンサーの口調に、むしろ異様な印象を受けたのが最初だ。次第にそれが兵庫県南部を襲った地震であり、その被害がはかり知れぬものであることを、なんとか納得できるまでには相当の時間を要したのであった。それでも被害の大きさや、事態の深刻さを実感をもって感得したわけではなかった。本当にそれが実感できたのは、昼休みになって、事務室のテレビの映像を眼にしたときである。白い巨大な蛇が、腹をみせてのたうち廻っているような阪神高速道路の倒壊している現場と、長田地区の延々と黒煙をあげて燃え拡がっている映像に圧倒される思いで、そして初めて災害の大きさが実感できたように思ったことである。

テレビ映像の持つ衝迫力の大きさは何とも言えなかった。たしかに事態の異常をなまなましく訴える力を持っていたように思う。その後、連日のように報じられる被災現場からの報道は、被災地についてのさまざまな情報を与えてくれた。今度の震災でパニックが生じなかったことを賞讃する言葉を眼にしたことがあるが、そういうパニックが生じなかった理由の一つに、そういう情報の提供があったことがあるのかも知れない。

しかし、そこに生きて苦しんでいるにちがいない人たちのなまなましい息づかいは伝わってこなかったような気がする。たしかに人々の声や生活の様子は断片的に伝えられるのだが、それは単なる情報として切り取られた枠縁の中で視聴者をへだててしまっているようなのだ。おそらく多くの視聴者は、テレビの前でもどかしく歯がゆい思いをしていたにちがいない。

今度の震災について、連日報道が続くなかで、さまざまな論議が展開された。政府の対応のおくれに始まり、直下型地震の破壊力の大きさ、都市計画や建造物の対震設計の問題など実に多くの議論が、いろいろな立場から提起された。

その中で注目されるのは、数多くのボランティア活動に従う人たちを賞讃する声がにわかに強まってきたことである。〝日本人も捨てたものではない〟という言葉もきかれた。たしかにその人たちの献身的に活動する姿は感動的であった。しかしその一方で、震災直後に身近な人たち、普段は声をかけたことのない人たちが、たがいに助け合って救助にあたったこと、そのことによって実に多くの人たちが救済されたことが、次第に忘れ去られているような気がする。

報道の最初の頃は、そういう地域の、地域に住む人たちのあらたな結びつきについてふれることが多かったのだが、論議が次第に危機管理のありかたや、自衛隊の救助活動の問題、防災都市計画の問題に移るにつれて、それぞれの地域のありかた、そこに住む人々の結びつきについての論議がいつの間にか消えてしまっているような気がするのだ。

現在の論議の推移に従えば、新しい対震設計に基づいた、防災緑地や避難場所も用意された、見た目には整然としたいわゆる防災都市がつくりだされるだろう。だが、そこでは多分、これまで以上に人と人との結びつきを断たれた、ロ一つききあうわけでもないそういう人間くささのかけらもない街が蘇るにちがいない。


（『けーし風』第六号、一九九五年三月二十日）

〈検証　戦争の記憶〉悲劇と論理の区別

「戦争の記憶」といえば、直接、戦争にかかわるものではないが、十数年前のちょっとした母との諍いが、思い起こされる。

きっかけは何であったか記憶にないが、二人の兄、一人はビルマで戦死、もう一人は開南中学卒業と同時に戦闘に参加して遂に還らなかった兄のことが話題となった。とくに深く考えてのことではなかったが、そのとき、兄の死を無意味な死であったと口をすべらせて、普段にない母の激しい怒りをかったことである。

〝犬死〟などというようなむごい言葉だったという記憶はないが、それに近い言葉だったのかも知れない。心ない業であった、と後悔したが、母の悲しみは、容易に消えなかった。

多分、わたしの言葉は、母の気持ちをさかなでしたに違いない。その死が意味のあるものだと思うことで悲しみに耐え、戦後を乗りきった母にとって、それは、その生活過程が否定され個としてのアイデンティティが無視されることに等しかったろう。おそらく、戦後五十年の国会決議で、「反省」や「謝罪」という言辞をいれることに遺族会がはげしい抵抗を示したのは、母の場合と同様にその言葉が、肉親の死の無意味であったことを示すものであり、それを認めることはとりもなおさず自分たちのアイデンティティが脅やかされると受けとめたからではないだろうか。

戦争に軍人として参加した人たちの中に、アジアに対する〃加害〃や戦争の侵略的な性格を認めたがらない人が少なくないのは、戦争への参加がかけがえのない体験としてあって、それを支えに戦後を生きぬいたという思いがあるからだろう。その人たちにとって、その体験の不当を認めるのは、個としてのアイデンティティの根拠が脅やかされることとして、どうしても承服できないことがらであるにちがいない。

戦後五十年を経た現在でも、先の大戦を肯定する考え方がいきているのは、戦争の体験さえも生きる支えとしてきた人たちに、それに代わるべきアイデンティティの根拠を示しえなかった日本の〃戦後〃があるはずである。戦争を含めた歴史の事実を客観的に明らかにしなかったこと、むしろ「南京虐殺」のように事実さえ意図的に覆いかくすことを許容した日本の戦後が、それを不可能にしたと言えるだろう。加藤典洋の言葉を借りれば、「三百万の自国の死者」と「二千万人のよそのアジアその他の国の死者」を「一つの仕方で弔う」思想を「積み上げ」ることを困難にしているのも、同じ原因によると考える。

ところで、今回の国会決議より先、昨年から各県で戦後五十年に当たって決議が行なわれた。そこでも、今国会と同様、「植民地」や「侵略」という文言は反発をうけ、決議は戦死者の名誉回復の意味あいの大きい内容のものとなった。この動きの背後には、遺族の老齢化ということがある。名誉回復がこの時期をおいてこの先期待できないという危機感がある。その危機感には、日本という国家の変質が大きくかげをおとしているようにみえる。

先日の阪神大震災の際、印象に残ったものの一つに、皇太子の中近東訪問と、天皇の被災者見舞いの映像があった。避難先を見舞った天皇が、床に膝をついて、被災者と同じ眼の高さで語りかける映像である。このことについて誰であったか、敗戦時の天皇の〃人間宣言〃がここに至って実現したという趣旨の発言をしていたが、その指摘の通り、腰をおとして被災者と同じ眼の高さで語りかける天皇の姿には、カリスマ的権威を保持しようとした昭和天皇と決定的に違うかたちをみることができる。その姿は、天皇の人間的資質を示しているが、そのこと自体逆に天皇制の変質を示している。皇太子の、震災の混乱の中での外遊も、かつての天皇制のもとではありえぬふるまいであったにちがいない。そうして、そういう天皇制の変質は、天皇制の基盤としての農村的共同体社会の崩壊と照応していると言えるだろう。遺族たちの危機意識は、そういう国家としての日本の変質の敏感な反映と言えなくもない。とすれば、加藤典洋の、三百万の自国の人の死と、アジアの二千万の死を、一つの仕方で弔うことがどうすればできるかという問いは重要な意味を持ってくるだろう。しかし、むろんそれに答えることは容易ではない。

わたしは、先の大戦を肯定する言葉をきくとき、芥川龍之介の「羅生門」に登場する老婆の論理を思い出すことがある。屍体から髪の毛を抜いていた老婆が下人に咎められて答える論理である。〝それをしなければ飢え死をする〟から〝仕方がない〟のだと言う。だから自分の行為は〝許されるはずだ〟とするのである。行為を行為そのものとして、問うのではなく、動機や理由によって行為を正当化する論理である。その論理は、そのまま、たとえば〝百万人の生命を救うためには原爆投下もやむをえなかった〟という言葉につながり、先の大戦を〝アジアの独立のために〟と正当化する言葉に結びつく。「羅生門」の老婆の論理について、三好行雄は、あらゆるものが相対化されてしまう近代の性格をみている。そして、そこは倫理の終焉する場所だという。たしかに近代社会の日常においては、価値の相対化が社会の機能を維持するために有効だということもあろう。しかし、それが戦争においても許容されるかどうか、という問題が、そこに生ずるだろう。「こういう戦争は許されるが、このような戦争は許されない」という区別の論理をどのように問うのか。人は誰もいずれ死ぬ。たとえそれが自然死であれ病死であれ、あるいは事故による死であれ、死を免れることはできない。では、それらの死と戦争による死をどのように区別するか。戦争による死のみを殊更に問う根拠はどこにあるか。加藤典洋の問いかけは、そこに近づいている。そうしてその答えは、多分「戦争」そのものを対象化することから始めなければでてこないのではないだろうか。

戦争の悲劇は、戦争がいかなる戦争であれ人間としてのありかたや意志にかかわらずその生命の奪取を前提として実現するところにあるようにみえる。とすれば、人が「どのような死」を迎えたか、という「死のかたち」でもってしか戦争を示すことはできない。戦争は、人の死が、それがどのような死であったかを事実にもとづく具体をもって示すことで、明らかになるものなのだろう。

「平和の礎」に刻まれた人の名は、その死がどのような死であったか、接する人の想像に訴えることを通して、戦争の悲惨を明示する力をはたして持ちえているだろうか。


（『沖縄タイムス』一九九五年六月二十二日）

偶感（五）

前号の偶感（四）で、仲宗根政善についてふれ、恩賜賞を受賞した事実にかかわらず、多くの人の仲宗根の思想的立場や、平和への意志に対する信頼が少しもゆらいでいないことをあげたうえで、それが何によるのか、「人柄ということだろうか……」と記した。この言葉は反語のつもりであった。つまり、こういう問題を「人柄」に帰すると、全ては終わってしまうので、それをもう一度思想の問題として捉え直さない限り問題は普遍化されないのではないか、「人柄」に収斂してしまってはよろしくないのではないか、という程度のつもりだったのだが、舌足らずの表現で、全てを仲宗根の「人柄」に帰したという印象を与えたようだ。

こんな釈明じみたことを記すのは、この種の問題は依然重要なものとして、いま現にあると思うからである。

いま沖縄の発した問題提起が全国をゆるがしている。言うまでもなく、米兵の少女暴行事件に始まり、知事の代行書名拒否によって、日米安保体制の根底をゆすぶる問題を提起するにいたった、今回の一連の反基地闘争の動きである。

いまふりかえると、さまざまな思いがわいてくるのだが、その中の一つに、もし仮に「反戦地主」たちのねばり強い闘い、とりわけ契約拒否という強烈な意思表示がなかったら、そしてたとえば、那覇市長などの自治体首長のその反戦地主の意志をうけついだ代理署名拒否がなかったら事態はどうなっていたかを考えると、慄然とした思いがする、ということがある。

むろん、今回の闘いのうねりをつくりだすきっかけは、米兵の少女暴行事件という悲劇的なことだから、そのままで終わることはなかったにちがいない。だが、今回のように、沖縄の基地問題に集約される日米安保体制のかかえる根本的な矛盾をてらしだし、日本の戦後外交や米国の対アジア戦略の問題点を洗い出す結果を招きえたかどうか、疑問が残る。やはり、長年にわたる反戦地主や、それを支援するさまざまな人たちのねばり強い、原則的な闘争の積み重ねがあってこその事態であったと言うべきだろう。

ここでわかりきったようなことを強調するのは、他でもない。今回のように、八万数千人の人々が結集する集会が実現するなど、県民規模で運動が盛りあがってしまうと、その闘いの原点をつくりだした人たちの存在がかすんでしまいがちになる、ということがあるからである。闘いが盛りあがれば盛りあがるほど、出発点がどこであったかはくり返し確認する必要があると思う。

今回の一連の経過をみてつくづく感ずるのは、たとえ少数であっても原則的な正しさを貫くことが歴史の上でいかに力となるか、という教訓を得た実感であった。もちろん、反戦地主たちにとっても、その信念の正しさについての自信が裏付けられただろうという思いもあるのだが。

だが、問題はその先にあるように思う。反戦地主たちがどうやって長年にわたって、さまざまな妨害や誘惑にも屈しないで、強い意志をもち続けることができたか、ということである。これにはその意志を支える人たちがたくさんいたことが力になったということも想像できないではないが、しかしそれだけでは説明つかないだろうと思うのだ。そこには、反戦地主という生き方を貫いた一人一人の思想や意志が大きくあずかっているはずである。そのことを決して軽くみてはならないだろう、というのが私の考えである。さらに言うならば、そういう反戦地主たちの不屈な思想を持続する意志を、反戦地主一人一人の個人の意志の強さなどの問題に還元するのではなく、あくまで思想のありかたの問題として、この問題に思いを寄せる全ての人々にとっての普遍的なものにつなぐ回路をみつける必要があると思うし、そこに冒頭に記した仲宗根政善の場合と共通の問題が出てきているのではないか、と考えているのである。

ところで、今回の一連の反基地闘争の中で注目したいものに女性の動きとパワーがある。少女暴行事件に対するその敏感な反応がいわば知事の決断をうながす端緒をつくりだしたし、十一月九日から、二十日の首脳会談にむけての座りこみなど、たえず運動の先端に位置していたことが、これまでの反基地闘争とは違った質を与えたように思うのだ。反基地闘争の場合は、えてしてナショナリスティックなものに流れがちなものだが、それに「人権問題」という〝重し〟をかけ続けることで、運動に幅と厚みを加え、従来あった組織的参加という形ではなく、個人的な参加の途をつけたという気がする。

もう一つ興味ぶかいのは、かつて「復帰闘争」にかかわっていた世代が、今回は最もいきいきと動いていたようにみえたことだ。「復帰闘争」で未発に終わったものを、再びとり戻そうという気負いが感じられたように思う。さらに、それより若い世代が、話にだけきいていた「復帰運動」の熱気を追体験した気分だと語っていたのも印象に残っている。

この「復帰闘争」にかかわった世代の中に、今度の経験をふまえて「島ぐるみ闘争」や「復帰闘争」と今回の闘いを比較検証しようという意見が現われているのも心強い思いがする。おそらくそれは、今回の体験の中でかつての体験とのちがいを身に沁みて感じ、そこに沖縄の戦後の歴史の手応えを確かに感じとったことによるだろうと思う。その点でも、今回の一連の動きは、沖縄にとって大きな意味をもたらすものとなったと言えるだろうと考えている。

(『けーし風』第九号、一九九五年十二月二十日)

〈戦後五十年〉振り返って思うこと

白い濁りを帯びた半透明の水の中を、大小さまざまな魚がひしめいて泳いでいる。厚い油膜に覆われた水の中は、新鮮な酸素が届かぬらしく、皆苦しげだ。そのうち、力つきて小さな魚が一尾二尾とやがて底の方に姿をかくしていく。それよりやや大きめの何尾かは、水面にたどりつき、口をあけて呼吸をするのだが、それがさらに厚での油膜を招き寄せて、傷つき、力を失って沈み始める。

今年、一九九五年の日本というと、どういうわけだか、このようなイメージが形づくられてくる。おそらく、関西大震災やオウム真理教、そしていじめで自らの生命をたっていった少年少女の姿が、こういう今年の日本のイメージをつくりあげていったにちがいない。

それにひきかえ、沖縄は、沖縄に住んでいる故でそう思うのかも知れないけれども、別の色あいを帯びているような気がする。沖縄の今年は、さまざまな事件があって、決して明るかったとは言えないにしても、人々がダイナミックに動いていたことが、少くとも日本の閉塞的なイメージとは、異った色調をもたらしているような気がするのだ。

その中でとりわけ印象に刻みこまれているのは、少女に対する暴行に端を発し、県知事の代理署名拒否にまで展開した一連のなりゆきである。日本の戦後を規定してきた安保体制の見直しまで及んだその意味については、既に多くの言及があるのだが、そのなかで個人として印象強かったのは、何よりも反戦地主という少数派の存在が、歴史に大きな影響を与えうるという事実であった。こういう孤立したかにみえる少数派が存在しなかったら、一連の展開はありえなかったことを考えると、これは多くの教えをもたらしたという気がする。

この間の一連の動きを、一九五〇年代の「島ぐるみ闘争」と比較する言葉もみられたが、個人的な印象を言えば、五〇年代のそれが人々の顔も定かに見わけのつかぬ闇の中の裸電灯のもとでの集まり、というモノトーンのイメージであるのに比して、今回のそれはカラフルなイメージが残っている。それは、今回の一連の動きの中で発揮された女性たちの力と存在によるところが大きい、という実感がある。そうしてそこに、歴史の着実な進展をみた思いがしたことであった。

今年も、例年に劣らずさまざまな催しやイベントが行なわれたが、その中で印象に残るものと言えば、万余の人を集めた「さんしん三〇〇〇」という語呂合わせのようなイベント、昭和二十二年亥年生まれの五千人の大集会、そして「ウチナーンチュ大会」という一つながりのようなイベントだ。三線を持ち寄って楽しむとか「トシビー」で同年生が盛りあがろうという発想や世界中からウチナーンチュを呼び集めようという発想はいかにも沖縄という気がする。たかが遊びにすぎないとの批評もあるが、その「遊び」に注ぐ情熱は一体何だろうと思う。二世・三世さらには肌色の違う

「ウチナー婿」まで全て「シマンチュ」にしなければおさまらないメンタリティーの底にあるものが何なのか、考えると興味がつきない。

そうして、その中にたとえば少女を傷つけた暴力や、基地に覆われた現状に対する怒りを、自分ひとりの胸に抑えとどめることができず、多くの人のなまの息づかいや肌のぬくもりの通い合いの中でたしかめようとして十月二十一日に集まった人々の思いに通うものがあるのだとすればなおのことだろう。

こうしてふり返ると、今年は印象に残ることの多い多彩な年だったという実感がある。だが、何と言ってもイメージとして強く刻まれているのは「平和の礎」の前でみじろぎもせずに手向けする老婆の姿である。その姿に暴行をうけて傷ついた少女の姿を重ねたときに、ダイナミックに動く歴史と人々の振るまいの奥に、沖縄の癒し難い悲しみのかたちが浮かびあがってくるような気がしたことであった。

（『沖縄タイムス』一九九五年十二月二十一日）

忘れ難いことの二つ三つ

（一）

仲宗根政善先生との最初の出合いがいつのことであったか、記憶にない。強く印象に残っているのは、多分一般教育の「文学」の授業だったと思うが、その講義での出来事である。

琉大に入学した年の、これも定かな記憶はないが、六月か七月、夏休みに入る前のこと。講義で若山牧水の短歌「白鳥はかなしからずや……」の鑑賞をした際のことである。この歌の「かなし」について、どういうきっかけだったか、大城宗清氏との間で論争となった。「かなし」が「悲」なのか「哀」なのかという解釈をめぐって、仲宗根先生をそっちのけに、二人で論争を始めたのだ。大城宗清氏はのちに県立博物館長をつとめあげた経歴の持主で、アララギ系の歌人である。当時、すでに「九年母短歌会」に参加して作歌を試みていたはずである。仲宗根先生の秘蔵っ子で、大城氏が身体を悪くしたときも、また氏が琉大を退学して、国費留学試験にパスしたものの、行先の宮崎大学の農学部に進むべきかどうか悩んでいたときも、先生が何くれとなく相談にのっていたと記憶している。

むろん、琉大入学したばかりのぼくは、仲宗根先生のことも、大城氏のことも全く知らなかった。知らなかったから、無謀な論争を挑んだのだろう。結局、この論争は水掛け論のような形で終ったと記憶するが、これをきっかけに、仲宗根先生を知り、大城宗清氏と親しくなれたのは、ありがたいことだった。が、その際、最も印象に残ったのは、二人の論争の間、先生が口をさしはさむことなく、ただ微笑んで耳を傾けていた姿である。二十分近くの幼稚な論争で講義を中断させられたにもかかわらず、面白そうに最後までつきあっておられたことについて、今考えると冷汗ものだが、教師としての姿勢を感じとったような気がする。高校生の頃を通して、どちらかと言えばひっこみ思案で、人前での発言が苦手だったぼくが、何とか発言できるようになったのは、これがきっかけだったように思う。その後、大城氏につれられて、図書館長室（木造平屋だてで書庫の後側の狭い部屋だった）に時々出入りするようになったり、個人的に言葉をかわすようになったのも、それ以後のことであった。

（二）

首里高校につとめて二年目の夏だったと思う。ある日、仲宗根先生の自宅に伺い、沖縄を離れて東京に出たい、と相談に赴いたことがある。前の年、いわゆる「島ぐるみ」闘争の中で琉大生四人が処分される事件があった。その中の二人、嶺井政和、喜舎場朝順の両君が退学、豊川善一、具志和子の二人が停学処分に処せられた事件だが、この四人とも『琉大文学』の同人であった。新川明や川満信一らと、『琉大文学』をアメリカ支配に対する抵抗の拠点という性格のものにしたという立場もあって、後続の四人の処分に強い衝撃をうけたものである。もし事件が一年早かったなら、処分をうけるのはぼくたちだったかもしれぬ、という思いを捨てることができなかった。新川明や川満信一がおれば、まだ何とか自分たちなりの対処があったろうけれど、沖縄タイムス社内で労働組合を組織したことが原因で、新川は鹿児島、川満は宮古にそれぞれ異動させられて不在だった。退学させられた嶺井、喜舎場の両氏は、仲宗根先生の働きかけで、日大に編入学したのだが、決して豊かとはいえない家計の故に、学費に困窮するのは目に見えていた。沖縄教職員会を中心に支援が行なわれるという噂をきいたものの、それがどの程度のものかはっきりしなかった。何人かの人に支援を働きかけたものの、情況が情況だけにはかばかしくない。だから、というわけだけではないが那覇の街にひとりでいるよりはと、思いきって東京に出ようと考えたのである。

だが、東京にアテがあるわけではない。そこで、仲宗根先生に相談にでかけたのであった。先生は、進学に賛成して下さった。沖縄にいても将来の展望は殆ど開けない、というのが先生の賛成の理由だったようだ。学費の心配だけをして下さったのだが、それについては、特に貯えがあったわけではないが、何とかなるだろうと腹を括っていた。その年の秋もおそくなって、進学先として先生は「東京教育大学」を紹介して下さった。切角首里高校に勤めているのに、と廻りの反対は強かったのだが、先生の励ましもあって、翌年三月末に上京したのだった。

最初は大学院に進めるものと安易に思っていたが、三年次への編入学しか認められないことを知って失望したものである。仲宗根先生から、どういう連絡があったのかききそびれてしまって、〝話が違う〟などと思ったりした。当時は、もし東京で仕事にありつけるのであれば沖縄に帰るつもりはなかった。仲宗根先生がどう考えておられたかは知らないが、米軍政下の閉塞的な沖縄の土地を二度と踏むまいと秘かに考えていたから、編入学でも悪くないと思い直し編入学の特別試験（形ばかりのものだった）をうけて三年次にもぐりこむことに成功したのだった。当時は、話が違うと腹だたしい思いだったのだが、今かんがえると、これでも大変恵まれた扱いだったし、それが出来たのも仲宗根先生の働きかけがあったからだと思う。制度上では、杓子定規に考えれば編入学さえ困難だったのである。国立大学はそういう杓子定規に諸規則をあてはめがちなところなのである。おそらく、教育大の方にも、沖縄の情況に対して強い同情があったにちがいない。編入後、中田祝夫先生を初め、馬淵和夫、尾形仂、鈴木一雄の諸先生から、何かと声をかけられることの多かったのも、その故だったろう。また、教育大学に、当時、仲宗根先生と東京大学での同期生だった吉田精一先生が在職中だったこともあり、近代文学を勉強したいという希望を仲宗根先生が汲みとって、紹介してくださったのだろう。

なんとか学部を卒業し、修士課程を経て、都立城南高校に勤務するようになった二年目、仲宗根先生から手紙があり、琉大に教養部を設けるので、近代文学を担当するものとして戻らぬか、という話があった。その頃は生涯を東京ですごすつもりだったので、心苦しいが辞退したい、という返事を出したのだが、くり返し先生からの誘いがあり、そのうえ、湧上元雄先生がわざわざ上京して訪ねて下さったことも手伝って琉大に戻ることになったものである。

仲宗根先生は、口には出されないが、卒業生のその後について、あれこれ心を砕かれていた。宮古や八重山など離島に新卒の学生が教師として赴任すると、勤務先の先輩に私信を送り、新しく赴任する卒業生を紹介して面倒をみてくれるよう依頼することがあった。不肖の弟子の東京での生活を懸念されての心配りだったにちがいないが、親の心子知らずで、切角安定した職につけたのに、と一時は恨みがましく思ったのも事実である。現在でも、時々、琉大に戻ったのが国文科にとって、また自分にとってよかったのかどうか、考えこむことがある。何かと患わしいことが重なり落ちこんだりしたときなど、あのまま東京に留っていたら、別の生涯が開かれたかも知れぬ、などとあらぬ空想にふけったりする。切角、仲宗根先生がよんで下さったのに、その期待にそえたかどうか、考えこむこともないではない。(そんな殊勝な考えが浮かぶことは滅多にないことだが。)しかし、最近ではこれも運命だったと思うことが多くなっている。齢を重ねた故かも知れない。そして、仲宗根先生との出会いが運命だったとすれば、何と好い運命だったことか、とひそかに自分を祝福したくなったりする。(これも馬齢を重ねた効だろうか。)

(三)

仲宗根先生と一緒に同僚(とはおこがましい限りだが)として勤務するようになったのは一九六六年四月のことである。赴任にあたって、仲宗根、湧上両先生に、御迷惑と御心配をかけた。というのは、沖縄に帰るつもりはなかったから、婚姻届を出す際に、籍を東京の現住所に移してあったのである。沖縄に籍がないのでそのままでは赴任できないことになった。限られた短かい時間の中で両先生の働きで、技術導入という形をとって、特別に赴任する道が開かれたのである。

そうとはしらずのほほんと赴任したのだが、後でその間の先生方の苦心を知って、恐縮した。生活が苦しいということで、妻の働らき口を探してもらったこともある。その際も籍が沖縄にないというので公立高校に勤め口がなく、ようやく私立高校を紹介していただいて、何とか糊口をしのぐことができたのであった。

それから十年余、先生と席を同じくして勤めることになる。その間の仲宗根先生の思い出は数多くあるが、わけて強い印象を刻みこまれたのは、一九六九年の六月頃の出来事である。その時の記憶はくり返すことになるけれども、先生の人となりを示すエピソードだと思うので、ここに記しておきたい。

当時、先生の研究室は法文学部ビル二階の二〇九教室に続く、中庭に窓を開いた小さな部屋であった。梅雨明けのある日の夕刻、これという用事があったわけではないが、ふらりと先生の部屋を覗いたところ、先生は、窓に向けて据えられたテーブルに手をついて、薄暗くなりかけて人影のない窓の外をのぞきこむように立っておられた。声をかけることもはばかられる一種異様な雰囲気である。それもしばらく。人の気配を感じたのか、ゆっくりとふり返られて、「いま、窓の外をセーラー服の生徒達が通りすぎるのがみえたから」と語って、何とも言えぬかげのような笑みをうかべられた。薄暗くなったキャンパスには人影もなく、二階の窓からは梢近くの葉末が見えるばかりである。一瞬言葉を喪って、無言のままきびすを返したのだが、見てはならぬものを見たような気がして、しばらく重苦しい気分に捉われたことだった。

その時、先生が見たのは、沖縄戦の戦火の中を共に遁れた生徒たちであったにちがいない。傷つき疲れた姿だったか、それとも元気な姿だったのか、好奇心がわかないでもなかったが、口にするのもはばかられて、ついにそのことについて先生に尋ねることはできなかった。そのときの様子から、先生が生徒たちの姿を幻視するのは一度や二度のことではなかったような気がする。

先生の戦後を支配したのはそのことにまつわるさまざまな思いではなかったか。いまも思い起こすたびに、粛然とした気持ちに捉われるのだ。

（『沖縄文化研究二二』法政大学沖縄文化研究所紀要、法政大学沖縄文化研究所、一九九六年二月）

偶感（七）

五月十四日の夜のテレビニュースで、読谷村の楚辺通信施設＝象のオリに、友人や支援者に囲まれて足を踏み入れる知花昌一の顔を見た。何とも言えぬ〝いい顔〟をしている、と何となく胸の熱くなる思いがあった。

いろんな所で、さまざまな職種についていてそれぞれ充実した毎日を送っている人がいる。そういう人たちのなかに、ときに、本当にいい顔をしている、と感動させる顔の持主に出会うこともないではない。多くの場合、それは何かひとつのことにうちこんで、それをなしとげたときの何とも言えぬいい顔というのに近い。年齢や性や職業や、そういった身体にまつわりついた属性に左右されない、そういう顔に接すると、見ているほうまでわけもなく嬉しくなったり、楽しくなったりする、そういう顔である。

〝象のオリ〟に入った知花昌一の顔は、何かそういった顔に近い、いい顔だ、と思ったことであった。おそらく、知花昌一の考え方や行動に批判的な人でも、多分その場にいあわせたら、もう理屈ぬきに肩を叩いて「ヨカッタナァ」と声をかけたくなるだろう、とそういう思いをいだかせるような顔だったという気がする。

先に、ひとつのことに打ちこんで、それを仕上げた人のもついい顔と書いたが、この頃ではそういう顔をめったに見かけなくなったという気がする。年輩の工芸に打ちこんでいる人のなかに、まれにそういういい顔の持主を見かけることもあるけれども、あるいは、この人の心の奥から抑えようとしても抑えきれない喜びがにじみだしてきたときの顔を見てみたいなァと思わせる人に出会うことがないでもないけれども、それが最近すくなくなったという思いがあるのだ。それだけに、テレビ映像だったが、それを通して見た知花昌一の顔は、久しぶりにそういういい顔を見た、という思いにさせられたことであった。

それにしても、自分の決して短いとは言えない時間の積み重ねの中で、ああいういい顔になる機会は滅多にあるものではないことを考えたり、知花昌一にしても、ああいういい顔になるのはそう度々あるものではないだろうと考えると、テレビを通してではあったけれども、そういうめぐりあうことの滅多にない顔を見ることができたことを嬉しく思ったものである。

もちろん、あのとき輝いていたのは知花昌一ひとりではない。その両親や奥さんもいい顔をしていたと思うし、子供たちのじっとできない様子で動きまわる姿も、いかにもそうであるのが自然であるという印象であった。〝自然な動き〟といえば、一家の人たちのたたずまいは、まさに自然体そのものであったという気がする。何だか見ているほうが、歴史的な一瞬に眼をこらしている、という感じであったのに対し、気負いも緊張も感じられないあっけないもので、物足らなさを覚えるほどであった。

新聞のニュースなどの伝えるところでは、一家は重箱にたくさんのご馳走を前夜から準備していたという。そのニュースは、子供の頃の遠足や運動会の前日の、ときめくような雰囲気を想いださせて、知花家の前夜も多分ああいう気分にみたされていたのだろうな、と思うと同時に、そういえばそういうわくわくするような気分とはすっかり縁遠くなっている現実をかえりみたことである。

しかし、カーニバル（祝祭）というのは本来そういうものであったはずで、自分たちで自分たちのために何日もの準備を重ねて実現するものであったろう。何日も、時には何年もの日を重ねて待ち続けて、その間のさまざまな苦難をきりぬけてようやく迎えるその日、その時刻というものは、おそらくかけがえのないものである。そういう日を迎えた歓びが三線《さんしん》と歌となり、カチャーシーとなる。〝象のオリ〟の中に踏みこんだ知花家の人たちの歌や踊りは、まさにカーニバルそのものであったはずである。

五月十四日の〝象のオリ〟の中での知花家の人たちの滞在は、たった二時間という短い時間であった。そしてそこで行なったのは、重箱を開き三線をひいて歌い踊る、それだけのことだった。それ以上の何もそこには生じなかったと、ある意味では言える。四月一日に亡くなった父・祖父の霊を慰める祀りごとがしめやかに行なわれただけで、大仰な式典も儀礼もなく、歴史的な意味を強調する身ぶりやそぶりもなかった。あるのはただ、自分たちの土地に自分たちの足で立つことができたという、素朴といえば素朴な歓びだけだったという印象である。そして、それだけに爽やかな印象を残したと思う。

経済的な効率などからいうならば、何という無意味なことだと考えることもできるかもしれない。正直なところ、知花昌一の費した膨大なエネルギーと思いあわせて、実現したのはたったそれだけのことだったか、という思いがかすかにきざしたのも事実である。しかし同時に一瞬でもそういう思いがよぎったのは、自分自身が〝たった二時間〟というけれども、その二時間ほどの中身のぎっしりつまった時空間を体験したことがないからかもしれない、という気持も起きたことである。おそらく自分自身のそういう気分をふりかえさせることになったのは、知花家の人たちの充ちたりた顔だったにちがいない。

それにしても、政治の最も沸騰する場所のその中心でくり広げられる三線と歌とカチャーシー。それはまさに〝沖縄〟という風景だ、という気がしたことであった。

（『けーし風』第一一号、一九九六年六月二十日）

偶感（八）

昨年は、戦後五十年ということで、戦争体験をいかに継承するか、ということがさまざまな形で論議された。とくに、若い世代に戦争体験が充分に語りつがれていないことが、ある種の危機意識をもって指摘され、若い世代がいかにそれを継承するか、あるいは戦争を体験した世代はどのようにそれを語り伝えるか、が盛んに論じられていたように思う。

だが、例の、九月に起きた不幸な出来事の後は、論議は米軍基地の問題に移っていった。戦争体験の継承の問題についての論議は、以前ほど交わされなくなったようにみえる。むろん、米軍基地の問題の根底には、沖縄戦の体験の記憶が存在するのだからこの問題が意識されなくなったというわけではない。当面の切実な問題として米軍基地の撤去があるのだから、論議がそこに集中するのは避けられないし、だから勢いその根底にある問題に論議が進むことが少なくなるのもやむをえないかも知れない。しかしこういう時だからこそ、この問題を根底から問いただすためにも、戦争体験の継承の問題はくり返し論議されることが必要だと考える。その意味で、座間味島の「集団自決」にこだわり続けて、くり返しその「実相」を捉えようとしている宮城晴美氏の仕事は注目されなければならない。

宮城氏は昨年六月二十二日から二十四日にかけての沖縄タイムス紙上で「母の遺言――きり取られた〝自決命令〟」というタイトルで「集団自決」で生き残った母親の証言をめぐる苦悩を記し、続いて今年の六月二十日から二十五日までの沖縄タイムス紙上で、五回にわたって「女・子ども・戦争――座間味島『集団自決』の実相」を連載している。

「母の遺言」は、座間味島の「集団自決」で生き残った母親の遺したノートの内容をたどりながら、「集団自決」を梅澤部隊長の命令によると母親自身が証言した――しなければならなかった――経緯と、その証言によって、「梅澤部隊長個人を、戦後、社会的に葬ってしまったという自責の念」、それにともなう苦悩を記したものである。それによると、沖縄への「戦傷病者戦没者等遺族援護法」の適用をうけて、一九五三年から座間味村では戦没者遺家族の調査が着手され、その後村当局は戦争で死亡した一般住民に対しても補償を行なうように厚生省に要望したという。その際に「集団自決」を行なった人たちにも遺族年金を支払うよう要求し、その根拠として「集団自決」は隊長の命令で行なわれたことをあげて、「隊長命令」の証言者として母親が「島の長老の指示で国の役人の前に座らされ」て証言したのだと言う。事実は、米軍上陸後パニックに襲われた住民が、村の「忠魂碑」の前に集まるよう伝達されたことがひきがねになって「集団自決」に赴くことになったのだが、宮城氏の母は、一度行なった証言を訂正する機会に出合えぬまま証言がひとり歩きし、結果として梅澤隊長命令説が、各種の記録のなかに定着したという。そして母親はその後自責の念と『事実』を元隊長に話したことで島の人との間に軋轢が生じ、悩み苦しんだあげくとうとう他界」したというのである。

私はかつてこの「集団自決」の問題を「個」と「共同体」のかかわりの問題として「共生」「共死」の言葉を用いて考えたことがあった(「水平軸の発想」一九七〇年、『現代沖縄の文学と思想』)。が、そこでは「集団自決」を「共同体的生理」として考えてはみたものの、この問題が戦後長く尾をひき、そのことによって傷つき苦悩をひきずっている人の存在にまで、想像力をのばすことができなかった。まさに力が及ばなかったと言うしかないが、こういう事実をつきつけられて、「事実」を「事実」として確定することの困難と、「島」という共同体の持つ性格について改めて検討する必要に迫られているような気がしたことである。

ところで、宮城氏は今年の慰霊の日の紙面で、再びこの問題についてふれた。そこでは、「集団自決」で生き残った祖父母の戦後を描いている。祖父はその妻と子供たちの「ノドを切り」「自らのノドを切っ」て自決を試みたが死ぬことができなかったと言う。そして次のようなエピソードを記している。

「こんなことがあった。私が小学校低学年のころ、祖父がヤギを殺しているところに出くわした。気づかれないようにそっとのぞいていると、私の後ろから祖母がやってきて祖父の所へ行き、『この人は首を切るのが専門だから』と（略）聞きとりにくい声ではあったが、しかし祖父と私にははっきり聞こえるように言ったのである。そのときの祖父の、泣き出しそうで寂しげな表情を、私はいまでも忘れることができない」と。

さらに、「祖父はどんなに口汚く妻にののしられても、一切反論することはなかった。そんな日は、夜、一人静かに海岸べりでサンシンを弾いていた」

と祖父の姿を描いている。

このエピソードは何にもまして、戦争のもたらしたものをなまなましく語っているように思う。戦争体験とは何かを改めて問いかけているという気がするのだ。

（『けーし風』第一二号、一九九六年九月二十日）

偶感（九）

前号の『けーし風』（十二号）の「ひと」の欄で、平良次子さんが、具志八重さんを紹介する文章を掲載している。

具志さんといえば、一坪反戦地主会や何かの集会などで、遠くから見かけるだけで、じかに接する機会はなかった。まして、その背負っている戦争の体験の重さなど知る由もなかったのである。今回、平良さんの筆で、具志さんの南風原陸軍病院から伊原の第三外科壕に至る体験を知って、強い印象をうけた。

第三外科壕は、南部戦跡でも最も著名な「ひめゆりの塔」の所在する所である。「ひめゆり学徒隊」の悲劇は、おそらく誰知らぬもののない、沖縄戦の悲劇の象徴と言えるだろう。仲宗根政善著の『ひめゆりの塔をめぐる人々の手記』をはじめとして、生存者の手記や数多くの記録によって、さまざまに語り継がれている。しかし、その壕で起きた悲劇の全容がすっかり明らかになっているかと言えば、必ずしもそうではないことが、今回、平良さんの筆で示されたのである。

ここで、そのことについてあえてふれるのは、他でもない、いま琉球大学で仲程昌徳氏を中心に何人かの教官と学生たちで進めている作業に関わるからである。その作業というのは『ひめゆりの塔をめぐる人々の手記』を基礎に、沖縄戦の証言や記録を立体的に構造化しようという試みである。

その作業は、『ひめゆりの塔をめぐる人々の手記』の内容に、すでに地名や人名が変化して特定しがたくなっているものの多いこと、若い世代にとって難解な用語等が数多く含まれていてそれに詳細な注釈を施す必要があること。さらに、原文をコンピューターに入力して、全体の動向だけでなく個々人の動きも素速く正確に把握できるようにすることも考えている。その上で将来的には、この『ひめゆり……』の記述に個人の手記やその他の証言、記録を重ねることで、沖縄戦の住民の体験を立体的に構造化して明確に把握しよう、というのである。この作業は始まったばかりで、この先何年かけて実現できるかわからないが、いずれにしても、上村幸雄氏が強調する〝沖縄戦を「世界遺産」として共有できるものにする〟ためには、避けられない作業だと言えるだろう。

ところで、沖縄戦の体験については、周知のように数多くの記録、証言がある。その中に個人の手記や証言なども含まれていて、苛酷な状況のもとで、ひとりびとりがどのような体験をえたかは明らかにされているのだが、多くは個人の体験をそのまま記録したもので、事柄はその人自身の視圏の範囲にとどまってそれ以上には出ないのである。また、戦闘の記録として米軍や日本軍の資料が数多く紹介されていて、これによって全体の動きは判るものの、そういう鳥瞰的な全体の動向と個々人の動きとが容易に重ならない、ということもある。

戦場としての沖縄、とりわけ南部地域では、軍隊と住民の動きは厳しく錯綜しているうえに、状況はきわめて流動的で一刻もとどまることがない。人々はそこで出合ったり別れたり、離合集散をくり返すが、その場所そのものも砲撃等によって刻々と変貌し、異なった様相を呈する。そういう錯綜し激しく流動する場所と、その場所で生ずる出来事を、一つの視点でその全容を明らかにすることは、不可能に近いと言えるだろう。ひとりの人が語ったとしても、それは事柄の一面にとどまるはずである。

具志八重さんの場合は、そのことを示した典型的な一例だと言える。先に記したように、具志さんは伊原の第三外科壕で九死に一生をえている。そこはひめゆり学徒隊の最期の地として語られ、壕の中で生じた悲劇の様相は、わずかに生き残った学徒隊の人たちの語りで、伝えられてきた。それは生存者の視点で語られた実相であるが、あくまで個人の視野の届く範囲のものであり、それ以前の壕の模様、学徒隊のその壕への避難の経緯、あるいはそのことの及ぼす影響など、悲劇の背後に広がるさまざまな事柄にまで届くものではない。これらは一女子学徒の視圏の範囲の外にある出来事なのだから、当然と言えば当然だが、その限りでは第三外科壕の悲惨な全容が明らかにされたとは言えないだろう。学徒隊の人たちの視線と、たとえば従軍看護婦だった具志さんの視線は異なるものがあるにちがいないし、あるいは具志さんの語る金城トシさんの場合、(具志さんによれば、金城さんがたまたま壕を離れた留守の間に米軍のガス弾が投げこまれ、壕に残っていた姑と二人の子供を喪ったという)とでもおのずから異なるものがあるにちがいない。また具志さんが語るように「軍病院の職員(具志さん自身もその一人である)や学徒隊がその壕に入ってきたことで、たくさんの住民が外に放り出された」のだとすれば、そういうふうに「放り出された」人たちの視線を、この悲劇に重ねたとき、また違った様相が浮かびあがってくる。第三外科壕の悲劇の全容は、そういう異なったいくつもの視線を重ね合わせることで、もっと正確にその姿を現してくるだろう。

先に、沖縄戦の証言や記録の立体化・構造化ということを述べたが、今回の平良さんによる具志八重さんを紹介する文章は、従来の証言や記録が、いかに平面的な一次元のものであったかを示しているが、それと同時に、今後の戦争体験の検証の方向性をも示唆するものとして注目されなければならないという気がする。そしてそれは一次元の点と線ではなく、多くの点と線を立体的に重ねることで構造化する方向であるだろうと思う。

(『けーし風』第一三号、一九九六年十二月二十日)

〈沖縄の一年〉開かれた徹底的な論議を

昨年秋から今年にかけての〝この一年〟ないし〝一年半〟というのは、多くの言うように、やはり〝島ぐるみ土地闘争〟〝復帰〟と並ぶ、戦後の歴史の中でも最大の〝節目〟というに価する時期だったように思う。そうして、この一年という時期の持つ真の意味は、おそらく未来において明らかにされ、あの時期はこうだったのか、とふりかえられる時期に相当するように思われる。

その特質のいくつかをあげれば、これも多くの指摘するように、日本の戦後体制、いわゆる安保体制の方向と現在のところまだはっきり見えてはこないけれども――に無視し難い影響を与えたにちがいないこと、もう一つは、日本の地方自治の在り方にやはり少なない影響を与えたこと、国内体制の問題でいえば、この二つが大きくクローズ・アップされてくるだろう。

ひるがえって沖縄内での問題として言えば、ここにもさまざまな〝節目〟となる指標を見いだすことができる。先にあげた〝土地闘争〟〝復帰〟と関連させて言えば、いずれも〝島ぐるみ〟と呼べるような規模の住民の動きであったことに共通する特徴をみることができる。いずれも保守とか革新とかいう政治的な党派を超えた動きであり、若い人たちを含みもった、いわば世代を超えた動きであったことなどは、多分見やすい指標だと言えよう。

だが、むろんその三つの節目には違った側面もある。個人的な印象を言えば、「土地闘争」は、これはほかの所でも述べたことだが、イメージとしては〝モノクロ〟の世界であるのに対し、今回の場合は〝カラー〟の映像だという思いが捨てきれない。これはもちろん、運動の端っこにいた者の無責任な印象であり、運動の中心を担った人たちは別の印象を持っているに違いない。しかし端っこにいた者として言えば、どうしてもそういう印象を拭い去ることはできない。〝モノクロ〟というのは、その闘争に明確な展望が必ずしもあったわけではなく、住民大会も、悲愴感に満ちていたということである。住民大会も多くは陽が暮れてから開かれたのだが、それは参加者の仕事の都合というよりも、米軍政の圧力でやむをえずといった側面が強く、参加者の多くも勤め先の思惑を気にしながら、人目を避ける気分が強かったという記憶があるのだ。端っこにいた者でさえそうなのだから、中心を担っていた人たちは、仕事を失うかもしれないということをひそかに覚悟していたはずだ。当時の住民大会の模様をあたかも「復帰闘争」以後の住民大会と同じような雰囲気で回想する人もいるが、それは多分、参加したことが知られても、失うもののない立場での回想であったにちがいない。

そういう記憶をもつ立場から言えば、去年から今年にかけての動きは、まぶしいくらいに明るい。思うにその明るさは、参加する人たちに全く悲愴感がなかったことにある。具体的な展望は持てなくても、少なくとも集会に参加することによって世の中を少しでも動かすことができるはずだという思いや、あるいはこの動きが一、二年先に具体的な何かを獲得するものではないとしても、少なくとも未来につながる何ものかであるにちがいない、という自信があったような気がする。

こう言えば楽天的にすぎる、という批判は当然でてくるだろうけれど、土地闘争の記憶につながる眼で視ると、やはり、少しずつであっても時代は動くという感想を捨てることはできないのである。

そういう思いを抱くのは、何より五〇年代にはみられなかった、女性や若い人（高校生を含む）の自立的・主体的な取り組みの存在することがある。さらにそのことと通底するものとして、自らの未来への構想とつなげる形で問題が捉えられ始めたこともある。このように、受け身ではなく沖縄のあるべき姿を積極的に提起する形が現れたのは、かつてないことだったと思う。

とすれば、問題はむしろこれからにかかっていると言えるだろう。どのような形で未来を構想するか、その構想力が問われるにちがいない。その意味で、政治・経済に関わることだけでなく、あらゆる面で構想の中身だけでなく、構想のたて方を含めてさまざまな論議が、いまこそ求められているという気がしているのである。

（『沖縄タイムス』一九九六年十二月二十七日）

『水平軸の発想』——往事茫茫

「復帰」二十五年の声をきき、感想を求められたとき、まず浮かんだのは「往事茫茫」という言葉である。個人としても何かをやってきたと思うのだが、手許に何も残っていないという実感である。というより、手許に何かがあってそれを握りしめている実感がない、といった方がよいのかもしれない。

四分の一世紀という時間が半端なものではないことは確かだ。年譜を繰るまでもなく、あれがあり、これがあったとたちどころにさまざまな出来事を思い起すことはできる。立ち止ってその一つ一つの記憶をつなげると、この二十五年がただ事でない時代、普通の小さな島ならば、おそらく一世紀をかけても実現しないような変容が凝集して現われた時代だった、と理解することがないわけでもない。その意味では、歴史の渦のなかで、渦の巻くさまをその眼に収めたとも思えるので、類のない時代を生きた、という考えも脳髄の片隅にひっかかっている感じだ。

だが、その出来事の一つ一つは、何がしかの感触を痕跡として残しているものの、全体として振り返れば、まさに〝茫茫〟とでも呼ぶしかない思いなのである。これは無論、個人的な感慨にすぎないので、状況に追いまくられ、つぎつぎと継起する出来事にふりまわされて、自分に課したはずの思想的課題に、まともに取り組みそこねたことが、こういう始末となったのだろう。

「復帰」を眼前にしたとき、基本的な課題と考えたのは、沖縄の「共同体」のありかたを明らかにして、「個」と「共同体」との関わりに自分なりの見通しをつけることであった。沖縄戦における「集団自決」などの戦争体験と、熾烈に燃えている「復帰」への情熱がどうしても無縁とは思えず、両者を貫ぬく性格として「共同体意識」が目にちらついていたから、それに自分なりの回答をえない限り、「復帰」後の自分自身のスタンスを持ちえないという思いであった。「水平軸の発想」というのは、そういう思いをモチーフとしたものである。

いまふり返ると、この捉え方は、問題を「個」の側にひきつけて考えることで、倫理主義的なものに陥ってしまったようだ。「個」が超越的な価値基準を持ちえないで、「共同体」的な関係性のなかで身を律しているとするならば、何を自立の思想的根拠となしうるか、望ましい、ありうべき「共同体」的な関係性とは何か、という問題の設定の仕方が、思考を倫理主義的な方向に一面化し、結局、手も足も出ないところに追い込んでしまったようだ。

ところが困ったことに、この問題は依然未解決のままに残されているようにみえる――住専問題のような政財界の醜聞から援助交際に至る一連の出来事は、そういう水平軸の関係性が崩壊したとき個を律する根拠が何処にも存在しないことを露わにしてしまった――のだから、ふっきれないままになお問題の周辺をうろうろしてしまうことになるのである。この問題は、改めて「個」と「共同体」あるいは「共同性」との関係について、別の接近を求めているというところまでは解ったが、今となってはそれと取り組む気力も体力もなく、ただ立ちつくすばかりだ。

思うに、〝往事茫茫〟という気分の中身は、いわばそういう、身の程知らずに問題と取り組んで、何の解決のメドすら立てられず、中途半端にすごした時間の結論なのだろう。

（『ＥＤＧＥ』第四号、一九九七年六月）

偶感（十二）

先頃、目取真俊の小説「水滴」が、第一一七回芥川賞を受賞して話題になった。この作品は、昨年度第二七回「九州芸術祭文学賞」受賞作で、その選考の席でも「近年の中では出色」の作品として高い評価を受けたものである。その選考会の席上でも、さらに芥川賞の選考の場でも、「また沖縄か」という言葉がもれたという。文学の面での沖縄の「元気」さが評判になったものである。

文学的営為、とりわけ小説について言えば、本来それは個人的なものであって、作者の出身地や住んでいる場所と結びつけて語られたり評価されたりするのはきわめて稀なことであろう。他県で誰か受賞者が出たとして、そのことが土地と結びつけられた形で評判をとることは滅多にないことだろう。また芥川賞受賞が、地元でこれだけの騒ぎとなることも、そんなに多くはないだろう。いかにも沖縄らしいと言えばそうなのだが、しかしこの作品が沖縄という土地と結びつく形で話題となるのは、作品そのものが、土地の持つ性格を色濃くにじませているからに違いない。そのことは登場人物のキャラクターや挙措などに現れているし、また方言の使用など表現上の巧みな工夫が、そのことを可能にしたと言えるだろう。そのことについては、すでに多くの人がさまざまに指摘し論じてきたことなので、くり返すこともないが、改めてここでとりあげたいのは、この作品が「沖縄戦」の記憶をモチーフとしていることである。そのことが、この作品に沖縄という土地のもつ性格を強くやきつけることになったわけだが、戦争体験をいかに語りつぐか、という面でも多くの問題を提起していることもまたたしかである。そのことについてここではふれてみたい。

これまで、沖縄戦の体験については、実に数多くの証言が重ねられてきた。おびただしい数の記録があり、文学作品でもさまざまに描かれてきた。が、それと同時に、戦争の傷の深さの故に語るのを避け、沈黙をまもってきた人たちが数多くいることも事実である。戦争の悲劇、その残酷さについては多くの証言によって明らかにされたが、言葉にならない、言葉になしえない記憶が存在し、その記憶がその人の生き方を奥深い部分で規定していることについては、言葉にならないだけこれまでスポットがあてられることはなかった。言語によって外化されないのだから仕方がないのだが、そういう部分に照明をあてるのは「文学」の力をまつしかないのである。そしてようやく「水滴」によって、そういう沈黙する人間の抱える傷の深さを明らかにすることができたのである。文学とりわけ小説の持つ力をこれほど発揮することのできた作品は、そんなに多くないと言えるだろう。

物語の主人公「徳正」は鉄血勤皇隊の一員として戦闘に参加している。戦争も終わりに近づいたある日、彼は傷ついた兵士たちや級友の石嶺が必死に水を求めるのを置き去りにして独り生きのびている。そのことが彼にとって誰にも語れぬ精神の傷として残っている。彼は求められれば戦争の体験者として、戦争を語り謝礼を貰ったりするのだが、彼にとって負い目となっているその置き去りにした体験は語れない。その彼の抑えられた記憶は、やがて右足が「冬瓜」のように水膨れするという肉体の奇形として現れる。その足から滴る水を求めて石嶺や兵士たちが夜な夜な現れるようになる。徳正が生き残った者の辛さを語り、瀕死の石嶺から水を横取りして見捨てたことを謝ると、足の腫れがひき水も出なくなって兵士たちも現れなくなる、というのである。いかにも非現実的な物語ではあるのだが、言葉にならない精神の傷の深さは、そういう民話風な語りに託すことでようやく表明できたのであった。

ところで、作者の目取真俊は一九六〇年生まれで現在三十七歳、戦争体験も敗戦直後の混沌とした状況を生きた経験も持たない世代に属する。戦争体験のない世代の作者が、あれほど深いところで戦争を捉え、そして描きえたことに多くの関心が寄せられたが、目取真は祖父母たちからくり返しその体験を聞かされたことを語っている。また学生の頃に、沖縄戦の体験集や研究書を読み、沖縄戦を相対的に、視点をアジアにまで広げて読むことができたこと、自分の追体験を核に沖縄戦をいろんな角度から考えてきたことが、「水滴」を書く要因になったと語っている（『文學界』九月号、池澤夏樹との対談。この対談は傾聴に値する発言を数多く含んでいて興味深い）。

このことは、戦争体験を語り伝えることの大切さを示している。それも一般論ではなく身近な人の個別の具体的な体験の語りが、聞き手の中でふくらんでいって、それがその後えた知識と結びつくことで、戦争についての認識をいかに深めることになるかを、具体的な形として示していて注目されるものである。

この作品についての戦争体験の継承との関わりで注目されるのに、七月十二日『琉球新報』の石川為丸と、七月二十九日『沖縄タイムス』仲里効の発言がある。石川は死者たちの「やさしさ」が小説を閉じさせていると言い、それをこそ対象化すべきではないか、とする。また仲里も、戦友の渇きが癒されたかにみえることについて、それでは問題はナショナルな心域の内部に回収されはしないか、とする。文学作品としての評価とは別に、この問題提起は改めて検討されなければならないだろう、と思ったことであった。

（『けーし風』第一六号、一九九七年九月二十日）

偶感（十五）

先日、別のところで、求められて〝復帰〟二十六年目の感想を述べる機会があった。例年、年中行事のように、五・一五の〝復帰〟の日をめぐってあれこれ言挙げする動きがあって、いささか食傷ぎみの感じもある。が、今年は、昨年の名護市の〝市民投票〟などかつてない動きが現れる一方、県と政府の対立がきわまり、動きのとれない状況にあるゆえでもあろうか、従来とはいささか趣きの異なる局面を呈している、との思いから、感想を述べることにしたのであった。

そこで述べた感想の中心においたのは、一九九五年の少女暴行事件という不幸な出来事をきっかけとして現在にいたる動きは、戦後の時代を劃する新しい動向ではないかという認識を示すことであった。つまり、沖縄の住民の動向が質的な転換をとげているのではないか、ということ、言いかえれば米軍基地の存在と住民との関係――これがいわば沖縄の戦後史をつらぬく基軸となっていると言えるが――その関係に質的な変化が生じているのではないか、という想定を問題提起としてさしだしたつもりであった。

先の感想の中では、その変化を示す徴証として、第一に名護市の市民投票の実施（結果が問題ではなく実施されたという事実こそが重要である）、第二に「基地問題」を沖縄の未来構想とのかかわりで捉える動きが登場したこと、第三に女性たちの活動をあげた。そしてその上で第三の女性たちの活動が最も注目される、としたのであった。この女性たちの活動を最も重視すべきとしたのは、基地問題を、個としての自らのありかた、生活のあり方やそれから先の生きかたの問題とかかわらせるなかで捉えていること、そこにこれまでとは質的に異なる新しい兆しをみることができるように思ったからである。

むろん従来でも、そういう形の活動を展開する人たちがいなかったわけではない。たとえば反戦地主として生きてきた人たちは、そのめざましい一例である。だが、今度の女性たちの動きはそれとは異なる側面を持つ。反戦地主たちの場合が強制収用という強いられた状況のもとで選択した決断だとすれば、女性たちの活動は、自らの生活を捉え直すなかで、数ある選択肢の中で選びとった決断なのである。むろん、これは選択という行為の持つ重さの問題ではない。反戦地主の場合は、反戦地主という固有の問題であるのに対して、女性たちの選択は一般の人々が同時に担うべき問題に重なるという点で異なる性格を持つということである。「基地・軍隊を許さない行動する女たちの会」が、「女性」としての「性」を根底にひき据える中でたち現れるものを問うているとすれば、普天間基地周辺に住む女性たちの「カマドゥ小の集い」は、爆音禍という形で現れる日常性を捉え返し、その日常性のまがまがしさをあえて引きうけるなかで、新しい人間関係を切り拓こうという決断を選択しているのである。ここで女性たちが問うているのは、直接には基地問題ではあるのだが、同時にその背後に広がる、この社会や人間関係のありかたであり、構造的な問題である。そのことが明確に提示されるなかで基地問題が位置づけられているところに、従来とは異なる質的な展開を見ることが可能だろうと思うし、したがってこの活動は、基地問題にとどまらないもっと広範な活動をひきおこす可能性を孕む思想となるだろうという気がするのである。

もっとも、これまでの反基地運動もそういう本質的な要素を含んでいたに違いない。が、従来はややもすると、〝戦争体験〟や〝反戦平和〟という理念的なものが先行し、それによって運動が領導されるために、ただ今、現実の日常生活や個としてのありかたと、理念との距離が問われないままに現在に至っているという気がする。そうして、先にあげた女性たちの活動は、そういう距離を問い直すところから出発しているし、そこに質的な違いを見出すことができると考えるのである。

以上述べたことは、これまで漠然とした印象として抱いていたことではあったが、それをはっきりと意識させられたのは、本誌一八号掲載の座談会「〈市民運動〉から自立の地域《シマ》おこしへ」であったように思う。この座談会は、「ヘリ基地いらない二見以北十区の会」の男性メンバーによる座談会の記録であり、「十区の会」の立ちあがりに始まり、名護市の市民投票の実現から市長選に至る運動の経過を自分たちの体験に即して語ったものである。

この座談会の魅力は、何よりも飾り気のない率直な語り口にあると言えようが、とくに目を引くのは、そういう語りによって、日常の生活の中から思想がつむぎだされ、その思想が思想として立ちあがっていく過程が、ダイナミックに展開している様子である。そこは理念によって現実が裁断されるのではなく、逆に現実によって理念が排除されるわけでもない、いわば両者の拮抗する場所であり、思想が生みだされる現場である。さらに言えば、海上基地に反対する立場が、自己の生活史の総過程を捉え返す中で位置づけられるという、思想形成の本来的なありかたが、そこに如実に現われているという意味で、これは注目される。

と同時に、それが女性たちの組織である「ジャンヌ会」とのかかわりのもとで実現したということはもっと注目されて良い。そこにおそらく汲みとるべき多くのものがあるにちがいないからである。

(『けーし風』第一九号、一九九八年六月二十日)

偶感(十六)

「再定住」(リインハビテイション)という思想に接する機会があった。これは主として「バイオリージョナリズム」(生態地域主義または生命地域主義と訳される)の立場にたつ人たちの思想であるという。

この考え方は、人間が自分の場所を喪失した〝ルーツレス〟な状況を呈する現代文明に対する批判的な立場にたつもので、ひとつの場所に定住し、その場所の環境=生物・土壌・気候などについての正確な知識を獲得し、生態系に対する人間の責任を確認しながら生きることを言うのだそうである。

古い時代には、人種と言語と文化と場所は同一のもの(重なるもの)として考えられていた。そこでは、ルーツは誰にとっても明らかであり、問題なくアイデンティティーも明確なものとしてあった。しかし今では事態はもっと複雑なものとなり、これらの要素は皆バラバラになってしまっている。現代においては、すべては流動化し、場所と文化は必ずしも一致しないし、人種と文化も緊密に結びつくものではなくなっている。人々も文化も容易に場所を越えることが可能となっているけれども、そのことは逆に、一つの場所に固執しようとしても、越境する文化によって絶えず、その場所の固有のものが脅かされ、喪失の危機にさらされることになる。人種と場所と文化の同一性によって保証されたアイデンティティーの存在は必ずしも自明のものではなくなっているのである。おそらくそれが現代文明の基本的な性格であり、そのような傾きはこれから先、いよいよ強まるだろう。

現代の文明が、そういう性格のものだとすれば、人々は自らのアイデンティティーの根拠をどこに求めるか、があらためて重要な問題となってくる。そうしてその問いに応えて登場したのがこの「再定住」という考え方であったにちがいない。自分がいま現に生きている場所、あるいは、生きる場として選びとった所、そこでどのように生きるか、それは未来をどのように構想するかに関わってくるのだが、そのためにあらためて、その場所をとらえ返し、その場所について深く知ることが必要だ、というのがいわば「再定住」の意味するところだろうと思う。

この理解は、多分、本来の「再定住」という思想の持つ意味を、かなり限定した形で受けとめていて、その点で偏りがあるにちがいない。しかし、この言葉は、生態地域主義の中で用いられているよりも、もっと広く、ふくらみを持たせて用いることができるような気がしないでもない。そして、さまざまな考え方をそこから汲みだすことができそうな気がするのである。

私がこの言葉に接したのは、出版されたばかりの、ゲーリー・スナイダーと山尾三省の対談の記録『聖なる地球のつどいかな』(山と渓谷社)によってである。周知のように、ゲーリー・スナイダーはアメリカ合衆国カリフォルニアのシエラネバダでエコロジカルな生活を実践しながら、環境問題にかかわる多彩な活動を展開する詩人であり、山尾三省は一九六〇年代後半からコンミューン運動に深くかかわり、現在は屋久島に住んで独自の活動を展開、環境問題についても発言し続ける詩人である。

その二人が、シエラネバダのスナイダーの自宅で行なったというこの対談では、環境問題を基本的な視座としながら、それだけにとどまらない現代文明の本質的なありかたにまで深く踏みこんださまざまな問題提起を行なっている。だから読者はそこから自分なりの関心に沿って、それぞれの問題を考える手がかりを得ることができるにちがいないが、そのなかで特に興味をひいたのが先にふれた「再定住の思想」があったのである。それは、この考え方が、一九七〇年代初め頃(沖縄返還前後)にひそかに考えていたことに近い内容を持っているからであった。

当時考えていたことというのは、「戦後沖縄の文学」(『沖縄文学全集』十七巻評論I収載)でもふれたことなのだが、一言で言えば、「沖縄人《ウチナーンチュ》である」ことよりもむしろ「沖縄人になる」ということに意味があるのではないか、ということであった。つまり、沖縄という場所に生を享けたからといって必ずしも沖縄の文化や言語を身につけることができるわけでなく、その意味では、沖縄人というのは、あらためて「沖縄」という場所と文化を意識的に生き直す人のことを言うべきではないか、と考えたのである。それは、沖縄という言葉に特別な意味を持たせる考え方、人と場所と文化（言語）の同一性に疑いを持たず、そこにアイデンティティーの根拠を見出す楽天性をどうしても持つことができなかったからである。

先にふれたように、経済のグローバル化と共に文化の混淆が進んで、世界の流動化は激しさを増している。これは沖縄に限らないことだが、そこでは、人と場所と文化の同一性を保証するものはなくなるだろう。そういう中であらためてアイデンティティーの根拠を求めるとすれば、自らの生きる場所をとらえ直し、その場所にふさわしい文化を創り出すなかにおいて、それははじめて可能となるだろう。つまりは、たとえば沖縄人ならば、沖縄という場所に「再定住」する明らかな意志を持つということである。これは、むろん沖縄だけの問題ではない。しかし、沖縄の場合、流動化の真只中にあって、しかも未来をどのように構想するかいま切実に問われている。それだけに「再定住」の思想が魅力的にみえてくるのである。

（『けーし風』第二〇号、一九九八年九月二十日）

偶感（十七）

『けーし風』第二〇号（前号）の「読者の集い・関東」の報告で、若林千代さんがきわめて重要な問題提起を行なっていた。報告はその前の号＝第一九号をめぐる読者の集いでの様子を伝えたものだが、その中で集いの議論が、主に「論点」に掲載された西智子さんの文章をめぐってのものであったことにふれ、それに触発される形で『けーし風』の役割をどのように考えるかについて、見解をまとめたものである。

その中で若林さんは、西さんの問題提起は「基地移転」をどのように理解し考えるべきかをめぐっての重要な提起だったことを述べたうえで、この問題はさまざまな角度から徹底した論議が必要であり、そういう立場から『けーし風』の役割を改めて考える必要があるのではないか、とした。若林さんの言葉でいえば、『けーし風』は決して「伝言板」的な雑誌、すなわち個人や小グループの活動を報告し合うことだけにとどまってはならず、「相互批判や自己点検を含めて、あまり光が当てられていない問題や現状について、より深い認識を求めて存在」するものとして、発行母体である「新沖縄フォーラム刊行会議」の名称にある「フォーラム」という性格をもっと発揮すべきではないか、ということであった。

この若林さんの問題提起は、ちょうど二〇号という節目を迎えた『けーし風』にとって、〝初心〟をもう一度ふり返る意味でも、重要な指摘だったと思う。この『けーし風』は若林さんが言うように、「フォーラム」という性格をふまえたものとして内容は展開されるべきものであったはずだからである。

この雑誌の正式のタイトルは『新沖縄フォーラムけーし風』であり、発行母体は「新沖縄フォーラム刊行会議」、発行者は「新沖縄フォーラム編集運営委員会」である。つまり中心となるのはあくまで「新沖縄フォーラム」であって、『けーし風』はその一部であり、フォーラムの機関誌としてその活動の内容を一般の人たちに知ってもらうために発行されるという性格のものであったのだ。

ここで発行の経緯をたどると、当初に企画されたのは雑誌の発行ではなく、フォーラムの実現であった。一九九二年、「復帰二十周年」ということでさまざまなイベントが催され、首里城が公開されるなど、沖縄中がお祝いムードでうかれたような気分にみちていた。その一方では〝湾岸戦争〟があったにもかかわらず、祝賀ムードの中でそのことに対する危機意識もなければ、はかばかしい反応もなかった。そういう状況に危機意識を抱いた新崎盛暉が個人的に企画し周囲に働きかけて実現をめざしたのが、「新沖縄フォーラム」だったのである。そんな状況への切り返しを考え、もう一度沖縄社会のもつ歴史的体験や文化を見直すことを中心に、フォーラムを恒常的に重ねようということであった。だが、フォーラムという形で具体的に人々が集まって論議する場をつくりだすことが困難であることから、新崎の企画は実現せず、代って機関誌を発行してそれをフォーラムの場として、雑誌をいわばたたき台としてさらに論議を重ねるという形をとることになった。

そのようにして「復帰二十周年」の渦の中で企画されたフォーラムは、翌一九九三年の夏に雑誌の発行へと変更、半年の準備を経て十二月にようやく創刊号の発行にこぎつけるということになる。その間には、たとえば編集の経験者である秋山さんの参加が、雑誌発行という方向に加速させたということもあるが、しかしいずれにしても、『けーし風』はフォーラム、文字通りの意味で〝公開討論の場〟であって、誌面はその反映である、という性格を失ってはならないはずであった。したがって、もしそれが「伝言板」的な情報交換の場という印象を与えているとすれば、やはり今一度原点に立ち戻る必要があるにちがいない。

しかしおそらく若林さんの提起は、誌面がそういう印象を与えていることもあるが、それよりも、現在、沖縄の抱える問題は基地問題をはじめ単に沖縄の内部にとどまるものではなく、全国的な問題、あるいは世界の構造的変化に関わるものであり、そういう広がりと深まりのなかで捉え直し、そういうものとして論議されない限り確かなものとならなくなっているのではないか、現状はそういうところまで進展しているのではないか、という意味での提起ではなかったかと思う。

私の理解で言うならば、それだけ問題が複雑化し、その分共通の理解や認識を得ることさえ容易ではなくなっている、したがって現状を正確に認識するためにも、多角的な分析と論議が必要なのだ、という問題提起だろうということなのである。

言いかえれば、これまでは口に出さなくとも共通の理解が存在するという暗黙の前提があって、その上で論議を展開してきたし、またそれでよかったものが、現在ではその前提そのものが必ずしも自明ではない、というところから出発しなければならなくなっている、ということであろう。

この理解は、若林さんの発言の趣旨とは異なるかも知れない。しかしたとえば、今回の県知事選挙のように、一見噛み合っているかにみえながら、全くのすれ違いの論議に終始している様子をみると、ますますその感を強くする。そうしてその傾きは強まりこそすれ、決して弱くはならないだろうという気がするのである。

（『けーし風』第二一号、一九九八年十二月二十日）

偶感（十九）

『けーし風』二二号の論点で、屋嘉比収さんから二〇号掲載の「偶感（十六）」についての疑義が提起された。それは、「偶感（十六）」で私が述べた「沖縄である」「沖縄人である」ことが決して自明ではないとしたことについて、大筋で賛意を示しながら、他方、「つまりは、沖縄人ならば、沖縄という場所に『再定住』する明らかな意志を持つことである」という言説から、私が「沖縄」「沖縄人」を「ある実感に基づき、無前提に措定」しているのではないか、そうではなくていま求められているのは、沖縄人が自明のように仮設する「沖縄」「沖縄人」とはいったい何かを問うことではないか、という内容のものであった。

屋嘉比さんの指摘を受けて読み返してみたが、自分ではこれまでも「沖縄」「沖縄人」を無前提に措定した覚えがないから、どうしてそう読まれたのかよく判らない。文脈からして、「これは沖縄に限らないこと……」としたうえで、「つまりは、沖縄人ならば……」と述べたので、この「沖縄人ならば……」という文言は〝たとえば沖縄人の場合であれば……〟くらいのつもりであって、もしそう読みとれなかったとすれば、それが舌足らずな言説であったことと、改めてそういう趣旨の発言であったことを断っておきたい。

それはともかく、そういう疑義を提起したうえで屋嘉比さんは、むしろ「いま『われわれ沖縄人』に問われているのは」「われわれ沖縄人が自明のように仮設するその『沖縄』『沖縄人』とはいったい何を、そして誰をさしているか」を問うことではないか、という問題を提起していたのである。そして、実はそのことの方が屋嘉比さんにとっては、重要な問題提起のようである。私も、この提起は一般論として言うならば、重要なことだと考えている。つまり、「沖縄」や「沖縄人」の内実を問うことなく自明の前提として語られる言説があまりに多いということも認めるし、そういう現状を捉え返すために、「沖縄」や「沖縄人」という前提そのものを問うことが重要なはずだという点でも、屋嘉比さんの発言に同調する。

しかし、それから先になると、屋嘉比さんと私とでは若干考え方の違いがあるような気がする。そのことは本来ならば論議をつめたうえで問題にすべきことかもしれないが、私は「沖縄」とか「沖縄人」という場合の「オキナワ」というのは、吉本隆明風に言えば「共同幻想」のようなものであり、ベネディクト・アンダーソン風に言えば文字通りの意味で「想像の共同体」以外の何ものでもないと考えていて、したがって「沖縄」とは何か、「沖縄人」とは誰か、というふうに問いつめても、そこから実体として何かが取り出せるようなものではないと考えているのである。かりに百人もの「沖縄とは何か」という問いかけがあったとすれば、そこでは百様の答えが見出だせるにちがいない。それぞれが、これこそが沖縄だと認識する、その認識の内容がさし示されるだけだと考えるのだ。むろん、百様の答え、認識が示されるとは言っても、それが無限定な広がりを持つのではなく、ある一定の範囲に集約されるだろう。そうしてその集約される一定の範囲というものを規定するのが、ゲーリー・スナイダーの言う「プレイス（場所）」であると考えている。

「共同幻想」とか「想像の共同体」と言い、「プレイス」と言ったけれども、要するにいずれも実体概念ではなく、関係認識であるということが重要だと考えているということである。たとえば、いま「沖縄の人間としてのアイデンティティー」という言葉が流行語のように用いられて、何かを身につければ「沖縄の人間」としての存在証明がされるかのような思いが広がっているようだが、しかしこの「アイデンティティー」なるものは、「自分はいったい何者であるか」を問いかけることから出発するものであり、その「自分」が「何者であるか」という問い自体、他者との関係性のもとで成立する問いに他ならないのである。他者との関係をどのように認識するか、そしてその関係をどう構築するか、によってアイデンティティーの根拠は異なってくるし、ひいてはアイデンティティーのありかたそのものも異なってくるはずである。

これと同様なことは、スナイダーの言う「プレイス」との関係についても言えるだろうと思う。人はスナイダーの言う「定住」を拒否してあくまで「流動」し「流転」することも可能である。そして、そのどちらを選ぶかが人が生きていく上で決定的な選択となるだろうけれど、問題はその際「定住」を選ぶ場合のことだろう。「定住」するために、〝自分はどこで生きようとするのか〟という、その「プレイス（場所）」である。ということは、自分の生きる場所＝プレイスをどう認識し、それとどのように関わるか、という主体と対象との関係性こそが問題となるはずである。たとえば、「沖縄」を「沖縄」として認識することは、「沖縄」を他の「プレイス」との関係性のもとにおくことであり、さまざまな態様をみせる関係性のなかから何を「沖縄」として見出し、それと関係をつけるか、ということになる。そしてその場合、問われるのは「何が沖縄か」ではなく、自分が何を「沖縄」として措定し、それと関わろうとするか、という自らに対する絶えざる問いかけであろう。

屋嘉比さんへの答えというより、これがいま私の考えていることである。

（『けーし風』第二三号、一九九九年六月二十日）

〈ありくり語やびら・沖縄サミットに思う〉妖怪が徘徊している

「いま、沖縄島には、サミットに便乗した魑魅魍魎が跳梁している」

これは、先日の雑談のなかで、ふとT氏が口にした感想である。普段は、温厚で淡々とした口ぶりに接しているから、穏やかな人だとばかり思っていただけに、こういう激しい感想が出たのは思いがけないことだった。よっぽど、昨今の沖縄島の、足を宙にした浮遊ぶりが、気になってのことと思われる。

T氏は、戦中世代である。直接、銃を手に戦ったわけではないが、「聖戦」を口にして、多くの若者たちを死に追い込んだ世の中の動きを目にし、肌に感じた世代の一人である。

T氏によれば、戦後最も良かったと思うのは「大政翼賛」が通用しなくなったことだという。どんなささいなことであれ、皆が論議を重ね知恵を出しあうことの大切さ、が敗戦によって学んだ最も重要なことだ、というのが持論である。論議ぬきで、有無を言わさず一つの方向に追い込み、追い込まれていくことの恐ろしさが、おそらく身に染みた経験としてあるのだろう、と思う。

T氏のその危惧は、戦中世代の末端にぶらさがった私などにもわかるような気がする。むろん、小学生にすぎなかった私に、有無を言わさずにかりたてていくものが何なのか、それが何を意味するか知りえようはずはなかった。しかし、そのことが結果として何をもたらしたかは、身に染みて知っているつもりである。

その動員態勢を今ふり返って思うのは、駆りたてられる方向にだけ目が向けられて、それ以外についてはは目隠し状態になること、その過程に生じるさまざまな問題、矛盾に気づかなくなること、(気がついても目的実現のためにそれをねじふせること)があるだろうことである。〝錦の御旗〟の持つある種のいかがわしさを感受しながら、それから目をそむけることで悲劇のさらなる拡大を招いたことは、いまとなっては信じ難いことだろうけれど事実なのである。〝動員態勢〟「翼賛体制」は、そういう有無を言わせない有形無形の強制力（あたかも自発的であるかのような偽制を伴った強制力を含めて）を伴うから怖いのだ。

先のT氏の発言は、いま沖縄島を覆っているものが、その種の強制力を持ちかねぬまでに肥大化していることをさしている。沖縄でいま求められている米軍普天間基地移設をめぐる問題など、最も重要で急を要する事柄について論議停止・判断停止の状態に陥っているのは、その現れと言えるはずである。

先日の夕刊に、名護サミット推進市民会議の要請により名護市社協が、身体障害者の利用の困難な屋部支所の二階に移転した、との記事が掲載されていた。それより先にも、サミット推進県民会議の要請によって、塗装工業会県支所が、名護市と恩納村のバス停留所のペンキ塗り替え工事を行なったとの記事があった。その間の詳しい経緯についてのニュースはないから、どんなやりとりのなかでそうなったのか知らない。しかし少なくともそこで行なわれていることが理にかなった自然のものだとはどうしても見えてこない。サミット推進県民（市民）会議にどれほどの権限が与えられているのか知らないけれど、そういうことが抵抗なく行なわれるところが、動員態勢たる所以だと言えるはずである。

その意味では、先のT氏の「魑魅魍魎の跳梁」とまではいかないにしても、少なくとも「妖怪が徘徊している」とは言えそうな感じである。

（『沖縄タイムス』二〇〇〇年六月十七日）

〈南灯指針鏡・二十一世紀のメッセージ〉
問われる「おきなわ」の構想力

〃二十一世紀を考える〃と言うとき、少なくともそこでは二つの前提を置くことが必要だろうと思う。

一つは、この問題が極めて広がりのある、いわば世界的な問題と密接なかかわりがあって、決して沖縄だけの問題として考える事のできないものを多く含んでいる、という事である。

もう一つは、二十一世紀といっても、実際には状況は連続していて、二十一世紀の前半、少なくともその四分の一ないし五分の一の期間は、二十世紀の抱えた問題の処理に追われているはずである。逆に内実に即して言えば、既にかなり以前から二十一世紀は始まっていて、二十世紀末はまさに二十一世紀の抱える問題と、悪戦苦闘し始めている時期だったと言えるかもしれないのである。地球温暖化や、環境問題などはその見やすい例だが、沖縄自体の抱える基地問題もその一つだと言えるだろう。そうして、注目されるのは、そういうふうに地域の問題と地球規模の問題が、分かちがたく結びついていることであろう。その傾きは既に二十世紀で顕在化したことだが、それが急激に展開するようになっているのである。

ここで、そんな形で抱えている数多くの問題の中で気になることをあえて言えば、それは沖縄の人々が〃沖縄〃をどうとらえどのように位置付けようとするか、ということである。それは、二十世紀を振り返って見たときに、最大の問題としてクローズアップされるものが、ほかならぬ沖縄のアイデンティティーであったと考えられるからである。十九世紀末から二十世紀にかけて、日本は近代化の過程で、古代から連綿と続く民族的同一性を根拠とする「国民国家」を「個」と「世界」を媒介する〃場所〃とした。そしてその〃場所〃を日本国民としてのアイデンティティーの根拠として強く機能させたのである。

しかし沖縄の場合は、明治の琉球処分以後、沖縄戦、米軍統治、そして日本復帰と、人々の遭遇した問題は、そのすべてにおいて、沖縄という〃場所〃と人々のアイデンティティーが密接にかかわっていることを示したのである。しかも注目されるのは、それが危機的な状況において喚起されるアイデンティティーであり、人々は、危機的な状況や苛酷過ぎる現実に対処するために、自らの存在を支える根拠として、沖縄という〝場所〟を措定したのであった。

しかし、そのように〝沖縄〟ならば〝沖縄〟という〝場所〟がアイデンティティーの根拠となり得たのは、おそらく、人々を取り巻く状況の苛酷さや、抱え込んだ危機が単に個人にかかわるものではなく、〝場所〟に生きる人々の共有するものにほかならなかった、ということであろう。自分を取り巻く状況や抱えている危機が、自分だけに課されたものでなく、それが〝沖縄〟という〝場所〟に生きるすべての人々に、等しく課せられたものだというような、〝場所〟を共有する者としての共同の認識を無意識の前提とすることによって、〝沖縄〟という時空間はアイデンティティーの根拠になり得たはずである。そこでは、〝個〟の問題を〝場所〟の問題にしてしまう錯覚も、また逆に〝場所〟の問題を〝個〟の問題であるかのように見なす〝すりかえ〟も生じたが、少なくとも、それだけ〝個〟と〝世界〟の接点としての〝場所〟が機能していたと言えるだろう。

二十世紀の沖縄は、まさにそのように外発的に醸成された苛酷な状況と存立の危機を、歴史の記憶と、その中で作り出されてきた文化を、〝沖縄〟という時空間において総合し〝おきなわ〟に変換することによって切り抜けてきたのである。しかし、二十一世紀という新たな時代においては、そのような〝おきなわ〟という時空が、何の媒介もなしに、アイデンティティーの根拠として定立し得るか、が問われるだろうという気がする。いま、はやり言葉として風靡している「情報技術（IT）革命」なるものをはじめとするグローバリゼーションは、おそらく、〝沖縄〟という〝場所〟の持ちえた先験性を、内部から解体する力を持つだろう。恐らく現象的にはそこでは人はおのおのが〝個〟として〝世界〟と直接に向き合うことになるだろうと思われるからである。

とは言え、しかしこの新たな世紀においても、肉体を具えた具体的な存在としての〝個〟が、剝き出しの形で〝世界〟と直接に対峙し続けることは困難だろう。やはりそこでも〝個〟と〝世界〟とを媒介するものとしての〝場所〟というものが、あらたに問われてくるに違いないと思う。ただそこでは、〝場所〟は所与のものとしてアイデンティティーの根拠になるのではなく、改めて構築されるべきものとして存在するだろう。したがって、これまで何の疑問もなく先験的に拠りどころとされてきた〝おきなわ〟というものが、果たしてそのような新しい状況に耐えうるか、耐えうるものとするためには何が求められるか、多分そのような構想力がこれから問われるだろうと思っている。

（『沖縄タイムス』二〇〇一年一月二十七日）

復帰三十周年

今年は「復帰」三十年の節目に当たるということで、さまざまな催しが企画されているようだ。多分これから先いわゆる「復帰の日」の五月十五日まで、県が主催する記念式典をはじめ、大小さまざまな催しがめじろ押しに繰り広げられるだろう。新聞やテレビ、ラジオ等多くのマスメディアでも、一部では既に始まっているのだが、いろいろな形で「復帰」を巡っての検証が行なわれるに違いない。無論、そのこと自体は、悪いことではない。「歴史の記憶」を繰り返し呼び起こす契機として、重要な意味をもっていると言ってよいだろうからである。

これは断るまでもないことだが、こういう節目ごとのいろいろな催し自体が「歴史の記憶」を喚起するというよりも、むしろ米軍基地の存在と、それによってさまざまな事件事故が繰り返される現実こそが、記憶を蘇らせる最大の要因となっていることは、誰の目にも明らかなはずである。節目ごとの催しは、そういう記憶のなかみを和らげる役割を担おうとしているのだろうけれど、逆に言えば、それをせざるを得ないほどに、記憶は根を下ろしてしまっているように見える。

そうして興味深いのは、「復帰」を巡っての「歴史の記憶」については、それぞれの「個」の記憶が「共同性」を帯びやすいということがあることだ。「個」の記憶によって強く裏打ちされた「共同性」が「復帰」を巡る「歴史の記憶」に無視しがたいリアリティーを与えているように思われるのである。

それはすべての人に当てはまるのではなく、ある時代のある場所で一つの歴史的な事件に共に向き合ったという、いわば限られた世界の出来事に過ぎないかもしれないのだが、しかし「記憶」を巡る「個」と「共同性」のかかわりのありかたを示すものとして注目してよいことのように思う。更に言えば、「個」にとっての記憶が切実であればあるほどその記憶は場所をも超えていく力を持つに違いない。その意味で、多くの人がそれぞれの記憶を語り始めること、それを重ね合わせることで「記憶」のアラベスクを編み上げる時期にさしかかっているのではないかという気がする。三十年という時間は、それをするのにふさわしい時間ではないかと思われるのである。

ところで、ここで「復帰」を巡る個人的な記憶について ふれると、僕の場合は『名前よ立って歩け 中屋幸吉遺稿集』（三一書房、一九七二年）に描かれたような、当時の若い人たちの悪戦苦闘振りがとりわけ強く印象に残るものとしてある。生前の彼と接触があったわけではなく、彼の生涯を知ったのも、遺稿集である『名前よ立って歩け』を通してのことである。その遺稿のなかでの彼は、沖縄の現実と誠実に向き合い、その中に現れるさまざまな矛盾と真剣に渉りあうなかで深い痛手を受けて、沖縄の「復帰」という激動期に二十七年の短い生涯を駆け抜けたのであった。この遺稿集は、そういう生涯を送った彼の内面を鮮やかに浮き上がらせているが、そこに描かれたさまざまな思いは、たぶん中屋一人のものではなかったろう。その性質は異なり程度の差はあるとしても、多かれ少なかれ、それは疾風怒濤の時期にめぐり合い、荒波に揉まれた当時の若い世代の多くに共通する思いに重なっているに違いない。

ところが、三十年という「時」はそういう苦闘の痕跡を洗い流して、どこにも形を留めていないように見える。「歴史」は大方そういうものだという思いもなくは無いが、果たしてそう言いきって良いのかという思いも強い。そこにはそういう若い世代の身近にいた者の感傷が紛れ込んでいるのかもしれない。しかしそれとは別に、当時の若い人たちの悪戦苦闘が生み出したもののなかに、少なくとも現在と未来の沖縄の希望を繋ぎとめるものがあるという思いも消しがたい。

思うに「歴史の記憶」は、「個の記憶」の多くの部分を削り取る中で「共同性」を獲得するのであろう。そうしてまたそのようにして削り取られた部分にこそ当人にとってかけがえのない記憶が潜んでいるということもあるだろう。だが「個の記憶」をどれだけ抱え込むかによって、「共同の記憶」の内実が決定されるのだとすれば、「復帰」を巡る「個の記憶」を豊かに語ることを通して、「時」と「所」を超える「共同の記憶」を構築し「歴史の記憶」をあらためて捉えなおす時期にさしかかっているような気がするのである。
(『沖縄タイムス』〈思潮2002〉欄、二〇〇二年四月二十六日)

復帰問題

今年の四月、「思潮」欄で「復帰三十年」の今年は「復帰」についてさまざまな検証が行なわれるだろう、という予想を述べた。書きながら、これは希望的観測かもしれないという気がしないわけでもなかったが、しかしあえてそういう検証の盛り上がりを期待する気持ちを込めて述べたのであった。

「復帰問題」の検証とは、この三十年余の間に沖縄の人々が何を獲得し、何を失ったかを明らかにすることであり、そのことを通してはじめてこれから先の沖縄は構想されるだろう。だから何を語るにしてもその「検証」を踏まえなければならないだろうと、考えていたからである。だが、年末になって振り返ると、それが殆ど根拠のない願望に過ぎなかったことが明らかになったようである。五月十五日の「復帰の日」前後にマスメディアでいくらかの検証が行なわれたものの、それ以上の拡がりも深まりもなかった。「復帰」問題は検証の対象として意識されないくらい既成事実化されて、そこから何か役に立つものを見出そうという考えも、すっかり薄れてしまったようだ。そして、そのことといま沖縄を覆う「奇妙な明るさ」は密接にかかわっているという気がする。

この沖縄を覆っている「奇妙な明るさ」というのは、何年かぶりで沖縄を訪れた知人の言葉である。彼は、東京に住み、この三十年来ずっと沖縄の状況に強い関心を寄せてきた。その彼が「復帰」後も何度か足を運んでいるが、今回ほど沖縄の変わりように驚いたことはない、と言うのである。

前にも同じことを言ったのではないか、と突っ込んでみたのだが、彼の意見はついに変わらなかった。現象としての変化の激しさという点では、似たようなことがあったかもしれないが、現在の変化は表面的なものではなく、沖縄の社会が構造的になだれるように変化している、というのが、彼の意見である。

彼によれば、以前に比べて沖縄は一見「明るく」なっているように見えるのだが、その「明るさ」は「健康な明るさ」ではなく、どこか蝕まれていながら無理に明るく振る舞っているような、そういう感じがするというのであった。

そういわれるとそんな気がしないでもない。新しい大型の店舗が開業すると、異様なくらいに列をなして人々が集まり、毎週のように何処かでスポーツや芸能やさまざまなイベントが開かれ、それが結構多くの人を集めている。そういう現象を見たり、あるいは首都圏で沖縄音楽がもてはやされたり、「癒やしの島」などという評判があると聞くと、「明るさ」だけが目についてくるようだ。そして人々はその「明るさ」を受容して楽しんでいるように見える。

だが果たして皆が「明るく」、心から楽しんでいるのかといえば、そんな風にも思えない。何か、本当は別に為すべきことや、見詰めなければならないことがあるのを知りながら、にもかかわらず、そのことから眼をそむけて、イベントで気を紛らせているように見えてくるのである。

慢性的な高い失業率や離婚率、そこにはとりわけ若い世代にとって、厳しい閉塞感を与える状況がある。

卒業を間近にしながら全く展望の利かない現実を、笑いに紛らして語る若い人たちの姿に、「明るさ」の底の、あるひんやりとしたものを感じざるをえないのだ。

あるいは、くり返される米兵による暴行事件。事件に脅かされる女性たちの痛みに鈍感な政治や社会状況から、未来に「明るい」展望を持とうにも持ちきれぬと言われても仕方がないところがあるし、また、美しい沖縄の自然を守らなくてはならないと言いつつ、口実を設けて壊しつづける「公共事業」など「ことば」が全く実態を持たない現実がある。

「言葉」に信頼が持てなくなっているなかで「未来」が信じられようか、と言われて返す言葉が見つからないのは当然であろう。つまりは、沖縄の現実は、そんな風に切に解決を迫られている問題があるにもかかわらず、それらの問題から眼をそらし、眼をそらしている後ろめたさや先の見通しのきかない不安を忘れるために、追い立てられるようにイベントに打ち込んでいるとさえ見えてくるのである。知人が語った「奇妙な明るさ」とは、「明るさ」がそういう風に「装われた」明るさであることを感じ取っての発言であった。

つい先日、十八日の新聞紙上で、沖縄の男性の平均寿命が、昨年の全国四位から二十六位に転落したというニュースが大きく報じられた。そこには、欲望に身を任せて「明るく」滅びへと向かう男たちの姿が立ち上がってくるけれど、そうしてそのかたちに、沖縄の未来が透けて見えるような気がするのだが、それは思いすごしというべきものなのだろうか。

（『沖縄タイムス』〈思潮2002〉欄、二〇〇二年十二月三十一日）

スローフード

一月二十三日の本紙夕刊に、興味深い記事が掲載されていた。「こちらは本人の責任」「米、肥満訴訟でマック勝訴」という見出しの社会面記事である。内容は「肥満の原因となる食事をさせたとして米ハンバーガー店チェーン最大手のマクドナルドが訴えられていた裁判で、ニューヨークの米連邦地裁は二十二日、肥満は食べ過ぎた本人の責任として、原告の損害賠償請求を棄却した」というのであった。

記事によると、原告は身長一六三センチ、体重一二六キロの十三歳の少年らで、市内のマクドナルドで週に数回、ハンバーガーを食べて肥満体になり、糖尿病や心臓病など健康被害を受けたと主張して、損害賠償を請求して提訴したものだという。

最初、この記事を眼にしたときは、いつか聞いたことのあるような、まさにアメリカらしい話で、記事と同様に「個人の責任を他に転嫁する訴訟社会の悪い一例」という程度の受け取り方をしていた。だが、何となく気になる所があって繰り返し読むうちに次第に、その記事の中から、少年たちの「助けてくれ」という悲鳴が聞こえてくるような気がしてきたのである。

確かに、判事の述べるように「健康に悪いかも知れないと知っているのに、それを過剰に食べることを選んだなら、マクドナルドを責めることはできない」ので、これは自己責任の問題である。だが、単純にそうは片付けられない問題があるような気がしてきたのであった。よく言われるものに、貧しい国では金持ちが肥っていて、貧しい人は痩せているのが普通だが、アメリカのように豊かな国では、逆に貧しい人が肥っているということがある。これはつまり、肥満は単純に自己責任の範囲に収まる問題ではなく、食事のあり方を含めた社会的な問題として、捉え直すべき部分が大きいということなのだろう。

今の社会には、さまざまな刺激がありすぎて、人々を一つの方向に追いこんでいる。そうして、それは単に刺激を与えるだけでなく、一つの抑圧となってそれ以外の選択の余地を奪うようになっている。痩身に価値を置く社会的な圧力はテレビやチラシ広告等の宣伝を通して襲いかかり、強いプレッシャーとなる。そしてそういうところから過食や拒食などの心身症が発生して社会問題化していることは、周知の事実である。

あるいはまた、自分の健康に留意して、食べ物を選んで摂るにしても、それにはある程度の経済的・時間的余裕のあること、いわば精神的なゆとりがあって初めて可能になるはずである。貧しいものに肥満が多いというのも、その人たちの食事に選択の余地が乏しいということであって、ファストフードがもてはやされるのも、単に手軽に食べられるだけでなく、値段が安いということも大きな理由になっているはずである。

言い換えれば、食事のあり方はたしかに個々人の問題であるが、現代のようにコマーシャリズムの発達した、外食依存型の社会では、それ自体が社会のあり方と大きくかかわっているはずなのだ。そうして、そのうえにさまざまな重要な局面において自己決定の余地が奪われている社会で、食事に関して自己決定権が保障されていると考えるのは幻想でしかないだろう。その意味で、少年たちのマクドナルド提訴は、金銭的な補償を求めるというよりも、そのような形で自分たちの置かれた窮状を訴えているように見えるのである。

ところで、このほど沖縄の男性の平均寿命が全国平均を下回り都道府県別の順位で二十六位まで下がったことが明らかになって、危機意識でもって盛んに論じられるようになっている。その原因として成人病＝生活習慣病の増加が指摘され、その根底に食生活の乱れや運動不足等がみられるという。おそらくその指摘はいずれも間違ってはいないだろう。だが、それらを全て自己決定の範囲に囲い込んで論議を重ねても、おそらくは解決困難だろうと思う。

中高年男性の自死が抜きん出て多いという事実に示されるように、沖縄の中高年男性にかかるストレスの大きさと平均寿命が短くなったこととは無縁ではないと考えられるからである。ついでに言えば、いま流行りの「スローフード」というのも、価値観の転換を伴う強い意志と、ある種の精神的なゆとりがなければ実現できないもので、口でいうほど容易なものではないだろう。むしろいま求められているのは、沖縄にとって「スローフード・スローライフ」とは何なのかを問う事ではないかという気がする。

（『沖縄タイムス』〈思潮2003〉欄、二〇〇三年一月三十一日）

沖縄になぜ詩人が多い――「寡黙」と「吃音」と

「自分の書いた文章のいかにかるがるしいことか。ことばは、心から離脱した紙片のように空に飛んで浮く。戦争の厳粛な事実を一体いかようにして伝えればよいのだろうか。」（一九七五年八月四日）

「真実はことばにし、文章にすると真実でなくなる。心の中にあるままが本当の真実であって、それがことばになると、うつろなひびきががらがらとなる。ことばは、もはや真実のぬけがらとなってしまう。戦争体験を語ったあとのむなしさ。同じく体験をした者にはつたわる。しかし、戦争を体験しないものには心の底に沈んだ真実の多くはつたわらず、その表面の泡をふいたものばかりが飛んで行く。表現もしようもないあの胸底にどろどろと沈んだもの、実はそれを伝えたいのだが、やはり伝えようとするとそのようになってしまう。」（一九八〇年十一月二十四日）

これは『ひめゆりの塔の記』というタイトルで残された仲宗根政善日記の一節である。（『ひめゆりと生きて』琉球新報社、二〇〇二年、三三六頁）

周知のように、仲宗根政善は沖縄戦のさなか、県立一高女、師範学校女子部の生徒たち、いわゆる「ひめゆり学徒隊」を引率して戦場に赴き、自らも奇跡的に生き残った一人である。そして戦後は自己の体験を軸に、学徒達の手記を編纂した『沖縄の悲劇――姫百合の塔をめぐる人々の手記』を著わして戦争のもたらす悲劇を語ると共に、平和への願いを訴えつづけたのであった。そのように戦後一貫して自らの体験を倦むことなく語りつづけた仲宗根が、おそらくは深夜ひそかに、ここに示すように、体験を語ることの困難を日記に書き留めていたということは、或いは多くの予想しなかったことかもしれない。しかし、「語ること」に絶望しながら、なお且つ語りつづけたこと、逆に「語ること」の社会的な意味を背負いつづけながら、ある「空しさ」を独り嚙みしめていたその姿は、我々に多くのことを示唆しているように思う。

改めて断るまでもないことだが、「悲劇」の中心にいる人物が、自らの体験を〝ことば〟として紡ぎだすことの困難はしばしば指摘されてきた事である。戦争の体験を問われて、ついに語ることばを持たなかった人の少なくない事は、これまでに多く知られている。そして、なぜ彼や彼女たちが、その体験を語り得ないか、ということについてもさまざまな説明がなされてきた。自らの体験を客観化する余裕を持ち得ないということ、もっと言えば、苛酷な体験で受けた心の傷から回復せず、依然として病んだままなのだ、と言うような説明もなされてきた。そして、この場合は遭遇した出来事が、あまりに苛酷で心のバランスを傷つけてしまったというふうに理解されてきた。つまり、主体の崩壊が「体験の言語化」を不可能にするというように、である。

だが先の仲宗根の場合はそれとは全く異なる。ここには意識する主体として明晰であり、そのことによって却って主体の「内面」と「言語」の乖離を否応なしに意識せざるを得ないということがある。そうしてその乖離が強く意識されるのは、語るべき内容と、それを語ろうとする思いの痛切さが伴う場合であり、思いの言葉に届かぬことが実感されたときであろう。語りたい思いは次々と内から溢れ出るものの、その思いに相応しいことばが見つからない時、人は〝ことば〟の限界を知り〝語る〟ことの空しさを感ずるに違いない。そうしてそのような思いの切なさこそが、ことばの抽象性を気づかせるので、そういう〝ことば〟と〝思い〟の出会いの張り詰めた場所で「詩」が生まれ「歌」が詠まれる。

「沖縄に詩人が多い」という。果たしてそれが事実なのかどうか、は定かでない。だがもしそういう印象が強いのだとすれば、そこにはそう思わせる何かがあるのだろう。現在はそうでもなくなったが、かつて「沖縄の人は寡黙だ」という印象を与える事があった。それはおそらく沖縄の人達の多くが、語るべきたくさんの思いを抱き、にもかかわらずそれを〝ことば〟にし得ないままに有る、という印象を与えてきたことに由来しよう。そうして、「詩人が多い」という印象もそのことと関わる。辛うじて、少ないことばで切実な思いを言い現すことの出来たとき、人は「詩人」になるだろうからである。「切実な思い」と「抽象的なことば」、この双方が相俟って「寡黙」と「詩人が多い」という印象を作りだしてきたように思われる。そしてそれは、沖縄の人々が、祖先から受け継いだ自らのことばではなく、国の意思によって新たに獲得した「標準語」に依らなければ、その思いを語りえないことに由来したのであった。

沖縄の「標準語」は、明治時代になって沖縄が国家としての近代日本に組み込まれて後、強いられて獲得した〝ことば〟であった。もちろん沖縄が近代化するためには、その言葉の獲得は避けられなかったから、人々はそれを自らのものにする為に懸命に努力を重ねた。だから、現在のように一般化したのだが、その間人々は長期にわたって、伝統的な言葉「沖縄語（ウチナーロ）」と「標準語」という言葉の二重構造に悩まされることになった。そこでは、人々は近代的な論理性を「標準語」に委ねる一方、伝統的な感性に支えられた思いを語るのに「沖縄語（ウチナーロ）」を必要とした。新たに獲得した「標準語」では、そういう独自な感性や発想に根ざした「思い」は充分に語りえなかったからである。「沖縄語（ウチナーロ）」では陽気で饒舌な人々も、「標準語」の支配する世界では次第に沈黙に追いやられる。また、新たな言葉の獲得は、その言葉に伴う価値観を受け入れる事に他ならない。多くの場合、それは自らの持つ価値観を否定することに繋がったから、それによって受ける傷は決して軽くはなかった。そしてそのような〝ことば〟と〝思い〟の乖離のもとで人々は「寡黙」にならざるを得なかったと言えるだろう。「山といふ山もあらなく川もなきこの琉球に歌うかなしさ」（長濱芦琴）明治四十三年に詠まれたこの歌には、沈黙に陥る一歩手前で辛うじて耐えている歌びとの姿を見ることができるはずである。

しかしやがて人々は次第に新しく獲得したことばに思いを託すようになる。「近代」が人々の生活の場に根を下ろすにつれて、近代の知的な概念を表現する語彙を持たない「沖縄語（ウチナーロ）」は舞台から退くことになり、それに代わって「標準語」が表現の場の大部分を占めるようになるのである。だが、沖縄の歴史の記憶、とりわけ戦争と戦後の体験の記憶は、人々に「標準語」に納まりきれない数々の深い思いを刻むことになった。そして人々は〝思い〟を託すことができる〝ことば〟を捜し求めることになる。冒頭に引用した仲宗根政善の文章には、そういうなかで〝ことば〟に対する信念を喪った姿が浮かび上がってくる。

しかしそのような切なる〝思い〟と〝ことば〟の隔たりは、戦争のような日常を越えた体験だけにあるのではなく、日常そのものの中にあった。

標準語にふかく染まりぬ祖母と母の針突にあをく透く手を離れ

標準語のつぺらぼうに使ひきて生き方もどこかちぐはぐである

（名嘉真恵美子『海の天蛇』一九九八）

これらの歌には、〝思い〟と〝ことば〟のねじれが強く現われている。新たに獲得した〝ことば〟が、祖母や母から離れることの代償としてしか実現しない現実、身につかない〝ことば〟の使用がそのまま自らの生きかたに対する違和を生み、生の不確かさを示すという現実である。

このような〝ことば〟と〝思い〟の乖離は、〝思い〟の切なさが募ったとき、人をして「吃音」に近づけるに違いない。思うに「吃音」は溢れ出る〝思い〟が〝ことば〟に転じようとして思い余って転じきれず、〝ことば〟に躓いて挙げる〝軋み〟にちがいないのである。

祖国より鳩を愛して青年は幽暗のごとく吃りき　夏を

なにゆえにわが倭歌《やまとうた》に依り来しやとおき祖《おや》らの声つまづける

にっぽんのうたの滅びを念ずれば西の涯よりあかねさしきぬ

これは一九七一年の暮れに出された新城貞夫歌集『朱夏』に収められた中の三首である。一九七一年といえば、翌年の「沖縄返還」を控えて政治の上でも社会的にも激しく揺れ動いた時期であった。「本土化」への傾斜と伝統的なものの崩壊が急速に進み、若い人々はその中で自らの拠り所を見出しかねて立ち尽くしていた。「祖国」への疑い、自分自身を支える「倭歌」と「とおき祖らの声」との分裂、「依り来し」「倭歌」でもって「にっぽんのうたの滅びを念」じざるを得ない矛盾。ここには、溢れる思いを容易に〝ことば〟に為しえずに躓く若者の姿がある。そしてそれらはおそらく新城貞夫ひとりのものではなかった。

数多くの人々が、歴史の記憶を抱え込み、自在に操れぬ「標準語」の壁に遮られて切ない〝思い〟を語りえずに、「寡黙」に生きてきたのが沖縄であった。だが、そういう時代も過ぎ去ったらしい。洗練された〝ヤマトグチ〟の間に〝ウチナーグチ〟や〝ウチナーヤマトグチ〟を忍び込ませることが、気の利いた修辞法にさえなっていると聞く。仲宗根政善のいう「ことば」の「かるさ」とは別の意味で、「ことば」はますます軽くなっていくのかもしれない。

(『沖縄を深く知る事典』「沖縄を知る事典」編集委員会、日外アソシエーツ株式会社、二〇〇三年二月)

知念正真作「人類館」を観る

十二月六、七日の両日、大阪の人権博物館「リバティホール」で、知念正真作・演出の『人類館』の公演があった。私が観たのは初日の夜の公演だったが、早くから大勢の観客が詰め掛け、ホールのロビーは観客の人いきれで溢れるばかりであった。聞けば、開場の一時間以上も前から当日券を求める人たちの行列ができたほどで、二日目の公演（昼・夜の二回公演）も同様だったらしい。一日目もそうだったが、二日目も補助席では収まらず通路に座り込んで観る客もあったと言う。この作品の公演がどれほど待ち望まれていたかを示しているという印象であった。

この芝居「人類館」は、一九〇三（明治三十六）年大阪で開かれた第五回内国勧業博覧会に合わせて「学術人類館」が設置され、アイヌや台湾の先住民などと共に琉球人の女性が一種の標本として〝陳列・展示〟された「事件」を枠組みとして、その中に方言札や沖縄戦などを盛り込んで、沖縄の近・現代をつらぬく差別の構造を、鋭い風刺でもって描いた作品である。一九七六年『新沖縄文学』に発表されたこの作品は、同年、「演劇集団創造」によって上演され大きな反響を呼んだ。その後、岸田戯曲賞を受賞するなど注目を集め、東京や大阪などの公演でも成功を収めた。しかし、これだけの注目を集めた作品でありながら、一九八七年の公演を最後に、劇団「創造」による公演は今日まで行なわれなかったのである（「公演パンフレット」による）。『沖縄文学全集』や『沖縄文学選』などで活字化されて、いわば「戯曲」として読む機会があるだけに、直接に舞台で接したいという思いは、多くの人が抱いていたことだろう。若い世代の間では上演への期待を込めて〝幻の名作〟などと称するむきもあったという。

今回の公演は、そうした実情を踏まえながら、さらに今年が〈「人類館」事件〉百年に当たることと、この作品の上演を通していまなお生きる現代日本の差別の歴史と構造を捉えなおそうということで、関西沖縄文庫に集うメンバーが中心になって《演劇『人類館』上演を実現させたい会》を立ち上げ、長い準備期間を経てようやく実現にこぎつけたものだという。このことは『人類館』の公演が単なる〝幻の名作〟の復活というノスタルジックな行為などではなく、まさに現在を問うものとしての意味を持ちつづけているということを示している。

だがしかし作者である知念正真にとって、これの上演は多くの躊躇を伴うものであったようだ。公演パンフレットに寄せた言葉では、時代の変化による「ずれ」や、取り上げた素材が現在の観客に理解できるかどうかについての不安を語っていた。その意味では知念の懸念は根拠がないわけではない。例えば、初演のあった一九七六年は、前年の所謂「海洋博」バブルの崩壊という悲惨な状況をうけた年であり、当時、劇中に流れた屋良主席の挨拶がシニカルな笑いを呼んだのは、そういう時代に生きた観客の思いが共有されていたからに違いない。しかし今となってはそういう思いの共有は求むべくもないのである。とすればそういう「ずれ」をどのように超えるかは重要な問題になってこよう。

今回の上演では、随所にその「ずれ」を超える試みが見られたが、前作との大きな違いは、「海洋博」に関わる部分が、調教師による「教育勅語」の朗読に置き換えられたところにあったと思う。そこには作者の狙いも明確に窺がえたし、観客の笑いを誘ってもいたが、その笑いは役者の滑稽な身振りによるもので、その限りでいえば「ずれ」が超えられたかどうか確認できなかった。笑いといえば、この日の舞台では役者の熱演と、観客の身構えが重なって、緊張した雰囲気は容易にほぐれず、この芝居の生命ともいえる「笑い」は充分に取れなかったような印象であった。翌日の最終の舞台ではしばしば笑いが起きたというのだから、十数年ぶりの上演というプレッシャーは双方にとってかなりなものであり、それが初日の舞台となったのだろう。

ところで、先に触れた「ずれ」だが、そういう問題は、多分作品としての骨格の明確な優れた作品だからこそ生ずるものなのであろう。その際、原典を生かすか、新たなバージョンを考えるかという問題が改めて浮上するけれど、今度の公演のあとで、さまざまな感想と共に例えば「海洋博」を〈県平和祈念資料館〉問題〉や〈沖縄サミット〉等に置き換えたらどうなっただろうなどと、勝手に熱くなって議論する観客の姿を見かけたのは、この作品の力と、それを受け止める観客との関係を示しているようで心強い思いがした事であった。

（『琉球新報』二〇〇三年十二月十九日）

偶感（三七）

去年の暮れ、十二月六・七日の両日、大阪の人権博物館「リバティホール」で、知念正真作・演出の『人類館』が上演された。これは昨年が〈「人類館」事件〉百年に当たりそこで改めて「人類館事件」の意味をとらえ返すこと、同時にこの作品の上演を通して今も色濃く影を落としている近・現代日本の差別の歴史や構造を捉えなおそうという意図でもって、関西沖縄文庫に集う沖縄出身者やその二世や三世などのメンバーが中心となって「演劇『人類館』上演を実現させたい会」を立ち上げ、長い準備期間を経てようやく実現にこぎつけたものである。

この「実現させたい会」に集まった人達は『人類館』の公演に先だって、「人類館事件一〇〇年を問う連続企画第一弾」として八月十六・十七の両日、事件の舞台となった「第五回内国勧業博覧会」跡地のフィールドワークと愛知教育大学の松田京子氏を招いて講演会を催しただけでなく、同企画の「第二弾」として十一月には「ぬーがぬーやらぬーんわからん」というタイトルで「佐渡山豊ライブ」と「講演会とパネルディスカッション」を開いている。

こういう一連の取り組みの中に「演劇『人類館』上演」が位置付けられているところに、この作品の意味を再確認し、これを通して現在を問い返そうという「上演を実現させたい会」の意図は現れていたと言えるだろう。そして多分その意図は『人類館』の公演を待ち望み、上演の際に会場を埋め尽くした多くの観客にも充分伝わったにちがいない。無論、これによって状況がドラマチックに変化するわけではないが、公演パンフレットに収められた作者である知念正真氏を囲む座談会を始め多くの発言に見られるように、少なくとも問題の焦点が明確に見えてきたと言えるはずである。その意味ではこの一連の企画とその実現（パンフレットの作成等を含めて）は画期的なものとして長く記憶されることになるという気がする。

ところでこの知念正真作『人類館』は、一九〇三（明治三十六）年大阪で開かれた第五回内国勧業博覧会に合わせて「学術人類館」が設置され、アイヌや台湾の先住民などと共に琉球人の女性が一種の標本として〝陳列・展示〟された「事件」を枠組みとして、その中に方言札や沖縄戦などを盛り込んで、沖縄の近・現代をつらぬく差別の構造を、鋭い風刺でもって描いた作品である。一九七六年『新沖縄文学』に発表されるとともに、同年演劇集団「創造」によって上演されて大きな反響を呼んだ。その後、一九七八年には岸田戯曲賞を受賞するなど注目を集め、東京や大阪などの公演でも成功を収めている。だが、これだけの注目を集めながら、一九八七年の公演を最後に、劇団「創造」による公演は今日まで行なわれなかったのである（「公演パンフレット」による）。

それから今日まで二十年近くもの空白を経て、今回上演の運びとなったのだが、それだけに「なぜ、今『人類館』なのか」という問いかけは、知念正真の自問だけに留まらなかったはずである。公演パンフレットによれば、「関西沖縄文庫のメンバーに『百年たっても本質的なものは変わってはいない』と聞かされ」て再演に踏み切ったと語っているが、しかし実はもっと切実な危機感に突き動かされて、メンバーはこの企画を強力に押し進めたし、その思いを受け止めたからこそ知念は多くの躊躇いを感じながらも再演に踏み切ったように思える。

その危機感というのは、直接には〈見る＝見られる〉

という暴力的な関係とその反転する構造が、「沖縄人」としてのアイデンティティーの根拠を見え難くしていることによるものには違いないが、そればかりではなく、「拉致事件」や自衛隊の「イラク出兵」に象徴されるような、近年の日本という国全体の急激な変貌が、新たな差別の構造を作り出し始めていてそれが〈見る＝見られる〉関係性の中に装いを変えて息づき始めたことを感じ取っているように見えてくるのである。

これは演劇としての『人類館』を「琉球人」に対する差別の問題に止めず、広く「人類館事件」として日本近代の植民地主義の形成という歴史的な文脈で捉えなおそうとする近年の読みに遠く呼応するものだろうが、それとともに、両者が先に述べたような危機感を共有するところに由来すると言った方がよいように思われる。

『人類館』が上演された数日後、十二月十九日の琉球新報で『人類館』上演を巡る反響を伝える記事があったが、その中で「今後もこの問題に取り組み、将来は韓国の人たちから見た人類館の演劇を作り」たいという「演劇『人類館』を実現させたい会」の金城馨氏の抱負を紹介していた。この言葉はおそらく大阪での公演に集まった多くの観客に共通する思いを伝えるものであったろう。そしてそれは「人類館事件」そのものが近代のアジアの中での日本の形を炙り出したという事実に由来するものには違いないが、知念正真氏の作品がそのような形できわめて刺激的に観客の想像を広げる力を持っていたことを証し出すものであったという気がする。

（『けーし風』第四二号、二〇〇四年三月二十日）

偶感（三九）

八月十三日の午後二時過ぎ、沖縄国際大学に普天間基地の米軍ヘリコプターが墜落した事故は、衝撃的な出来事だった。だが、正直なところ僕の場合は奇妙なねじれを伴った記憶として残っている。その日、所用があって、ニュースに接する機会がなく、事故の様子は夜遅く帰宅したのちテレビニュースを通して初めて眼にしたのであった。最初は、その映像はどこか既視感があって、にわかに現実とは思われず、翌朝のテレビ映像で繰り返し目にするようになってようやくことの重大さを実感するようになったのである。如何に自分がメディアの映像に慣らされていたか、改めてほぞを噛む思いで自覚させられたことであった。

この事故については、新聞などマスメディアで多くの人が言うように、このことによって人が傷つけられることなく済んだのは、やはり奇跡とより言うしかない。いま考えると墜落現場から四、五〇メートルも離れていないところにガソリンスタンドがあったのだから、もしそこに落ちていたらどれだけの大惨事になったか、と思うとぞっとする。また、これも多くの人が口にすることだが、米軍基地の存在が如何に危険をもたらすものであるか観念的には充分に承知しているつもりであったが、日常生活のなかですっかりそれに慣らされて危険を忘れていることに気づかされたということがあった。

さらに、墜落から後片付けまでの一連の流れの中で、否応なしに直面したのは、沖縄がまさに戦場そのものである、ということであった。二〇〇一年九月十一日のニューヨークの世界貿易センタービルが自爆攻撃によって破壊されて後〝世界が変わった〟と言われるが、その変化は「戦場」と「非戦場」の間に区別がなくなったということに示されている。自爆攻撃そのものというよりも、その後のアフガニスタンやイラクに対するアメリカの軍事作戦がそういう事態を世界的に拡大・助長したと言えるが、いずれにしても、米兵の意識の中では沖縄も戦場に他ならず、従って沖縄側に向けての対応も戦場におけるそれと異なったものではないということ、そしてそういう状況に対する認識のずれが、今度の事故現場での米兵と沖縄側との摩擦の原因となっていると言えるだろう。こういうことは日常の接触では露わにならないしまた忘れられがちだが、今度のような危機的な状況では顕在化されるだろうということが、今回の事故で明らかになったと思うのである。

ところで、今度のニュースに接して咄嗟に思ったことは、事故現場となった沖縄国際大学ばかりでなく、普天間基地の周辺に住む人々の恐怖と怒りがどれだけ大きいかということと、その怒りがどれだけの規模でもって共有され持続されるだろうか、ということである。そうして次に思ったのは、その怒りを普天間基地の撤去まで保持し続けることができるだろうかということであった。というのは、一九九五年の少女暴行事件以後の沖縄の状況は、当時の怒りをすっかり忘れ去っているかのように見えるからである。

考えてみると、一九五〇年代半ばの〝島ぐるみ土地闘争〟以後その繰り返しであったような気がする。事件や事故が起きるたびに、人々は憤激でもって大きな盛り上がりを見せるが、数年もたたぬうちにすっかり沈静化し、一見何ごともなかったかのような平穏な状況に戻る。その間にあって、怒りを持続し努力する人たちもいるのだが、それは当事者と周りの少数の人たちに限られてしまうというその繰り返しであったように見えるからである。正直なところ、今回も同じことの繰り返しにならなければよいがという気持ちになることは避けられなかった。

だが、その後の一連の動きを見ていると従来とは異なった新たな動きが出てきて、それが今後の基地撤去の運動の方向を形成するのに一定の役割を果たしそうな気がする。それは一つには問題の焦点がきわめて明白であり、人々の意思を結集しやすいという今回の事故の性格に依るが、結果としてそれが個人の自発的な運動への参加を促しているということがあって、例えば大学人の場合に見られるように、それがこれまで結びつきのなかった人々の間に新たな結びつきの契機を作り出そうとしているということがあるのだ。あるいはまた、沖縄国際大学の学生たちがさまざまなかたちでこの問題に取り組み始めたというニュースは、若い世代での関心の拡がりを意味するに違いないし、そこから新しい発想と多様な運動の形が展開されるだろうという期待もある。

そういう新たな動きが注目されるのは、基地問題の解決を基地問題という枠の中に留めるのではなく、他の社会的な諸問題と絡ませながら、いわば現実のあり方の変革という拡がりのなかで考えようという動きとの結びつきを窺わせるからである。この動きは、辺野古基地反対の運動がジュゴン保護など環境問題と密接な関わりを保ちながら運動を展開しているそういう動きの延長線上に位置するに違いないが、今度の新しい動きがそういう性格のものである限り、従来とは違った持続的なものとなるだろうという気がするのだ。

むろんことは簡単ではない。例えば普天間基地撤去に示されるこのエネルギーがそのまま辺野古海上基地設置の阻止に向けられるという保証はない。だが、一方では運動のありかたの転機とするためにさまざまな工夫と検証を行なう絶好の機会が訪れたのではないかという気もしている。

（『けーし風』第四四号、二〇〇四年九月二十日）

偶感（四〇）

去る十一月二十八日の琉球新報社会面の紙面構成は極めて強い印象を与えるものとなっていた。紙面の右半分を「沖国大米軍ヘリ墜落事故」問題と「辺野古の米軍基地建設」問題をめぐる話題が占めていて、ヘリコプター墜落事故以降の沖縄の「基地撤去」要求運動の多様な拡がりを浮き上らせる形になっていたのである。紙面構成がまさに現在の運動のあり方を象徴的に現しているように思えたことだった。

紙面の構成について説明するのは容易ではないが、まず、右端に白抜きの活字で五段にわたって大きく『記憶の壁』保存を訴える」という見出しで、沖国大で開かれた「米軍ヘリ沖国大墜落事故の傷跡を残す」一号館（本館）の『記憶の壁』保存をめぐる公開シンポジウム」の模様を伝えている。そしてその左には囲み記事で琉球大学附属小学校三年の児童が米軍ヘリ墜落事故を受けて制作した「大壁画」と、それを制作した児童たちを写真で紹介。さらにその下には、キャンプ・シュワブ第一ゲート前の蠟燭の灯火の下で静かに辺野古基地建設反対のアピールをする「サイレント・キャンドル」の模様を写真入りで報じ、続けて基地の県内移設に反対する県民会議のメンバーが那覇防衛施設局に「ボーリング調査の即時中止」を求めたというニュース、宮古の「下地島の軍事利用に反対する宮古郡民総決起大会」の予告記事を掲載していたのである。それぞれ違ったところで別々に行なわれた行動が、こうして一枚の紙面に構成されると、それが一つの曼荼羅となって立ち上がってくるような迫力を持っていたのであった。

前回、『けーし風』第四四号の「偶感」（三九）で、私は米軍ヘリの墜落事故以降の基地撤去運動に、従来とは異なった新たな動きが感じられるとし、その例として大学人の大学の枠を越えた結びつきが始まったことや、沖国大学生の動きについて触れた。そしてそこから従来の運動のあり方とは違う、基地撤去運動の新たな方向が形成されるだろうという期待を述べたのであった。が、今こうして八月十三日以降の動きを見ると、まさしくそういう新たな運動が地に着いた形で展開し始めていて、その日の紙面は普天間・辺野古をめぐる現在の沖縄の新たな方向、動きの多様性と拡がりを象徴的に現すものとなっていたような気がしたのである。

ところで、その新しい動きは様々な形で現れているが、そのなかでも特に若い世代の活躍が目立つような気がする。これまで、運動の中では若い世代の参加の少ないことが嘆きの種にされていたが、今回は全く様子が違う。しかも、単に数が増えたばかりではなく、自分たちの発想でもって工夫し、独特のスタイルでもって活動を展開してこれまでとは違う様相を見せているのである。今回の事件で言えば、例えば「石川真生写真展」がニューヨークで開かれるのに合わせて、沖国大の学生二人がニューヨークに乗り込み現地の学生と事件について直接話し合うという試みをしている。こういう個人的にニューヨークに直接乗り込んで議論をしようという発想や行動力は、従来の運動には見られなかったものである。

むろん、こういう運動への取り組みのあり方や発想は、今この時期にいきなり出てきたものではないだろう。例えば、若い世代を中心とする「平和（ぴょんふぁ）会」のメンバーが、従軍慰安婦問題と取り組む中で、「ナヌムの家」を訪問して、直接被害者女性の「生の声」を聞いたり、「琉球弧の先住民族会」のメンバーが、国連の先住民族作業部会に乗り込んで、直接訴えようとする発想や行動性と共通するものをそこに見ることができるはずである。

あえて言えば、そこには、若い世代の基地問題や平和運動を沖縄内部に閉ざすのではなく、国際的な拡がりのもとで捉えかえす姿勢が窺えるし、また、基地問題を社会の他の問題と切り離して特別な問題としてみるのではなく、沖縄の抱える多くの矛盾のなかに位置付けて捉えようとする視点さえ存在すると言えるはずである。さらにそういう行動性は、例えば「黒川温泉」問題（ハンセン病回復者が温泉に入ることを拒否された事件）が生じた時に、「喜んで一緒にお風呂に入ろうじゃない会」を立ち上げてハンセン病差別にユーモラスに抵抗する感性や、〈運動を楽しく〉というあり方ともどこかで繋がっているに違いないのである（むろんこれらの運動を担うメンバーが重なっている所為もあるだろうけれど）。

これまで、主として若い世代の新たな動きを取り上げてきたが、むろんそういう多様性は若い世代だけに留まらないし、このような運動の新たな性格は、今回のヘリコプター墜落事故によってまき起こった反基地・平和運動に留まる一時的なものではなく、従来とは異なる新しい質の運動として展開するだろうという気がする。そうしてそういう自らの工夫でユニークな運動を展開するという自立的な発想は、絶えず新たな創意を招き寄せるに違いないし、そこで獲得した運動のあり方は、従来の運動が政治的な性格に傾きがちであったのに対して、もっと根元的な人間としてのあり方に関わる性格のものとなるだろう。その意味では、これは一種の「文化運動」と言って良いと思う。

もしそうだとすればそこに求められるのは、当面する目的をその後の展開との関わりのもとでどのように位置付けるか、と言うことになるだろう。そして運動が当面の成果を獲得するに留まらず、社会や人間のあり方に関わる「文化運動」としての性格を、強めているだけに、これからの動きは注目に値するだろうと考えている。

(『けーし風』第四五号、二〇〇四年十二月二十日)

〈記憶の声・未来への目〉戦後文学

沖縄の戦後六十年をあらためて振り返ると、その変化の激しさに眩暈がするような思いにかられる。正直なところ自然環境や社会のありよう、あるいは風俗や社会の仕組みなどがこれほどの変化を見せようとは思いもよらなかった。時の流れの中ですべては変化するのだと分かっているつもりだったのだが、その変貌の大きさや変化の速度は遥かに予想を超えるものだった。中に、一見変わらずにあり続けるようなものが目に入らないわけではないが、見かけはそうだとしても中身がかなり変化していることを感じさせるものが多い。

そしてその変化は、一九七二年の沖縄返還後、加速度をつけて進んでいるように見える。とりわけこの数年の変化は著しい。先日、新都心と称される一帯を所用で通り過ぎる機会があったが、一瞬、別世界に紛れ込んだ気分に見舞われた。かつてそこが米軍の「家族部隊」のたむろする基地の一つであったという痕跡はどこにも無い。

フェンスに囲まれた広大な敷地の青々とした芝生の

上に散在する洒落た家々の形を記憶に留めているのは、すでにかなりな年齢に達した世代以上に限られていること、若い世代にとってそれは想像もつかない風景になっているだろうことをあらためて感じさせられたことだった。そして、その新都心なる場所の風景の変化に、沖縄の変化の象徴を見る思いがした。あえて言えば「物作り」の現場から遠く隔たった消費生活文化の華開くこの場所が、戦後六十年の基地依存経済構造によって作り出された沖縄の「風景」を象徴する、いわば「戦後六十年」に最もふさわしい場所かもしれない、という気がしたものである。

むろん、これは言うまでも無いことだが、そういう激しい変化は「風景」に留まらず、あらゆるものに及んでいることだろう。そしてその変化は外から強いられて変化を余儀なくされた外発的なものもあれば、状況の変化に向き合う中で自ら変化した内発的なものもあるに違いない。が、「文学」をそういう変化の流れの中に位置付けて見ると、その変化は比較的確かな足取りで進んできたという気がする。言い換えれば文学はその間に多少の曲折や凹凸があるにせよ、基本的なあり方としては「内発性」を保ってきたといえるだろう。そういう風に言えば、それは甘い評価だと言われるだろうけれど、作品の出来栄えや取り組み方に問題があったとしても、総じて言えば、表現者の多くは沖縄の現実に真摯に向きあって来たし、そのことが「内発的な」変化をもたらしたといえそうに思うのである。

文学がそのように内発性を保ち得たのは、戦後の出発期に、外部からの影響を受けることが少なく、いわば手探りで自らの文学的立場や方法を見出さなければならなかったことによる。そしてその後二十七年もの間、アメリカの植民地的な統治下で「沖縄人」としてのアイデンティティーを追求する役割を文学が担いつづけたことによると言えるだろう。

一九四五年、戦争終結とともに米軍占領下に置かれた沖縄は、文化活動はいわばすべてを喪った所から出発した。戦火を免れた先島諸島などに若干の蓄積が残されていたものの、活動の中心となるべき本島の都市部では基盤となるべき条件を著しく欠いていた。そこでは何よりも生活を維持することが優先され、文化は文字通り人間の生活する上で必要とされる場面において機能するものが求められたのである。

文学もその例外ではなかった。それは、例えば戦火の恐怖から解放された歓びや、生活の困難を訴えるいわば即自的な表現から出発したのであった。その意味では、作品のレベルは高くなかったとしても、その営みは自己表現の原点に根ざしていたといえるだろう。

沖縄はその後中華人民共和国の成立、朝鮮戦争の勃発とともにアメリカの前線基地として整備され、各地で強制的な土地収用が行なわれるとともに、住民は所謂、反共軍事体制にもとづく植民地的な支配下に置かれることになった。そういうアメリカの支配に対して「島ぐるみ」土地闘争などさまざまな反発や抵抗が行なわれ、一九七二年の「返還」までの二十七年もの間、沖縄ではアメリカとの間にさまざまな確執を伴う緊張した関係が続いたのであった。

恐らく、そういう厳しい状況は人々にそれぞれのアイデンティティーの根拠を求めさせるに違いない。そしてそれは「個」としてのアイデンティティーが同時にそれぞれの生存する「場所」と大きくかかわっていることの自覚を促し、アメリカという異質の文化を持つ支配者に、自らを対峙させるための根拠としての「沖縄」が新たな意味を担い始めたのである。そしてさらに、一九七二年の沖縄返還が、必ずしも「沖縄人」の求める内容のものでなかったことが、あらためてこの問題について再び向き直らせることになった。

先に、沖縄の戦後の文学は「沖縄人」としての敗戦とそのアイデンティティーをめぐる諸問題を主要なテーマとして表現したと述べたが、このことと密接にかかわる形で取り上げられた題材として、「沖縄戦の記憶」と「沖縄とアメリカの関係」がある。

沖縄戦の記憶についていえば、これは人々にとって生死にかかわる未曾有の体験であって、その記憶が強烈であったために、それを対象化するのに長い時間を必要とした。従って、戦争の記憶は、当初は「記録」や「証言」として語られることが多く、「文学作品」として一般に取り上げられるようになったのは一九六〇年代後半からである。

このように、「戦争の記憶」が数多く語られたり、文学作品のテーマやモチーフとなったのは、沖縄戦がまさに庶民の生死を左右し、日常生活を破壊する出来事であったこと、同時に、戦火が狭い地域で繰り広げられたことによって、多くの人と共有する「共同の記憶」としての性格を強く帯びるようになったからだと言えるだろう。そうしてそういう記憶の「共同性」が人々の横のつながりを強め、「沖縄人」としてのアイデンティティーを強化することになったが、数多くの沖縄戦の証言や記録が残された背後には、そのようなアイデンティティーにかかわるものとして戦争の記憶が深々と横たわっていたし、そのことが沖縄戦の記憶をモチーフとする文学作品を生み出す主要な契機ともなったのである。

しかしながら、「戦後六十年」という時の流れの中で沖縄戦を直接体験した世代は次第に減ってきている。おそらく記憶の風化も避けられなくなっているに違いない。とすれば、「戦争の記憶」をどのように継承するかは、より切実な課題となる。戦争についての客観的な記録が求められるのは言うまでもないが、それとともに悲惨な記憶に刻まれた「心の動き」を伝える試みも、より多く求められるだろう。個人の出合った事実よりも、その事実がその人のその後の生き方にどのようにかかわっているかを語ることが、非体験者に戦争をより身近なものとして受け入れる契機となるとすれば、自らの記憶を肉声で語る語り部たちの存在はいよいよ大きな意味を持つことになるし、それと同じように、戦争の悲劇を人間の内面からとらえ返すことでよりリアルに感受させる文学の働きも今後ますます重要になってくるだろうと思う。

また他方には、悲惨さの故に「語り得ぬ記憶」があって、それゆえに沈黙しつづける体験者も数多く存在する。そういう体験者が口を開いて語りだす状況を作り出すことも重要だが、同時に、その沈黙の裏に広がる世界を豊かな想像力で持って描きあげること、それによって戦争の記憶を持たない世代に戦争の持つ意味を明らかに示すことも、文学の今後担うべき課題の一つに違いない。また最近、憲法九条の見直しが叫ばれるなど、戦前回帰のただならぬ雰囲気が強まりつつある。そういう時期だからこそ軍隊と一般民衆とを区別なく戦禍に巻き込んだ沖縄戦の記憶を通して、ナショナルアイデンティティーのあり方を検証することも重要な意味を持つに違いない。

次に、沖縄の戦後文学の特徴の一つとして、沖縄（人）とアメリカ（人）との関係をさまざまな形で描いた作品が数多くあることが注目される。これは、沖縄が戦争直後から米軍占領下に置かれ、その後引き続いて二十七年もの間アメリカの植民地的支配下にあったのだから当然と言えば当然のように見えるかもしれない。しかし、これほど数多くの作品が文化の異なる支配者と被支配者の関係をさまざまなレベルで、しかも多様な側面から描いたことは注目されて良いだろう。一九五〇年代のアメリカへの抵抗をモチーフとする作品をはじめ、米兵と娼婦との交渉の中に植民地的支配をひそかに寓喩した作品、あるいは軍隊の秩序の中で呻吟する下級米兵や、米軍内の人種対立を取り上げた作品など、さまざまな内容の作品がそこには見られるのである。

その内容には、沖縄（人）とアメリカ（人）の政治的な関係が反映されている様子がうかがえるが、それとともに、基地周辺で日常的に数多くの米兵と接触することで生じる「異文化の衝突」の具体的な形を見ることができるのである。そういう日常的な接触は沖縄（人）の中にファノンの言う「白い仮面」に対する欲望を産み出すこともあったのだが、それらを含めて、この異質な文化を持つ「他者」との交渉が日常的に成立するという状況は、沖縄のアイデンティティーの形成に大きくかかわるものとして文学のテーマとなったと言えるだろう。

近年国境を超えた人々の交流が増してきている。これから先、その動きは強まるに違いない。とすれば、戦後の被統治下の体験をとらえ返すことは、国境にとらわれない人々の結びつき、とりわけ似たような体験を持つアジアの人々との新たな結びつきの可能性を探る試みとしても重要な意味を持つに違いない。そして沖縄の戦後文学はそのための手がかりを残してくれていると考えている。

（『沖縄タイムス』二〇〇五年三月十五、十六日）

牧港篤三氏を偲んで

私が牧港篤三氏の知遇を得たのはそれほど古いことではない。多分、氏が『新沖縄文学』の創刊に携わり、初代編集長として活躍された一九六六・七年以後のことと記憶している。

むろん、沖縄の戦後を代表する詩人として、氏の名前は知っていたし、作品の幾つかはそれ以前から読んでいた。一九五〇年に沖縄タイムス社から刊行された『鉄の暴風』の執筆に太田良博氏とともに当たったこと、沖縄タイムス紙の創業にメンバーの一人として参加し、同紙の主として学芸面を担当していたことなどは文学に関心を寄せるものには広く知られていたはずである。

一九五六年『琉大文学』が反米的な表現のために発禁処分を受けたのち、翌五七年「沖縄文学の会」が結成されて会誌として『沖縄文学』が刊行されたことがあった。それと並行する形で詩人たちの集りである「沖縄詩人グループ」が結成されて同人誌『環礁』が同年七月に刊行されている。このグループは『琉大文学』で詩を書いていた新川明、松島弥須子と、「珊瑚礁同人」の船越義彰、大湾雅常、池田和などが合流して発足したものであるが、その主要なメンバーとして牧港氏も加わっていた。だから、牧港氏に近づく機会はあったはずだが、私の場合はどちらかといえば詩よりも小説に関心があったから、それには加わらず、そのために牧港氏の知遇を得る折角の機会を逃したのであった。その翌年に私は上京、しばらく沖縄の文学活動とは無縁の歳月を過ごすことになったので、その間の牧港氏の動向については知ることはなかった。

十年近くの東京での生活を切り上げて一九六〇年代の半ば帰郷したが、それから暫らくは氏と接触する機会も無く、またそれほど接触しようという意欲もなくて過ごしていた。冒頭に述べたように、接する機会が増えたのは氏が『新沖縄文学』の編集長として活躍することになったのちのことであった。

その頃になって接する機会が増えたのには理由がある。その一つは私のほうで沖縄の戦後文学の歴史について興味を持ち、戦後の文学活動を調べようと思い立ったことである。調べを進めるなかで牧港氏が戦前から戦後にかけて着実に詩表現を試み、優れた作品を発表し続けているほとんど唯一とも言うべき詩人であることを知り、改めて氏についての関心を強めたのであった。とりわけ印象に残っているのは、敗戦直後、宜野座にあった古知屋収容所に収容されていた時期に、「アメリカ軍の支給するライスの袋をはがして手製の手帳をつくり」、詩を書き出したというエピソードである。ここに、詩人として生きざるを得ない数少ない存在として、氏の生き方が示されているという印象を受けたのであった。ちなみに、氏と同じように戦前から戦後にかけて活躍した詩人に、村野四郎や草野心平らと共に将来を嘱望された仲村渠がいて、牧港と一緒に同人誌『那覇』などを出していたこと、また戦後最も早い時期に『うるま新報』などで数多くの優れた詩を発表していたことを知ったが、私が沖縄の戦後文学に関心を持ち始めたころには、仲村渠氏は既に他界して直接接する機会はなかった。

このように言えば私の牧港氏への関心は、いわば研究対象としての知的興味であったかのように見えようが、実際はそのことよりも牧港氏が『新沖縄文学』の編集をはじめたその頃から、自らの戦争体験を率直に語り始めていて、そのことがより強く氏の人となりについての関心を抱かせたのである。何となく仲宗根政善氏に似たところがあるという印象を受けたことであった。

もっとも、それ以前に氏は戦争の体験を語らなかったわけではない。先にふれた古知屋収容所で詠んだとされる詩、「村」と題する一連の作品の他、「OFF LIMITS」「手紙」など『牧港篤三全詩集＊無償の時代』の冒頭を飾る詩篇は、収容所の生活や心象風景、そして戦争の記憶を刻み込んだ作品群である。しかし、そののち一九六〇年代後半、『新沖縄文学』を創刊して編集に携わると共に、再び精力的に詩作に打ち込むようになるまでの間は、おそらく苛酷な戦争の記憶とまともに向き合った作品は書かれなかったように思う。少なくとも、一九五〇年代から六〇年代前半にかけての牧港氏の作品には、同人誌『環礁』に発表したもの以外に、これといって印象に残るものはなかったという気がする。

氏がその間詩から遠ざかったのには様々な理由があったはずである。沖縄タイムス記者として活動していたこの時期には、個人としての対外的な発言を慎んだということがあるのかも知れない。いずれにせよこの時期については今後の検証に待たなければならないだろうけれど、何よりも、この時期の牧港氏は、自らの戦争についての責任を自らの中で問い直していたために戦争の記憶を作品化する余裕がなかったのではないかというのが私のひそかな想定である。

これはずっと後、一九八〇年代に入ってのことであるが、牧港氏は川満信一氏との対談で「僕は今でも自分が戦犯だという気持ちが強い」と語ったことがある（『新沖縄文学』七二号、一九八七年）。「今でも」というのは言うまでもなく八〇年代のことであろうが、この時期にはすでに「平和をつくる百人委員会」結成（一九七二）に参加、沖縄戦を主題とする儀間比呂志との詩画集『沖縄の悲哭』の出版（一九八二）、「沖縄戦記録1フィートの会」副代表（一九八三）を勤めるなど平和運動に積極的に関わり、自らの編集する『新沖縄文学』誌上で、戦争体験について創作や詩、エッセイなどで積極的に語るようになっている。従って、「自分が戦犯だ」という意識で詩作から遠ざかったとすればそれは五〇年代後半から六〇年代にかけてのことであろう。そしておそらく、この時期に沈黙の中で戦争の体験と向き合ったことが、六〇年代後半からの積極的な発言を支えることになったものと想像される。

ところで、それではその沈黙の時期に牧港氏がどのような思いで過ごしていたかは、まだよくわからない。一九六五年四月に弘文堂から刊行されたエッセイ集『沖縄精神風景』にはその頃の氏の心境が反映していると思われるが、その語り口はどこか韜晦して、歯切れが悪いような気がして馴染めなかった記憶が残っているのである。このエッセイ集は「日本とアメリカの谷間で」と副題にあるように、日本「本土」に対する沖縄の屈折する意識や、アメリカの統治のあり方に対する批判、あるいは当時の社会風俗などさまざまに取り上げている。いま読み返すと、その論点の中心にあるのは、その後一九七二年沖縄返還前後に盛んに主張された「同化」と「異化」論議を先取りするものであったことが理解されるが、しかしその当時は語り口にいくらかシニカルなニュアンスがあって、何となく当時の沖縄の状況についての傍観者的な姿勢を感じたように記憶している。たしかに、その感受するところは鋭く、指摘する言葉には有無を言わせぬ力があったが、沖縄の現実とほどほどに距離をおいたような言辞は、ある種の評論家のようなクールな感じを与えるものだったという気がする。

いま考えると、この時期の牧港氏が、自分自身の戦争体験と向き合うなかで、自らを「戦争犯罪者」として厳しく問い詰めていたとすれば、六〇年代初めのその頃、早くも戦争の記憶を振り払って消費ブームの生活を謳歌しているかに見える沖縄の現実に対して、シニカルな姿勢をとるのも無理はなかったといえるだろう。だが、そのような事情を知らない当時の私にとっては『沖縄精神風景』はどこか違和感を覚えるものだったという記憶が残っているのである。

そういう、牧港氏に対する違和感が払拭されたのは、繰り返し記すように、氏が『新沖縄文学』の編集者となり、戦争体験を含め沖縄の現実に対して率直に発言するようになった一九六〇年代後半からである。その頃になると氏の書いた作品やエッセイを読むだけでなく、何かと、日常的な接触の機会も増え、なまの声でその思いを知ることになった。コーヒーの好きな氏に合わせて喫茶店のはしごをしたり、「詩画展」など幾つかの企画を共にするなかで、氏の人柄や考え方をいくらか理解するようになったと思う。

冒頭に記したように私が牧港氏の知遇を得たのはそんなにふるいことではない。だから氏について私が知ることは少ないだろうと思う。しかし、その長くはない接触の中で私が知ったのは、内に秘めた激しさと厳しさを、柔らかな物腰と穏やかな微笑みでそっと包んで差し出すといった印象を与えるそのたたずまいと、戦争体験を最もまともに生きたその生涯であった。

いま、戦争体験の風化が指摘されるばかりか、戦争前のきな臭い匂いさえ漂い始めている。戦争の記憶を語る人も少数となった。このような時期だからこそ、こうした状況の到来を早くから憂えて戦争の記憶を語りつづけた牧港氏のあり方は一層貴重なものに見えてくる。自らを「戦争犯罪人」として厳しく問いつづけたその生き方は、詩人としてばかりでなく人間として大切なものを教示しているように見える。その意味で、牧港氏がこの世を去ったことで私たちが失ったものがどれほど大きいか、改めて実感しているところである。

（『うらそえ文芸』第一〇号、「うらそえ文芸」編集委員会、二〇〇五年五月）

偶感（四二）

これは、別のところで何度か触れたことであるが、沖縄戦の記憶といっても私の場合は、口にするほどの苛酷な体験があるわけではない。数え年でいえば十一歳から十二歳、国民学校の四年生から五年生にかけてのその頃、私の住んでいた宮古の平良町では、沖縄島での激戦を他所に比較的のんびりした日々を送っていたという記憶がある。

もちろん、アメリカ空軍による空襲によって市街地の大半が焼失したり、輸送手段を失って途絶したために食糧難に陥ってひもじい思いをしたこと、マラリアの流行で少なからぬ犠牲者が出たことなど、戦争による被害が無かったわけではない。しかし、沖縄島周辺離島や中南部、山原や島尻で多くの人が味わったような悲惨を実際に体験することはなかった。

私自身の記憶をいえば、ある日、避難先から空襲をうけて真っ赤に夕空を染めて燃え上がる町の様子を呆然と眺めたこと、空襲が終わって兄と二人で避難先から帰宅する途中一機のグラマン戦闘機からいきなり機銃掃射をあびて肝を潰したことくらいが、戦争の記憶らしいものとして残っている。

食事にしても、戦争が激化する前と後で中身はそれほど違ったものではなかった。宮古のような貧しい島では戦前から甘藷を主食とし、島で取れる魚や野菜で毎日を送っていて、豚肉などは元日などの「ハレの日」に僅かに口にするだけだったから、戦争で孤絶しても食事の内容が大きく変化することはなかった。さすがに量の上では以前に較べてかなり少なくなり、たえず腹を空かせていた記憶は残っている。

食糧といえば近所に宮古上布の工場があって陸軍の糧秣が保管されてあった。夜半そこに朝鮮人軍属が忍び込んで玄米を生のまま口にしておなかを壊したり、忍び込んだところを見つかって酷く殴られる様子を眼にすることもあった。工場の周辺には、消化できないまま排出された玄米を含んだ糞が、幾箇所にも垂れ流されていた。今思うとその背後には食事だけではなく差別問題など朝鮮人をめぐる深刻なドラマが展開されていたに違いないが、それらは全く理解の外にあった。

戦争の激化して後の記憶よりも、私にとって強く残っているのはそれ以前の「小国民」として鍛えられた時期の記憶である。当時は国民学校三年生になると「大日本愛国少年団」の一員としてさまざまな訓練を受けた。暑い日差しの校庭で分列行進を繰り返しさせられたり、手旗信号やモールス信号を暗記させられたりしたものである。毎月八日は、「大東亜戦争」の開戦を記念する「大詔奉戴日」と称して早朝の暗がりのなか、神社の清掃に駆り出されることもあった。その他、竹槍の訓練や空襲から身を守るための防空壕への退避訓練などさまざまな訓練を受けたのだが、少年にとってそれらはどちらかといえば、単調で退屈な日常を打ち破るアクセントのようなものであった。同世代の中に、当時を振り返って自らを「愛国少年」だったと自省する人もいるが、時代の動きに鈍感な私のような少年にとって、それらがどういう意味をもつのかは全く理解できないばかりか考えることさえない「遊び」の延長でしかなかったような気がする。

しかし今考えると、むしろそれだからこそその影響は大きかったと思う。意味のわからぬままに肉体化される事によって、その後の生き方が無意識のうちに規制されることが多いに違いないからである。

戦後六十年を過ぎた今頃でも、無意識に口ずさむ歌が「軍歌」であることに気がついてうろたえることがある。〈ああ　あの顔であの声で　手柄頼むと妻や子が　ちぎれるほどに振った旗……〉とか、〈若い血潮は予科練の　七つ釦は桜に錨……〉、あるいは〈ラバウル航空隊〉、〈貴様と俺とは同期の桜……〉などどうやって覚えたのか次々と出てくるのである。もっとも、うろ覚えの個所があったり、途中であとが続かなかったりするものも多いが、それにしても十数曲もの軍歌が記憶に残っているのには我ながら驚く。しかもこれらの歌の多くは「教育勅語」のように強制されて覚えたものではなく、日常の平凡なあれこれの出来事と共に自然に肉体化されたものなのである。おそらく現在の小学生や中学生がｋｉｒｏｒｏの『未来へ』やＢＥＧＩＮの『島人ぬ宝』を受け容れるように、当時の少年だった私（たち）もそれを受け容れたに相違ないのだ。破綻へ導くものは狼の仮面を被って現れるよりも、つぶらな瞳の愛くるしいチワワのように身近に寄り添ってくるのかもしれない。

もう一つ、戦争の記憶よりも身に沁みる痛みを伴って記憶するものに、戦後復員した兄が戦争中に罹患した結核で数年も経たずに死亡したことがある。中国大陸を転戦した兄は敗戦によって生き延びて帰郷したものの、その身体は酷く痛めつけられていた。戦後の混乱の中にあって碌な食べ物もなく、特効薬も手に入らなかったから日に日に衰え苦しんでいるのを見守るだけであった。その頃の記憶として鮮明に残っているのに、毎朝薄暗い中を、兄に栄養をつけるために屠殺場から豚の生血を購って、それが固まらないように走って持ち帰り、飲ませるということがあった。そのように病に効くとなれば何でも試みたがしかし全ては空しかった。
今でもやせ衰えた身を横たえて、大きな眼でじっと表を見つめていた兄の様子を思い起こすことがあるが、そんなとき「戦争」を「戦闘状態」と捉えることの無意味であること、むしろその後に多くの悲劇があったことを思い起こす。そして戦争とは何時から何時までをさすのか、戦争の犠牲者とはどの範囲でいうべきなのか、改めて考えさせられるのである。

（『けーし風』第四七号、二〇〇五年六月二十日）

書評　森口豁著『だれも沖縄を知らない』

最近「長寿の島」だとか「癒やしの島」など、沖縄についてのさまざまなイメージが一人歩きしている。だが、そういう中で本書の「沖縄の本当の姿は誰も知らないのではないか」という問題提起に、おそらく多くの読者はたじろぐに違いない。それほどに本書で明かされる「沖縄」は一筋縄ではいかない相貌を見せている。

それは、人の住む島が、三世帯七人の宮古水納島から約四万五千人の人が住む石垣島まで（沖縄本島を除く）約四十も有り、人々はそれぞれ独自の歴史と文化を背負いながら島に合わせて生活していること、したがって島は単純にくくることのできない多様性を持っていることによる。

が、そればかりではない。ここには四十もの有人島のうち三十五の島に足を運び、場所によっては繰り返し何度も訪れた著者でなければ見えない島の姿がある。時に従って変貌する島の現実が、数多くの島に足を運ぶことで得た島を相対化する視線のもとで鮮やかに浮かびあがるのである。そう見てくると、本書のタイトルには島の現実をかいなでの視線でくくることを拒む著者の自他に対する厳しい姿勢をうかがうことができる。

本書のどの部分を取り上げても一時の旅では見えない離島の現実が赤裸々にとらえられている。例えば著者は、家族や地域から見捨てられ施設で過ごす老人たちの孤独な姿を取り上げて、島社会の崩壊に迫る。この部分は島社会の未来を暗示する衝撃的なところだが、こういう視線は島社会を見つづけた著者にして持ちえたものと言えよう。

また「沖縄復帰」後の公共事業や開発によって環境破壊が進む中で人々の心が壊れていく様子を、少年たちの四十一年間の時を隔てた変貌と重ねて描いている。そこにも長年にわたって持続的に沖縄の離島にこだわり続けた著者の姿が現れている。

むろん描かれるのはそういう島の暗い側面だけではない。厳しい環境のなかで生きる島の人々のたくましさにも著者の目は十分に届いているのだ。

その点でも、これから先沖縄の未来について考えたり、何かを語ったりするとき、少なくともここに描かれた島の現実をふまえなければ何もなし得ないことを本書は示している。


（『琉球新報』二〇〇五年八月二十一日）

「那覇に感ず」再読

さる八月六日の沖縄地元の新聞に、慶良間諸島の集団自決をめぐって訴訟が起こされたことを報じる記事が掲載された。

その記事によると、「第二次大戦中の沖縄戦で『日本軍の指揮官の命令で慶良間諸島の住民が集団自決した』とする本の記述は誤りで、当時の指揮官と遺族が五日、出版元の岩波書店（東京）と作家の大江健三郎さんに、本の出版差し止めと計約二千万円の損害賠償を求める訴訟を大阪地裁に起こした」という。そして原告が「座間味島の守備隊長だった梅沢裕さん（八八）と渡嘉敷島の守備隊長だった故赤松嘉次さんの弟秀一さん（七二）」であることを記している。

この慶良間諸島の「集団自決」について「軍の命令」があったかどうかは、以前から論争の的となってきた。一九七三年、曾野綾子が著書『ある神話の背景』で渡嘉敷島の守備隊長であった赤松嘉次元大尉を全面的に支持して「軍命令」はなかったという弁護論を展開した後、現在まで議論がくり返されてきたものである。とくに、今年の五月、歴史教科書の書き換え運動を展開する自由主義史観研究会のメンバーが、二泊三日の日程で慶良間諸島を訪れたのち、六月四日東京都内で「集団自決に軍の命令はなかった」と改めて宣言したことで、論議が蒸し返されることになった。赤松嘉次元大尉の弟による今度の提訴は、そういう沖縄戦を見直そうとする最近の動きと関連するものと見られている。

　が、そのニュースに接した時、私が真っ先に思い起こしたのは、島尾さんが、一九七〇年に赤松嘉次元大尉をめぐって書いた「那覇に感ず」という衝撃的な文章のことであった。

　一九七〇年三月、島尾さんは十日ほど那覇に滞在した。そしてその間に「ヤポネシアと琉球弧」と「琉球弧の視点から」という「ヤポネシア論」にとってきわめて重要な意味を持つ講演をしたのだが、その間、新川明、川満信一と私の三人は、川満信一宅を宿泊先にした島尾さんを、毎晩のように引っ張り出して飲んだり駄弁ったりして、楽しんでいた。

　そういうある日、渡嘉敷島の守備隊長であった赤松嘉次元大尉が、二十五年ぶりに戦没者の慰霊祭に参列するために那覇を訪れるということがあった。那覇では赤松元大尉の渡嘉敷島への渡島を阻止しようとする抗議行動が展開されて一時期騒然となったのである。「那覇に感ず」はその事件に遭遇した時受けた衝撃を告白したもので、島尾敏雄という作家の内面を明確に現すものとして、いま読み返しても強い感銘を受ける。

　一九七〇（昭和四十五）年五月十四、十五の両日に亘って「朝日新聞」夕刊に掲載された「那覇に感ず」は、前半は那覇に滞在していた日々を描いている。そこではさまざまな屈折した思いを抱きながら、それでも那覇の町を楽しみ「充足」し「いやされ」る思いで過ごしていた様子が明るく語られる。が、後半では一転して、赤松元大尉の来島によって巻き起こった波紋と、その時受けた衝撃を張り詰めた口調で語っているのである。

　そうして「約二百名の海上挺身隊を指揮する元陸軍大尉の」赤松と「約百八十名の海上特攻隊の指揮官だった元海軍大尉」であった島尾自身とを重ねたうえで、赤松大尉の守備する渡嘉敷島の「集団自決」は自分の上に起こったかも知れぬ出来事として捉え、次のように語る。「私は衝撃を受け、なおどれほども理解できないまま戦争のなかで傾いて行くにんげんのゆがみに思いを致し、どうにも後味の悪い思いにさいなまれた」「もし自分が彼とおなじ状況に陥ったときにどんな事態が生まれたろうかと考えたときに、私はあんたんたる気持ちにおそわれ慄然としたのだった」と。「なにかが醜くてやりきれない。彼の立場だったら、私にどんなことができるかと思うとよけい絶望的になるし、しかしまたこの状況は醜い、と思うことからものがれられなかった」と「那覇に感ず」は結ばれるのだが、そこには、「震洋隊隊長」として加計呂麻島で過ごした島尾敏雄の、骨絡みになった戦争体験と、それに真摯に向きあってすごした生涯が浮かび上がってくる。そして、今回改めて読み返して、精一杯想像力を働かせて他者の痛みを自らのものと重ね、対峙するその姿勢は、戦争体験に留まらない、日本の戦後六十年という年月の中で見失われた人間としての貴重なありかたを示している、と思ったことである。

三十年も前のそのときには、しかし島尾さんはそういう思いを気振りにも見せず、私の方は島尾さんの思いに全く鈍感に、飲み且つ喰い談笑していたのだった……。

（『追想　島尾敏雄――奄美　沖縄　鹿児島』奄美・島尾敏雄研究会、南方新社、二〇〇五年十二月）

偶感（四四）

辺野古沖への基地建設への動きが、住民の抵抗によって断念に追いこまれたと思われた矢先、十月二六日の沖縄タイムス、琉球新報両紙の夕刊は、トップ記事で、新たな基地建設として、日米両政府が「キャンプ・シュワブ沿岸部（兵舎地区）を中心に大浦湾と辺野古沖浅瀬に突き出す一八〇〇メートルの滑走路を設けることで合意した」ことを大きく報じた。

このニュースに接して、ついに日本政府は、たとえどのような手段を用いてでもこの合意を実現しようという強硬な態勢を敷いた、という気がした。いずれそういう形で政府が強権を振るう時期が来るだろう、という予感があったから、それほど強い驚きはなかった。「地元の意見に配慮する」と言いながら、頭越しに交渉し、その結果を地元に押し付ける強圧的な方法は、日本政府が沖縄に対してこれまで何度もくり返してきたことである。だから今回そういう態勢を取ったとしても、「またか」と言う感じで、怒りはあっても驚きはない。

そういう事例は数多くあるが、記憶に残るものといえば一九九五年九月に起きた〈米兵による少女暴行事件〉と、その後の沖縄県民の〈反基地闘争〉に対する政府の対応である。当時沖縄県知事であった大田知事の、「米軍用地特措法」に基づく「公告・縦覧」の代理署名拒否に対して総理大臣が告訴（代理署名拒否裁判）したこと、一九九七年のいわゆる「象のオリ」の米軍の不法占拠事件に際して、それを容認するために「米軍用地特別措置法」の改定を、法の原則を無視してまで強行したことなどはその際たるものであろう。事実、翌日の新聞では早速政府高官の発言として、公有水面の埋め立てに関する県知事の権限を剝奪して国に移す「特別措置法」が検討されていることが報じられた。そのニュースについて政府はすぐさま打ち消す談話を発表したが、その言葉を信じるものはいない。

ところで、多くの論者が指摘するように、普天間基地を辺野古沖に設置する案は、在日米軍の再編成と連動する自衛隊の再編成・再配備との関わりで、かなり早くから密かに練られていたと考えるほうがよいだろう。一九九五年のいわゆる「米兵による少女暴行事件」をきっかけに盛り上がった沖縄の反基地闘争と、それに関連して行なわれた翌年四月の橋本首相とクリントン米大統領の会談での日米共同宣言（ガイドラインの見直し）や同年十二月のＳＡＣＯ最終案などはいわばその総仕上げであったし、その後の政府の対応はいずれも弥縫策でしかなかったことが、いま明らかにされたと言える。そして、仮に米軍が沖縄から撤退することがあったとしても、自衛隊による肩代わりが瞬時にして成り立つということが想定の範囲内であるに違いない。一九九九年五月の「周辺事態安全確保法」の成立はそのための条件整備としての性格を持っていた。だから、今回、沖縄側の反対が大きくなって事態が進展しない時、〈公有水面埋め立て〉の許認可の権限を地方の首長から奪いとり、政府の権限に移す「特別措置法」を制定しようという動きは、そういう見通しの下で画策された一連のものと見たほうがよい。

国が一定の意図の下で法を整備して、個人はもとより地方の人々の意思を無視し、切り捨てることは、沖縄の人々は先の戦争でしたたかに味わってきたことである。にもかかわらず、これまで沖縄は目先の経済的な利益を求めて、あえてそういう冷厳な国家意思は存在しないかのように思い込もうと努めてきた。政府もその足許を見透かして政策を練ってきたし、今回も同様な判断が働いたものと思われる。しかしこれだけ露骨に地元の意思が無視されると、沖縄の人間として黙っておれないというのが、現在広範囲に広がる県民の率直な気持ちだろう。

無論、これまでと同様に経済振興策を期待して、新たな基地建設計画を受け容れる動きも出てくるに違いない。そして、そういう動きがどれだけの力を持つか、正直なところまだ先は見えない。しかし、一九九五年以降の失敗を再びくり返してはならない、という思いを多くの人が共有していて、あの敗北の原因がどこにあったか、それを克服するために何が必要か、をそれぞれの場所で考え、工夫をこらしてこれまでにない新しい試みを展開しようとしていることもまた事実である。「合意してないプロジェクト」や大学間の交流、一般への開放などがそれだが、その際注目されるのは、それらの動きが辺野古基地問題にとどまらず、もっと長く広い射程で運動を考えていることである。

その意味では、今度の新たな基地建設問題にともなう一連の闘争は、沖縄に住む人々の思想の在り方を根元から問い直す機会となっているに違いない。そして今後の基地建設問題がどのような結果になろうと、人々をこれまでとは異なる新たな思想的な地平に導くことが期待される。

（『けーし風』第四九号、二〇〇五年十二月二十日）

自己批判の眼を

今年は「戦後六十年」ということで、年頭から戦争を振り返るさまざまな催しが行なわれた。マスコミでは、何時にも増して多角的に「戦争」を掘り下げていたが、それらに共通するのは戦争体験者の高齢化と、体験者の減少によって戦争の記憶が年々喪われることへの危機感であった。その危機意識はこれまでも強く指摘されていたが、今年ほどそれがはっきりと出たことはなかったように思う。

しかし、無論この危機意識の高まりは、体験者の高齢化と少数化にだけ因るのではない。むしろ今年になってとりわけ目だった、例えば「新しい歴史教科書をつくる会」とその教科書の採択運動を進めている「自由主義史観研究会」に代表されるような新たなナショナリズムの台頭によって誘発された面もあるだろう。

このナショナリズムは、いわゆる「拉致問題」から、中国における歴史認識問題に始まる「反日行動」などさまざまな問題を巡ってここ数年の間に露わになってきたものだが、今年になって明確になったのは、ターゲットとして「沖縄」を集中的に取り上げ、沖縄戦の戦争体験を都合のよい方向に捻じ曲げて利用する方向を示し始めたことである。

小林よしのりの『沖縄論』のように「沖縄人意識」をくすぐりながら、沖縄の米軍の駐留によって醸し出された「反米感情」をナショナリスティックに再編成し組織化しようという動きがそうだし、六月の「自由主義史観研究会」が慶良間諸島を訪れて、「集団自決」は「軍命令」ではなかった、と旧日本軍の免罪を図ろうとする動きなどもまさにその現れに違いない。そうして、おそらく次のターゲットとして、沖縄戦の戦争体験を語る語り部たちが浮上するだろう。その際「南京虐殺」や「七三一部隊」による「人体実験」などの歴史的に明白な事実さえ否認するその方法からして、沖縄戦の語りが歪められ、批判、攻撃されることに今から備える必要があるかもしれない。

ところで、そういう新たな動きのなかで、気になったことの一つに、今年二月の青山学院高等部の英語入試問題が元「ひめゆり学徒」の体験談を取り上げ、それを「退屈」だとした記述を巡って生じた波紋があった。六月にこの問題が報じられてから、新聞紙上で繰り返し取り上げられ、多くの論議が交わされた。

問題文は、まず戦争体験者が減少していることを踏まえて、いかにその体験を次の世代に伝えるか、という問題を提起する。そして続いて、テレビの特別番組で戦争の悲惨な映像を見て、そういう映像が必ずしも戦争の実態を伝えるとは思えないこと、しかしその一方で同じ映像が老婆の強い反応を引き起こす場合のあることを提示する。その上で出題者は、高校時代の沖縄の修学旅行で出会った対照的な二つの経験に触れる。一つは暗闇の洞窟のなかで、それまで遊び気分だった生徒たちが、老ガイドの「これが戦争なんだ」という言葉に衝撃を受け、戦争の持つ意味を知ったという経験と、その後、「ひめゆり部隊で生きのびた老婦人」の体験談を聞いて、その語りなれた口調に、洞窟での体験とは対照的に、「退屈」を感じた経験である。そして最後に、昨年の中国でのサッカー・アジアカップでの反日感情に触れて、中国の親たち世代の経験が、果たして正しく語られたかという問いを通して、メッセージのあり方の重要性を提起して結んでいる。

この問題文の趣意は、洞窟の暗闇での体験と、「ひめゆり部隊」の生存者の語りを対比して、おそらく数多くの言葉が必ずしも戦争の真実を伝えるとは限らないこと、時には言葉以上に多くを伝えるものが存在することを提示して、戦争体験の継承のあり方を考えることにあったといえるだろう。その意味では、出題者の主観的な意味での誠実さは理解できないことではない。が、そのことが却って問題の根の深さを現している。

戦争体験の継承は、「語り手」と「聞き手」の関係のあり方によって大きく規定されるということがある。「語り手」の伝えようとする意思や情熱と、「聞き手」のそれを受け止める積極的な姿勢という相互の緊張関係が継承を正しく可能にするだろう。ところが、この文章ではそういう関係性としてではなく「語り手」と「聞き手」を二分化し固定化する。そして「聞き手」は自分に感動を与えるものを待ち受けるだけで、つねに受身の存在としてしか捉えられていないし、しかも感動の有無を相手の「語り」のあり方に帰している。さらに記述者である「私」の自己の感性のあり方に対する「自己批評」が存在せず、「退屈」だとする自分の感性の正当性を全く疑いのない前提として「語り」のあり方を問うのである。あえて言えばそういう自己に向かう視線の欠落が「私」の感性の絶対化を招いていることについて、記述者が無自覚であるところに問題の根の深さがあると言えるだろう。

この問題が報じられたとき、本村つるひめゆり平和祈念資料館館長が、〈個人的な感想としてはありうるとしても、それを前提として入試問題文を作成し、それに基づいて「正答」を求めることは、「退屈」だという個人的な感想を一般化し、正当化することになる〉と危惧していたが、そこに改めて語り部たちの基本的な姿勢を見る思いがしたことであった。

(『青山学院高等部入試問題に関する特集』財団法人女師・一高女ひめゆり同窓会立ひめゆり平和祈念資料館、二〇〇六年三月、『けーし風』第四八号、二〇〇五年九月を一部加筆)

書評　太田良博著『黒ダイヤ』

「黒ダイヤ」は沖縄の戦後小説の嚆矢としてこれまで高く評価されてきた。その作品が発表されたのは、戦火の余塵もまだ収まらぬ一九四九年四月で、掲載誌もガリ版印刷による「月刊タイムス」第二号、原稿用紙にして約十五枚の掌編小説である。

日本兵の一員としてインドネシアに赴いた主人公がインドネシア義勇軍の養成に当り、そこでバンドン中学の学生で十八歳のパニマンという美少年に会い親しくなる。やがて戦争は激化、日本の敗戦とともにインドネシアの独立戦争も熾烈となるそのある日、主人公はバンドンの一隅で別人のようにやせながら「美しい青春と純潔を民族のために」「銃をとってたたかう」「傷ましくも健気な」パニマンと再会。しかしそれも一瞬で、革命のために闘うその姿にうたれた主人公は、パニマンの後ろ姿を追う衝動にかられた、という内容であった。

ここに描かれているのは、インドネシア独立戦争の中の一つのエピソードで、題材として沖縄がとりあげられているわけでも作者の沖縄人としての立場が明らかにされているわけでもない。

だが、この作品の登場人物がほかならぬインドネシア独立に献身する美少年パニマンであり、作者はインドネシア義勇軍の独立に強い共感を寄せているのである。後に作者は新川明の批判に答えて「ムルデカ（独立）の熱気にわきたつインドネシアへの憧憬が、執筆当時の私の心のなかにあったことだけはいなめない」とさえ述べている（『新沖縄文学』三十五号、一九七七年）。とすれば、「黒ダイヤ」は、題材として沖縄にふれていないにせよ、沖縄の敗戦直後の精神的気運をまぎれもなく反映するものだったといえる。その意味では、本作品は改めて検証すべき余地がありそうだ。

本書は『太田良博著作集4』としてインドネシア紀行や文芸にかかわるエッセーを収めている。ここから全編を通してエッセイストとしてすぐれた作品を残した、太田氏の文芸にかかわる核心部分をうかがうことができるはずである。欲を言えば著者の大叔父に当たる太田朝敷の話題がほしかったという気もするのだが。

（『沖縄タイムス』二〇〇六年八月十二日）

IV 創作

「悔い多き生涯を送って来ました。」

と呟いてみたが、何だかしっくりこない。

「恥多き生涯を送って来ました。」と言い直してみて、これもどこか違うなあと思いながら、しかし他に思いつく言葉もないので「まぁ良いか」と自分に言い聞かせて洋平は茶の間に戻る。やや春めいた日が続いたために、猫の額ほどの貧弱な庭を人目から守るように植え込んだ生垣の、乱雑に延びた枝をひとしきり刈り込んだのである。

剪定の結果、かえって不揃いが目立つのだが、それがなんだか定年を迎えた自分の生涯を象徴しているかのように見えてくる。もう少し何とかすれば少しは格好もついたかもしれない、と思ったりするが、なんとかしようとすればするほどますますひどい結果を招く経験を一度ならず味わっているから、頃合いをみて手を引くことになる。そういう処し方が身についたからたいした火傷を負うこともなく今日まで過ごせたのかもしれない。考えてみると、しかし平平凡凡に生きるというのも、綱渡りをしているようなもので、けっこう難しいことなのだ。

だから今日も適当な所で、つまりは手入れをしたことに近所のものが気付く程度に鋏を入れて、「まっいいか」と自分に言い聞かせて引き揚げることになったのである。

ここのところなにかにつけて「まぁいいか」とつぶやくことで、片付けたような気になる事が多い。身近かな、たとえば伝言を頼まれたのについ伝えることを忘れてしまったというような場合もあるけれど、テレビでイラクの子供たちがアメリカ軍の爆撃を受けて傷ついたり生命を失ったりする映像を見て暫くは沈黙を続けるもののそれにも耐えられなくて、やがて「まっいいか」とテレビを消して立ち上がったりする。そうして、自分の口からいまこぼれ出した言葉の重大な意味に気が付いてひそかに狼狽えたりする、というようなことが度々なのだ。

これまで六十年余もの長い時間を、何とかその場しのぎでやり過ごしたこと、そしてそういう凌ぎ方が身についてしまって、大きな災いを招く事もなく、まあ傍から見てもたいした波乱もない平凡な日常を送ることが出来たことが、そういう無意識の悪癖となって残っているという具合なのだろう。無意識とはいえ、全く無責任な話だが、そうでもなければ今の平穏はないのだ、と開き直る。そうしてまたまた「まっいいか」と呟いて、今の今まで神妙に考えていたこともすっかり水に流してしまう。水に流したことさえ気が付かずに、洋平の思量は別の話に移って行くのである。

考えてみると、「悔い」と「恥じ」では中身は全然違う。だのになぜ大庭葉蔵は「恥じ多き」と言って「悔い多き」とは言わなかったのだろう。もちろん葉蔵にとっても「恥じ」は数多くある「悔い」の中の一つに過ぎなかったはずである。ところがあまたある「悔い」を「恥じ」に代表させてしまうところに、葉蔵の生きかたが象徴されているわけだが、洋平の場合もどちらかというと「悔い」よりも「恥じ」の記憶の方が多く、しかもそっちの記憶の方が強く残っているような気がしている。もっとも、普段真剣にそういうことを考えているわけでなく、まれに考えることがあったとしても、例によって例の通りに「まっいいか」と流しさることが多いのだから、考える入口で引き返すことになるのだ。けれどもやっぱり気になるものとみえて、時々神妙に立ち止まって考え込んだりする。今日もそういうわけで、不意にその言葉が思い浮かんだというわけだ。

若い頃にはもちろんそんな事を考えることはなかった。全く無かったのではなく、ときに、例えば勤めから解放されて、夕刻の込み合う電車に二時間近く揺られ、改札口を出てかなり長い緩やかな坂道のとっつきに差し掛かって、坂の途中の古びた家の軒先で赤提灯のゆれるのが眼にはいったときなど、不意にその場に蹲ってしまいたくなるような「恥じ」の記憶が蘇ったりするようなことも無いわけではなかったのだ。だが、それも一瞬の事で、目の前の踏み切りを通り過ぎる車輪の火花を眼にすると同時に綺麗サッパリと忘れる事が出来た。

だが、何時の頃からかそれが出来なくなり、たえず澱のように記憶の片隅に引っかかったまま取れなくなってしまった。「恥じ」の記憶というのは、ほじくり返すとビックリするくらい次から次へ出てくるものだ。年老いた今でも思い出すたびに足摺をしたくなるような、握り締めた拳が何時とはなしに汗ばんでくるような、そういう「記憶」もあれば、思い起こすと同時に「まっいいか」とやり過ごせるような「記憶」もある。どちらの「記憶」がその後の生活に大きくかかわるのか定かではないが、老いて記憶に多く残るのは、その後の生活に大きくかかわりその道筋を決めることになったものよりも、むしろ生活のために強いて切り捨ててきた事柄に纏わる記憶のようだ。それが実現していたら、あるいはあえて「恥じ」を堪えて実行していたら、その後の生活の軌道は違ったものになっていたかもしれない、というような記憶が今となっては澱のようになって、思いも寄らぬ時に噴出して来るようなのだ。だから、そういう時に、「恥じ」と「悔い」が微妙にまじりあって、何処までが「恥じ」でどこから「悔い」となるのか見え難くなってしまうに違いない。

ところでそれではどういう事柄が「恥じ」の記憶として残るかというと、多くは人と人との関係の場合のようだ。それは「恥じ」が他者との関係のもとで生まれる心の動きに他ならないからだろう。他者との強いつながりを求めた葉蔵が、「恥じ」の記憶として真っ先に思い起こすのが「道化」であったことは、まさにそのことを示している。「道化」とは他者に対する求愛の一つの現れとされるらしいが、洋平の場合も大方そんなところだったのだろう。時々思い出すたびに舌打ちをしたくなるような記憶が蘇ってくる。

あれは何時のことだったか、小学校に入学する前のおそらく四つか五つの頃のことだ。近所にあった小さな古びた神社のコンクリートの参道は、子供たちの格好の遊び場になっていた。鳥居のところから、それほど大きくないほこらのような社殿まで二、三〇メートルの距離を一直線に延びた道の上で、赤瓦の欠片で思い思いの絵を書いたり、おはじき遊びに時を忘れて過ごす場所だった。石ころだらけの道の多いその頃は、子供が自由に遊べるコンクリートに覆われた場所は滅多に無かったから、学校が終わると先を争うように集まって、薄暗くなって家に呼び戻されるまで遊びほうけるのが常だった。

参道の北側は一寸した広場になっていて、その西よりには子供のたむろする砂場があった。小学校高学年の女子たちがコンクリートの参道いっぱいに広がって大縄を使って縄跳びをするときには、きまって男子はそれに張り合うように砂場で相撲を取ったり、走り幅跳びや高飛びに興ずるのだった。

その日も、早くから集まってきた女子に参道を占拠された男子は、砂場で釘を打ち付けただけの棒に、三メートルくらいの長さの細い竹を乗っけて、その上を飛び越えるにわか作りの道具で高飛び競争を行なっていた。次第に陽が西に傾き周りの景色は夕闇に沈んで人の顔も見わけが付き難くなっている時刻である。

まだ幼いだけでなく運動神経の鈍い洋平は、そういう遊びには仲間に入れてもらえない。同じ年頃の少年が年上の仲間に入っているのを羨ましがりながら、それでもどういう訳かその場を立ち去る事もしないで、バーを飛び越える姿を夢中になって見ていた。しばらくの間は、少年たちは熱心に見ている洋平に眼も呉れなかったが、やがて彼のほうをチラと眺めると、くすくす笑いながらバーを飛び越える競争を続けるようになった。

始めの頃、洋平は自分が笑われているなどとはまったく気が付かなかったのだが、やがて彼らの視線が自分に向けられていること、そうしてその笑いが自分の無意識の動作に向けられていることに気付くのに時間はかからなかった。どういうわけだか、高飛びのバーを飛び越えようと走りだした少年が思いっきり利き足で踏み切る時、洋平の右足がそれに合わせてピクリと動くのだ。みんなの笑いものになっているのが自分のことだと知った時、洋平はその場に蹲って泣き出したくなった。が、どうしてもそれは出来ない。

洋平はみんなの笑いものになっていること自体よりも、笑いものになっている自分を自覚していることを知られることの方が嫌だった。あくまでもそ知らぬ顔でいなくてはならない。洋平はひそかに決心すると、今度は意識して、踏み切る足に合わせて右足をピョコッと持ち上げる事にした。そうすればみんなの注意もずっと自分に惹きつけることができるだろう。洋平はそういう遊びの中にはなかなか入れて貰えなかったばかりか、どちらかといえばその存在さえ年上の少年たちに無視されたと阿感ずることが多かったから、みんなが自分に注目していることが嬉しい。彼は、自分が自覚していることを悟られないように緊張しながら、右足をピクリピクリと動かしつづけるのだった。

少年たちは、最初のうちこそ目配せをしたりくすくす笑ったりしていたが、飽きがきたのかそれとも洋平の動作がわざとらしくなったのに気が付いたのか、次第に笑わなくなった。それればかりかしばらくの間洋平から眼を背けるように高飛びを続けていたが、やがて白けた様子をあからさまに見せながら帰り始めたのだ。洋平は身動きも出来ずに立ち尽くしていた。すっかりあたりは暗くなり、涼しい風が吹きはじめたが、汗を吸って背中にピッタリとへばりついたシャツが何時までたっても乾かない。

「こんなに晩くなって。」

「家ではきっと心配しているに違いない。」

洋平は小さく呟いたが足を踏み出す決心もつかずに立ち尽くしていた。

（『駱駝』第四三号、二〇〇三年七月）

洋平物語（二）

「あ、それ取ってくださらない」

耳元でかすかな妻の声がした。洋平は思わず振り返ったが、近くに人影はない。少しかすむほどの距離にある、広めの歩道にしつらえられた地下鉄の入り口に、黒っぽいスーツ姿の女性が吸い込まれるように消えていった。

左側の掘割の水面を吹きぬけてくる風が湿っぽい。堀端と歩道の間の植え込みの紫陽花はすっかり萎れて、どんよりとした空気の重みに耐えている。近くのかなり広い公園の鬱蒼と茂った樹々も、今にも降りだす気配を感じ取ったかのようにじっと佇んでいる。あの後姿は妻に似ていたと一瞬思ったが、洋平は頭を横に振ると歩き出した。

どうしたのだろう。洋平はしばらく思い出すことのなかった妻の声がいきなり蘇ったことに気を取られた。ついさきほどまで開かれていた仲間内の酒の席での、ともすれば落ち込みそうになる気分を盛り上げようとはしゃいで見せた島田の手つきが、妙に眼の裏に残っていてそれが妻の声を呼び込んだような気もする。

が、それにしても、どうして「それを取ってくれ」という言葉なのか、「それ」というのが何だったのか、思い出せない。何よりもそれが何時頃のことだったのか解からないことに洋平はかすかな苛立ちを覚えた。「それを取って……」というからには、妻はきっと何かを指差したに違いないのだが、そのときの妻の表情も、しぐささえもボンヤリとかすんでしまっている。妻との距離がその分大きくなってしまったようだ。苛立ちはおそらく時の経つのにつれて妻との距離が次第に開いて行くこと、それを押し止める事の出来ない無力感の現われなのだろう。そう洋平は無理に自分に言い聞かせると、重くなった足を引き摺るように早めた。

洋平は公園の入口近くで駅に向きかけた足を止める。昼前に家を出るとき、もう十数年ものあいだ足を運んでいない公園をこの機会に一回りしてみようか、と考えたことを思い出した。

洋平が十年近くも足を運んでいないのはこの公園ばかりではない。都心の古い城跡とそれを取り巻く掘割、そしてその堀に寄り添うように細長く延びている公園のあたりは、学生の頃洋平が知り合ったばかりの妻とよく歩き回った場所だ。そこから数百メートルと離れていない繁華街は、二人にとって遠い存在であったから、この公園で幾時間もの時を過ごすのが常だった。高くそびえるように立ち並ぶ欅の並木も、季節毎に植え替えられる草花も当時と少しもかわらない。公園の中は十数年もの時をそのまま封じ込めているような気がする。ここばかりはまだ勢いの失せない紫陽花の前に暫く佇んでいた洋平は、何となく納得した気分になるのを待って駅へ向かった。

退勤時刻を過ぎた車内は、疲労を滲ませた客たちで、空気が酸っぱくなっている。定年で郊外に移り住んだ洋平には、しばらくのあいだその臭いも奇妙な懐かしさを掻きたてるような気がしたのだが、やがて息苦しさを覚えるようになった。吊革につかまったたくさんの白い腕に、島田の妙にひらひらと動く手が重なってくる。あれは何だったのだろう、洋平は何となく落着かない気分で、島田の言葉と手の動きを確かめようと眼をとじた。

島田から電話がかかってきたのは、十日ほど前の土曜日のことだ。何時ものように庭弄りで時をやり過ごした洋平が横になってボンヤリしていた昼下がり、いきなり鳴り響いた呼び出し音に脅迫されて、受話器を握ることになったのだった。それは島田からの電話で、学生の頃からの友人Mの死を告げるものだった。一週間ほど前に市内の病院で息を引き取ったのだが、M自身の意向で、家族だけで密葬を済ませたという。学生の頃からつらぬいた頑固さの故に、晩年を不如意なまま過ごしたMらしい最期であったのかも知れない、というのが付け加えた島田の感想であった。そして、ここしばらく開かなかった仲間内の集いを、Mの供養も兼ねて開く事にしたとの連絡である。洋平は久方ぶりの明るい日のさす梅雨の晴れ間を、その日一日鬱陶しい思いで過ごす破目になったのであった。

学生の頃からの馴染みで、卒業後も何かと口実を設けて集まる蕎麦屋の二階が、その日の会場だったが、少し遅れて参加した洋平の眼には、賑わっているはずの席が予想以上に静まり返り、そっくりそのまま通夜の席を移したように映った。卓上に広げられた料理も殆ど手付かずだし、盃を口に運ぶ手つきも何となく危うい。何時もなら歓迎の気持ちをことさらに強調して甲高い声をあげるKも、ちらと振り向いたきりですぐに目の前の盃に視線を落とした。思い出したようにぽつりぽつりとこぼれ出す話題も、櫛の歯の欠けるように姿を見せなくなった仲間の動静か、そうでなければ思うに任せぬ自分の健康の事である。

「次は誰の番だろう」

冗談めかした口調で言いながらぐるりと見回したTが、白けた視線を集中的に浴びて、ついに黙りこくってしまった。みんなもことさらにMの事を口にするのを避けている風であったが、やがてその不自然さに耐え切れなくなったようにMの動静が誰からとなく語りだされた。結局はMの命取りとなった肝臓の病。絶えず上司との衝突を繰り返して職場を替え、そのたびにいよいよ険しくなっていった表情。一時は人並みに妻子を儲けたもののついに安住する事の出来なかった日常。洋平には耳新しいことなどを織り交ぜてMの半生がひとしきり一座を巡った。

「おい洋平、あの時何があったんだ」

しばらくの間続いた沈黙を破るように島田が声をかけてきた。

「何がって」

ぼんやり皆の言葉を聞き流しながら学生の頃のMの様子を思い浮かべていた洋平は、話の脈絡が掴めずに聞き返した。

「ホラ、あれだよ。ストに入るかどうかクラス討議があった日のことだよ……」

洋平はいきなり四十数年前の政治の季節に引き戻された。

その頃、洋平達を取り巻いていたのは毎日のように繰り返される国会周辺のデモであったし、夜は夜でクラス討議が重ねられて一人一人の生きかたが試されているような昂揚であった。ひとりの女子学生のデモの中での死が、学生たちの昂ぶった気持ちを更に掻き立てる。その中で最も輝いていたのがMだった。将来は優れた研究者になるだろう。誰もがそう思い、教授からも期待されていたMだったが、そんな風に激しく揺れるクラスは、次第にMを中心に動き始めるようになったのである。

事態が次第に厳しくなり、全学的なストライキに参加するかどうか、クラスの最終的な意思決定が求められることになった。

その日の昼間、学生部の前の掲示板を眺めていた洋平はMから声を掛けられた。それは駅近くの喫茶店で一人の女性に会い、彼女から何か受け取ってきてほしいという依頼だった。それが何なのかMは口を濁して語るのを避けたが、洋平はその喫茶店が普段行き付けない小奇麗な店だったし、滅多に頼みごとをしないMのことばだからと喜んで引き受けたのであった。だが、そのあと家庭教師先での思いがけないトラブルに巻き込まれた洋平は、すっかりMの依頼を忘れ去っていた。

洋平が思い出したのは夜遅くなってクラス討議に参加するため教室を覗いた時である。

後ろめたさを感じながら部屋を覗きこんだ洋平を素早く目に留めたMは話を中断したまますぐに身を寄せるようにしながら声をひそめた。

「あ、あれ取って来てくれた」。

洋平が答えに窮していると、険しい目で洋平をにらみつけたMはそのまま飛び出していったきり姿を見せなくなったのであった。その日を境にMはクラス討議だけでなく、教室にも学生控え室にも現われなくなった。Mが参加しなくなったクラス討議は次第に力を無くしていく。やがて汐が引くようにキャンパス内の熱気が消えていく頃、ようやく憔悴したMの姿を見かけるようにはなったが、ついにMは仲間内のものとして振舞う事はなかったのであった。

島田からそのときのことを聞かれても、洋平は首を横に振るしかない。顔色をかえて出て行ったきり戻らないMの様子に誰もが異変を感じたに違いない。そうしてその後のMの行動がその日の何故だかわからぬ出来事に原因があること、そして洋平がその出来事に関わっているらしいことも、その席にいた皆が暗黙のうちに認めることであった。

しかし、洋平はそれに対して何の弁明も出来ない。自分がひどく重要なことで失敗したこと、そしてそれが一人の人間の生涯を決定してしまったらしいこともよく解かったし、何かふとした折にその記憶が蘇ってその度にいたたまらなくなるけれど、洋平にはそれが何だったのかいまもって解からない。しかし、解からぬと首を振るたびに自分を見る目が不信を増してくることに気がつく。四十年近く経ってようやくその視線に耐えられるようになったのだが、小骨のように突き刺さった記憶は宙吊りになったままである。

「あれ」とは何だったのだろう。その「あれ」はMにとってどういう意味をもっていたのだろう。

島田からMの死を告げられてから、洋平は絶えず蘇ってくる記憶を改めて辿り直す。だがすべては靄がかかったようにぼんやりしたままである。島田に「あの時何があったの」と聞かれて、洋平は改めて自分が何も知らなかったこと、というよりも何も見えていなかったことに気がつく。しかし「今何が見えているか」と問われても、これだと何かを差し出す事も出来そうにない。

洋平からはかばかしい返事を貰えなかった島田は、それをきっかけに全学ストに話題を移し、「青春の記憶」について大きな身振りをまじえながら熱弁を振るっている。それにつれて空気も幾らかほぐれて次第に何時もの賑わいを取り戻すかのように見えた。だが、Mの死が底冷えのように漂って幾らもしないうちに醒めてくる。何時までたっても暖まらない空気に耐えられなくなってか、そのうち誰からとなく「お開きにしよう」との声が出てまだ明るいうちの散会となったのであった。

洋平はひとり歩き出した。いつもだと誰かから二次会への誘いがかかり、それを避けるのに苦心するのだが今日は誰からも声がかからない。というより誰も二次会に繰り出す気分になれないようだ。さっきから何か胸につかえるもののあるのを感じた洋平は、誰かに見咎められるのを恐れるように急いでその場を離れた。島田のだらりと横に伸ばした力のない腕が目に付いて離れない。

今夜は眠れそうもないな、最寄の駅の改札を抜けた洋平は、何時もの赤提灯を横目で眺めて、入ろうかどうしようかと一瞬迷ったが、突き刺さった棘の始末が先だと思い返すと、家への坂道を息を切らしながら登った。

洋平が棘の正体に気がついたのは、その翌々日のことである。

月に一度の検診で診療所を訪れた洋平は、大勢の受診者に紛れて順番を待っていた。特にどうというわけはないのに洋平は胸苦しさを覚えて席をたった。何となく冷や汗をかいたような感じである。洋平は気分を変えるために中庭に出た。空気は相変わらず湿っぽいが、夏の気配がかすかにする。洋平は踵を返すと中廊下を抜けようとして立ち竦んだ。妻がいる。車椅子に乗ったまま右手を力なく横に伸ばして何かを捉えようとしている。その指先には、白い漆喰の壁に黒っぽい染みのようなものが滲んでいる。女はしきりにそれを摘まもうとしている。だが、触れることさえ出来ない。しばらく苛立ったように試みていた女は、力なく腕を落とすと付き添いの看護婦に声をかけ、姿を消した。

洋平は声を呑んだまましばらくの間身動きも出来なかった。去り際にちらと見せた横顔は妻とは似つかぬものであった。だが、あれは紛れもなく妻の姿勢だった、と洋平は思った。白い壁に何を見たのか。飾り付けもない個室の真っ白な壁に必死に腕を伸ばしていた妻の姿がにわかに蘇ってきた。何を求めていたのだろう。

あの日洋平が病室を訪れたとき、妻は白い壁に向かって懸命に腕を伸ばして何かを摑もうとしていた。洋平が声をかけると、妻は「あ、あれ取ってくださらない」と何時になく丁寧な口ぶりで洋平に頼んだ。驚いた洋平が立ち竦んでいると、我に帰った妻は照れたように笑って見せたのだが自分が何をしていたのかついに口にすることはなかったのであった。

いま思えば、あれは確かに漆喰にへばりついた染みでも、蟲でもなかった。それは、それを摑めば今置かれている所から抜け出す事が出来ると信じている者が縋り付こうとする何かであったという気がしてくる。だが、今となってはそれが何であったのか洋平には却って解からなくなっている。あの頃は妻のすべてを理解していると考え、出来るだけその思いに寄り添っているつもりだった。しかし今になってみると、実は何も見えてなかったということが、ますますはっきりして来るようだ。

そうしてそれは妻のことばかりではなかった。

洋平はMのやつれた顔を思い起こしながら、花壇の手入れにのろのろと立ちあがった。

（『駱駝』第四五号、二〇〇四年八月）

編者あとがき

岡本恵徳先生が琉球大学と沖縄大学の専任教員を退官された後、非常勤での唯一の講義が毎週火曜日の午後に琉球大学であった。この講義は、テキストを丁寧に読みながら先生の話が聞けるということで、大学院生を中心に人気のある授業だった。さらに、私たちを魅了したのは、先生が授業の後で仲程昌徳研究室に立ち寄り、しばらくいろいろな話題についてユンタク（おしゃべり）をするという至福の時間を共有できたことである。

そのユンタクから、琉大文学や反復帰論を論文のテーマとした若い学究たちが、さまざまな刺激を受け、多くのヒントを得たことは想像に難くない。いま考えても、そのひと時は岡本先生を中心に多様な世代が集まり、沖縄戦後史のことや現在の沖縄の状況について多彩な観点から自由な議論が展開された貴重な時間であったように思う。そしてその中から、現在の沖縄を考える手立てとして、若い世代を中心に琉大文学や反復帰論に関係する座談会や「新川明シンポジウム」が計画され、後に一つずつ実行に移された。さらに、昨年九月には「岡本恵徳シンポジウム」を計画、報告者やパネリストも決定し、後は開催日をまつだけであった。

ところが、二〇〇六年七月、岡本先生は体調を崩され、急遽入院することになった。だが、体調も徐々に回復されていたので、多少の期日の変更は想定されたが、先生を励ます意味でも計画自体は予定通り進めることにした。そのような経緯があった中での、八月五日の岡本先生の急逝は、私たちにとってもまったく予期せぬ出来事であり、しばらく茫然自失の状態で何も手がつかなかった。ただ、逝去後の葬式や法事をこなすので精一杯であり、悲嘆にくれるような時間の余裕など私たちにはなかった。

しかし、法事の場で岡本先生について何度も話し合う中で、先生のために各自が自らを励ますようにして、十月二十八日に「偲ぶ会」を開催すること、さらにその場で岡本恵徳著作集・追悼集の刊行計画、ならびに岡本恵徳・連続シンポジウムを開催することを決定し、少しずつ動き出したのである。そして、十二月九日に岡本恵徳著作集刊行委員会の発足会を開催し、翌年の一周忌を目指して岡本恵徳著作集（仮題／本書）を刊行すること、三年後に新たに編集委員会を作り岡本恵徳追悼集（仮題）も同じく刊行することを報告し了承された。著作集刊行委員会の代表には、新川明、川満信一、新崎盛暉の三名が就任し、呼びかけ人として延べ四十名の人々が名を連ねて、事務局を琉球大学・新城郁夫研究室に置くことが決定された。また、著作集編集委員会を立ち上げて、仲程昌徳を代表に十四名の委員で編集作業に当たることが承認された。

具体的な編集作業においては、岡本恵徳著作目録を作成した我部聖が収録論文の素案を提起し、編集委員会で議論を重ねて決定した。テキスト入力作業と簡単な一次校正は、編集委員会全員で分担して行なったが、熟練を要する最終的な校正作業については漢那敬子、渡真利哲を中心に、納富香織、村上陽子が担った。また、デザイナーや出版社との交渉実務は岡本由希子が担当した。出版社は、沖縄の出版に理解のある未來社にお願いし、担当者として小柳暁子さんにお世話になった。むろん、本書編集の最終的な責任は、編集委員会全員が等しく負うものである。

目録によると、先生が書いた論文の点数はゆうに七百四十点を超えており、すでに刊行された五冊の単行本以外の未収録文章だけでも六百点以上もある。本書に収録された文章は、そのほぼ九分の一である。テーマや内容が重複している文章など五百点以上は、紙幅の関係で今回も未収録とならざるを得なかった。先生の文章の醍醐味の一つは、同じテーマを何度も取り上げ、表現や視点を変えて丁寧に論じながら、いくども立ち返って重ねぬるような思考の道程にあると思われる。その思考の道程を確認するためにも、関心のある方には、ぜひ著作目録を手に未収録の文章に直接当たることをお勧めしたい。

いま、黒か白かという短絡な二分法的思考と判りやすさだけを御旗とする浅薄な文章が氾濫する中、断定し裁断する姿勢から遠く離れ、くり返しくり返し自らを問うた岡本恵徳の文章を収録した本書刊行の意義はけっして小さくない、と私たちは確信する。とくに、岡本先生が常に温かなまなざしを向けて励ましていた若い世代が、本書を手に取り、じっくりと《「沖縄」に生きる思想》を考えるきっかけとなることを願ってやまない。
岡本恵徳著作集刊行委員会代表
新川　明
川満信一
新崎盛暉
著作集編集委員会
仲程昌徳　新城郁夫
阿部小涼　岡本由希子　我部　聖　漢那敬子
工藤剛史　高良　勉　土井智義　渡真利哲
仲田晃子　納富香織　村上陽子　屋嘉比収

解説

我部 聖

本書は、岡本恵徳が、一九五六年から二〇〇六年にかけて書き続けた論考を選集した批評集である。一九四五年の沖縄戦から継続するアメリカ占領時代（一九四五〜七二）、一九七二年の日本への「施政権返還」、一九九五年の米兵による「少女暴行事件」、そして現在も進行する日米両政府による在日米軍再編、といった戦後沖縄の激動の歴史のなかで紡ぎ出された思考の軌跡が刻みこまれている。

簡単に岡本恵徳の足跡を見渡しておきたい。一九三四年に生まれた岡本は、琉球大学在学中に文芸雑誌『琉大文学』に池澤聡のペンネームで小説などを発表した。その後、東京教育大学大学院で梶井基次郎論を中心に近代日本文学の研究に取り組んでいく。六六年に琉球大学の教員となるために沖縄に帰り、沖縄文学の研究・批評活動を行ないながら、新川明や川満信一とともに「反復帰論」を展開し、『叢書　わが沖縄』（七〇年）に「水平軸の発想」を発表した。七〇年代に入り、冤罪で逮捕・起訴された松永優の裁判に「松永闘争を支援する市民会議」の代表としてかかわり、またCTS（石油備蓄基地）建設に反対する「CTS阻止闘争を拡げる会」（後に「琉球弧の住民運動を拡げる会」に改称）にも携わっていく。こうした運動に参加しながら、近現代沖縄文学史を体系化し、その成果は『現代沖縄の文学と思想』や『沖縄文学の地平』（八一年）に結実する。その後、『「ヤポネシア論」の輪郭――島尾敏雄のまなざし』（九〇年）、『現代文学にみる沖縄の自画像』（九六年）、『沖縄文学の情景』（二〇〇〇年）を刊行した。また岡本は、『沖縄文学全集』（九〇年〜）、『ふるさと文学館』（九四年）、『沖縄文学選』（二〇〇三年）などの文学アンソロジーの編者や、沖縄県内の文学賞の選考委員をつとめるなど多岐にわたる活動を行なった。さらに住民運動への持続的なかかわりとして九三年に新崎盛暉らと雑誌『けーし風』の発刊に携わり、九四年から同誌に「偶感」を連載する。そして二〇〇六年八月五日に肺癌で息をひきとる直前まで岡本は文章を書き続けていた。

以上の経歴からもわかるように、岡本恵徳は、近現代沖縄文学研究の基礎を築いた研究者というだけではなく、実作者・批評家、さらに沖縄における各文学賞の選考委員をつとめるなど、沖縄の文学界にとって大きな役割を果たしながら、戦後沖縄に起きた問題に応答するべく、運動の現場の声を発信し続けた思想家でもあった。編集委員会は、何よりもこのような多彩な岡本の足跡を見渡せることを最優先して本書を構想した。

本書に収めた文章は、これまで刊行された単行本には収められていない論考を選択した。というのも既刊の五冊の著書は、文学論考が中心であったため、岡本の他の側面がほとんど知られていなかったからである。近現代沖縄文学研究者としての業績は言うまでもなく重要であるが、それと同時に戦後沖縄の時代状況と向き合いながら書き続けてきた営為は、岡本を理解するうえで手放せない要素である。本書は、そのことを鮮明にするために、社会・政治状況を論じた批評を中心に収録した。しかしながら、本書に収められた論考を一読すればわかるように、直接文学を論じていなくても文学をめぐる思考が文章の底流には流れていることが確認できる。

収録する作品を選ぶにあたって、岡本が手作りのメディアに書き続けていたことも重視した。『琉大文学』（一九五三〜五六）、『クロノス』（一九六五〜七一）、『沖縄・冬の砦』（一九七一〜七六）、『琉球弧の住民運動』（一九七七〜八四、八六〜九〇）、『駱駝』（一九八〇〜〇六）、『けーし風』（一九九三〜二〇〇六）というように、岡本は、同人雑誌やパンフレットのような手作りのメディアに継続的に文章を発表していた。とりわけ沖縄で発行された複数の雑誌において、編集にかかわり続けていたことは重要である。それは、自分の発表の場を確保するだけではなく、自らが立つ時代状況のなかから文学批評の言葉を地道に紡ぎ出すことの大切さを教えてくれるからである。

本書の四つの章は、次のような視点からまとめた。

「I　占領を生きる思想（一九五六〜一九七二）」には、アメリカ占領下の沖縄で書かれた批評を収録した。ここで注目したいのは、一九六九年に『沖縄タイムス』に発表した『「わからないこと」からの出発』という文章における「わからないこと」の持つ批評性である。ここで岡本は、「彼」という人称を用いながら私的な記憶を客観的に記述しようとしている。にもかかわらず、具体的な日付によって想起される「苦い記憶」によって語りそのものが揺らいでいく。語りそのものの揺らぎの持つ意味は、他の「反復帰論」者との違いを際立たせている。また文章のなかで「わからないこと」を状況のなかから紡ぎ出すことで多くの人たちの抱える問題も明らかにできれば、と述べているが、ここでいう「わからない」という問いは、自明の前提を成り立たせる論理そのものを内側から自分自身で破っていく試みと考えることもできる。「わからない」というつぶやきは、「わかる」と言って安定した構図に組み込まれることを拒否し続ける思考の運動であり、いま私たちが沖縄を考えるうえで最も示唆的な思考のスタイルでもあると思うからだ。

「II　施政権返還後の状況と言葉（一九七三〜一九九四）」には、施政権返還以後の状況と向き合いながら書き継がれた文章によって構成した。ここで私が重要視したいのは、『沖縄タイムス』の特集〈私にとっての琉球処分〉に執筆された「『同化』と『異化』をめぐって」という評論である。ここでは、「琉球処分」によって引き起こされた沖縄の近代化を論じるなかで、岡本の視点は集団就職した若者たちに焦点化される。大城立裕が、集団就職した若者たちが仕事を辞めていくことに関して、彼らを「救う手段」として「まるごと同化の道を授けるか」それとも「生活の能力と『沖縄』の誇りにめざめさせるか」と述べたことに対して、岡本は、集団就職した若者たちの側に立って彼らの行動に可能性を見出していくのである。「わかる」ものとして若者の行動を理解するのではなく、行動を通じて何を表現しようとしていたのかを探っていく。「彼らは、そこでようやく強いられた存在であることを自覚し、自己をとりもどし始めたといえないか」という岡本の言葉からは、「彼ら」と直接的なかかわりがなくても、「対話」的な関係が生じていることが読みとれる。実際に若者たちが仕事を辞めた理由はわからない。だが、若者の行動に「自己をとりもどし始めた」というように理不尽な状況への「抵抗」を読みとるまなざしは、岡本の言葉でいえばまさに「抜きさしならぬもの」として突きつけられている現在の「琉球処分」をくぐり抜ける、ゆるやかな模索の手がかりを示してくれていないだろうか。

「III　記憶の声・未来への眼（一九九五〜二〇〇六）」には、「記憶」をめぐる論考を中心に選んだ。この章に収めた文章には、岡本の少年の頃の戦争体験や、かけがえのない人たちと過ごした出来事といった私的な記憶も書き込まれている。ここでは岡本が、忘却の彼方にある「記憶」を探り、「記憶」を言葉にすることを批評の視点として自覚していたことがわかる。そのことは、IVに収めた小説「洋平物語」の語りの方法とも重なる視点だ。またIIIの時期には、「偶感」というエッセイと評論の中間にあるような文章が『けーし風』で連載されていたが、二〇〇五年六月に発表された「偶感（四二）」では、それまで岡本が言及してこなかった「身に沁みる痛みを伴った記憶」を描いている。このときまでの「偶感」がゆるやかな文体で書き継がれていたのに対して、「偶感（四二）」の文体は、文と文のつなぎ目が切迫感にみちている。それは戦争中に罹患した結核を治療できずに亡くなった兄の様子を言葉にしようとした切実さがあったこと、また文体の切迫感は、沖縄戦をめぐって「記憶」が歪曲される動きに危機感を持った岡本が、歴史認識をめぐる現状への批判を意識したことで生じた緊張感であり、権力によって強制的に「物語」化され、回収される「戦争の記憶」をとりもどす一つの方法であるともいえるだろう。

「Ⅳ　創作」には、同人雑誌『駱駝』に発表された小説「洋平物語」を収めた。長い空白の時を経て発表されたこの小説の背景として、岡本と創作のかかわりについて述べたいと思う。岡本は、『琉大文学』に七作の小説を発表し、管見の限りではそれ以降、公に小説を発表することはなかった。だが、『クロノス』一二号（六六年五月）に掲載された編集「後記」には、沖縄に帰った岡本が「徐々に小説を構想しつつある」と記されていた。「洋平物語」の均整のとれた文体を見ると、小説を構想するだけではなく、小説を実際に書く試みをしていたのではないかと思われるふしがある。ある会合で、創作と批評をするときの違いについて質問され、岡本は、「自分のなかでは小説を書くのもエッセイを書くのもあまり変わらない」と答えていた。さらに文学賞の選評において表現の細やかな部分にまで目が行き届いていたのは、実作者の視点を手放さずに作品を読んでいたからだろうと考えられる。

岡本恵徳の文章をいま読む意味と可能性について考えてみたい。

いま沖縄を語る言葉が、権力側に都合良く解釈され、からめとられるような状況があり、複雑な沖縄の問題を単純化して語る言説がある。しかし、その語り方では、思考がひとつの枠組みに閉じ込められ、問題を深く細やかに考えることを困難にさせているのではないだろうか。それに対して岡本の文章は、決して明快ではないけれども、何度も立ちどまりながら、いわゆる「大きな物語」にからめとられないように言葉を紡ぎだしている。こうした岡本の思考のめぐらせ方は、現在の沖縄の置かれた状況を考えるうえで示唆的である。不意に突きつけられる言葉や出来事に対して、ひとつの思考に凝り固まらずに応答する岡本の思考のスタイルは、私たちに困難な状況を生きる手がかりを教えてくれる。そのような岡本恵徳の言葉と思考は、読者との対話を通じてこれからも運動を続けていくだろうことをわたしは信じている。

本書に収録した文章は、原則として初出のままであるが、二点補足しておきたい。「小さな広告からの思考」では、被害者の名前が書かれているが、編集委員会で判断して仮名にした。また「忘れ難いことの二つ三つ」のなかで、「その中の二人、嶺井政和、喜舎場朝順の両君が退学、豊川善一、具志和子の二人が停学処分に処せられた」(一九〇頁)と記されているが、豊川善一は、「停学処分」ではなく「退学処分」であった。

岡本恵徳年譜

（作成：我部 聖）

一九三四年（昭和九年）

九月二十四日、沖縄県宮古郡平良町（現・宮古島市）に、父岡本恵應、母マカトの七男として生まれる。生家は臨済宗の祥雲寺。両親は那覇出身であったが、同居していた義姉が栃木出身だったことから、家では「共通語」を用いた。

一九四一年（昭和十六年）**七歳**

四月、平良第一国民学校に入学する。

一九四四〜四五年（昭和二十〜二十一年）**十〜十一歳**

グラマン戦闘機から機銃掃射をうけた記憶を持つが、一緒にいた兄とは記憶が食い違い、そのことが後年「記憶」について考えるきっかけの一つとなる。また戦後中国から復員した兄が結核で数年も絶たずに亡くなる。

【四四年十月、那覇一〇・一〇空襲。四五年三月、米軍が沖縄に上陸し沖縄戦が始まる。六月、沖縄戦の組織的戦闘終了】

一九四九年（昭和二十四年）**十五歳**

四月、学制改革により宮古男子高等学校一年次に編入学。川満信一と知り合う。

一九五二年（昭和二十七年）**十八歳**

三月、宮古男子高等学校卒業。四月、琉球大学語学部国語専攻入学。同期に、川満信一、豊川善一、松島康子がいた。

【四月一日、琉球政府発足。四月二十八日、対日講和条約・日米安全保障条約発効】

一九五三年（昭和二十八年）**十九歳**

七月、『琉大文学』同人となり、池澤聡のペンネームを用いる。

【一月、映画『ひめゆりの塔』公開。四月、「土地収用

令」公布。五月、学生四名が退学処分となった「第一次琉大事件」起こる。七月、伊江島土地闘争。十二月、奄美群島復帰】

一九五四年（昭和二十九年）二十歳

この頃、『琉大文学』同人たちと読書会を開き、マルクス主義や社会主義リアリズムを学ぶ。文芸部部長となり、十一月、『琉大文学』第七号に小説「空疎な回想」を発表。

【十月、人民党事件起こる】

一九五五年（昭和三十年）二十一歳

二月、『琉大文学』第八号が大学当局によって回収。第八号から第九号（五五年七月発行）にかけて小説「空疎な回想」をめぐり、新川明、栄野川泰、大城立裕による論争が起きた。七月、米軍基地建設を目的とした宜野湾村伊佐浜の土地接収の現場で武装兵に追われる。九月、「空疎な回想」を改題した「ガード」が『新日本文学』九月号に転載。十二月、『琉大文学』第十号に小説「ジャパニー」を発表。

【三月、伊江村、七月、宜野湾村伊佐浜の軍用地強制接収】

一九五六年（昭和三十一年）二十二歳

三月、琉球大学文理学部国語国文学科卒業。『琉大文学』第二巻第一号に、評論「『琉大文学への疑問』に答える」を発表。この号は、大学の「学生準則」に定められた「事前検閲」に従わなかったことを理由に停刊処分を受けた。四月、首里高等学校の教員となり、文芸部の顧問をつとめる。六月、「沖縄文学の会」の常任委員として『沖縄文学』創刊号にかかわる。八月十七日、強制的な土地接収に抗議する「島ぐるみ土地闘争」のなかで「反米」的な言動があったとして、学生六名が除籍、一名が謹慎処分を受けた「第二次琉大事件」において、『琉大文学』同人三名が除籍、一名が謹慎処分を受けたことに強い衝撃を受ける。

【六月、プライス勧告。島ぐるみ闘争。十二月、瀬長亀次郎、那覇市長に当選】

一九五七年（昭和三十二年）二十三歳

十一月、『沖縄文学』第二号の座談会「主題としての『沖縄』」に参加。

【十一月、米高等弁務官、瀬長追放のための改正布令公布】

一九五八年（昭和三十三年）**二十四歳**
四月、首里高等学校の教職を辞し、東京教育大学文学部国語国文学科三年次に編入学。この年、『琉大文学』同人の嶺井政和と喜舎場朝順が下宿していた比嘉春潮の家で開かれた「沖縄歴史研究会」に参加。

一九六〇年（昭和三十五年）**二十六歳**
三月、東京教育大学文学部卒業。卒業論文は「近松秋江論」。四月、東京教育大学大学院文学研究科日本文学専攻修士課程入学。吉田精一ゼミで木村幸雄と知り合う。六月十五日、日米安保条約をめぐる議論のなかで沖縄が欠落していることに苛立ちながら参加していた「反安保デモ」に機動隊が突入し、逃げのびた先で、樺美智子の死を知る。
【四月、沖縄県祖国復帰協議会結成】

一九六二年（昭和三十七年）**二十八歳**
この年から、霜多正次、国場幸太郎、新里恵二らが中心となった沖縄問題研究会に参加するようになり、新崎盛暉と知り合う。

一九六三年（昭和三十八年）**二十九歳**
三月、東京教育大学大学院文学研究科日本文学専攻修士課程修了。修士論文は梶井基次郎論。四月、東京都立城南高等学校の教員（国語）となる。十月、木下順二作の演劇『沖縄』を観る。劇の内容に苛立ちながら、「どうしても取り返しのつかないものを、どうしても取り返すために」という「波平秀」のセリフが印象に残る。

一九六四年（昭和三十九年）**三十歳**
この年、宮城妙子と入籍。長女亜紀生まれる。九月、中野重治の共産党除名に衝撃を受ける。

一九六五年（昭和四十年）**三十一歳**
木村幸雄の紹介で、大井郁夫と知り合い、雑誌『クロノス』同人となる。四月、『クロノス』九号に「『檸檬』論――その成立を中心に」を発表し、その後も梶井に関する論考を発表していく。

【二月、アメリカ軍ベトナムの北爆開始。八月、佐藤栄作首相が沖縄訪問】

一九六六年（昭和四十一年）**三十二歳**

三月、沖縄に帰る。その頃に島尾敏雄と会う。四月、新設された琉球大学教養学部の講師となる。

【四月、『新沖縄文学』（沖縄タイムス社）創刊】

一九六七年（昭和四十二年）**三十三歳**

この年、次女由希子生まれる。

【二月、教公二法阻止闘争。七月、大城立裕の「カクテル・パーティー」（『新沖縄文学』四号）が芥川賞受賞】

一九六八年（昭和四十三年）**三十四歳**

四月、琉球大学教養学部助教授に就任。五月、『沖縄タイムス』に「大城立裕『神島』を読んで」を発表し、作中人物が「集団自決」といかに向き合うのかに注目する。

【十一月、沖縄初の主席公選で屋良朝苗が当選。嘉手納基地でB52が爆発】

一九六九年（昭和四十四年）**三十五歳**

七月、『沖縄タイムス』のコラム「唐獅子」連載開始（七〇年六月まで）。八月、『沖縄タイムス』の連載企画「現代をどう生きるか」に「『わからないこと』からの出発」を発表。

【二月、二・四ゼネスト中止。十一月佐藤・ニクソン会談】

一九七〇年（昭和四十五年）**三十六歳**

二月、日本民主文学同盟（那覇支部）主催の「多喜二をしのぶ講演の夕べ」にて「多喜二の生涯と作品」を講演。三月、琉球新報と琉球大学での島尾敏雄の講演に接し、「琉球弧」「ヤポネシア」という言葉に「啓示」を受ける。四月より一年間、東京研修。沖縄戦で消失した近代期の沖縄の文学に関する資料の調査に取り組む。十一月、谷川健一編『叢書わが沖縄　第六巻　沖縄の思想』（木耳社）に「水平軸の発想――沖縄の『共同体意識』について」を発表。

【三月、赤松元大尉来島で「集団自決」が議論される。十二月、コザ暴動】

一九七一年（昭和四十六年）三十七歳

二月、大阪で部落解放読本『にんげん』に沖縄の問題が掲載されたことに大阪沖縄県人会が抗議、この問題に関して複数の論考を発表する。十一月、「施政権返還協定」に反対する「一一・一〇ゼネスト」のデモに参加。

【一月、毒ガス移送。六月、沖縄返還協定調印】

一九七二年（昭和四十七年）三十八歳

四月、琉球大学法文学部助教授に就任。六月、『中央公論』六月号で新川明や川満信一と「特集・沖縄の思想と文化」の編集を担当。「戦後沖縄の文学」において、「土着」と「沖縄的なもの」を考察するなかで、「沖縄人である」という自明性を解き放ちながら、「沖縄人になる」意識に注目する。この年、九州沖縄芸術祭文学賞（現・九州芸術祭文学賞）地区選考委員となる（二〇〇五年まで）。

【一月、東峰夫「オキナワの少年」が芥川賞受賞。二月、連合赤軍事件。五月十五日、沖縄の施政権が日本に返還される。六月、沖縄県知事に屋良朝苗】

一九七三年（昭和四十八年）三十九歳

四月、七一年の一一・一〇ゼネストにおいて警官殺害の容疑で逮捕・起訴された松永優の裁判を支援する「松永闘争を支援する市民会議」の代表となり、以後、機関誌『沖縄・冬の砦』の編集や支援運動に取り組む。六月、『沖縄タイムス』に「曽野綾子『ある神話の背景』をめぐって」を発表。十二月、『琉球新報』に「わが沖縄・原点とプロセス――総括的補論」を連載（翌年二月まで）。

【一月、ベトナム和平協定発効。九月、CTS（石油備蓄基地）に反対する「金武湾を守る会」結成】

一九七四年（昭和四十九年）四十歳

九月、呼びかけ人の一人として「CTS阻止闘争を広げるために」という声明を発表、「CTS阻止闘争を拡げる会」（八二年に「琉球弧の住民運動を拡げる会」に改称）の結成にかかわる。十月、「松永裁判」の一審判決で懲役一年執行猶予二年の判決が出る。

【九月、CTS訴訟提訴】

一九七五年（昭和五十年）**四十一歳**

一〜二月、『琉球新報』にて、「金武湾を守る会」をめぐり新里恵二と論争。「代表」を置かない「住民運動」の可能性を述べた。四月、『新沖縄文学』二八号の特集「沖縄と天皇制」で「戦後沖縄の『天皇制』論」を発表。七月、『沖縄県史』に「文学」の項を執筆（後に「近代沖縄文学史論」と改題）。

【七月、沖縄国際海洋博覧会が開会。ひめゆりの塔前で皇太子夫妻に火炎瓶が投げられる】

一九七六年（昭和五十一年）**四十二歳**

四月、松永優の無罪が確定。十月、伊波普猷生誕百年記念巡回講演会で八重山にて講演。

【六月、屋良知事がＣＴＳ建設を認可】

一九七七年（昭和五十二年）**四十三歳**

二月、琉球大学教養学部主催の「沖縄戦後文学の出発」で司会を務める。三月、『冬の砦沖縄・松永裁判闘争』に「一一・一〇ゼネストへの軌跡」を寄稿。七月、『琉球弧の住民運動』創刊号の編集者を務める。十一月、比嘉春潮死去。

【五月、公用地法期限切れ（強制使用に法的空白が生じた、「安保に風穴を開けた四日間」）。六月、沖縄戦三十三回忌】

一九七八年（昭和五十三年）**四十四歳**

この年、新川明を司会に、島尾敏雄、川満信一と計画していた雑誌『琉球弧』（未刊）に掲載予定の座談会「琉球弧とヤポネシア」を行なう（『新沖縄文学』七一号、一九八七年掲載）。八月、松永裁判国家賠償訴訟の沖縄出張裁判で証言。十月、法政大学沖縄文化研究所主催の「沖縄学・市民講座」にて「沖縄の近代文学」について講演。十二月、『カイエ』臨時増刊号の「総特集・島尾敏雄」に「私にとっての琉球弧」を発表。

【七月、交通方法変更。右側通行から左側通行に変更。十二月、西銘順治が県知事に当選】

一九七九年（昭和五十四年）**四十五歳**

一月、『琉球大学法文学部紀要国文学論集』に「沖縄戦戦記について――その初期記録を中心に」を発表。

一九八〇年（昭和五十五年）四十六歳

三月、『青い海』九一号の「特集・ドキュメント琉球大学」に「『琉大文学』のころ」を発表。五月、『クロノス』元同人の大井郁夫や木村幸雄とともに『駱駝』の同人となる。十二月、この年から九三年まで『琉球新報』の年末回顧（文学・小説）を担当。

【五月、韓国で光州事件。九月、イラン・イラク戦争】

一九八一年（昭和五十六年）四十七歳

七月、『現代沖縄の文学と思想』（沖縄タイムス社）を刊行。十月、『沖縄文学の地平』（三一書房）を刊行。十一月、「松永裁判十周年集会」（東京）で講演。

一九八二年（昭和五十七年）四十八歳

三月、『現代沖縄の文学と思想』で第二回沖縄タイムス出版文化賞を受賞する。四月、琉球大学法文学部教授に就任。八月、青い海児童文学賞審査員となる（第四回〜第六回）。十月、「金武湾を守る会」の安里清信死去。

【六月、教科書問題。沖縄戦における住民虐殺の記述が削除され、抗議相次ぐ。十二月、一坪反戦地主会発足】

一九八三年（昭和五十八年）四十九歳

七月、献血運動推進全国大会のために皇太子夫妻が沖縄を訪れたことに関して座談会「沖縄差別と天皇制」に参加、『沖縄タイムス』に「警護の中の皇太子来沖」を発表。

【十二月「沖縄戦記録フィルム1フィート運動の会」結成】

一九八四年（昭和五十九年）五十歳

九月、『琉球弧の住民運動』第二五号にて第一期終刊。「安里清信氏と琉球弧の住民運動」を発表。十一月、牧港篤三や川満信一らと第二回詩画展「一九八四年・表現の現在」開催に関わる。

一九八五年（昭和六十年）五十一歳

二月、『南海日日新聞』に「つむぎ随筆」連載開始（十二月まで）。六月、沖縄大学土曜教養講座シンポジウム「沖縄戦はいかに語り継がるべきか」に参加し、『ある神話の背景』について発言する。

【八月、文部省、「日の丸」「君が代」促進の通達】

一九八六年（昭和六十一年）五十二歳

三月、『沖縄文化研究』一二号「中野好夫先生追悼記念特集号」に「『カクテル・パーティ』の構造」を発表。十一月、島尾敏雄死去。十二月、『琉球弧の住民運動』復刊号の発行責任者となる。『沖縄タイムス』の追悼座談会「島尾文学と沖縄」に参加。『新沖縄文学』七〇号に「島尾さんの素顔と陰影」を発表。

【三月、「日の丸・君が代」をめぐり卒業式で混乱】

一九八七年（昭和六十二年）五十三歳

三月、『新沖縄文学』七一号の特集「島尾敏雄と沖縄」で座談会「『ヤポネシア論』と沖縄――思想的な意味を問う」の司会をつとめる。四月、「海邦国体」に天皇が出席する（実際には訪れず）ことから開かれた「天皇（制）を考える公開市民連続講座」で「いま、なぜ、天皇制を問う」を報告。六月、『新沖縄文学』七二号より「『ヤポネシア論』の輪郭」の連載開始（八四号、九〇年六月まで十一回連載）。台湾の作家黄春明と対談。七月、「天皇の沖縄訪問を問う七・一六集会」で講演。十二月、島尾敏雄追悼講演会の発起人となる。

【六月、嘉手納基地包囲行動。九月、海邦国体夏季大会開催。平和の森球場（読谷村）で「日の丸」焼却事件。十一月、チビチリガマの〈世代を結ぶ平和の像〉破壊】

一九八八年（昭和六十三年）五十四歳

この年より、『沖縄文学全集』の作業が本格化する。四月、『宮古毎日新聞』の月曜コラム「無冠」連載開始（九月まで）。十二月、加計呂麻島呑之浦に建立された島尾敏雄の文学碑の除幕式に参加。

一九八九年（昭和六四／平成元年）五十五歳

五月、琉球新報児童文学賞の選考委員となる（二〇〇六年・第十八回まで）。

【一月、昭和天皇死去。六月、ひめゆり平和祈念資料館開館。天安門事件。十一月、ベルリンの壁崩壊】

一九九〇年（平成二年）五十六歳

七月、『沖縄文学全集』（国書刊行会）刊行開始。十一月、『「ヤポネシア論」の輪郭――島尾敏雄のまなざし』（沖縄タイムス社）刊行。十二月、発行責任者を務めた『琉球弧の住民運動』が復刊九号（通巻三四号）にて終刊。
【四月、小中高校の入学式での日の丸掲揚と君が代斉唱の義務化。十一月、大田昌秀が県知事に当選】

一九九一年（平成三年）**五十七歳**
三月、編集協力をした『高校生のための副読本　沖縄の文学〈近代・現代〉編』刊行。十一月、シンポジウム「占領と文学」に関わる研究発表会「沖縄の文化」で「『カクテル・パーティー』論」を報告。
【一月、湾岸戦争始まる】

一九九二年（平成四年）**五十八歳**
三月、妻妙子死去。『新沖縄文学』九一号の特集「沖縄・戦後の知的所産」に「木下順二戯曲『沖縄』」を書く。五月、『週刊読書人』の特集「復帰二十年を機に／いま『沖縄』を問い直す」に「〞ボーダレス〞な状況のもとで」を発表。八月、四国に赴く。

一九九三年（平成五年）**五十九歳**
十一月、新沖縄文学賞の選考委員となる（二〇〇五年まで。第十九回〜第三一回）。十二月、新崎盛暉らとともに『けーし風』（新沖縄フォーラム刊行会議）創刊にかかわる。
【四月、全国植樹祭が糸満市摩文仁で開かれ、天皇・皇后が沖縄訪問。五月、『新沖縄文学』九五号にて休刊】

一九九四年（平成六年）**六十歳**
九月、編者を務めた『ふるさと文学館　第五四巻　沖縄』（ぎょうせい）刊行。十一月、沖縄大学土曜教養講座で「大江健三郎と沖縄」を報告。十二月、『けーし風』第五号より「偶感」が始まる（二〇〇五年十二月まで、四十四回連載）。
【十月、大江健三郎ノーベル賞受賞】

一九九五年（平成七年）**六十一歳**
一月、『琉球新報』に「戦後を読む」連載開始（九六年三月まで。五十一回連載）。二月、仲宗根政善死去。七月、「戦後五十年目に仲宗根政善から何を学ぶか――仲宗根政善先生を偲ぶ集い」のシンポジウムの司会をつとめる。十二月、『けーし風』第一三号の特集「沖縄・文学の現在」を担当。

【一月、阪神大震災。三月、地下鉄サリン事件。六月、「平和の礎」建立。九月、米兵による「少女暴行事件」が起こる。大田知事、米軍用地の強制使用手続きへの代理署名拒否を表明。十月、沖縄県民総決起大会に八万五千人参加】

一九九六年（平成八年）**六十二歳**

二月、『沖縄文化研究』二二号「仲宗根政善先生追悼特集号」に「忘れ難いことの二つ三つ」を発表。六月、「戦後を読む」が『現代文学にみる沖縄の自画像』として高文研より刊行。十二月、「沖縄文学フォーラム沖縄・土着から普遍へ――多文化主義時代の表現の可能性」の実行委員を務める。『現代文学にみる沖縄の自画像』で第二四回伊波普猷賞受賞。

【一月、又吉栄喜「豚の報い」が芥川賞受賞。九月、沖縄県民投票で「アメリカ軍基地の整理・縮小と日米地位協定の見直し」に賛成する票が八九％。大田知事が米軍用地強制使用手続きの代行応諾を表明】

一九九七年（平成九年）**六十三歳**

八月、『敍説』第十五号の特集「検証・戦後沖縄文学」に「沖縄の小説の現在」を発表。十二月、『けーし風』第一七号の座談会「検証・独立論」（新川明・新崎盛暉・屋嘉比収）の司会をつとめる。

【一月、辺野古沖への海上ヘリ基地建設に日米政府が合意。四月、米軍用地特措法改正案成立。七月、目取真俊が「水滴」で芥川賞受賞】

一九九八年（平成十年）**六十四歳**

九月、『けーし風』第二十号に「偶感（十六）」を発表。文章のなかで言及した「沖縄人になる」をめぐり屋嘉比収と『けーし風』誌上で議論を交わす（第二四号・九九年九月まで）。十一月、沖縄大学土曜教養講座で「沖縄の小説の現在」を講演。

【十一月、稲嶺惠一が県知事に当選】

一九九九年（平成十一年）**六十五歳**

六月、『国文学解釈と鑑賞』第六四巻第六号の特集「梶井基次郎を読む」で『泥濘』について書く。十二月、『けーし風』第二五号で、屋嘉比収と対談「資料館問題を開く」。

【八月、沖縄平和市民連絡会結成。九月、沖縄県平和

祈念資料館展示内容改ざん問題】

二〇〇〇年（平成十二年）**六十六歳**

二月、『沖縄文学の情景』（ニライ社）を刊行。三月、琉球大学を退官。四月、沖縄大学教授に就任。六月、『けーし風』第二七号の特集「文化の生まれるところ」を担当。十一月、台湾宜蘭で開かれた台湾・沖縄歴史研究会にて、「沖縄の文學の現在」を報告。

【七月、沖縄サミット開催。嘉手納基地包囲行動】

二〇〇一年（平成十三年）**六十七歳**

四月、島尾ミホを撮った『ドルチェ 優しく』の上映会とフォーラム「奄美・沖縄のヴァイタル」に参加。八月、又吉盛清の案内で台湾の膨湖島や霧社を訪れる。九月、胃癌の手術。「九・一一」の映像を病室で見る。

二〇〇二年（平成十四年）**六十八歳**

四月、『沖縄タイムス』の「思潮」担当（〇三年三月まで）。

二〇〇三年（平成十五年）**六十九歳**

三月、沖縄大学を退職。五月、高橋敏夫と共編で『沖縄文学選――日本文学のエッジからの問い』（勉誠出版）を刊行。七月、『駱駝』第四三号に小説「洋平物語」を発表。座談会「『琉大文学』五十年」に参加。九月、山之口貘生誕百年記念日本社会文学会秋季大会で「沖縄の戦後と現在」を講演。十二月、大阪リバティホールで開かれた『人類館』を観劇。

【三月、イラク戦争開戦。六月、有事関連法案成立】

二〇〇四年（平成十六年）**七十歳**

三月、『EDGE』一三号に掲載予定の座談会「『琉球電影烈伝』の波動」に参加。七月、琉球大学非常勤講師を終える。八月、『駱駝』第四五号に「洋平物語（二）」を発表。十一月、韓国慶州市威徳大學校で開かれた二〇〇四年度日本社会文学会秋季大会にて、「戦後沖縄の文学とアメリカ」を講演。十二月、沖縄大学連続シンポジウム「方法としての沖縄研究／第七回／記憶すること・記録すること」で沖縄戦をめぐる記憶について報告した。

【八月十三日、沖縄国際大学構内に米軍ヘリ墜落】

二〇〇五年（平成十七年）七十一歳

三月、『沖縄タイムス』の「記憶の声・未来への目」で「戦後文学」について書く。十二月、『沖縄は基地を拒絶する』（高文研）に「新たな思想的地平へ」を発表。

【六月、青山学院大学の英語入試問題で「ひめゆり学徒」の体験談を「退屈」だと記述したことが発覚。八月、「集団自決」訴訟。十月、在日米軍再編中間報告が出る】

二〇〇六年（平成十八年）

五月、シンポジウム「比嘉春潮と現代沖縄」で報告。七月、『琉球新報』に第一八回新報児童文学賞選評の「総評」を書く。この月より那覇市立病院に入院。八月五日、肺癌のため那覇市立病院で死去。享年七十一歳。八月十二日、『沖縄タイムス』に絶筆となった『太田良博著作集④黒ダイヤ』の書評が掲載された。

岡本恵徳著作目録

（作成：我部 聖）

凡 例

1 本目録のならびは、タイトル、掲載誌（紙）、発行者、（掲載月日）の順とし、同じ号に複数掲載された場合や新聞連載などは「／」で続けた。なお単行本に収録された論考については次のように略記した。『現代沖縄の文学と思想』（1981）→【思想】、『沖縄文学の地平』（1981）→【地平】、『「ヤポネシア論」の輪郭』（1990）→【輪郭】、『現代文学にみる沖縄の自画像』（1996）→【自画像】、『沖縄文学の情景』（2000）→【情景】。
また、掲載誌（紙）名は次のように略記した。『沖縄タイムス』→『タイムス』、『琉球新報』→『新報』、『新沖縄文学』→『新沖文』

2 ＊印は筆名が池澤聡（池沢聰）。それ以外の場合はタイトルのあとに〔 〕で記した。

3 本書に収録した文章はゴシックで示した。

1953年（昭和28）19歳

"弱き者" ＊ 『琉大文学』創刊号（7.23）
静かな嵐＊ 『琉大文学』第3号（11.18）

1954年（昭和29）20歳

或るセンチメンタリストの話＊ 『琉大文学』第4号（1.1）
弊履＊ 『琉大文学』第5号（2.25）
革帯（ベルト）＊／同人室＊ 『琉大文学』第6号（7.25）
空疎な回想＊／編・集・部・ダ・ヨ・リ＊／QQQ――高校文藝に就いて＊ 『琉大文学』第7号（11.25）

1955年（昭和30）21歳

新しい演劇運動の為に――問題の提起として＊／同人室＊／スナップ（順・太郎・聰 合記）『琉大文学』第8号（2.5）
学校側が"琉大文学"回収――文芸クラブ岡本君の話『タイムス』（4.12）
座談会――沖縄に於ける民族文化の傳統と繼承（仲宗根政善・嘉陽安男・大城立裕・新川明・玉榮清良・太田良博・川満信一、司会：池沢聰）／編集部便り＊ 『琉大文学』第9号（7.10）
ガード＊ 『新日本文学』1955年9月号（※「空疎な回想」を一部加筆して転載）
ジャパニー＊／同人室――試みということ＊／新しい芽生えのために――高校文藝誌短評「養秀文藝」（創刊号）＊ 『琉大文学』第10号（12.10）
断想――断片・感想＊ 『養秀文藝』第2号、首里高校文藝同人クラブ（12.15）
文化継承の基本的態度"円覚寺跡の問題"について＊ 『新報』（12.20～21）

1956年（昭和31）22歳

「琉大文學への疑問」に答える＊ 『琉大文学』第2巻第1号（第11号）（3.15）

1957年（昭和32）23歳

座談会――主題としての「沖縄」（大城立裕・池田和・新川明・眞榮城啓介）＊ 『沖縄文学』第2号（11.19）

1958年（昭和33）24歳
座談会——沖縄の現実と創作方法の諸問題（霜多正次・当間嗣光・新里恵二・中里友豪・清田政信、司会：岡本浩司〔筆名〕）　『琉大文学』第2巻第6号（第16号）（12.6）

1965年（昭和40）31歳
『檸檬』論——その成立を中心に　『クロノス』9（4.20）
梶井基次郎、ある転換——『冬の日』の成立をめぐって　『クロノス』10（9.1）
青春の彷徨——習作期の梶井基次郎　『城南紀要』第2号、東京都立城南高等学校（12.1）

1966年（昭和41）32歳
梶井基次郎覚え書　『クロノス』11（1.15）
沖縄より　『クロノス』12（5.20）
苦悶の肖像——作品〝逆光のなかで〟をめぐって＊　『琉大文学』第3巻第7号（第27号）（12.3）【思想】

1967年（昭和42）33歳
「カクテル・パーティー」その他——新沖縄文学第4号を読んで＊　『タイムス』（2.16）
クロノス短信——沖縄だより　『クロノス』14（2.20）
「のんきな患者」論　『琉球大学文理学部紀要人文篇』第11号（3.31）
研究室第3回——地域の困難をのりこえた文学の可能の追求　『琉球大学学生新聞』第86号（4.28）
〝新沖縄文学〟一年を顧みて——作家、読者、選考委員座談会（大城立裕・上原道子・嘉陽安男・池田和）＊　『タイムス』（5.18〜19）
大城立裕芥川賞受賞——重みのある題材　『新報』（7.22）
「教養主義」の悲劇——河童忌にちなんでの断想＊　『新報』（8.21〜22）
いれいたかし著『チョルンの歌』を読んで＊　『タイムス』（9.7）
生と人間性への回帰——漱石忌によせて＊　『新報』（12.13〜14）
解説——彼のことなど＊　仲程昌徳『お前のためのバラード』（12.22）
書評　仲程昌徳詩集『お前のためのバラード』＊　『新報』（12.29）

1968年（昭和43）34歳
書評　お前のためのバラード＊　『タイムス』（1.11）
大城立裕「神島」を読んで＊　『タイムス』（5.16〜18）【思想】
本と私　『タイムス』（11.28）
沖縄の人権——沖縄の日本人意識　『タイムス』（12.20）

1969年（昭和44）35歳
私にとって本土とは何か〈4〉——「沖縄」を語ることから出発＊　『新報』（2.24）
「ああ、ひめゆりの学徒」を読んで＊　『タイムス』（2.27）
座談会——映画「神々の深き欲望」を見て（勝連繁雄・新川明・川満信一）　『タイムス』（5.30〜6.6）
〈唐獅子〉戦争体験の記録　『タイムス』（7.11）
〈唐獅子〉歴史感覚　『タイムス』（7.18）
〈唐獅子〉想像力　『タイムス』（8.1）
私にとって本土とは何か　戯曲「神島」の問題をとおして＊　『タイムス』（8.10）【地平】
〈唐獅子〉戦果　『タイムス』（8.15）

現代をどう生きるか（30～31）――「わからないこと」からの出発＊　『タイムス』（8.28～29）
〈唐獅子〉禁制　『タイムス』（8.30）
〈唐獅子〉河原乞食がやって来る　『タイムス』（9.13）
〈唐獅子〉「戦争責任の追及」ということ（9.28）
〈唐獅子〉「恥」と「罪」　『タイムス』（10.14）
〈唐獅子〉「水平軸」の発想（10.26）
〈唐獅子〉《水平軸の発想》その二　『タイムス』（11.8）
〈唐獅子〉一九六九年十一月十七日　『タイムス』（11.25）
〈唐獅子〉国家論・その他　『タイムス』（12.10）
〈唐獅子〉「中央」対「地方」　『タイムス』（12.24）

1970年（昭和45）36歳
〈唐獅子〉水平軸の発想（三）　『タイムス』（1.11）
〈唐獅子〉政治論ふうに……　『タイムス』（1.25）
〈唐獅子〉「ことば」の美と醜　『タイムス』（2.8）
〈唐獅子〉ある披露宴で……　『タイムス』（2.22）
〈唐獅子〉"差別" ということば　『タイムス』（3.8）
戦後沖縄文学の一視点――大城立裕の文学にあらわれた沖縄について　『沖縄文化』第7巻第2号（第29号）、沖縄文化協会（3.20）【思想】
〈唐獅子〉戦時下の死と日常の死　『タイムス』（3.22）
梶井基次郎の〈幻覚〉について　『琉球大学文学語学論集』第14号、琉球大学法文学部（4.1）
〈唐獅子〉「責任の追及」ということ　『タイムス』（4.5）
〈唐獅子〉日録ふうに　『タイムス』（4.19）
〈唐獅子〉沖縄デー　『タイムス』（5.3）
〈唐獅子〉東京雑感　『タイムス』（5.17）
〈唐獅子〉「日本人であること」　『タイムス』（5.31）
〈唐獅子〉「六月十五日」　『タイムス』（6.14）
〈唐獅子〉終わりの弁　『タイムス』（6.28）
「沖縄に生きる」思想――「渡嘉敷島集団自決事件」の意味するもの　『労働運動研究』第9号（7.1）
小さな広告からの思考＊　『タイムス』（7.5）
討論――情況に挑む思想（新川明・上原生男・勝連繁男・勝連敏男・川満信一・仲宗根勇）『物呉ゆすど……沖縄解放への視角』田畑書店（7.25）
もう一つの筆禍事件――久志芙沙子「滅びゆく琉球女の手記」について＊　『タイムス』（10.27～28）【地平】
大江健三郎著『沖縄ノート』にふれて　『タイムス』（11.10～14）【地平】
水平軸の発想――沖縄の「共同体意識」について　谷川健一編『叢書わが沖縄　第六巻　沖縄の思想』木耳社（11.25）【思想】

1971年（昭和46）37歳
選挙にみる沖縄の意識　『中央公論』1971年1月号
解放読本「にんげん」をめぐって〈6～8〉＊　『タイムス』（2.17～19）
特集　続・反復帰論――沖縄の「戦後民主々義」の再検討＊　『新沖文』19号（3.20）【思想】
富村順一――沖縄民衆の怨念　『現代の眼』1971年5月号、現代評論社（5.1）【地平】

学界展望　2月1日～28日　近代　『国文学解釈と鑑賞』第36巻第5号、至文堂、1971年5月号
『沖縄島』論――霜多正次論ノート（1）　『沖縄文化』第8巻第4号（通巻第35号）、沖縄文化協会（5.15）【思想】
「差別」の問題を通して考える沖縄――副読本『にんげん』をめぐる問題　『教育評論』1971年6月号（通巻261号）日本教職員組合情宣部（6.1）
返還協定の方向を批判する〈20～21〉――持続する「拒否」の意思＊　『タイムス』（6.2～3）【思想】
沖縄現地からの報告――「返還協定」締結後の状況をめぐって＊　『市民』第4号、勁草書房（9.1）
アンケート――町田君虐殺をめぐる沖縄文化人の反響　『琉球大学学生新聞』第112号（10.1）

1972年（昭和47）38歳

共同討論――沖縄　天皇制との闘い（井上清・玉栄清良・伊礼孝・芳沢弘和・新川明・川満信一・山城幸松、司会：古波津英興）　『破防法研究』第15号、破防法研究会（2.10）
戦後の沖縄文学――その状況を探る①　「沖縄島」から「カクテル・パーティー」へ　『新報』（3.23）夕刊
近代の沖縄における文学活動　『文学』第40巻第4号（1972年4月号）【地平】
「やさしい沖縄人」ということ　『沖縄経験』第3号（5.）
沖縄の土と心――戦後文学　『西日本新聞』（5.11）夕刊
『日本国民』になることの意味〈12～13〉　『タイムス』（5.28、30）【思想】
戦後沖縄の文学　『中央公論』1972年6月号【地平】
座談会――日本国家となぜ同化し得ないか（新川明・川満信一）　『中央公論』1972年6月号
連合赤軍事件によせて　『琉球大学学生新聞』号数不明（6.1）
「やさしい人」小論　大城立裕氏の作品をめぐって　『タイムス』（7.29～8.2）【地平】
「日本国家」を相対化するということ　『世界』1972年8月号
"もう一つの沖縄戦"の実態――或る在沖朝鮮人の証言　"朝鮮人軍夫"問題　三氏はこう見る　内なる差別とつきつめれば結びつく　『タイムス』（8.26）
沖縄の歴史と差別　『解放教育』15号、全国解放教育研究会（9.1）
シンポジウム――存在と表現（清田政信・中里友豪・川満信一・中村清・池宮城秀一、司会：岡本）　『琉大文学』第4巻第1号（31号）（9.）
27年間の総括と72年の締めくくり〈10～11〉小説　『タイムス』（12.20～21）

1973年（昭和48）39歳

発言　『沖縄・冬の砦』No.2、松永闘争を支援する市民会議――沖縄・冬の砦編集委員会（1.18）
沖縄"施政権返還"その後　『思想の科学』1973年3月号（通巻223号）思想の科学社（3.1）
座談会――沖縄にとって天皇制とは何か（池田和・川満信一・与那国暹）　『タイムス』（3.14～24）
沖縄研究現状と課題〈28〉――沖縄近代文学の研究　『タイムス』（4.20）
わたしの沖縄〈1〉――思想・文化の視点から　『新報』（5.1）『タイムス』（5.3）（共同通信）
内なる差別　佐木隆三の「偉大なる祖国アメリカ」をめぐって　『新報』（5.17～19）【地平】
曽野綾子『ある神話の背景』をめぐって　『タイムス』（6.8～10）【地平】

鼎談　沖縄の近代文学と差別――「奥間巡査」と「滅びゆく琉球女の手記」をめぐって（大城立裕・国吉真哲）　『青い海』第3巻第8号（通巻26号）(9.30)
最近の長編から（上）――霜多正次「道の島」について　『タイムス』(10.17)
最近の長編から（下）――佐木隆三「偉大なる祖国アメリカ」　『タイムス』(10.18)
市民運動論覚書　『沖縄・冬の砦』No.10「市民会議」結成一周年特集号、松永闘争を支援する市民会議（10.26）
書評　国分直一・佐々木高明編『南島の古代文化』　『タイムス』(11.18)
＊1973～74年　わが沖縄――その原点とプロセス（65～86）総括的補論　（87～88）総論『新報』【地平】
(65) 長堂英吉著「我羅馬テント村」(12.12)／（66～68）内村直也著　戯曲「沖縄」(12.13～19)／（69）星雅彦著「南の傀儡師」(12.21)／（70）霜多正次著『沖縄島』(12.22)／（71～72）吉村昭著『殉国』(12.24～25)／（73～74）田宮虎彦著『沖縄の手記から』(12.26～27)／（75～76）嘉陽安男著「捕虜」三部作（12.28～29)／（77）石野径一郎著『ひめゆりの塔』(12.31)／（78）佐木隆三著『沖縄と娼婦と私』(1974.1.5)／（79～81）木下順二著戯曲「沖縄」(1.8～10)／（82～83）太田良博著「黒ダイヤ」(2.7～8)／（84）船越義彰著「鄭迥」(2.9)／（85～86）大城立裕著『小説・琉球処分』『恩讐の日本』(2.12～13)／（87～88）総論（2.14～15)

1974年（昭和49）40歳
書評　佐木隆三『年輪のない木』　『タイムス』(3.16)
市民会議から開催への想い（岡本恵徳・代表）　『沖縄・冬の砦 特集号 デッチ上げ裁判を考える人々の集い』松永闘争を支援する市民会議（4.20)
出席する人の少ない中で、全体の進め方の話し合いがなされ、動かねばならない会合の報告（文責・岡本）　『沖縄・冬の砦』No.16、松永闘争を支援する市民会議（4.27)
復帰二年を考える⑦――あるささやかな総括　『新報』(5.23)
書評『伊波普猷全集第一巻　古琉球・古琉球の政治・歴史論考』　『週刊読書人』第1030号(5.27)
尾崎士郎作『夜明けの門』筆禍事件をめぐって　『新報』(10.9～11)【地平】
「松永判決」について　『タイムス』(10.15)
「崩壊」の根底にあるもの　『新沖文』26号（10.15)【思想】
個々の総意としての救援――沖縄・松永闘争を支援する市民会議　『情況』通巻74号、情況出版（10.20)
特集　戦後沖縄の重要論文集選考座談会――戦後沖縄の思想をたどる（新川明・新崎盛暉・池田和・儀間進）　『青い海』第4巻第9号（通巻37号）1974年11月号（10.30)
解説――森秀人『甘蔗伐採期の思想』　『青い海』第4巻第9号（通巻37号）1974年11月号（10.30)
司法反動化の道――起訴外の内容で有罪認定（「松永判決」について」改題）　『冬の砦』No.9、「松永君を守る会」(12.22)

1975年（昭和50）41歳
二審をむかえて　『沖縄・冬の砦』No.21（1.18)
「守る会」は独善的か　新里恵二氏への反論　『新報』(1.18)
私たちの立場　「金武湾を守る会」をどうみるか　『新報』(1.29)
反公害住民運動　『新報』(2.22)
「琉球料理」のことでなく……　大浜用光編『手仕事の沖縄』第1号、手仕事の沖縄工芸館（3.1)
書評『現代の文学39　戦後II』　『新報』(3.16)

対談――文学と思想としての戦後（川満信一）　『沖縄読書新聞』創刊号、沖縄読書新聞社（4.1）
戦後沖縄の「天皇制」論　『新沖文』28号（4.29）
近代沖縄の文学――明治期の文学活動を中心に　『タイムス』（5.16～18）
日本列島'75　『タイムス』（5.27）
山之口貘・断想　『青い海』第5巻第5号（通巻43号）（5.30）【地平】
歴史的状況と文学の関係琉歌の本質とは何か　『沖縄読書新聞』第3号（6.1）
公判傍聴記――控訴審第二回公判　『沖縄・冬の砦』No.26、松永闘争を支援する市民会議（7.10）
海洋博を考える――その文化的所見〈18～19〉　『タイムス』（7.18～19）
文学（近代沖縄文学の諸問題――転換期の文学の諸相）　『沖縄県史 第六巻 文化2』（7.20）【思想】
長堂英吉作「洗骨」に寄せて――「新沖縄文学」28号の創作から　『タイムス』（9.14）【地平】
沖縄における戦後の文学活動　『沖縄文化研究』2、法政大学沖縄文化研究所（10.20）【思想】
11・10ゼネスト四周年記念講演会――あのゼネストの熱気は、今……　『沖縄・冬の砦』No.30、松永闘争を支援する市民会議（11.6）
私にとっての天皇制　『琉球大学学生新聞』第136号（12.1）
ことしの回顧〈2〉文芸　『新報』（12.30）

1976年（昭和51）42歳

討論　沖縄の戦後思想――復帰問題を中心に（大田昌秀・新里恵二・嶋袋浩）　『世界』1976年1月号
座談会――沖縄の文学を語る土着の情念と焦燥と（阿嘉誠一郎・又吉栄喜・横山史郎 きき手・岡本恵徳）　『タイムス』（1.1）
沖縄の歴史と差別　全国解放教育研究会編『沖縄の解放と教育』明治図書出版（2.）（※初出1972）
ひとこと　『沖縄・冬の砦』No.34（3.6）
川端康成「禽獣」への一視点　『琉球大学法文学部紀要国文学論集』第20号（3.31）
県労協の「解体的」危機、これをいかにとらえるか――アンケート　文化・知識人からの回答　『琉球大学学生新聞』137号（4.8）
松永裁判上告せず――当初から無罪を確信した（岡本・松永闘争を支援する市民会議代表）『タイムス』（4.15）
闘いの中で学ぶ　『沖縄・冬の砦』No.35、松永闘争を支援する市民会議（5.1）
座談会　新沖縄文学の十年――その総括と課題（大城立裕・米須興文・池田和・仲宗根勇・仲程昌徳、司会：岡本）　『新沖文』32号（6.18）
解説――沖縄における天皇制論　『沖縄にとって天皇制とは何か』沖縄タイムス社（6.20）
座談会――冬の砦五年の足あと　『沖縄・冬の砦』No.36（7.20）
特別企画一校一学・大学別学問論〈琉球大学〉――原風土からの諸学への問い　『流動』1976年9月号
天皇在位50周年記念祝典　知事は出席拒否を――天皇制を考える会が要請　『新報』（11.1）夕刊
座談会　沖縄と天皇の半世紀――在位50年にあたって（司会：新川明、国吉真哲・島袋哲・中里友豪）　『タイムス』（11.10）

1977年（昭和52）43歳

11・10ゼネストへの軌跡　『冬の砦 沖縄・松永裁判闘争』たいまつ社（3.10）

『沖縄県史　別巻　沖縄近代史辞典』沖縄県教育委員会（3.31）

池宮城積宝／伊波月城／「奥間巡査」／「五人」／「紙銭を焼く」／末吉麦門冬／世礼国男／津嘉山一穂／仲村渠／山城正忠／山里永吉

アシャギ――デラシネにすすめる書　『新報』(4.12)

感想　『沖縄学を民衆のなかへ』伊波普猷生誕百年記念会（沖縄）事務局（4.20）

沖縄と近代　『タイムス』(5.11～12)【思想】

沖縄の〝五年目〟と原点　『朝日新聞』(5.14) 夕刊

座談会――「過渡期としての沖縄」(三輪隆夫・東江平之・米須興文・我部政男、司会：嶋袋浩)　『新報』(5.15～18)

沖縄戦後文学の出発――その思潮と状況（大城立裕・川満信一・中里友豪・池田和・米須興文、司会：岡本恵徳)／討議・沖縄の戦後文学と演劇（渡久山章・米須興文・関根賢司・中里友豪・仲井間憲児・大城立裕・森田孟進・川満信一・新川明・松田賀孝、司会：岡本)／沖縄戦後文学史略年表（作製)　『新沖文』35号（5.24）

座談会――復帰後の同化攻撃に対する沖縄の闘いの現実と反差別（村田拓・新川明)　差別とたたかう文化会議編『別冊・解放教育差別とたたかう文化』夏号、明治図書出版（7.1）

書評　稲村賢敷『宮古島旧記並史歌集解』　『日本読書新聞』(7.25)

渡地（わたんぢ)〔聡〕　『琉球弧の住民運動』第2号、CTS阻止闘争を拡げる会（10.13）

書評　松岡俊吉『島尾敏雄論』　『タイムス』(10.29)

柳田国男と沖縄　『新沖文』37号（12.29）

大城立裕の文学と思想――「琉大文学」との関わりの中で　『青い海』第8巻第1号（通巻69号）1978年1月号、青い海出版社（12.30)【地平】

1978年（昭和53）44歳

第五回伊波普猷賞――「沖縄戦後史」と新崎盛暉氏　『タイムス』(1.4)

列島'78　沖縄〝革新性〟の限界を露呈　〝学力論争〟めぐる波紋の底流　『読売新聞』(1.23) 夕刊

「のんきな患者」論　『日本文学研究資料叢書　梶井基次郎・中島敦』有精堂出版（2.20)（※初出1967）

私にとっての琉球処分〈8～9〉――「同化」と「異化」をめぐって　『タイムス』(3.14～15)

「柳田国男」研究の前提としてのノート　『昭和52年度特定研究紀要第一集　東アジア文化圏における沖縄の社会・文化についての総合的研究』琉球大学法文学部（3.31）

書評　大城立裕『まぼろしの祖国』　『タイムス』(5.27)

書評　新川明『新南島風土記』　『タイムス』(7.8)

1970年代沖縄の文学　『思想の科学』1978年10月号（通巻304号）思想の科学社（10.1)【地平】

書評　下嶋哲朗『沖縄・聞き書きの旅』　『タイムス』(11.11)

「新南島風土記」の「毎日出版文化賞」受賞をめぐって　『タイムス』(11.23)

私にとっての琉球弧　『カイエ』1978年12月臨時増刊号、冬樹社（12.15)【地平】【輪郭】

1979年（昭和54）45歳

列島'79　地域のための大学　沖縄大で具体化　『読売新聞』(1.12) 夕刊

「キセンバルの火」をすいせんします　『琉球弧の住民運動』第7号（1.13）

沖縄戦戦記について――その初期記録を中心に　『琉球大学法文学部紀要国文学論集』第23号（1.30)【地平】

「普請」への契機を求めて——「琉球弧・住民連帯集会」が目指すもの　『新報』(3.9)
琉球弧・市民住民運動連帯集会第一部——反戦・反基地運動報告（司会：岡本恵徳）　『琉球弧の住民運動』第 8 号（4.13）
創刊 150 号発刊教授から・先輩から——青年に望むこと　『琉球大学学生新聞』第 150 号（6.21）
戦後沖縄の文学——活動状況とその時代背景　『タイムス』(6.22〜24)
日本平和学会　コメント　いまなお問われる実践的な課題　『新報』(6.25)
沖縄の近代文学　『沖縄文化研究』6、法政大学沖縄文化研究所（6.30）
跋「嘉味田宗栄著作集刊行会」始（仕）末記／略歴　嘉味田宗栄　『琉球文学序説』至言社（7.1）
渡地（わたんぢ）〔恵〕　『琉球弧の住民運動』第 9 号（7.13）
「へだての海」を「結びの海に」——金武湾合宿を前に思う　『タイムス』(8.23)
渡名喜島印象　『琉球弧の住民運動』第 10 号（10.13）
座談会　八〇年代の沖縄——沖縄の位置の質的変化と新たな運動論理の構築（宮里政玄・玉城真幸、司会：新崎盛暉）　『新沖文』43 号（11.30）
書評　勝連敏男『勝連敏男詩集』　『タイムス』(12.15)

1980 年（昭和 55）46 歳

列島'80　『読売新聞』(1.9) 夕刊
奄美・沖縄における戦後の文学活動年表（第一稿）（仲程昌徳・関根賢司・玉城政美）／〈年表作成にあたって〉（文責・岡本恵徳）　『琉球大学法文学部紀要国文学論集』第 24 号（1.30）
書評　藤井令一『ヤポネシアのしっぽ・島尾敏雄の原風景』　『タイムス』(2.2)
書評　外間守善『沖縄文学の世界』『伊波普猷論』　『週刊読書人』第 1317 号（2.4）
書評　宮城寿恵『歌集 雨の音』　『タイムス』(3.1)
「琉大文学」のころ　『青い海』第 10 巻第 3 号（通巻 91 号）(3.30)
書評　森口豁『ミーニシ吹く島から』　『青い海』第 10 巻第 4 号（通巻 92 号）(4.30)
「枯木灘」（中上健次）　『国文学解釈と鑑賞』第 45 巻第 6 号（6.1）
コメント　日本平和学会編『沖縄——平和と自立の展望』早稲田大学出版部（7.10）
岡本太郎と沖縄　『タイムス』(7.20)
私の研究（63）——沖縄の近代文学　『新報』(10.6)
沖縄で"批評"は成立し得るか　第 1 部文学——「批評」とは？　『タイムス』(11.13〜14)
渡地〔K〕／拡げる会 会員のページ　『琉球弧の住民運動』第 14 号（11.13）
少ない応募作品　九州文学賞沖縄地区選考から　『新報』(12.4)
書評　牧港篤三『沖縄自身との対話　徳田球一伝』　『タイムス』(12.6)
沖縄ことしの回顧〈3〉小説　『新報』(12.27)

1981 年（昭和 56）47 歳

書評　仲程昌徳『近代沖縄文学の展開』　『タイムス』(3.7)
石油企業の廃油投棄はなぜいかに行なわれるか——加藤邦彦氏の「私は見た！　タンカーの廃油不法投棄」を聴く／拡げる会 会員のページ　『琉球弧の住民運動』第 15 号（3.13）
書評　比屋根照夫『近代日本と伊波普猷』　『タイムス』(4.18)
復帰十年の沖縄　『読売新聞』(5.13) 夕刊
渡名喜島印象　CTS 阻止闘争を拡げる会編『琉球弧の住民運動』三一書房（5.31）（※初出 1979）
拡げる会 会員のページ　『琉球弧の住民運動』第 16 号（6.13）

芥川龍之介「雛」をめぐって　『駱駝』第3号、駱駝社（6.20）
『現代沖縄の文学と思想』沖縄タイムス社（7.20）／あとがき【思想】
嘉味田宗栄先生を悼む　『タイムス』（7.28）
拡げる会 会員のページ　『琉球弧の住民運動』第17号（9.13）
読書評論　仲宗根勇『沖縄少数派』　『新報』（9.19）
春潮先生のこと　『沖縄文化』第18巻1号（通巻56号）、沖縄文化協会（10.20）
沖縄の自然／農具／漁具／人頭税／沖縄文化協会編『沖縄の民俗文化』沖縄タイムス社（10.30）
『沖縄文学の地平』三一書房（10.31）／あとがき【地平】
十五年戦争を読む〈18〉　『タイムス』（11.8）
反戦地主への県土地収容委員会公開審査傍聴記　立場の釈明を迫られるのは収用委員会の側だ　第二回傍聴記――阿波根昌鴻氏の証言と波紋／拡げる会 会員のページ　『琉球弧の住民運動』第18号（11.30）
沖縄の戦後文学とアメリカ人　『朝日新聞』（西部版）（12.2）夕刊
各界この一年　沖縄　小説　『新報』（12.27）

1982年（昭和57）48歳
復帰十年の沖縄学――その総括と展望　近代文学　『新報』（1.19〜20）
梶井基次郎の初期作品における〈闇〉　『琉球大学法文学部紀要国文学論集』第26号（1.30）
第2回沖縄タイムス出版文化賞――受賞のことば　『タイムス』（3.9）
書評　吉村玄得『海鳴り――宮古島人頭税物語』　『タイムス』（3.26）夕刊
書評　霜多正次『南の風』　『タイムス』（4.9）夕刊
読書評論　仲若直子『海はしる』　『新報』（4.17）
続沖縄の証言――変転10年を刻む〈15〉歴史の谷間の松永裁判　『タイムス』（4.19）
人物反射鏡　若き日の横顔を通して視る――「金武湾を守る会」の闘士・崎原盛秀／拡げる会 会員のページ　『琉球弧の住民運動』第19号（5.1）
復帰10年どう取り組むか　『タイムス』（5.7）夕刊
復帰10年の軌跡――表層と深層を考える　『タイムス』（5.18〜19）夕刊
日本哲学会シンポジウムやぶにらみ傍聴記――「文化における普遍と特殊」をめぐって　『新報』（6.6）
沖縄の昭和期の文学の一側面――「生活の誕生」を中心に　『琉球の言語と文化』仲宗根政善古希記念論集（6.30）【情景】
書評　新崎盛暉・川満信一・比嘉良彦・原田誠司編『沖縄自立への挑戦』　『新沖文』52号（6.30）
拡げる会 会員のページ　『琉球弧の住民運動』第20号（8.15）
書評　吉村昭『脱出』　『タイムス』（8.20）夕刊
池宮城積宝「自選歌」によせて　『新報』（8.21）
第四回青い海児童文学賞講評／第四回青い海児童文学賞審査会から――児童文学とは何か（儀間比呂志・徳田渙）　『青い海』第12巻第7号通巻115号（8.30）
山里永吉瞥見　『新沖文』53号（9.30）【情景】
教科書問題と沖縄戦を考える／追悼安里清信さん――拡げる会 会員のページ　**『琉球弧の住民運動』第21号（11.15）**
「琉球新報短編小説賞」琉大生が受賞――謝辞　『琉球大学学生新聞』第159号（12.1）
82年回顧　小説・沖縄　『新報』（12.23）
82私が選んだベスト3①大田昌秀『総史 沖縄戦』②仲程昌徳『沖縄の戦記』③牧港篤三・儀間比呂志『詩画集 沖縄の悲哭』　『タイムス』（12.24）夕刊

1983年（昭和58）49歳
沖縄の近代文学　琉球新報文化部編『沖縄学の群像』日本邦書籍（1.20）（※初出1980）
書評　勝連繁雄『記憶の巡歴』　『タイムス』（1.28）夕刊
沖縄の近代散文――内包する問題についての覚え書　『言語』第12巻第4号、大修館書店（4.1）
安里さんをしのぶ追悼集会に参加して／会員のページ 拡げる会　『琉球弧の住民運動』第22号（4.25）
『沖縄大百科事典』（上中下3巻）沖縄タイムス社（5.30）41項目執筆
池宮城積宝／上間正雄／内田するゑ／『海のエチュード』／沖縄を題材とした文学／『オキナワの少年』／沖縄の文学［近代］［現代］／『黄色い百合』／『逆転』／九州芸術祭文学賞／「九年母」／国場・新里論争／『五人』／古波鮫漂雁／佐藤惣之助／座安盛徳／三十字詩／詩［昭和］／小説／『新沖縄文学』／新沖縄文学賞／「心音」／新聞文芸欄／新聞連載小説／『生活の誕生』／世礼国男／津嘉山一穂／テーブル劇場／『遠い朝・眼の歩み』／文学賞／文学同人・同人誌／「ペルリの船」／翻訳文学／松永裁判／「無機物広場」／『山里永吉集』／山之口貘賞／『琉球諸島風物詩集』／琉球新報短編小説賞／「琉球に取材した文学」／「忘れられた日本」
書評　新崎盛暉・大城将保ほか『観光コースでない沖縄』　『タイムス』（6.3）夕刊
座談会　沖縄差別と天皇制――文化の異質性をテコにして天皇制国家を相対化する（川満信一・新川明）　『伝統と現代』1983年夏号（通巻第76号）、伝統と現代社（7.1）
警護の中の皇太子来沖　『タイムス』（7.18～19）
書評　仲程昌徳『原民喜ノート』　『タイムス』（9.2）夕刊
読書評論　木崎甲子郎『海に沈んだ古琉球』　『新報』（9.12）
解説　詩・新川明、画・儀間比呂志『詩画集 日本が見える』築地書籍（10.1）
会員のページ拡げる会　『琉球弧の住民運動』第23号（10.5）
第五回青い海児童文学賞審査会より（徳田渙）　『青い海』第13巻第8号通巻126号（10.15）
「さらば軍艦島」を観て　『青い海』第13巻第8号通巻126号（10.15）
第36回新聞週間によせて　『タイムス』（10.19）
魚眼レンズ――執筆陣の労ねぎらう　『タイムス』（12.5）
83年回顧県内小説　『新報』（12.10～12）
短編小説　83年回顧　『青い海』第14巻第1号通巻128号（12.25）

1984年（昭和59）50歳
書評　井邑勝『琉球丸筑前大島漂着』　『新報』（2.13）
ニヒリズムの浸透を直視する　『琉球弧の住民運動』第24号（3.20）
文学状況の現在――『朝、上海に立ちつくす』をめぐって　『新沖文』59号（3.30）
「執心鐘入」の魅力　『タイムス』（4.24～26）
書評　上野英信『眉屋私記』――闇の世界で呻吟する人々の思い　『朝日ジャーナル』5月4日号
書評　大城翔『天皇が沖縄に来る日』　『新報』（6.4）
脱出と回帰――沖縄の昭和初期文学の一面　『文学』第52巻第6号1984年6月号（6.10）【情景】
短編小説84文芸回顧1　『青い海』第14巻第6号（通巻133号）（6.30）
朝薫の作劇法――生誕三百年記念シンポから　『タイムス』（7.20～21）
金城信吉氏のこと　『1984・沖縄・反核・反戦文学アンソロジー島空間から』沖縄・文学を通して反核反戦を考えるつどい（8.15）
安里清信氏と琉球弧の住民運動　『琉球弧の住民運動』第25号（9.5）

九州芸術祭文学賞沖縄地区選考を終えて　『新報』(10.29)
第6回青い海児童文学賞――最終選考審査座談会より（徳田渙）　『青い海』第14巻第10号通巻137号（10.30)
書評　金城春子『我が家の民話』　『タイムス』(11.12)
第二回詩画展「一九八四年表現の現在」　『タイムス』(11.20)
牧港篤三・川満信一・岡本恵徳編『1984年・表現の現在』沖縄文化協会（11.20)
魚眼レンズ――結果は個々の表現者に　『タイムス』(11.29)
黄春明『さよなら・再見』を読む　『駱駝』第10号、駱駝の会（12.5)
84年回顧県内小説　『新報』(12.18)
インタビュー　池宮正治氏に聞く――朝薫・組踊研究の課題　『新沖文』62号（12.30)

1985年（昭和60）51歳
沖縄近代女流文学の系譜　三木健編『那覇女の軌跡』潮の会（1.1)
つむぎ随筆――「奄美」とは　『南海日日新聞』(2.13)
書評　『群星　沖縄エッセイストクラブ作品集②』　『新報』(3.4)
戦後・沖縄文化復興の視点〈検証・選択の軌跡・第二部〉戦後の文芸と状況――国吉真哲氏に聞く　『タイムス』(3.26～28)
玉野井教授が残したもの　『新報』(4.5)
玉野井先生の思想にふれて　『わいさぁーい――玉野井芳郎先生沖縄7年間のあゆみ』玉野井芳郎先生沖縄7年間のあゆみ作成委員会（4.6)
つむぎ随筆――荒廃　『南海日日新聞』(4.17)
組踊断想　『ばららん』創刊号、「ばらららん」の会（5.3)
書評　玉木一兵編著『森の叫び』　『新報』(5.22) 夕刊
つむぎ随筆――梅雨と紫陽花と　『南海日日新聞』(6.15)
どう語るか「戦争」――「海の一座」をめぐる雑観　『タイムス』(6.19～21)
沖縄戦シンポジウム沖大土曜教養講座から　『タイムス』(6.23)
再び金城信吉氏のことなど　『沖縄・反核・反戦アンソロジー島空間から'85』沖縄・文学を通して反核・反戦を考えるつどい（6.23)
追悼特集・中野好夫と沖縄　対談――沖縄への発言をやめた背景（仲宗根勇）　『新沖文』64号（6.30)
シンポジウム　沖縄戦はいかに語り継がるべきか〈3〉――「ある神話の背景」にふれながら『新報』(7.12)
シンポジウム　沖縄戦はいかに語り継がるべきか〈6〉――質疑応答　『新報』(7.17)
つむぎ随筆――8月15日に寄せて　『南海日日新聞』(8.17)
座談会――うちなーぐち（沖縄語）から豊かな言語生活を（儀間進・幸喜良秀・高良勉）『国語通信』第277号、筑摩書房（8.25)
現代の文学状況　『季刊おきなわ』創刊号、ロマン書房（9.)
松島朝義の壺によせて　『火の景――松島朝義の現在』松島朝義展さばくい会（9.)
活躍する沖縄の作家たち　『タイムス』(10.19)
つむぎ随筆――五十肩　『南海日日新聞』(10.19)
儀間比呂志の世界　『新報』(11.2)
85年回顧県内小説　『新報』(12.11)
つむぎ随筆――ひとつの節目　『南海日日新聞』(12.25)

1986年（昭和61）52歳
争点誌上アンケート　反対　『新沖縄文学臨時増刊号沖縄――日の丸・君が代』(1.20)

「青い海」休刊に思う――沖縄の心、文化を刻んだ15年　『新報』(2.20)
「カクテル・パーティ」の構造　『沖縄文化研究』12、法政大学沖縄文化研究所 (3.13)【情景】
書評　仲程昌徳『沖縄近代詩史研究』　『タイムス』(4.21) 夕刊
書評　浦田義和『太宰治 制度・自由・悲劇』　『新報』(4.26) 夕刊
書評　与那覇恵子『現代女流作家論』　『新報』(6.7)
新しいドラマの予感　『コザ版どん底』パンフレット、演劇集団「創造」(9.18)
書評　『大石芳野写真集　沖縄に活きる』　『新報』(9.20) 夕刊
九州芸術文学賞沖縄地区選考を終えて――九州芸術祭文学賞沖縄地区選考から　『新報』(11.21)、『タイムス』(11.25)
86年回顧県内文学　『新報』(12.13)
追悼座談会　島尾文学と沖縄――ヤポネシア、琉球弧の視点から (大城立裕・牧港篤三、司会：新川明)　『タイムス』(12.16〜19)
近況　『駱駝』第13号 (12.20)
復刊にあたって／「沖縄芸能フェスティバル」に参加して／会員のページ――馳けだしの弁　『琉球弧の住民運動』復刊第1号 (通巻26号) (12.25)
島尾さんの素顔と陰影　『新沖文』70号 (12.31)

1987年 (昭和62) 53歳
魚眼レンズ――おじん族の嘆息　『タイムス』(1.13)
反戦反核文学の課題――戦争告発の作品目立つ　『郷土文学』第54号 (2.10)
カジマヤー――法文学部大学院設置へのステップ／編集後記　『せんばる』創刊号、琉球大学『せんばる』刊行会 (2.16)
座談会　「ヤポネシア論」と沖縄――思想的な意味を問う (比屋根薫・仲里効・高良勉、司会：岡本)　『新沖文』71号 (3.31)
"幻" の座談会――琉球弧とヤポネシア (島尾敏雄・川満信一、司会：新川明)　『新沖文』71号 (3.31)
渡地 (わたんぢ)〔K〕／会員のページ――節目に憶う　**『琉球弧の住民運動』復刊第2号 (通巻27号) (3.31)**
書評　藤井令一『南島文学序論』　『新報』(5.9) 夕刊
書評　上間常道『おきなわ版自分史のすすめ』　『タイムス』(5.11) 夕刊
島尾さんのこと　『駱駝』第14号 (6.20)
「ヤポネシア論」の輪郭　『新沖文』72号 (6.30)【輪郭】
書評　儀間比呂志『次良の猫』　『タイムス』(7.13) 夕刊
対談　台湾の文学事情――沖縄・アジアを視野に入れ (黄春明)　『新報』(7.30〜8.2)
映画の思い出　『脈』第31号、脈発行所 (8.20)
会員のページ――暑中御見舞申しあげます。　『琉球弧の住民運動』復刊第3号 (通巻28号) (8.20)
雑踊り断想　『ばららん』第2号『ばららん』の会 (9.10)
沖縄芝居に期待する　『世替りや世替りや』パンフレット、沖縄芝居実験劇場 (9.19)
「少数派加担への情熱」新崎盛暉プロフィール　新崎盛暉著『日本になった沖縄』有斐閣 (9.20) の裏表紙
幻の街・神田 天久斉・照屋全芳『奄美・沖縄学文献資料目録』ロマン書房本店 (10.8)
ウチナーと天皇 (制) ――異質の文化・歴史から (15) 文学と天皇 (制)　『タイムス』(10.10)
天皇来沖と沖縄民衆の意識　『新地平』第154号、新地平社 (10.10)
書評　関広延『現代の沖縄差別』　『タイムス』(10.12) 夕刊

『現代の文章』を読んで　『国語通信』298 号（10.25）
沖縄の戦後文学　『書斎の窓』369 号、有斐閣 11 月号
島尾さんの季節 一周忌によせて　『タイムス』（12.5）
琉球方言論叢の発刊 研究クラブの 30 周年　『タイムス』（12.14）
87 年回顧 県内 文学　『新報』（12.21）
会員のページ——“事大主義”と“右翼”の結合に注目を!!　『琉球弧の住民運動』復刊第 4 号（通巻 29 号）（12.25）
コザ——歴史の渦を見つめて　沖縄県立コザ高等学校国語科・編集　『新報』（12.27）
「ヤポネシア論」の輪郭（2）——東北へのまなざし　『新沖文』74 号（12.30）【輪郭】

1988 年（昭和 63）54 歳

「日本文化論」を考える——「ヤポネシア」のいま　『朝日新聞』（1.7）夕刊
カジマヤー——法文学部人文科学研究科の設置へ向けて努力中／編集後記　『せんばる』第 2 号（2.25）
書評　又吉栄喜『パラシュート兵のプレゼント』　『タイムス』（2.29）夕刊
上野英信さんのこと　『駱駝』第 16 号（3.20）
「ヤポネシア論」の輪郭（3）——沖縄への旅　『新沖文』75 号（3.30）【輪郭】
月曜コラム 無冠——『郷土文学』讃　『宮古毎日新聞』（4.4）
会員のページ——上野英信さんのこと　『琉球弧の住民運動』復刊第 5 号（通巻 30 号）（4.5）
沖縄から「元号」を考える　『新報』（4.28）
三月のゆううつ　『月刊健康』1988 年 5 月号（第 317 号）
月曜コラム 無冠——M君への便り　『宮古毎日新聞』（5.2）
復帰十五年・天皇制の問い方　新崎盛暉・川満信一編著『沖縄・天皇制への逆光』社会評論社（5.15）
月曜コラム 無冠——「自然」は警告する　『宮古毎日新聞』（5.30）
池宮城積宝、新垣美登子作品集出版に寄せて　『新報』（6.2）
月曜コラム 無冠——象徴としての六月二十三日　『宮古毎日新聞』（6.27）
「ヤポネシア論」の輪郭（4）　『新沖文』76 号（6.30）【輪郭】
「沖縄文学全集」刊行に寄せて　『新報』（7.3）
魚眼レンズ——イデオロギーで動かぬ民衆　『タイムス』（7.5）
座談会——沖縄から天皇（制）をうつことができるか（新崎盛暉・川満信一）　『沖縄から天皇制を考える』新教出版社（7.10）
月曜コラム 無冠——暑熱の中で　『宮古毎日新聞』（7.25）
出会いこの一冊——琉球弧の視点から　『タイムス』（8.1）夕刊
特集・沖縄の活字文化——読者アンケート　『脈』第 35 号（8.20）
月曜コラム 無冠——前車の轍の行方　『宮古毎日新聞』（8.22）
郷土文学 60 号の軌跡——無償の情熱を支えに　『郷土文学』第 60 号、郷土文学社（8.）
月曜コラム 無冠——田中一村と『風の言ぶれ』と　『宮古毎日新聞』（9.20）
書評　三木健『オキネシア文化論』　『新報』（9.26）夕刊
秋雨の列島「ご回復を」の列　『毎日新聞』（9.26）
“事大”への傾きと現在の病理——「天皇ご重体」報道に思う　『新報』（10.2）
「ヤポネシア論」の輪郭（5）——ポーランドの旅上　『新沖文』77 号（10.20）【輪郭】
特集　島尾敏雄を読む——『透明な時の中で』　『タイムス』（11.8）夕刊
琉舞との出合い　『第七回佐藤太圭子の会』パンフレット（11.12）
巨大な謎を秘めた魅力ある存在　上野英信追悼文集刊行会編『上野英信と沖縄』ニライ社（11.20）

「島尾文学碑」除幕式に参加して　『タイムス』(12.13)
年末回顧 県内 文学　『新報』(12.16)
第16回伊波普猷賞――仲程昌徳著『沖縄文学論の方法』　『タイムス』(12.17)
渡地〔K〕／会員のページ――観光の頽廃　『琉球弧の住民運動』復刊第6号（通巻31号）(12.24)
「ヤポネシア論」の輪郭（6）――ポーランドの旅下　『新沖文』78号（12.30)【輪郭】

1989年（昭和64―平成元）55歳
沖縄の〝複雑〟な天皇観　皇民化、復帰幻想、国体……　背景に重い歴史と現状　『新報』(1.9)
「昭和」と天皇制　『新報』(1.12)
インタビュー　米盛裕二――白保問題を通して考えたこと　『せんばる』第3号、琉球大学『せんばる』刊行会（2.28)
昭和史をゆく沖縄の軌跡〈28〉――芥川賞初受賞　『タイムス』(2.28)
書評　儀間比呂志『新版画風土記――沖縄』　『タイムス』(3.14）夕刊
座談会　柳宗悦と〈沖縄の美〉――生誕百年にあたって（牧港篤三、渡名喜明、ルバース・ミヤヒラ吟子、司会：上間常道）　『タイムス』(3.29〜31)
沖縄の戦後文学展望　『駱駝』第19号（3.30)
「ヤポネシア論」の輪郭（7）――ポーランド旅行の意味するもの　『新沖文』79号（3.30)【輪郭】
沖縄における近代小説成立期の諸問題　『日本文学研究における琉球文学の定位と文学史研究再編の試み』昭和63年度科学研究費補助金（総合A）研究成果報告書（3.)
新報児童文学賞選考経過　『新報』(5.15)
「創造」の28年サントリー地域文化賞受賞に寄せて　『タイムス』(5.16)
第1回児童文学賞の審査講評 下　『新報』(5.22)
書評　勝連敏男『勝連敏男詩集』　『新報』(6.12）夕刊
地方美術館の在り方　読谷村シンポから――私はこう考える〈1〉　『新報』(6.14)
「ヤポネシア論」の輪郭（8）――「タタール人」のこと　『新沖文』80号（6.30)【輪郭】
インタビュー　松島朝義　柳宗悦と民芸運動をめぐって――沖縄の「もの」にかかわりつつ『新沖文』80号（6.30)
「沖縄芝居」の魅力と「トートーメー万歳」　沖縄芝居実験劇場第三回公演『トートーメー万歳』パンフレット（7.15)
渡地――新たな展望への模索〔K〕／座談会　それぞれにとっての住民運動――本音で語る／会員のページ　松永裁判のこと　『琉球弧の住民運動』復刊第7号（通巻32号）(8.19)
「ヤポネシア論」の輪郭（9）――「自律性」「独立性」ということ　『新沖文』81号（9.30)【輪郭】
同人誌の時代（上）　『タイムス』(10.2)
儀間比呂志「木版画」展に寄せて　『新報』(11.4)
「山月記」を読む　『駱駝』第20号（11.20)
年間回顧 県内 文学　『新報』(12.13)
鼎談――「新沖縄文学賞」15年の歩み（大城立裕・牧港篤三）　『新沖文』82号（12.30)

1990年（平成2）56歳
「ヤポネシア論」の輪郭（10）――「倭」と「縄文」　『新沖文』83号（3.30)【輪郭】
南の島から 公演に寄せて　『タイムス』(5.3〜4)

「新報児童文学賞」選考経過　『新報』(5.4)
第2回新報児童文学賞選考評（中）　『新報』(5.9)
「ヤポネシア論」の輪郭（11・最終回）――「ヤポネシア論」の受容　『新沖文』84号（6.30）【輪郭】
リレー論考　にらいかないの彼方から14――南島の治癒力　『文化ジャーナル鹿児島』第4巻第2号（通巻第20号）(7.1)
ガード　『沖縄文学全集第7巻　小説II』国書刊行会（7.9）(※1955「ガード」転載)
「沖縄文学全集」発刊記念シンポ「沖縄文学の可能性を求めて」(パネリスト：大城立裕・藤井貞和・松原新一、コメンテーター：中里友豪・目取真俊・岡本恵徳、司会：浦田義和)『新報』(7.26)
書評　『金城芳子歌日記「おもひがなし」』　『新報』(9.3) 夕刊
「沖縄返還」後の文学展望　『沖縄文学全集第9巻　小説IV』国書刊行会（9.10）【情景】
君へ　宮城松隆　『島幻想』(10.1)
ぱなりぬすま幻想論　大田昌秀先生退官記念事業会編『沖縄を考える』(10.1)【情景】
『死の棘』上映に寄せて　『新報』(11.24)
『「ヤポネシア論」の輪郭』沖縄タイムス社（11.26）／あとがき【輪郭】
十六年目の節目　『琉球弧の住民運動』復刊第9号（通巻34号）(12.20)
回顧'90　県内 文学　『新報』(12.25)
鼎談　沖縄の「自治・自立」を考える――「沖縄自治憲章（案）」を中心に（新崎盛暉・仲地博）　『新沖文』86号（12.30）

1991年（平成3）57歳

主題としての「シマ」――崎山多美の世界　『タイムス』(1.29)
書評『沖縄近代文芸作品集』　『タイムス』(1.29) 夕刊
沖縄現代文学史（1945年～1980年代）　『高校生のための副読本　沖縄の文学〈近代・現代編〉』沖縄時事出版（3.1）
沖縄県――那覇市『カクテル・パーティー』(大城立裕)　長谷川泉編『「国文学解釈と鑑賞」別冊近代名作のふるさと〈西日本篇〉』至文堂（4.10）
書評　仲程昌徳『沖縄の文学』　『タイムス』(4.16) 夕刊
近代の沖縄における文学活動　『沖縄文学全集第20巻　文学史』国書刊行会（4.25）(※初出1972、【地平】より転載)
沖縄の戦後の文学　『沖縄文学全集第20巻　文学史』(※初出1975、【思想】より転載)
復帰20年目の沖縄　『タイムス』(5.14)
第3回「新報児童文学賞」選考経過　『新報』(5.20)
新報児童文学賞選考評　『新報』(5.23)
書評　比嘉実『古琉球の思想』　『新報』(6.17) 夕刊
パネリスト　岡本恵徳　『沖縄大学土曜教養講座200回記念シンポジウム　沖縄・今を問い、可能性をさぐる』パンフレット、沖縄大学市民大学運営委員会（6.22）
沖縄大学土曜講座記念シンポ　『タイムス』(6.23)
北方四島の場合　『月刊健康』1991年8月号（第369号）
鼎談　戦後沖縄のアイデンティティ形成をめぐって（大城立裕・宮城悦二郎）　『新沖文』89号（9.30）
解説　『沖縄現代詩文庫⑦高良勉詩集』脈発行所（10.20）
県内文化人・知識人へのソ連問題に関するアンケート回答　『琉球大学学生新聞』第186号（11.16）
国際シンポジウム「占領と文学」研究発表会――「カクテル・パーティー論」　『タイムス』

(11.16)
『海上の道』　『国文学解釈と鑑賞』第56巻第12号、至文堂（12.1）
金城芳子さんの死を悼む　『タイムス』(12.6)
年末回顧91’ 県内 文学　『新報』(12.18)

1992年（平成4）58歳
今、沖縄の文学状況は？　豊かな素材の発掘を――琉球新報短編小説賞創設20年迎え選考委座談会（大城立裕・日野啓三・立松和平、司会：岡本）　『新報』(1.4)
書評　里原昭『琉球弧の文学　大城立裕の世界』　『タイムス』(1.21）夕刊
「山月記」の構造　『琉球大学法文学部紀要国文学論集』第35号（3.20）
木下順二戯曲『沖縄』　『新沖文』91号（3.20）
水平軸の発想――沖縄の「共同体意識」　『沖縄文学全集第18巻　評論II』国書刊行会（3.30）（※初出1970、【思想】より転載）
〝ボーダレス〟な状況のもとで　『週刊読書人』第1934号（5.18）
第4回琉球新報児童文学賞選考経過　『新報』(5.19)
第4回琉球新報児童文学賞選考評――結末に余韻を　『新報』(5.21)
戦後沖縄の文学　『沖縄文学全集第17巻　評論I』国書刊行会（6.20）（※初出1972、【地平】より転載）
「カクテル・パーティー」の構造　『沖縄文学全集第17巻　評論I』（※初出1986）
書評　まぶい組編『わたしの好きな百冊の沖縄――沖縄本感想文集』　『新沖文』93号（10.10）
「弥谷寺」詣　『駱駝』第25号（12.6）
年末回顧 県内 文芸　『新報』(12.17～18)

1993年（平成5）59歳
宮里千里『アコークロー』　『タイムス』(1.1)
沖縄近代小説史 成立期　『沖縄文学全集第6巻　小説I』国書刊行会（3.15）
書評　新崎盛暉『「脱北入南」の思想』　『新報』(3.27）夕刊
アシャギ――島尾記念碑建立はどこに　『新報』(4.6)
河野長官の「心の豊かさ」発言――心の豊かさ問われる……　『タイムス』(4.23)
シンポジウム――沖縄の雑誌ジャーナリズムはどうあるべきか／『新沖縄文学』アンケート調査結果／書評　金城実『ミッチアマヤーおじさん』　『新沖文』95号（5.10）
論壇　数々の疑問の検証を――植樹祭と天皇制を考えよう　『新報』(5.20)
第5回琉球新報児童文学賞選考経過　『新報』(5.21)
第5回琉球新報児童文学賞選考評　短編児童小説　『新報』(5.22)
書評　大城貞俊『椎の川』　『新報』(6.5）夕刊
書評　霜多正次『ちゅらかさ』　『タイムス』(6.15)
沖縄研究における柳田国男　『国文学解釈と教材の研究』第38巻第8号（7.10）
解説　香川京子著『ひめゆりたちの祈り』朝日文庫（8.1）
津野創一と雑誌　『青い海』と　津野創一遺稿・追悼文集刊行委員会編『青い海の彼方へ――津野創一の世界 遺稿＆追悼文集』ニライ社（8.4）【情景】
受賞作解説　『沖縄短編小説集――「琉球新報短編小説賞」受賞作品』琉球新報社（9.10）
20年・精神活動の軌跡「沖縄短編小説集」発刊に寄せて　『新報』(9.15)
『カクテル・パーティー』論　「占領と文学」編集委員会編『占領と文学』オリジン出版センター（10.15）【情景】
魚眼レンズ――何かやらなきゃと〝旗揚げ〟　『タイムス』(10.20)

学徒出陣 50 年と『最後の学徒兵』　『新報』(10.30)
琉球弧文化の現在 (4) 往復書簡「奄美←→沖縄」文学——藤井令一さんへ　『タイムス』(12.7)、『南海日日新聞』(12.9)
年末回顧⑦県内文芸　『新報』(12.20)
座談会いま、問いたいこと（宮里千里・平良次子・宮城一夫・江崎みさ子）　『けーし風』創刊号、新沖縄フォーラム刊行会議（12.20)
第 19 回新沖縄文学賞選評　『沖縄文芸年鑑 1993 年版』沖縄タイムス（12.25)

1994 年（平成 6）60 歳
書評　星雅彦『マスクのプロムナード』　『タイムス』(1.11) 夕刊
戦後 50 年きょうから明日へ〈5〉——沖縄の文学状況　『新報』(2.6)
書評　松永国賠を闘う会『冤罪と国家賠償』　『新報』(4.11) 夕刊
書評　『儀間比呂志の沖縄』　『タイムス』(5.17) 夕刊
主題としての〝シマ〟——崎山多美の世界　崎山多美著『くりかえしがえし』附録、砂子屋書房（5.20)
マンスリーエッセー沖縄雑感〈6 月-1〉この琉球に歌うかなしさ　『週刊ほーむぷらざ』第 373 号（6.2)
第 6 回新報児童文学賞選考経過（徳田渙・仲程昌徳）　『新報』(6.2)
第 6 回琉球新報児童文学賞選評——創作昔ばなし部門『新報』(6.3)
マンスリーエッセー沖縄雑感〈6 月-2〉なにゆえに　『週刊ほーむぷらざ』第 374 号（6.9)／〈6 月-3〉ぼちぼち……　第 375 号（6.16)／〈6 月-4〉歌は生きている　第 376 号（6.23)／〈6 月-5〉どうしても……　第 377 号（6.30)
身捨つるほどの祖国はありや　『駱駝』第 27 号、駱駝同人会（8.10)
書評　いれいたかし『執着と苦渋——沖縄レリクトの発想』　『タイムス』(8.16) 夕刊
作品解説　『ふるさと文学館第 54 巻　沖縄』ぎょうせい（9.15)
「第 3 号」合評会報告　『けーし風』第 4 号（9.20)
リレー・インタビュー'94　沖縄知の回転軸——誰のための「沖縄」文学？　『新報』(10.10)
勝連敏男のこと　『脈』第 50 号特集「追悼・勝連敏男」(10.12)
大江健三郎と沖縄　『新報』(10.15)
里原昭著『琉球弧奄美の戦後精神史』を読む　『南海日日新聞』(11.2)
魚眼レンズ——沖縄と大江さんとの関係　『タイムス』(11.15)
偶感（一）　『けーし風』第 5 号（12.20)
第 20 回新沖縄文学賞本選考選評　『沖縄文芸年鑑　1994 年版』(12.27)

1995 年（平成 7）61 歳
＊戦後を読む（1～51)　『新報』(1995.1.12～1996.3.8)【自画像】
戦後を読む（1)「50 年」という区分　『新報』(1.12)／（2）うるま新報（1.19)
戦後を読む（3)「黒ダイヤ」と「香扇抄」(1.26)／（4～5）山田みどり「ふるさと」(2.2、9)
仲宗根政善氏を悼む　『朝日新聞』(2.17) 夕刊
仲宗根政善さん追悼対談（仲程昌徳）　『タイムス』(2.23)
戦後を読む（6）亀谷千鶴子「すみれ匂う」(2.23)／（7）古川成美「沖縄の最後」(3.2)
戦後を読む（8）石野径一郎「ひめゆりの塔」(3.9)
解説　大城立裕著『小説琉球処分』ケイブンシャ文庫（3.15)
戦後を読む (9) 仲宗根政善『沖縄の悲劇　姫百合の塔をめぐる人々の手記』　『新報』(3.16)【自画像】
偶感（二）　『けーし風』第 6 号（3.20)

上村幸雄教授退官記念号の刊行にあたって　『日本東洋文化論集』創刊号、琉球大学法文学部（3.20）
「死の棘」論ノート　『日本東洋文化論集』創刊号（3.20）【情景】
戦後を読む（10）霜多正次「沖縄島」（3.23）／（11）　長堂英吉「黒人街」（3.30）
戦後を読む（12）嘉陽安男「捕虜」三部作（4.6）／（13～14）大城立裕「カクテル・パーティー」（4.13、20）
戦後を読む（15）火野葦平「ちぎられた縄」（4.27）／（16～17）内村直也「戯曲沖縄」（5.4、11）
戦後を読む（18）木下順二戯曲「沖縄」（5.18）／（19）東峰夫「オキナワの少年」（5.25）
戦後を読む（20）『名前よ立って歩け　中屋幸吉遺稿集』（6.1）
琉球新報児童文学賞の選考経過　『新報』（6.3）
戦後を読む（21）嶋津与志「骨」『新報』（6.8）【自画像】
琉球新報児童文学賞選考評 短編児童小説部門『新報』（6.15）
戦後を読む（22～23）大城立裕小説「神島」　『新報』（6.15、29）【自画像】
偶感（三）　『けーし風』第7号（6.20）
書評　豊原区民と連帯する会編『P-3Cをぶっとばせ』　『タイムス』（6.20）夕刊
検証　戦争の記憶――悲劇と論理の区別　『タイムス』（6.22）
戦後を読む（24）阿嘉誠一郎「世の中（ゆんなか）や」（7.6）／（25）新崎恭太郎「蘇鉄の村」（7.13）
戦後を読む（26）伊佐千尋「逆転」（7.20）／（27）又吉栄喜「カーニバル闘牛大会」（7.27）
大江健三郎『沖縄ノート』を読む『駱駝』第28号（7.30）【情景】
はじめに　『琉球大学放送公開講座21「アジアの中の沖縄」――文化をたずねて』琉球大学公開講座委員会（主任講師：岡本恵徳）編（8.1）
戦後を読む（28）中原晋「銀のオートバイ」（8.3）／（29）又吉栄喜「ジョージが射殺した猪」（8.10）
戦後を読む（30）知念正真「人類館」（8.31）／（31）下川博「ロスからの愛の手紙」（9.7）
戦後を読む（32）大城立裕『華々しき宴のあとに』（9.14）
偶感（四）／FAX座談会　送り手の立場から――舞台裏の光景（新崎盛暉・平良次子・宮里千里）　『けーし風』8号（9.20）
戦後を読む（33）比嘉秀喜「デブのボンゴに揺られて」（9.21）／（34）又吉栄喜「ギンネム屋敷」（9.28）
戦後を読む（35）玉木一兵「お墓の喫茶店」（10.5）／（36）上原昇「1970年のギャング・エイジ」（10.13）
戦後を読む（37）仲村渠ハツ「母たち女たち」　『新報』（10.27）【自画像】
戦後を読む（38）吉田スエ子「嘉間良心中」（11.3）／（39）田場美津子「仮眠室」　『新報』（11.10）
『沖縄県政五十年』を読む　『太田朝敷選集 中巻　月報2』第一書房（11.15）
戦後を読む（40）喜舎場直子「女綾織唄」（11.17）／（41）江場秀志「午後の祀り」『新報』（11.24）
戦後を読む（42）白石弥生「生年祝い」（12.1）
大城立裕の演劇活動　『いのちの簪』パンフレット（12.10）
戦後を読む（43）目取真俊「平和通りと名付けられた街を歩いて」（12.15）
「沖縄」で読む「レイテ戦記」　『大岡昇平全集 第五巻　月報15』筑摩書房（12.20）
偶感（五）／「第八号」合評会報告　『けーし風』第9号（12.20）
戦後50年――振り返って思うこと『タイムス』（12.21）
戦後を読む（44）香葉村あすか「見舞い」（12.22）

第21回新沖縄文学賞本選考選評　『沖縄文芸年鑑1995年版』(12.30)

1996年（平成8）62歳
又吉栄喜芥川賞受賞　関係者談話　『新報』(1.12)／コメント　『タイムス』(1.12)
戦後を読む（45）照井裕「フルサトのダイエー」(1.19)／（46）小浜清志「風の河」(1.26)
忘れ難いことの二つ三つ　『沖縄文化研究』22、法政大学沖縄文化研究所（2.1）
戦後を読む（47）崎山多美「水上往還」　『新報』(2.2)【自画像】
書評　関根愛子・賢司『ふたりの本棚』　『タイムス』(2.6) 夕刊
戦後を読む（48）山里禎子「ソウル・トリップ」(2.9)　／（49）仲若直子「犬盗人」(2.16)
戦後を読む（50）長堂英吉「ランタナの花の咲く頃に」(2.23)
肉体化された記憶の価値――大城立裕『かがやける荒野』　『新潮』第93巻第3号（3.1)
戦後を読む（51）又吉栄喜「豚の報い」(3.8)
「ラジオ講座」の実施にあたって　『なかゆくい』98号（3.15)
偶感（六）／読者の集い・那覇／編集後記　『けーし風』第10号（3.20)
明治以後の文学　『岩波講座日本文学史 第15巻　琉球の文学、沖縄の文学』岩波書店（5.8)
【情景】
偶感（七）／読者の集い・那覇　**『けーし風』第11号（6.20）**
『現代文学にみる沖縄の自画像』高文研（6.23)／あとがき　【自画像】
嶋津与志戯曲「洞窟」　【自画像】
知念功『ひめゆりの怨念火』　【自画像】
新報児童文学賞の選考経過　『新報』(6.23)
あしゃぎ――戦後沖縄の文学を一冊に　『新報』(6.25)
第8回新報児童文学賞選評　創作昔ばなし部門　『新報』(6.30)
戦争体験の継承　『民主文学』8月号
巻末エッセイ――作者からのおくりもの　大城貞俊著『椎の川』朝日文芸文庫（8.1)
島尾敏雄と「ヤポネシア論」をめぐって　『平成8年度沖縄地区大学放送公開講座　琉球に魅せられた人々――外からの琉球研究とその背景』琉球大学公開講座委員会（8.9)
解説　森口豁著『最後の学徒兵』講談社文庫（8.15)
木村幸雄『中野重治論』を読む　『駱駝』第29号（8.20)
あしゃぎ――沖縄の女性の貞操観　『新報』(9.9)
書評　松島朝彦『沖縄の時代』　『タイムス』(9.10) 夕刊
偶感（八）／読者の集い・那覇／次号特集予告――沖縄の文学　**『けーし風』第12号（9.20）**
魚眼レンズ――島尾氏の話題は尽きず　『タイムス』(10.21)
戦争体験と文学「島尾敏雄論」の原点（森川達也との対談）　『タイムス』(11.11～14)
土着から普遍へ 沖縄文学フォーラムへの誘い〈4〉――日野文学の異色性　『タイムス』(12.10)
大井さんを偲ぶ　『駱駝』第30号（12.15)
第24回伊波普猷賞　『タイムス』(12.15)
特集にあたって（特集沖縄・文学の現在）／**偶感（九）　『けーし風』第13号（12.20）**
沖縄の一年――開かれた徹底的な論議を　『タイムス』(12.27) 夕刊
第22回『新沖縄文学賞』本選考選評　『沖縄文芸年鑑1996年版』(12.30)

1997年（平成9）63歳
あしゃぎ――墨絵展の“応援団長”に！　『新報』(1.7)
はしがき　『近代沖縄の文学資料の収集・研究とデータベース化』平成7・8年度文部省科学研究費補助金研究成果報告書（3.14)

偶感（十）　『けーし風』第14号（3.20）
伊波普猷賞を受賞して　『現代文学にみる沖縄の自画像』について　『なかゆくい』No.100、琉球大学庶務部庶務課（3.25）
沖縄・土着から普遍へ――多文化主義時代の表現の可能性（大城立裕・日野啓三・池澤夏樹・又吉栄喜・湯川豊、総合司会：山里勝己、司会：黒澤亜里子・岡本恵徳）／沖縄で書くこと――何をどう書くか（大城立裕・日野啓三・池澤夏樹・又吉栄喜・小浜清志・湯川豊、総合司会：山里勝己、司会：黒澤亜里子・岡本恵徳）　『沖縄文学フォーラム沖縄・土着から普遍へ――多文化主義時代の表現の可能性　報告書』沖縄文学フォーラム実行委員会（3.25）
あしゃぎ――琉歌などをデータベース化　『新報』（5.3）
復帰25年沖縄の思想――文学　『新報』（5.14～16）
識者評論復帰25年　『タイムス』（5.15）
『水平軸の発想』――"往事茫茫"　『EDGE』第4号、APO（6.1）
偶感（十一）／読者の集い・那覇　『けーし風』第15号（6.20）
第9回新報児童文学賞選考会の経過　『新報』（7.9）
第9回琉球新報児童文学賞選評――短編児童小説部門　『新報』（7.15）
受賞喜ぶ関係者　目取真俊芥川賞受賞　『新報』『タイムス』（7.18）
座談会　「水滴」と沖縄文学――目取真俊氏の芥川賞（マイク・モラスキー 親泊仲真、司会：長元朝浩）　『タイムス』（7.21～22）
魚眼レンズ――作品でもっと冒険を　『タイムス』（7.30）
書評　『霜多正次全集第一巻』――沖縄にこだわり、沖縄を描いた霜多正次の歩みをたどる『週刊金曜日』第5巻第29号（通巻185号）8月1日号
新たな小説への期待　沖縄のもう一つの文学賞　『タイムス』（8.7）
沖縄の小説の現在――内面化への志向　『文学批評叙説』第15号、花書院（8.25）【情景】
沖縄研究はいま――伊波と近現代文学　『タイムス』（9.16、23）
今、注目される沖縄文学　岡本琉球大教授が現状を語る　『毎日新聞』（9.19）夕刊
偶感（十二）／読者の集い・那覇　『けーし風』第16号（9.20）
書評　喜舎場順『沖縄の四季』　『新報』（9.21）
『貘のいる風景』を読む　『新報』（9.30）
沖縄戦の「語り」と「水滴」と　『文学時標』第116号、文学時標社（10.20）
宮城保武の世界に寄せて　『新報』（11.3）
座談会――検証・独立論（新川明・新崎盛暉・屋嘉比収）／偶感（十三）　『けーし風』第17号（12.20）
魚眼レンズ――逆格差論に普遍性　『タイムス』（12.26）
第23回新沖縄文学賞本選考選評　『沖縄文芸年鑑1997年版』（12.30）
大城貞俊の文学と演劇　平成10年度文化庁芸術祭参加『山のサバニ～ヤンバル・パルチザン伝～』パンフレット、沖縄芝居実験劇場

1998年（平成10）64歳
座談会――時代を斬る3つの雑誌（仲里効・新城和博、司会：奥村敦子）　『タイムス』（1.1）
偶感（十四）　『けーし風』第18号（3.20）
地平を開く視座――復帰26年の沖縄を問う『新報』（5.18）
第10回琉球新報児童文学賞選評　短編児童小説部門　『新報』（6.17）
アメリカにおける沖縄研究の現状と可能性　『新報』（6.18）
偶感（十五）　『けーし風』第19号（6.20）

沖縄から　『駱駝』第33号（7.20）
島尾と奄美とヤポネシア論――第2回「沖縄で奄美を考える会」より　『新報』（9.11）
偶感（十六）／ひと　楽天性と反権威と――金城実さん　**『けーし風』第20号（9.20）**
発行に寄せて　『琉球アジア社会文化研究』創刊号、琉球アジア社会文化研究会（10.10）
九州芸術祭文学賞沖縄地区作品 選考評　『新報』（11.11）
魚眼レンズ――「沖縄小説の現在」3区分し説く　『タイムス』（11.25）
追悼講演――仲宗根政善先生と『ひめゆりの塔をめぐる人々の手記』『追悼仲宗根政善』沖縄言語研究センター（12.15）【情景】
シンポジウム　戦後50年目に仲宗根政善から何を学ぶか――仲宗根政善をしのぶ集い（上村幸雄・本村つる・豊川善一・新崎盛暉、司会：長元朝浩、進行：狩俣繁久、司会：岡本恵徳）『追悼仲宗根政善』沖縄言語研究センター（12.15）
偶感（十七）　『けーし風』第21号（12.20）
第24回新沖縄文学賞本選考選評　『沖縄文芸年鑑1998年版』（12.30）

1999年（平成11）65歳

はしがき　仲程昌徳・前城淳子編著『近代琉歌の基礎的研究』勉誠出版（1.25）
沖縄県地区　『九州芸術祭文学賞作品集1998』第29号、九州文化協会（3.1）（※1998「九州芸術祭文学賞沖縄地区作品 選考評」を転載）
偶感（十八）　『けーし風』第22号（3.20）
『泥濘』　『国文学解釈と鑑賞』第64巻第6号（6.1）
書評　山之口貘『山之口貘詩文集』　『新報』（6.13）
第11回琉球新報児童文学賞選評　創作昔ばなし部門　リズムと語りの工夫を　『新報』（6.15）
偶感（十九）／読者の集い・那覇　**『けーし風』第23号（6.20）**
偶感（二〇）　『けーし風』第24号（9.20）
講演――『ぼくと「ぼく〈たち〉」とぼくたち』『沖縄関係学研究会論集』第5号、沖縄関係学研究会（12.1）
対談――資料館問題を開く（屋嘉比収）／偶感（二一）　『けーし風』第25号（12.20）
第25回新沖縄文学賞本選考選評『沖縄文芸年鑑1999年版』（12.30）

2000年（平成12）66歳

魚眼レンズ――新たな出発へ若さを充電　『タイムス』（2.24）
『沖縄文学の情景』ニライ社（2.25）／あとがき【情景】
『真珠出海』によせて『山口恒治詩集真珠出海』　『がじゅまる通信』No.23、榕樹書林（2.29）
まえがき　『近代沖縄文学の比較ジャンル論に関する基盤的研究』平成9・10・11年度文部省科学研究費補助金（基礎研究B）研究成果報告書（3.14）
「ヤポネシア」論のモチーフ　『近代沖縄文学の比較ジャンル論に関する基礎的研究』収録
偶感（二二）　『けーし風』第26号（3.20）
思い出すままに…。　『日本東洋文化論集』第6号（3.24）
あしゃぎ――老眼鏡忘れ定年実感　『新報』（4.7）
この人に聞く 上　『タイムス』（4.12）
大江健三郎・光のレクチャー&チャリティーコンサートに寄せて　『新報』（4.24）
偶感　『なかゆくい』No.106、（5.21）
沖縄近代文学／山之口貘／『カクテル・パーティー』　『沖縄を知る事典』日外アソシエーツ（5.26）
第12回新報児童文学賞　短編児童小説選評　『新報』（6.9）

ありくり語やびら・沖縄サミットに思う――妖怪が徘徊している　『タイムス』(6.17)
特集にあたって（特集文化の生まれるところ）／偶感（二三）　『けーし風』第27号（6.20）
極限とらえたヤポネシヤ文学　島尾ミホ・志村有弘編『島尾敏雄事典』勉誠出版（7.1）
書評　又吉栄喜『海の微睡み』　『新報』(7.30)
ニューフェイス　ワンポイント抱負　『沖縄大学広報』第83号（7.31）
偶感（二四）　『けーし風』第28号（9.20）
山口恒治さん死去（コメント）　『新報』(10.10)
書評　勝連繁雄『南島の魂』　『タイムス』(10.29)
回想　『小田切秀雄全集別巻　追想の小田切秀雄』(11.20)
那覇の街の島尾敏雄　島尾敏雄の会編『島尾敏雄』鼎書房（12.20）
特集にあたって（特集 琉球弧の染めと織り）／偶感（二五）　『けーし風』第29号（12.20）
第26回新沖縄文学賞本選考選評　『沖縄文芸年鑑2000年版』(12.30)

2001年（平成13）67歳
南灯指針鏡　21世紀のメッセージ――問われる「おきなわ」の構想力　『タイムス』(1.27)
はしがき　仲程昌徳・知念真理編著『沖縄近代短歌の基礎的研究』勉誠出版（2.9）
偶感（二六）　『けーし風』第30号（3.20）
「ドルチェ　優しく」上映に寄せて『新報』(4.7)
未来への道筋提言　フォーラム21「奄美・沖縄のヴァイタル」(コメント)　『南海日日新聞』(4.8)
「ドルチェ　優しく」をみて　『タイムス』(4.23)
映画『ドルチェ――優しく』を観る　『駱駝』第39号（6.15）
第13回新報児童文学賞選評　総評　『新報』(6.15)
偶感（二七）　『けーし風』第31号（6.20）
あしゃぎ――人間の原点を考える旅　『新報』(8.23)
台湾膨湖島から霧社へ　『タイムス』(9.13)
特集にあたって（特集　旧南洋群島のウチナーンチュ）／座談会――南洋群島帰還者は語る（宜野座朝憲・当間武雄・兼次弘・城間重光、司会：仲程昌徳、コメンテーター：岡本恵徳）／偶感（二八）　『けーし風』第32号（9.20）
沖縄の戦後初期文学の諸相　『第4回「沖縄研究国際シンポジウム」～世界に拓く沖縄研究～基調報告・研究発表要旨』(9.20)
沖縄の小説の新しい展開　『復帰25周年記念　第3回「沖縄研究国際シンポジウム」～世界につなぐ沖縄研究』沖縄文化協会（9.20）

2002年（平成14）68歳
第27回新沖縄文学賞本選考選評　『沖縄文芸年鑑2001年版』沖縄タイムス社（1.26）
偶感（二九）　『けーし風』第34号（3.20）
思潮2002――復帰30周年　『タイムス』(4.26)
思潮2002――阿波根昌鴻氏を悼む　『タイムス』(5.29)
沖縄の思想はどこへ　中　アンケート　『新報』(6.4)
沖縄施政権返還30年――沖縄の現在と今後の展望（アンケート）　『琉球大学学生新聞』第207号（6.14）
偶感（三〇）　『けーし風』第35号（6.20）
思潮2002――慰霊の日　『タイムス』(6.30)
沖縄だより　『駱駝』第41号（7.1）
大城立裕全集刊行に寄せて　『新報』(7.11)

第14回新報児童文学賞選評　総評　『新報』(7.19)
思潮2002――固定観念の危うさ　『タイムス』(7.31)
復帰三十年特別企画　往復書簡　沖縄の現在――日本復帰三十年を考える　「私的記憶」をめぐって――屋嘉比収氏への返書　『社会文学』第17号（8.15）
書評『ひめゆりと生きて　仲宗根政善日記』　『新報』(8.25)
思潮2002――岡本太郎と沖縄　『タイムス』(8.28)
偶感（三一）　『けーし風』第36号（9.20）
推薦文――浦島悦子著『やんばるに暮らす』ふきのとう書房　『けーし風』第36号の裏表紙
思潮2002――拉致問題　『タイムス』(9.29)
展評――松永優藍染色展　『新報』(11.2)
思潮2002――中教審中間報告　『タイムス』(11.3)
思潮2002――日野啓三氏を偲ぶ　『タイムス』(12.1)
日野啓三『落葉 神の小さな庭で』を読む　『駱駝』第42号（12.10）
偶感（三二）　『けーし風』第37号（12.20）
思潮2002――復帰問題　『タイムス』(12.31)

2003年（平成15）69歳
第28回新沖縄文学賞本選考選評　『沖縄文芸年鑑2002年版』(1.22)
書評　伊高浩昭『沖縄――孤高への招待』　『新報』(1.26)
思潮2003――スローフード　『タイムス』(1.31)
鼎談――「ことば」から見える沖縄（屋嘉比収・新城郁夫）／**沖縄になぜ詩人が多い――「寡黙」と「吃音」と　『沖縄を深く知る事典』日外アソシエーツ（2.25）**
思潮2003――崎山多美の宣言　『タイムス』(3.2)
金城美智子「光と影の世界」作品展に寄せて　『新報』(3.11)
偶感（三三）　『けーし風』第38号（3.20）
思潮2003――イラク攻撃　『タイムス』(3.28)
書評　山城紀子『人を不幸にしない医療 患者・家族・医療者』　『タイムス』(3.29)
書評　又吉栄喜『巡査の首』　『新報』(4.27)
沖縄の近・現代文学――その展望　岡本恵徳・高橋敏夫編『沖縄文学選』勉誠出版（5.1）
「生かされる人間」への警告――石牟礼・島尾の対談を読む　『朝日新聞』(6.7) 夕刊
偶感（三四）　『けーし風』第39号（6.20）
第15回新報児童文学賞選評　総評　『新報』(7.18)
洋平物語　『駱駝』第43号、駱駝の会（7.20）
論壇――今を問う「若夏に還らず」　『タイムス』(7.26)
2003年度秋季大会発表要旨――基調講演　沖縄の戦後と現在　『社会文学通信』第69号、日本社会文学会（8.10）
山之口貘生誕100年記念　日本社会文学会秋季大会　基調講演・沖縄の戦後と現在　『新報』(9.18)
座談会――『琉大文学』五〇年（新川明・豊川善一・中里友豪、聞き手：岡本恵徳・新城郁夫・屋嘉比収）／偶感（三五）　『けーし風』第40号（9.20）
東洋の隠者・山口恒治――『真珠出海』によせて　『カンヌオー〈神の青領〉山口恒治・多恵子追悼集』山口恒治・多恵子追悼集刊行委員会、榕樹書林（10.8）（※2000「『真珠出海』によせて」を一部加筆して転載）
知念正真作「人類館」を観る　『新報』(12.19)
偶感（三六）　『けーし風』第41号（12.20）
第29回新沖縄文学賞選評　『沖縄文芸年鑑2003年版』沖縄タイムス（12.31）

2004年（平成16）70歳
占領下の沖縄と大城文学　黒古一夫編『大城立裕文学アルバム』勉誠出版（3.10）
偶感（三七）　『けーし風』第42号（3.20）
牧港篤三追悼――自らの責任問い続け　『タイムス』（4.15）
方法としての沖縄研究――記憶すること記録すること（上）　『タイムス』（6.17）
インタビュー　次世代へつなぐ試み――ひめゆり平和祈念資料館リニューアル・オープン（本村つる・普天間朝佳、聞き手：岡本恵徳・仲田晃子・我部聖）／偶感（三八）　『けーし風』第43号（6.20）
座談会　「琉球電影烈伝」の波動――映像とコトバのリバウンド力（新川明・新城郁夫・若林千代、司会：屋嘉比収）　『EDGE』第13号、APO（7.9）
第16回新報児童文学賞選評　『新報』（7.23）
あしゃぎ――琉大もリストラの時代　『新報』（7.29）
洋平物語（二）　『駱駝』第45号、駱駝の会（8.10）
偶感（三九）　『けーし風』第44号（9.20）
書評　山里勝己他編『自然と文学のダイアローグ』　『タイムス』（9.25）
2004年度秋季大会発表要旨――講演 戦後沖縄の文学とアメリカ　『社会文学通信』第73号、日本社会文学会（10.20）
書評　齋木喜美子『近代沖縄における児童文化・児童文学の研究』　『新報』（11.28）
偶感（四〇）　『けーし風』第45号（12.20）
沖縄便り　『駱駝』第46号、駱駝の会（12.25）
魚眼レンズ――沖縄戦めぐる「記憶」考察　『タイムス』（12.29）
第30回新沖縄文学賞選評　『沖縄文芸年鑑2004年版』沖縄タイムス社（12.31）

2005年（平成17）71歳
記憶の声・未来への目――戦後文学『タイムス』（3.15～16）
偶感（四一）　『けーし風』第46号（3.20）
沖縄戦後小説のなかのアメリカ　『アメリカ占領下における沖縄文学の基礎的研究』平成13年度～平成16年度科学研究費補助金基盤研究（B）（2）研究成果報告書（3.）
那覇とラビリンス　高阪薫・西尾宣明『南島へ南島から――島尾敏雄研究』和泉書院（4.18）
牧港篤三氏を偲んで　『うらそえ文芸』第10号、浦添文化協会事務局（5.2）
三枝和子さん遺作「くろねこたちのトルコ行進曲」に寄せて　『タイムス』（5.10）
偶感（四二）　『けーし風』第47号（6.20）
第17回新報児童文学賞選評　『新報』（7.21）
書評　森口豁『だれも沖縄を知らない』　『新報』（8.21）
書評　儀間進『うちなぁぐちフィーリング　パート4』　『タイムス』（8.27）
偶感（四三）　『けーし風』第48号（9.20）
書評　渡英子『レキオ琉球』　『タイムス』（10.15）
書評　大城貞俊『アトムたちの空』　『タイムス』（11.26）
偶感（四四）　『けーし風』第49号（12.20）
新たな思想的地平へ　『沖縄は基地を拒絶する』高文研（12.25）
「那覇に感ず」再読　奄美・島尾敏雄研究会『追想島尾敏雄――奄美、沖縄、鹿児島』南方新社（12.25）
第31回新沖縄文学賞選評　『沖縄文芸年鑑2005年版』沖縄タイムス社（12.30）

2006年（平成18）
書評　比嘉美智子『歌集一天四海』　『新報』（1.22）

自己批判の眼を（※「偶感（四三）」を一部加筆して転載）『青山学院高等部入試問題に関する特集』ひめゆり平和祈念資料館（3.1）
晴読雨読――島尾敏雄『新編・琉球弧の視点から』　『新報』(4.2)
岡本恵徳氏祝辞　『天荒』24号、天荒俳句会（5.1）
第18回新報児童文学賞選評　総評　『新報』(7.25)
楽天的になれずでも、なろうとして……――山城達雄の文学世界の魅力　『民主文学館ニュース』No.6、日本民主主義文学会出版部（8.10）
書評　太田良博『黒ダイヤ』　『タイムス』(8.12)
シンポジウム――比嘉春潮と現代沖縄（當間嗣一・納富香織・比屋根照夫・屋嘉比収・由井晶子、司会：新川明）　『ふるさとを愛した篤学・反骨の研究者　比嘉春潮顕彰　事業報告集』比嘉春潮顕彰碑建立期成会（9.25）
記録すること 記憶すること――沖縄戦の記憶をめぐって　新崎盛暉・比嘉政夫・家中茂編『地域の自立シマの力（下）沖縄から何を見るか 沖縄に何を見るか』コモンズ（10.25）

著者略歴

岡本恵徳（おかもと・けいとく）

1934―2006。沖縄県宮古平良市生。琉球大学名誉教授。復帰前後、新川明、川満信一とともに〈反復帰〉論を展開。「琉球弧の住民運動」「けーし風」など住民運動と伴走する雑誌などの創刊に関わる。著書に『現代沖縄の文学と思想』（沖縄タイムス社、1981年）『沖縄文学の地平』（三一書房、1981年）『「ヤポネシア」論の輪郭』（沖縄タイムス社、1990年）『現代文学にみる沖縄の自画像』（高文研、1996年）『沖縄文学の情景』（ニライ社、2000年）。

「沖縄」に生きる思想　岡本恵徳批評集

発行――二〇〇七年八月　五　日　初版第一刷発行
二〇二二年五月二十日　第二刷発行

定価――（本体三二〇〇円＋税）

著　者――岡本恵徳

発行者――西谷能英

発行所――株式会社　未來社
〒156-0055東京都世田谷区船橋一―一八―九
電話　〇三―六四三二―六二八一（代表）
http://www.miraisha.co.jp/
email: info@miraisha.co.jp
振替　〇〇一七〇―三―八七三八五

印刷――精興社

製本――萩原印刷

ISBN 978-4-624-11198-4 C0021